OBSTINAÇÃO

Kotter Editorial
2021

Salvatini da Silva
Obstinação

coordenação editorial
Sálvio Nienkötter

editor executivo
Claudecir de Oliveira Rocha
Raul K. Souza

editores-adjuntos
Daniel Osiecki | Francielli Cunico

capa | projeto gráfico
Paula Villa Nova

produção
Cristiane Nienkötter

Dados Internacionais de Catalogação na Publicação (CIP)
Angélica Llacqua CRB-8/7057

Silva, Salvatini da
Obstinação | Salvatini da Silva
Curitiba: Kotter Editorial, 2021.
400p.

ISBN 978-65-89624-36-3

1. Ficção brasileira 1. Título "Obstinação"

CDD B869.3

21-1688

Kotter Editorial
Rua das Cerejeiras, 194
82700-510 | Curitiba/PR
+55 41 3585-5161
www.kotter.com.br | contato@kotter.com.br

1ª edição
2021

OBSTIN
AÇÃO

Do mesmo autor de

"Uma Vida, Vários Caminhos"
e "Recordações do Éden"

A todos os dotados da benevolência suficiente para a leitura desta obra com o que muito me honrarão e, assim, serão merecedores do meu mais sincero reconhecimento.

AGRADECIMENTO

Sinto-me imensamente grato à Joana, minha esposa, pela abnegação em proporcionar-me as longas horas diárias de recolhimento para dar cabo à extenuante tarefa de escrever este livro. Mais que ninguém, eu reconheço os sacrifícios da ausência de companhia e do silêncio com que ela se afligiu a me conceder a paz de espírito imprescindível à realização desse mister.

A atmosfera de paz, sugerida pela costumeira calmaria do lugar, nem de longe reflete a perturbadora realidade a rondar os moradores repousantes em profunda inconsciência. Na noite de temperatura amena, nem o frio, nem o calor excessivos criam empecilhos ao sono mais reparador, permitindo-se dormir coberto apenas por um fino lençol, ou uma manta das mais leves. Assim protegidos dormem os habitantes da humilde moradia, mais uma choupana que uma casa comum.

Os sapos do pequeno lago detrás da casa alternam verdadeiros rebuliços coaxantes – emitindo sons os mais variados possíveis às diversas espécies daqueles anfíbios – com momentos de absoluto silêncio, ajudando a criar um ambiente dos mais tranquilizadores.

Contudo, nas horas mais avançadas da madrugada, ainda antes de o alvorecer se anunciar a partir do nascente, Bano levanta do chão ao lado da cama, sobressaltado, ainda fadigado a se debater com a lembrança do que acaba de lhe acontecer. Seu agressor, além de fisicamente avantajado, agiu com extrema perversidade, pois mesmo se esforçando à exaustão não foi possível escapar das mãos do meliante, nem fugir aos safanões recebidos sem nenhuma piedade. "Imagine só se ele tivesse conseguido me acertá um murro direto caquelas mão grande e pesada!" – pensa o pobre homem. "Num tinha sobrado nada de mim!"

Completamente zonzo, vendo as paredes rodopiarem, levanta-se e olha a porta ainda aberta. O que será que aquele bandido quer com Amelinha? – A cabeça ferve, virada em furacão.

Perturbado e cambaleante corre apressado na direção da porta a espiar lá fora a escuridão. Conhece o ambiente como a palma da mão. Ali foi criado desde que nasceu. Por isso não terá dificuldades para averiguar o entorno da casa na tentativa de descobrir para onde o delinquente terá levado a mulher. E para que a terá levado?

Mas, não percebendo ali o menor sinal das presenças do raptor ou de Amelinha, sua confusão só faz aumentar. Lamenta a perda da consciência quando bateu a cabeça. Se tivesse conseguido permanecer em plenos sentidos, com certeza, não teria permitido o rapto.

O criminoso certamente terá tomado o caminho que conduz à estrada de rodagem, o que propiciará certa facilidade na sua perseguição. A estrada não passa duma vereda por onde os moradores do lugar transitam quando precisam ir ao povoado, ou a outros lugares. Ninguém consegue trafegar por ela, principalmente de carro, sem ser percebido por todos os moradores. Qualquer forasteiro que se aventurar por ali jamais passará despercebido, o que é uma vantagem, pois, logo ele encontrará alguém que lhe dará notícias do fugitivo.

É bem verdade que, na madrugada ainda escura, será difícil encontrar um morador percorrendo o caminho. Contudo, anima-o o fato de o dia não tardar muito a amanhecer, além de que, sendo veloz ao correr, poderá alcançar o malfeitor ainda perto.

Mesmo ainda trajando roupas de dormir – calção e camiseta já desgastados pelo uso de longa data – inicia desabalada corrida na direção da estrada. Não há tempo para raciocinar porque, antes de qualquer coisa, quer de volta a mulher.

O relevo do lugar é bastante acidentado, o que constitui um complicador à fadiga causada pela corrida carreador acima. Aquilo é coisa que, normalmente, ele nunca faz, pois a ingremidez é demasiado acentuada, e toda vez que empreende a verdadeira escalada que é aquele percurso, mesmo a passos lentos, chega ao final sem fôlego e de pernas bambas. Não naquela noite! Nem a intensa treva, só em pouco amenizada pelo reflexo das estrelas, constitui obstáculo ao seu objetivo, pois alcançar o raptor e resgatar a mulher é a coisa mais urgente que tem a fazer.

Atordoado pelo inusitado dos acontecimentos, mesmo depois de certo tempo daquela louca perseguição, ainda não percebeu a distância já percorrida na pequena estrada, a cada passo percebendo o desespero mais lhe invadir o juízo.

Sua obsessão o impede de perceber o cansaço lhe solapando a resistência; menos importância ainda ele dá ao calor provocante da abundância do suor a lhe escorrer pelo rosto a partir dos cabelos. Toda a sua preocupação está focada no que estará passando Amelinha nas mãos daquele desconhecido.

Cegamente prossegue na captura ao meliante, até sentir as pernas bambas obrigando-o ao repouso sobre uma das pedras da margem da estrada. Ainda não percorreu grande distância, mas o cansaço já o impede de avançar com a urgência desejada.

Sentado, mas ainda ofegante, percebe a aurora já anunciando o amanhecer. Ela precede o sol cujo esplendor em breve sobrepujará o brilho das estrelas, delineando o horizonte sempre muito estreito a encimar os montes ali abundantes. E, na mesma proporção em que o alvorecer resplandece o novo dia, cada vez mais nítidos se revelam os morros a pulularem em todas as porções daquele rincão.

Na lucidez, por vezes recuperada, o caboclo chega a considerar a possibilidade de desistir para voltar a casa, pois o que vê acontecer mais parece loucura que realidade. No entanto, logo desiste da ideia. Amelinha não conta com mais nenhum parente a quem possa recorrer, e é sua responsabilidade, como marido, protegê-la sempre e em qualquer circunstância.

De modo que não poderá dispensar-se da obrigação de resgatá-la, seja a que preço for. Afinal, será impossível ficar em paz sabendo que ela é refém dum sujeito que ele não sabe quem é, nem atina com os motivos por que a raptou da cama em plena madrugada, enquanto dormia. E além de tudo, não será fácil aos seus vizinhos e parentes compreender como sua mulher lhe foi subtraída por um estranho sem que ele nada faça para retomá-la.

A confusão por que está passando não lhe permite perceber os acontecimentos com a naturalidade de uma pessoa normal. Não lhe incomodam as dores nos pés descalços como estavam na cama, nem as vestes de dormir que ainda usa, praticamente em pleno dia. Sua mais ferrenha determinação é resgatar a mulher, mesmo contra todas as improbabilidades a se lhe revelarem.

Convencido de estar no rastro certo do bandoleiro – já que não há outro caminho –, ele não desistirá enquanto não o alcançar e ir à vingança.

Uma das possibilidades é a de que o malfeitor esteja utilizando uma condução – jipe ou perua – porque no pó da estrada não se vê as pegadas dele, nem as de Amelinha, nem qualquer outro vestígio que denuncie a passagem deles por ali.

Então é preciso alterar a estratégia, diminuindo a velocidade da marcha para economizar energia, porque a caminhada, com certeza, será bem longa e cansativa. Mas ele não desistirá enquanto não puser as mãos no fugitivo, mesmo que seja preciso caçá-lo pelo mundo inteiro, indo até as profundezas do inferno!

Ele não descansará enquanto não der uma lição naquele brutamonte, covarde raptor de mulheres indefesas.

***

A manhã ensolarada já vai avançada, por volta de nove e meia, quando Bano entra no vilarejo do Barro Preto, o mais próximo de sua casa. As coisas que lhe estão a acontecer, por todos os meios razoáveis de pensar, é uma das piores loucuras passíveis de acometer um ser humano.

Lá consigo mesmo ele especula sobre o que pensará qualquer pessoa que venha tomar conhecimento do seu drama? Sua tribulação tem tudo de um pesadelo dos mais perversos, e jamais se aproximará sequer da sombra da mais inimaginável realidade!

Sendo tão perturbadoramente irreais, ele não quer ninguém se inteirando de suas desventuras. Por isso limita-se a esquadrinhar o pequeno povoado, se negando a conversar com quem quer que seja. A pequenez do lugar permite, apenas de um ponto, ver todos os seus logradouros, pois ali não há mais que duas dúzias de construções, distribuídas entre moradias e pequenos estabelecimentos comerciais, além da capela e uma escola.

Porém, mesmo sendo o lugar assim tão diminuto, não consegue vislumbrar o menor resquício do fugitivo! Então, ainda que muito o desagrade, não lhe resta outra coisa a fazer que não seja obter informações junto às pessoas do lugar. E, mesmo desenxabido, agora corre a indagar a qualquer indivíduo de quem se aproxime: – Ocê viu passano por aqui um home preto, bem grande, cuma muié branca duns vinte ano?

A maioria dos interpelados enfatizam negativamente suas respostas, já que ali, dado o tamanho reduzido do lugar, a coisa mais difícil de perceber é a presença de forasteiros. Quando aquilo acontece o estranho não passa um minuto sequer sem ter sua figura esmiuçada pelos moradores.

Ali os viageiros são minuciosamente observados, desde o porte físico e a cor da pele até o jeito de andar ou falar. E atenção maior ainda é dispensada às vestimentas das forasteiras, que nunca passam despercebidas das mulheres do lugar, sempre ávidas por novidades daquela natureza.

Desse modo a empreitada do caçador do ladrão de mulher se torna ainda mais trabalhosa. A primeira pessoa a quem indaga – uma típica cabocla do lugar, cheia de pudores – se apressa em fugir ao incômodo, apenas acenando negativamente a cabeça. E a mesma coisa acontece com mais alguns, desconfiados daquele varão estranhamente trajado, com pressa e sem rumo no caminhar.

Até que um daqueles sujeitos lá residentes, mesmo encarando como birutice sua prosa, mas querendo divertir-se às suas custas, deixa-o convencido de estar no rumo certo: "Hoje logo cedim, eu vi esse home e essa muié imbarcano na jardinêra pra Serra dos Mulato".

Surgiu a primeira pista! Entretanto, desconfiado, ele precisa da confirmação daquilo que ouviu. Por isso, sem atentar ao fato de que o seu jeito de conduzir o assunto induz as pessoas a responder o que mais deseja ouvir, corre a indagar de mais alguns: – Fiquei sabeno que êis passaro por aqui, mais quero tê certeza: ocê viu êis embarcano? – Essa é sua frase tantas vezes bisada.

Ante o desmazelo de sua figura, e da prosa sem sentido, para se livrarem logo do incômodo alguns desocupados dizem-lhe mentiras ao informar terem visto embarcando um homem e uma mulher correspondentes à descrição que ele faz. E as respostas obtidas, ao contrário de servirem de balizadores às suas decisões, acabam criando ainda mais confusão em sua cabeça já tão atribulada, deixando-o ainda mais ababelado. Uns dizem uma coisa, enquanto outros a desmentem para dizer o contrário. E as diferentes informações o obrigam à confrontação entre elas, levando-o a desconsiderar as negativas para se convencer de estar na pista certa.

Então, agora não lhe resta outra coisa a fazer que não seja viajar para a Serra dos Mulatos com toda a urgência de que for capaz.

Pensando bem – mesmo atribulado, ele avalia –, Serra dos Mulatos seria o lugar mais apropriado para o bandoleiro manter a mulher em cativeiro. Muitas vezes já ouviu comentários sobre aquela cidade, e sabe ela ser bem maior que o povoado onde ele está; certamente lá é um lugar onde as pessoas não se importarão tanto com a vida alheia, o que na certa facilitará as artimanhas do bandido.

E agora seu drama se avoluma ainda mais. A cidade aonde agora deseja chegar está a aproximadas dez léguas a sudeste do povoado do Barro Preto onde está. E, como se não bastasse todo o enrosco a que está submetido, novos ingredientes serão acrescidos ao seu já enorme suplício, cujo final se vislumbra ainda muito alongado no tempo.

Suas novas desventuras começam pela falta de dinheiro para a viagem, além de seus trajos completamente inadequados com que ainda se veste em plena luz do dia. Arrancado da cama pelo meliante como foi, e ciente da urgência dos fatos, não teve tempo nem de pensar no que agora está a lhe envergonhar.

Mas, covardia é sentimento que na vida ele jamais permitiu acometê-lo. Por isso, a qualquer custo, logo se dispõe a dar cabo ao pesadelo.

Antes de agir, necessário é planejar o que fazer. Então, mesmo sua afobação ainda em nada tendo arrefecido, procura pensar nos meios possíveis de chegar aonde pretende ir. Para isso, considerando o imperativo da recuperação da serenidade, procura assento num tronco tombado ali perto desde a fundação do povoado.

Matutando, acaba convencido de que, em sua atual condição, o único jeito de chegar à Serra dos Mulatos será conseguindo uma carona.

Apesar de tudo, anima-o a nova perspectiva. Assim animado corre ao pé da ladeira principiante logo à frente da povoação e fica a esperar. Ali, mergulhados em enormes nuvens de poeira conduzidas pelo vento, os motoristas se obrigam a diminuir a velocidade, reduzindo as marchas para que seus caminhões suportem suas cargas morro acima.

No entanto, nenhum deles dá a mínima importância a seus acenos, passando retos como se não o percebessem, apesar de toda a espalhafates de seus gestos.

A falta de cortesia dos motoristas obriga-o a rever sua estratégia, pois a continuar daquele jeito ele levará uns três dias para conseguir uma carona. Então decide mudar de modos, engendrando agora um meio escuso de atingir o objetivo. Escolhe um dos caminhões que, choroso e devagar, se arrasta sob a carga excessiva para a sua capacidade, subindo-lhe pela traseira sem que o condutor o perceba.

O caminhão, apesar do médio porte, é dos mais potentes, pois, mesmo alquebrado sob o peso de muitas toneladas avança ladeira acima, preguiçoso, mas inspirador de confiança.

Sendo um caboclo corajoso e destemido, ainda assim – quando o caminhão começa a descer íngremes ladeiras de marchas engrenadas, transpondo pontes nem sempre seguras e beirando precipícios – perpassam-lhe alguns arrepios. Toda vez que um perigo maior se aproxima, tentando não perder o equilíbrio e desabar lá de cima, com mais firmeza ele se agarra às cordas.

Clandestino sobre a carga, não tem a menor ideia de onde o caminhão irá parar. Mas é imperioso não ser descoberto pelo motorista, sob a pena de ser considerado um salteador. Assim se deixa levar por algumas horas, até um posto de combustíveis aonde o motorista faz uma parada para reabastecer.

Antes de ser descoberto sobre a carga, desliza para o chão, e logo se apresenta como alguém que apenas busca informações. Distante de casa, sob nenhum pretexto será de bons auspícios a imposição de dignidade pessoal. Assim pensando, procura não se aborrecer com as caras de espanto ou desdém dos frentistas diante de sua desmazelada figura.

Interiormente lamenta ter ultrapassado o caminho que deveria seguir para chegar ao destino, estando agora ainda mais distante de lá do que quando embarcou sorrateiramente no caminhão. "Num tô cum sorte!" – lamenta. No entanto, não é homem de desistir. E mesmo que já não possa resgatar a mulher com a urgência desejada, resolve continuar sua busca, certo de que uma hora a encontrará.

Agora não quer mais sentir o mesmo medo de quando viajava clandestinamente na carroceria do caminhão. E ainda que as informações obtidas acerca do percurso que ainda tem pela frente não sejam nada animadoras – notadamente quanto à distância, às pedras no caminho e à poeira –, prefere seguir a pé, retornando pela mesma estrada já percorrida em sentido contrário.

Pelo que ficou sabendo, deverá consumir pelo menos uns três dias para vencer as aproximadas dez léguas a ainda separá-lo do objetivo. Mesmo assim não permite ao desânimo impedi-lo, já que nobre é a causa. Àquela altura dos acontecimentos o tempo é apenas um detalhe, que, certamente, não o impedirá de cumprir sua missão.

* * *

O tempo decorrido entre o alvorecer e o crepúsculo se encarregou de ao caboclo devolver a serenidade. Seus miolos já não fervem quase a derreter, como acontecia nas primeiras horas de sua odisseia. Por isso, agora já é possível uma avaliação equilibrada de toda a situação. E a coisa a mais incomodá-lo, ao ponto de quase levá-lo à desistência, é o estado vexatório de suas roupas, além das dores nos pés, provocadas pelo impiedoso atrito com as pedras do caminho.

Como se pouca coisa fossem aquelas desventuras, ainda lhe pesa no pensamento a provável obrigação de interagir com outras pessoas, que jamais compreenderão suas explicações ao fenômeno causador de seu infortúnio. Ainda mais se apresentando tão desleixado como nunca esteve na vida!

O mais provável é que as pessoas o considerem um lunático, pois – ele tem pensado –, encontrando um sujeito com suas características atuais, ele mesmo assim consideraria tal indivíduo. "Tamém" – só lhe resta se justificar –, "do jeito que as coisa acontecero, num dá pra eu sê tão inzigente comigo memo!" Mas, por mais que tente se consolar, não se vê satisfeito.

A situação a que se obrigou submeter é tão esdrúxula ao ponto de fazê-lo desgostoso de si mesmo. Percorrendo com o olhar a própria pessoa, percebe a urgência em dar fim àquela bizarria de, em pleno dia, estar ainda vestido com roupas usadas apenas para dormir; e tão distante de casa!

Contudo, é imprescindível não esbambear. Por isso logo ele recobra seu ímpeto inicial. Afinal, o que realmente importa não são suas vestes inadequadas, nem as dores nos pés, nem o conjunto das desventuras que o levaram até ali.

A necessidade de resgatar Amelinha das garras daquele sujeito truculento, com toda a presteza de que for capaz, é a coisa mais importante que ele tem a fazer. Livrá-la dos sofrimentos causados por aquele bandoleiro é o que mais importa!

Aquele indivíduo – é preciso reconhecer – foi muito ousado e corajoso! Entrar na casa dum homem forte, como ele mesmo se considera, e lhe subtrair a mulher, só mesmo com muita coragem e ousadia. Mas o meliante nada perde por esperar porque em breve, com certeza, lhe porá as mãos! E aí o delinquente pagará cada revés, cada pequena dor e cada receio ainda a atormentá-lo.

À medida que o tempo avança recrudesce sua ira e se multiplicam os planos para quando tiver o inimigo cara a cara.

* * *

O ocaso já começa a ocultar o sol atrás de altas montanhas no poente quando uma choupana surge à beira do caminho. É um casebre igual a tantos a pulularem por todo aquele rincão. Paredes de palmito lascado e coberta de tabuinhas, é típica das moradias de todos os pioneiros da região que, há algumas décadas, tiveram a coragem de desbravar aqueles sertões.

"Bem que eu pudia pedí pôso nessa casa" – enquanto se aproxima da moradia, ele matuta. Sabe ser ainda longa a distância a percorrer e, pelo que já ficou sabendo, a caminhada até Serra dos Mulatos consumirá no mínimo uns três dias!

Para suportar os rigores de sua árdua jornada, algumas horas de descanso seriam excelente refrigério. No entanto, ele bem conhece as dificuldades de encontrar acolhida entre os moradores em ranchos como aquele, pior ainda depois do anoitecer. Conhecendo os temores de quem vive daquele jeito tão isolado, não é de bons auspícios esperar o cair da noite para se aproximar daquelas habitações. Naqueles horários, pelos perigos que possa representar, nenhum forasteiro será bem-vindo. A mais plausível das probabilidades será a recepção à bala. Por isso, não pode permitir à noite se fazer plena antes de pedir abrigo.

Melhor será adiantar-se ao crepúsculo e bater palmas ali mesmo diante da porteira, o que ele faz logo que ali se achega. Não demora muito e o dono da casa – um mulato ao mesmo tempo esguio e sacudido – aparece à porta, esmiuçando-o de alto abaixo sem a menor cerimônia, desconfiado como todos os habitantes daqueles grotões.

– Tarde – evidenciando seus pacíficos propósitos ele se apressa em apresentar a saudação mais comum àqueles ambientes rurais, onde a mácula à língua pátria constitui a principal característica daqueles roceiros sem nenhuma instrução escolar.

– Tarde – sem tirar dele os olhos, o mulato responde.

– O sinhor pode me dá pôso? Eu já andei o dinterim, e inda tô muito longe do lugá pra onde tô ino, e vô pricisá durmí antes de chegá.

– Ocê é de páiz? – Logo o homem investiga.

– Num é bão a gente fazê o próprio elogio, mais o sinhor pode confiá. Eu num vô fazê nada de mar pra sua famía.

Desconfiado e sem mais palavras o morador entra na casa para de lá retornar com alguns trapos enrolados. A fingir desatenção, o homem não perde o menor movimento do caboclo cuja figura é vista pelo canto do olho sem que de nada desconfie. Ali perto está o paiol onde lhe será permitido dormir.

O morador acaba de resolver a primeira parte de seus problemas, mas ainda resta a pior delas: sua fome é insuportável, causando-lhe a impressão de o estômago estar pregado às costas, além da característica miragem de mosquitos esvoaçantes – própria da pessoa há muito sem se alimentar –, acompanhada de crescente dor na cabeça, que há algum tempo o vem incomodando.

Durante todo o dia, atribulado ele esteve a andejar por aqueles caminhos sem nada comer. Por isso é urgente levar o anfitrião a confiar em sua pessoa, coisa só possível quando o homem estiver plenamente inteirado das causas de suas desventuras. E o melhor jeito para aquilo, lhe parece, é abrir o coração, revelando por que exatamente está tão distante de casa e tão inadequadamente vestido:

– O sinhor sabe da onde eu tô vino?

– Não!

– Lá das banda do Barro Preto!

– É memo? Então ocê tá é muito longe de casa!

– Pois é. Tô caçano o ladrão da minha muié.

– Caçano o ladrão da muié?! – Assustado o homem reage. – Isso num é bão. E é perda de tempo, porque muié quando foge, num dianta í atráis, que ela num vorta.

– Mais ela num fugiu não sinhor. Foi levada a força!

A fitá-lo com indignação o mulato pigarreia. Deve ser um grande sofrimento perder a mulher num rapto! E não contendo a curiosidade o homem logo o inquire, dispensando toda atenção à resposta:

– Ué! Como isso aconteceu?

– Nóis tava durmino quando entrô um nego, bem forte, me atacô – dirrubano no chão; garrô minha muié, arrastô pra fora e sumiu com ela no iscuro. Eu fiquei tonto e perdi os sintido. Quando vortei fui atráis dêis, mais num consegui arcançá. E inda tô no rasto dêis!

Ciente do que está passando aquele forasteiro, ainda moço, o anfitrião abandona seus receios. Mesmo sua história parecendo um tanto mirabolante, deve ser uma barra pesada o que ele estará sofrendo.

Os reveses por que passam fazem arredios e desconfiados os habitantes de grotões como aquele. Para eles os forasteiros serão sempre culpados, até provarem o contrário. Mas aquele viandante pareceu ao morador um sujeito de bem. Por isso o homem resolve admiti-lo ao interior do casebre para que se banhe. E ordena à mulher preparar para ele um prato de comida. Depois, vendo-o completamente despreparado para a caçada que empreende, oferece-lhe um par de botinas e uma muda de roupas, porque vestido do jeito que está, certamente não irá muito longe.

Só não muda de opinião quanto ao local em que deve pernoitar.

Ao amanhecer do novo dia, antes do raiar do sol e do despertar do morador e sua família, o hóspede pula da cama e novamente ganha a estrada. Não é preciso incomodar aquela gente mais do que ele já fez. A roupa e o par de botinas com que lhe presentearam já são o bastante, e não precisa de mais nada que represente maiores sacrifícios àquelas pessoas, que lhe pareceram tão pobres quanto ele mesmo.

Novamente a caminho, vai avançando pela estrada que, apesar do intenso tráfego, é tão esburacada e poeirenta como todas as que cortam aqueles sertões. O poeirão se eleva às alturas, cobrindo tudo o que topa pela frente, da vegetação aos transeuntes, quer sejam pedestres ou passageiros dos veículos.

Um vento de intensidade entre forte e moderada agita as árvores, por instantes criando a sensação de excelente frescor capaz de amenizar os rigores dos raios ultravioletas a cair impiedosos sobre a pele já queimada em muitos dias de labuta no campo. Entretanto, o mesmo vento que por vezes refresca, causa o desconforto do pó a grudar em seus cabelos, tornando-os vermelhos e eriçados como nunca viu. O barro, formado pela mistura de poeira à saliva, invade a garganta, causa enjoo e dificulta a respiração.

Mas, na aperreação em que se encontra, aquele desconforto é coisa impossível de remediar. E a urgência em avançar o impede de descansar, ainda que só um minuto. Se quiser resgatar Amelinha, aquelas são apenas algumas das provas a que ele terá de se submeter. E para reaver a esposa todo sacrifício vale a pena!

Sem a certeza de estar no caminho certo, avança como se caminhasse às escuras, quase desanimando ao ver o estradão sumindo nas depressões para logo adiante reaparecer no próximo espigão – menor pela distância de onde se pode vê-lo. E não lhe resta alternativas que não seja indagar aos poucos passantes que encontra se está no rumo certo.

Perguntando a uns e outros, acaba descobrindo um atalho para Serra dos Mulatos que o livrará daquele inferno representado pela estrada e seus veículos poeirentos. Fugindo àqueles incômodos mais imediatos, envereda pela pequena estrada vicinal onde os carros quase não trafegam, e as poucas pessoas que encontra vão a cavalo ou em charretes para lugares não tão distantes.

Porém, grande ainda é sua tribulação. Angustiado e impaciente nada existe que possa desviar seu pensamento da meta tão ardorosamente almejada.

Tanto empenho na busca do objetivo lhe impede a atenção ao lugar por onde anda, subtraindo-lhe o prazer de contemplar as montanhas cobertas de árvores repletas de flores de todos os matizes; ou aos vales por onde descem rios de água cristalina deslizando velozes a serpentear entre pedras. Menos ainda aos pássaros de todas as cores e espécies em revoadas de fuga à sua aproximação.

Nem a benevolência das nuvens a encobrir o sol de verão, amenizando o impacto dos raios na pele já curtida, consegue fazê-lo agradecido por não estar ainda mais fadigado. Apenas a urgência em livrar Amelinha dos tormentos por que estará passando nas mãos daquele criminoso detém sua atenção.

Impiedosamente as horas avançam, outro dia já começa a entardecer e o caminho parece não ter fim. Olhando a vereda sinuosa por onde segue, descrevendo curvas acentuadas e sumindo nos vales para reaparecer logo adiante, ele se vê acometido dum princípio de desânimo.

Entretanto, algo inesperado quebra a monotonia do caminhar sem a certeza de alcançar a meta no tempo desejado. Subitamente um ronco de motor se faz ouvir e uma nuvem de poeira começa se elevar à sua retaguarda, causando espanto pelo rebuliço das ondas. Logo aparece um veículo, desabalado ladeira abaixo, parecendo fora de controle, obrigando-o a rapidamente escalar o barranco para evitar o atropelamento.

A picape do ano – uma Ford 1961 – passa por ali desgovernada, tão veloz que o impede de ver o motorista. E antes de retornar à estrada, já ouve lá na baixada – a umas cem jardas de onde está –, o estrondo provocado pelo impacto do veículo com algum obstáculo capaz de fazê-lo parar em meio a enorme nuvem de poeira.

Saber o que aconteceu? Impossível, pois, a poeira impede totalmente a visão. Mas é certo ter acontecido grande desgraça!

O acidente é o maior de que ele já teve conhecimento, pelas circunstâncias em que ocorreu, mas, sobretudo, pelo verdadeiro trovão resultante da batida. A quantidade de poeira a se elevar é imensa, e ela demora a dissipar, impedindo qualquer tentativa de adivinhação do que verdadeiramente terá acontecido.

Só depois do desanuviamento, ele se encoraja a se aproximar, curioso a sondar as consequências do acontecido. Vai chegando devagar, esmiuçando tudo ao redor, desconfiado feito jacu dos mais arredios, até confirmar sua desconfiança. E a constatação da desgraceira só o faz ver que ele estava certo em suas avaliações preliminares: os rastros do veículo seguem retos em duas linhas paralelas, ignorando a curva pela qual alcançaria a ponte duns sete metros de altura. De rodas para cima ainda girando, vagarosamente o carro afunda, deixando um fumaçê azul-escuro a exalar do motor.

Abalado com o que vê, estático, o caboclo permanece inibido de coragem para qualquer ação.

Contudo, a situação a se apresentar não lhe permite passividade, já que grande é a desgraça. Com certeza o motorista estará ainda dentro da cabine, sujeito aos piores infortúnios ensejados pela situação. Então é urgente abandonar a apatia. Por isso, na intenção de salvar o infeliz da morte, num ímpeto atípico à sua personalidade, agarrando-se à vegetação, começa a descer o barranco.

No entanto, antes de saber o que terá acontecido ao condutor do veículo, sua atenção é desviada para algo que só confirma a gravidade da situação: uns gemidos chorosos vêm do alto, da margem da estrada ali perto, denunciando alguém em grande padecimento.

Ninguém está no carro, o que ainda não serve de consolo, já que os gemidos são cada vez mais intensos e mais chorosos, obrigando-o à urgência em socorrer a vítima que tanto demonstra padecer. Contudo, o que vê obriga-o a mais uma vez estacar, permanecendo em admiração diante da cena a se lhe apresentar: em vez dum homem, lá está uma garota, não mais que uma adolescente, se contorcendo a demonstrar intensas dores.

O corpo da guria, ao menos nas partes desprovidas das vestes e que podem ser vistas, é pura miséria pela terra a encobri-lo e pelos arranhões por onde não cessam de aflorar filetes de sangue. A pobre criatura está tão poeirenta que as únicas coisas perceptíveis em seu rosto são os olhos espremidos a lutar por se manterem abertos enquanto o semblante só consegue denunciar as dores que estará sentindo.

Diante dum quadro tão aterrador, fogem do caboclo suas poucas iniciativas, impedindo-o de reagir. A única coisa a ele possível é olhar para a moça, feito tolo dos mais abestados, sem coragem sequer de se aproximar.

Na verdade, ele é um caboclo sacudido e corajoso, porém, inexperiente em situações de emergência como aquela. E sua arraigada simplicidade o impede de perceber a indignação provocada por sua apatia, impossibilitando-lhe a constatação do inconformismo dela com sua falta de inciativa.

Já ela não tarda em revelar sua principal característica. Típica e inconsequente aventureira, sempre foi de agir em qualquer momento ou circunstância. E aquela marcante particularidade a impede de ser complacente para com o caboclo que tem ali à sua frente, agindo idiotamente mesmo diante duma situação de tão intensa gravidade.

Vendo-o, tão molenga e estúpido, e sem nada fazer para socorrê-la, logo a abandona sua escassa paciência, obrigando-a a exigir o que, dada a urgência, seria de esperar que ele fizesse: – Você vai ficar aí parado? – Faísca sua indignação. – Não vê que eu preciso de ajuda?

Homem rude por formação, ainda assim nunca foi tratado com tanta rispidez como ela teve a coragem de fazer. Por isso, tanta petulância da parte dela causa-lhe um misto de vergonha e indignação. E aquele autêntico safanão moral acaba por obrigá-lo a prontamente socorrê-la, embora a tarefa não seja das mais simples a que ele já se dispôs. Gritos e caretas frustram sua primeira tentativa, obrigando-o a soltá-la de volta ao chão.

Se antes ela já se contorcia, agora sua fisionomia é a de quem sofre muito mais; leva a mão à perna direita cujo pé parece luxado, impedindo-a de permanecer em pé. Mas, teimosa como poucas, tentando firmar-se sobre as pernas logo resolve se reerguer. Porém, não consegue a força necessária, voltando a estatelar-se sobre a terra e a ficar ainda mais suja do que já estava.

Ainda se contorcendo, mas cheia da coragem de enfrentar a dor, faz mais algumas tentativas, frustradas, porque o pé não suporta o peso do corpo. E agora ela se transforma numa enfurecida indomável, pronta a trucidar aquele "infeliz" que nada faz além de, passivamente, assistir às suas quedas: – Até quando você vai ficar aí me olhando sem ajudar? – Dispara sua indignação. – Não vê que eu não consigo caminhar? Pegue-me no colo e leve para a estrada.

Cuspindo rebeldia, ela não baixa a crista. Apesar do fracasso a que está submetida, põe-se a exigir ajuda, não deixando a ele outra coisa a fazer. Então, sendo o único a estar ali, mesmo vislumbrando arrependimento, decide ajudá-la a sair do mato. Sem importar com as dores que ela demonstra sentir, pega-a como se fosse um bebê e leva para a estrada.

Mas, não fosse ele um homem destemido que dificilmente se arrepende do que faz, voltaria a depositá-la no mesmo lugar onde ela estava e daria o fora dali. Pois, numa impetuosidade jamais imaginada, ordenando-lhe o impossível, ela só faz deixá-lo ainda mais atordoado: – Agora você me ajuda a tirar o carro do rio e me leva para a fazenda, ou para casa.

Zonzo com as coisas que a ouve dizer, antes de reagir, ele a vê passar a mão no rosto para tirar parte da sujeira a encobri-lo, permitindo-lhe enxergar com mais nitidez sua fisionomia juvenil, enquanto lhe estende a mão: – Muito prazer! O meu nome é Alice. E o teu?

– O meu é Urbano, mais todo mundo me chama memo é de Bano.

– E por que você fala desse jeito? – Ouvindo-o, apesar das dores que sente, ela se vê indignamente desconcertada com o caipirismo do sotaque e das palavras.

– Desse jeito, como?

– Assim, acaipirado?

– Num sei não, uai. É o meu jeito de falá!

"Tô bem arrumada! Só me faltava essa..." – mesmo lutando para conter aquele sussurro de indignação com o que descobriu, involuntariamente, ela o permite conhecer seu desaponto.

"Eu num vô ajudá essa doida é nada!" – diante daquele pensamento, num ato falho por ela manifesto, a vontade do caboclo é abandoná-la à própria sorte, tratando de sumir dali. "Onde já se viu? Eu tô fazeno mais do que posso pra ajudá ela, e ela me agradece pensano essas coisa de mim?" – intimamente ele se contraria. "Ela num pode andá, o carro dela foi pará no fundo do rio, e ela com esse nariz impinado inzigino que eu faço suas vontade!"

A petulância é tanta que parece não haver freio capaz de detê-la! E o pior ele ainda está por ouvir: ela volta a insistir em tirar o carro do rio e ir embora embarcada nele, mesmo aquilo não passando de desvairada loucura: – Você pega a corda que está na caçamba, eu te ajudo a puxar a picape para fora do rio, te dou uma carona até na fazenda...

– Ocê é lôca, é? – Tanta maluquice o faz perder os receios de se contrapor àquela criatura completamente desmiolada. – Óia só o carro onde tá! Ocê sabe quantos quilo ele pesa? Nóis num vai tirá ele daqui é nunca, nem com trêis junta de boi. ...Eu vô é í embora que isso aqui já prestô. – Inconformado com o comportamento inadequado dela, ele avalia não ter mais nada a fazer ali. Põe-se de prumo na direção para onde seguia e começa a dar passos decididos rumo a Serra dos Mulatos.

Contudo, antes de se afastar de vez, não conseguindo conter a curiosidade, volta-se para uma última espiada naquela maluquinha que está conhecendo, posando de dona do mundo.

Ela, em verdade, é um belo projeto de mulher! Ainda que suas condições sejam por demais degradantes, seus olhos de uma tonalidade entre o verde e o azul impressionam pela beleza um tanto embotada por incipiente pânico à adivinhação dos possíveis desdobramentos da crise por que está passando. O rosto, enlameado pela mistura de terra com suor e pequenas marcas de sangue, é de uma beleza ímpar, ornado por um nariz proporcionalmente adequado, de belo feitio; e a boca salienta lábios tão perfeitos que iguais ele nunca viu, nem em Amelinha que tanto o encanta pelo seu jeito único de ser. Os cabelos, ainda cobertos de poeira, indefine-se entre loiro e castanho, destacando pequenos cachos nas pontas, terminando sobre os ombros em belos caracóis. Tanta exuberância se completa nas medidas de um corpo capaz de impressionar por tal perfeição que igual ele nunca viu, mesmo em Amelinha a quem tanto admira.

Aqueles atributos da bela figura que tem à frente salientam tão grande formosura a ponto de impressioná-lo, mesmo estando atribulado com os próprios pensamentos – antagônicos entre a vontade de se abduzir a outros problemas que não sejam os seus próprios, e a dó de deixar aquela criatura ali entregue à própria sorte.

Mas, complacente como nenhum outro, compadecendo-se da angústia em que a vê por percebê-lo indo embora acaba se deixando levar pela moleza do coração.

Ele está ciente de ser a única pessoa cuja generosidade poderá socorrê-la naquele momento de absoluta impotência. "E agora, que qui eu faço?" – vendo-a exposta a tantas fragilidades, intimamente se debate.

Os gestos dela denunciam medo, e as palavras se revestem de tamanha gravidade a impossibilitá-lo de se fazer mouco a tanta lamentação. O jeito de ela falar, ainda que deliberada a não demonstrar sua momentânea impotência, denuncia-a em cada palavra: – Não me deixe aqui sozinha. Nesse lugar não passa ninguém, ainda mais agora que a noite não demorará muito a cair... Eu preciso da tua ajuda!

– Cumé que ocê qué qui eu te ajudo? – Ele se vê ainda mais dividido. – Num tem jeito! O carro tá nadano no rio, ocê tá ca perna quebrada, num tem ôtra cundução... Eu num vejo nenhum jeito de te ajudá!

– Você me leva no colo – ela mesma se assombra ao ouvir aquelas palavras saídas de sua própria boca. Porém, ciente de suas momentâneas necessidades, decide prosseguir: – A fazenda não é muito longe daqui...

– Quar a distância? – Ele lhe dá alguma esperança.

– Acho que são só uns... Uns quinze quilômetros!

– Mais de duas légua?! – Mesmo penalizado, ele se injuria com a coragem dela. – De jeito ninhum. Eu num sô burro de carga!

Porém, sua carência de socorro é tão patente que ela não se deixa desanimar. "Ele não pode, e não irá embora me deixando aqui abandonada nesse lugar ermo!" – se agarra ao único fio de esperança ainda a lhe restar. "Apesar desse jeito tosco de quem não pensa adequadamente a cara dele não é a de um safardana, mas a de um sujeito de bom coração" – considera-o sua única salvação, pondo-se disposta a dela não desgrudar. Está perfeitamente ciente de a presente situação ser a pior em que já se meteu, mais ainda pelo seu deslize em viajar sem o consentimento do pai.

Aquilo por que está passando, bem sabe ela, é apenas o princípio dos problemas com os quais, por bom tempo terá que lidar. Como dizer ao pai que o carro por ele mais apreciado está a jazer dentro do rio, de rodas para o ar – consequência da sua barbeiragem?

A tragédia por ela ali vivenciada só não se fez ainda maior porque aquele sujeito diferente apareceu na hora mais oportuna; e não terá sido obra do acaso! Os céus, com certeza, conspiraram a seu favor. Por isso, não pode prescindir da ajuda dele, deixando-o ir embora a abandonando naquela situação desastrosa. "Eu preciso convencê-lo a me tirar daqui, a qualquer custo!" – a cabeça ferve em busca de argumentos precisos, capazes de envolvê-lo em seu drama, embora intimamente ela mesma não veja possibilidades para aquilo.

Assim pensando, decide mudar de procedimento. Contrariando seus receios preliminares, apesar da rude aparência, demonstra não ser um cafajeste, nem de longe percebendo a rispidez de seus próprios gestos como consequência dos receios de que ele tente tirar vantagem de suas fragilidades. Tampouco se mostrou um tolo a se curvar ante seus costumeiros arroubos de quando quer que alguém faça suas vontades.

E, ademais, aquele não é momento de agir com esperteza, de modo que só lhe resta ser sincera ao tentar convencê-lo: – Falando sério: meu pé está doendo muito, eu não posso usá-lo para caminhar, minha casa está muito longe daqui, não há nenhuma casa aqui perto, a noite já está chegando, não vai passar mais ninguém por aqui...

Em verdadeira lamentação vai enumerando as dificuldades com que se defronta já se preparando para implorar ajuda.

Entretanto, mesmo o percebendo alheio à sua ladainha, suas esperanças, ainda que já as veja como irrealizáveis, começam a se materializar. Atento ao eixo de charrete que no acidente caiu à beira do rio, agora prestes a ir parar no fundo, começa a deslizar na vegetação do barranco para resgatá-lo das águas.

Vislumbrando a mudança de intenções por ele demonstrada, num princípio de euforia, ela se apressa em informar que são dois os eixos com rodas que está levando para montar uma carroça na fazenda. O outro deverá estar ainda na caçamba da caminhonete.

Dado o peso dos rodados, a tarefa é das mais difíceis. Contudo, mesmo ainda não sabendo o que fazer com aquilo, não mede esforços para trazê-los ao caminho. De algum modo eles haverão de servir para o livramento da confusão em que aquela doidinha se meteu!

De repente, invade-a um entusiasmo poucas vezes sentido. E desaparecem seus receios iniciais acerca das possíveis intenções do matuto que agora dá mostras de apenas querer ajudá-la. Vendo-o empenhado em tão boa vontade, abandona-a o medo do perigo imediato, que há pouco quase a obrigou a fugir dali, mesmo coxeando numa perna só e sem ter aonde ir. Impele-a uma vontade incontrolável de animá-lo na empreitada, e logo ela começa a enumerar várias formas de usar os rodados: – Você me senta sobre um deles e empurra, ou então encontra por aí um burro para puxá-los, ou...

"Pur que qui ocê num fecha essa matraca?" – lutando contra o desejo de obrigá-la a se calar, internamente se debate. Contudo, considerando aquele destrambelho como consequência do drama a que ela se expôs, limita-se ao esforço para não dar ouvidos a tanta tagarelice. Só que uma de suas principais deficiências é a necessidade de silêncio para raciocinar. Por isso, antes de ouvir uma extensa ladainha de opções, mesmo por ela condoído, vira-se com ares de quem a repreende a se calar.

Boa entendedora, a nele depositar confiança, engolindo o resto das palavras, ela silencia. Mesmo assim, num misto de ansiedade e esperança, sente coceira na língua, querendo sugerir ainda que qualquer coisa sem nexo.

Porém, ela sabe o momento não ser oportuno a enxerimentos de qualquer natureza. Então, freando o desejo de se manifestar, limita-se a observá-lo saltar a cerca de arame farpado e entrar no pasto. Em silêncio observa-o caminhando na direção duma árvore caída com farta galhada seca, aferrando-se aos galhos com extremada força para retirar dois deles, levando-os de arrasto até a estrada.

A intenção é montar um "carro" formado dos galhos secos sobre os eixos de carroça, como se formasse um chassi de automóvel. Embora nunca tenha visto a construção de um veículo, e ainda com a capacidade de improvisação limitada pela ausência de ferramentas e materiais como parafusos, pregos, e outros utensílios necessários, ele não perde o ânimo.

Vendo-o empenhado em tão boa vontade novamente ela se anima a falar: – Na caçamba da caminhonete tem cordas... Mas não chega a completar a frase, porque, antes, ele ruma ao rio donde volta com as cordas na mão, obrigando-a a reconhecer a admiração que já começa a nutrir por aquele sujeito rude que, mesmo sem nunca tê-la visto, faz o impossível para livrá-la da enrascada em que se meteu.

Depois de algum tempo o resultado de tanto empenho é a mais estranha engenhoca por ela já vista. Fitando o próprio invento ao caboclo impossível é camuflar sua satisfação, manifesta num sorriso interno, ainda assim capaz de denunciar sua íntima alegria. Vendo-o tão satisfeito com o que acaba de fazer, invade-a a certeza de que, de fato, ele a livrará daquela emergência em que está metida.

– Ocê ixprementa o carro pra vê se ele ti guenta – mal consegue conter sua íntima satisfação.

– Tem certeza que não vou cair? – Antes de se aventurar ela ainda titubeia.

– Ixprementa pra vê!

"Eu não vou cair! Não vou..." – intimamente a si mesma ela determina. E logo embarca nos galhos improvisados como carro, esperando que ele a conduza.

Ficô bão? – Ocultando seu regozijo pelo resultado, ele quer saber.

– Considerando a improvisação, está ótimo.

– Então desce e vamo vê si dá certo o que eu pensei.

– Como assim? – Ela é pura afobação para sair dali. – Eu já disse: está ótimo! Vamos embora.

– Peraí; ocê num vai querê que eu te levo sozinho...

– Como não? Eu não posso caminhar. Você tem que me levar!

– Di jeito ninhum! Eu fiz o carro pra ti ajudá, mais num vô sê burro de carga não sinhora.

"Ele é mais teimoso do que eu pensei!" – ela se obriga à submissão a tanta renitência. Ainda que saiba, por suas fragilidades do momento, ser plenamente justificável qualquer atitude que venha a tomar, a ela mesma não parece justo tirar proveito da ingenuidade que por vezes nele aflora, pois, tudo o vê fazer em seu benefício.

Então, apeia da engenhoca tentando não demonstrar fragilidade. Contudo, sentindo a perna lancinar, novamente cai por terra. Consequência do abrandamento da temperatura do corpo agora quase estabilizada, o pé luxado voltou a incomodar, intensificando a sensação de dor. Mas resolvida como poucas, mesmo precisando abafar os gritos que ajudariam a aliviar o padecimento, apressadamente se levanta. E mais uma vez vai ao chão.

Apesar de sua xucrice, Bano agora está ciente de que, mesmo com tantas tentativas, ela não conseguirá caminhar por si mesma. As dores a fazem gemer, denunciando um sofrimento dos mais insuportáveis a uma dondoca da estirpe dela, com certeza desabituada a contratempos de qualquer natureza. Então, num gesto rápido e indelicado, agarra-a para devolver à engenhoca.

– Pra onde nóis vai?

– Acho melhor ir para casa, porque eu preciso consultar o médico.

– Pra que lado é? – Ingênuo, comete a tolice de indagar.

– Pra lá – ela aponta a subida de onde os dois vieram.

– Mais eu num vô pra lá não! Tô ino é pra cá.

– Mas pra esse lado tudo é muito longe, só tem fazendas onde não mora ninguém, e não vamos encontrar socorro.

– Eu num vô vortá não sinhora! Priciso é í em frente.

– Para onde você vai?

– Pra Serra dos Mulato.

– Xi, está muito longe! Nós não vamos chegar lá é nunca desse jeito.

– Mais eu tenho que í pra lá.

– Só que assim, a pé, vai demorar uma semana! O que você vai fazer lá?

– Vô resgatá a minha muié.

– Resgatar?! O quê aconteceu com ela?

– Ela foi robada.

– Então pode esquecer, porque mulher que foge não quer mais viver com o marido.

– Mais ela num fugiu não! – Sentindo-se aviltado pela zombaria percebida, aos brados, ele reage. – Ela foi é sequestrada.

– Tá bom! – Também impaciente ela retorque, mal podendo conter a vontade de devolver a gritaria, ainda assim mantendo indiferença para com os problemas por ele vivenciados. – Só que agora você precisa retardar a tua viagem, porque primeiro tem que me levar para casa. Depois vai atrás dela.

"Essa dismiolada é mais doida do que eu pensava!" – ele se arrepende do envolvimento com ela. "Como se não bastasse inzigí a minha ajuda, agora ela qué é me disviá do caminho!"

Entretanto, de tolo ele só tem mesmo a cara. E não demora a perceber que pode tirar proveito da situação insólita em que está metido. Pensando bem, se ajudar aquela doida, ela poderá retribuir o favor.

"Perdido por perdido, nada custa tentá!" – ele logo matuta. A urgência em resgatar Amelinha já foi quebrada mesmo! Então, que mal fará o atraso de mais algumas horas, considerando que ela poderá retribuir a ajuda proporcionando-lhe um meio mais rápido de locomoção? Mal sabe ele que, ladina como nenhuma outra, ela também pensa exatamente em se valer de seus préstimos utilizando falsas promessas de ajuda mútua.

– Intão vamo cumbiná – o caboclo se apressa em colocar seu plano em prática: – eu ti levo pra casa e dispôis ocê mi ajuda a í pra Serra dos Mulato, tá bão ansim?

– Em busca de tua mulher!... – Ela estende a mão para selar o acordo: – Está bem. Combinado!

***

Ao matuto sobrou a pior parte do acordo. A ladeira é demasiado íngreme e extensa, repleta de pedregulhos escorregadios quando forçados pelas pernas a avançarem morro acima arrastando o peso da engenhoca e da moça.

Ouvindo-o gemer em caretas naquele esforço para empurrar aquela geringonça improvisada, além de ela mesma, chega a sentir dó. "Mas" – para desencargo de consciência, lá consigo mesma se justifica – "eu nada posso fazer, pois, estou completamente impossibilitada para qualquer esforço físico! E, além do mais, foi ele mesmo quem sugeriu me levar para casa".

Foi consumida quase meia hora para vencer a penosa ladeira. Durante a subida, embora comprometida na capacidade de percorrer com as próprias pernas aquele penoso trajeto, por vezes ela quase o dispensou de tanto esforço. Porém, acabou se acovardando.

E agora que chegou ao topo, se autocondena ao percebê-lo estropiado, o sangue parecendo ter-lhe sumido por completo das faces.

Ele nem parece mais o sujeito de aparência truculenta que ela percebeu se aproximando do lugar onde se acidentou, de ares viris, capaz de amedrontar pelo considerável gigantismo do corpo queimado de sol, pelos olhos negros um tanto arredios, os lábios grossos, o nariz indefinido entre fino e achatado, e os cabelos crespos em desalinho, apesar de curtos.

"Eu estou parecendo é uma leviana!" – surpresa com a própria capacidade de tão minuciosamente observá-lo, ela se auto repreende. – "Onde já se viu, numa situação dessas, ficar pensando tais coisas?!".

Depois de tanto esforço a aparência do caboclo é um tanto desanimadora: o suor lhe escorre pela face em bicas intermináveis, a respiração se realiza com dificuldade e a cara é de puro esgotamento. Mesmo assim ainda lhe resta suficiente coragem para elaborar um plano que alivie o sufoco de carregar tanto peso por uma distância que ainda não sabe qual é, nem quanto tempo levará para chegar à casa daquela destrambelhada que até agora só lhe causou dissabores.

– O que você está pensando? – Observando-o a mirar sua própria invenção, ela não consegue conter a curiosidade.

– Tô pensano é num jeito de discançá enquanto vô te levano – concentrado no que fazer, ele nem atenta às próprias palavras, quase mecanicamente pronunciadas.

A ela, qualquer solução que ele apresente já não meterá medo. Até os receios mais imediatos de quando o viu pela primeira vez já começam a arrefecer, pois, mesmo daquele jeito tosco de que só ele parece capaz, tem agido como um cavalheiro, tudo fazendo para socorrê-la.

Contudo, aquela boa impressão só resiste até o momento em que ela o vê improvisando umas rédeas feitas de cipó, com as quais pretende dirigir a geringonça ladeira abaixo enquanto estiver montado. Conhecendo as condições da estrada, ela sabe qualquer pequeno deslize ser capaz de provocar sérios acidentes. E não lhe parece bom o que o vê fazer.

– Isso não vai dar certo! – É a única observação que, quase aos berros, ela consegue fazer. Afinal, contra todas as regras do bom senso, percebe-o encarapitado na engenhoca com as mãos nas rédeas, agindo como se dirigisse uma carroça.

Lá também está amarrada uma vara como alavanca a tocar o chão, com a qual o matuto pretende frear a velocidade que, pelo declive da ladeira, será das maiores que ela já viu – o que justifica seu desespero por ver-se impossibilitada de evitar o que fatalmente acabará acontecendo!

Os primeiros cem metros, contrariando os receios de Alice, a engenhoca desce bem comportada. O caboclo lá em cima, garboso como quem domina uma charrete com habilidade de mestre.

Contudo, o declive vai se tornando mais acentuado e os buracos vão ficando maiores; as dificuldades de dirigir e frear ao mesmo tempo vão minando a perícia do condutor, levando-o a pelejar até não mais dar conta das duas tarefas. E sua labuta só perdura até o momento em que, sentindo-se incapaz de controlar o veículo com a presteza desejada, ele abandona o freio que já para nada serve, centrando todos os esforços na direção.

Mesmo em excessiva velocidade o matuto tenta manter o veículo no rumo certo, lutando até não ter mais o menor controle de nada. "E agora, que qui eu faço?" – sem a menor condição de remediar a gravidade do perigo, ele se aflige.

Atribulado como poucas vezes se viu na vida, volta-se para a garota, pensando num jeito de livrá-la de consequências ainda piores. Porém, inócua será qualquer tentativa de salvá-la da desgraça iminente, pois, não consegue perceber mais que meia dúzia de dentes cerrados acompanhados de dois olhos espremidos a encarecer socorro, enquanto sem palavras, ela apenas se esforça para não esborrachar no chão.

Diante da desgraceira a se mostrar cada vez mais terrível, a única atitude a ele possível é gritar, enquanto pula na tentativa de fugir daquela situação tão indesejável quanto perigosa: – Eu vô pulá. E ocê tamém pula!

No entanto, para ela não há mais o que fazer. Paralisada como verdadeira catatônica em fase pacífica, sem a menor capacidade de reação, não desgruda da geringonça. E em recrudescente pânico, fecha os olhos para não ver a consumação da própria desgraça.

E só lhe resta correr atrás da engenhoca na picada por ela aberta no mato enquanto desce desgovernada sabe Deus para onde! Alcança-a em tempo de mergulhar no rio e procurar pela moça que, correndo todos os riscos ensejados pela situação, em extremo sofrimento lá permaneceu embaralhada a se debater. E, desmesurando-se em esforço, levanta a geringonça que a prende no fundo, agarrando-a pelos cabelos na segunda vez que a salva naquele dia.

* * *

Apesar de toda a sua espalhafates, Alice não reagiu da forma que seria de esperar. O medo de morrer criou nela uma apatia totalmente atípica e até agora nunca vista; uma moleza nas pernas a impede de permanecer em pé, ao mesmo tempo em que todo o corpo treme num medo arrepiante do que ainda mais possa lhe acontecer.

Nos braços de Bano, a carregá-la morro acima para longe da margem do rio, ela tem a aparência de qualquer coisa suja e molhada, menos a de uma pessoa. É o retrato da desgraça: cabelos imundos colados ao rosto, mais parecendo um pintinho encarangado que um ser humano. Arranhões por toda a pele a faz brandamente sangrar da cabeça aos pés, e o sangue acaba criando pequenas manchas marrom-avermelhadas na roupa suja grudada ao corpo.

Ela não passa do mais acabado exemplar de um ser humano sucumbido numa catástrofe!

"O que mais poderei eu sofrer hoje?" – apesar da frouxidão física ela mantém todos os sentidos em alerta, receosa de que coisas ainda piores possam acontecer.

Para ela é como se aquele dia tivesse nascido com o mero intuito de destruí-la aos poucos. Primeiro o acidente com o carro fez desmoronar toda a sua euforia por, enfim, poder criar algo capaz de diverti-la ao lado das crianças na fazenda; e, além daquela frustração, sua aparência já era nenhum pouco animadora. Depois o medo arrepiante da tragédia que se avizinhava cada vez mais horrível, quando descia encarapitada naquela geringonça ao lado dum sujeito que, apesar da presente proximidade consigo, ela ainda não sabe quem é. E, para completar a tragédia, a queda dentro do rio donde pensou não sair viva, por não conseguir de lá emergir sozinha.

Por tudo o que já sofreu desde que perdera o controle da direção da picape, ela tem medo até dos próprios pensamentos. O caboclo se esforça para levá-la no colo ao topo da ribanceira de onde – ainda agarrada àquela engenhoca construída por ele – precipitou de grande altura. Então, querendo se livrar de problemas ainda mais graves, prefere permanecer naquela posição encolhida, quieta e aconchegada nos braços daquele matuto.

Por seu lado, intimamente ele se responsabiliza pela tragédia ainda maior que acabou provocando, quando, feito burro de carga, aquiesceu em transportar aquela doidinha por caminhos tão difíceis. Agiu de boa-fé, apenas a ela querendo evitar maiores sofrimentos. Porém, apesar de suas boas intenções, o resultado se revelou ainda mais catastrófico.

Homem cheio de pudores e impolido por natureza, agora, ele força a vontade de ser delicado ao pô-la sentada sobre a relva à beira do caminho, logo se afastando alguns passos dali. Aviltando a si mesmo até o cúmulo da humilhação, não ousa lançar sobre ela qualquer olhar, permanecendo cabisbaixo a idear um meio de reparar o mal que acabou cometendo.

Em verdade, ele tem muito pouco do que aparenta ser; seu jeito xucro está muito mais na aparência que na personalidade e, quando necessário, sabe agir com justeza cujo senso é bastante arraigado. E está perfeitamente ciente da necessidade de reparar os danos que, involuntariamente, acabou causando.

Já ela, perspicaz como poucas, mesmo no estado deplorável em que se vê, vislumbra a tempestade que estará a fazer estragos na cabeça daquele matuto tão envergonhado ali à sua frente. Percebe que intimamente ele se flagela, demonstrando-se humilhado pelo fracasso em socorrê-la da mais excruciante vicissitude de sua vida.

Apesar de vê-lo cabisbaixo e tão retraído, ela tem a certeza de que ele estará planejando a nova etapa daquela aventura que se complica a cada movimento, ultrapassando todos os limites da razoabilidade. Então, mesmo sendo o causador de seu último desastre, é preciso mostrar-lhe gratidão.

Só que, capacidade para agradecer é virtude para a qual nunca foi educada, pois sendo filha única e paparicada por todos à sua volta, se houve coisa que ela aprendeu na vida aquilo foi mandar e ser obedecida. Todavia, sua atual situação exige mudanças de comportamento, já que os mimos e satisfações de vontades, ali, são coisas impossíveis, e daquilo ela tem plena ciência. Por isso, ante tão grande revés, mais uma vez faz-se necessário mudar de procedimento:

– Eu acho que, mesmo coxeando, já posso caminhar até a minha casa – em tom solene, ela se esforça por ser amável.

Já ele, receoso de que ela ainda não consiga ir tão longe caminhando com as próprias pernas, se apressa em contradizê-la:
– Mais eu inda posso carregá ocê. Nóis vai divagá, e quando eu cançá, discanso, inté a gente chegá na tua casa.

– Imagine! A gente vai devagar sim, mas eu prefiro caminhar com minhas próprias pernas.

Moça prática e decidida como nenhuma outra, a ela, prolongar aquela lengalenga não passa de mera perda de tempo. E percebendo o rápido cair da noite, disposta a ir embora com toda a urgência de que for capaz, logo se põe de pé. Mas o pé ferido fraqueja, levando-a a estatelar-se novamente no chão; e a terra gruda ainda mais em sua roupa molhada, deixando-a em estado pior do que já estava.

Bano, caboclo experimentado nas vicissitudes da vida, nunca foi de esperar que as coisas aconteçam por si. Ainda que em seu ritmo lento, e à sua maneira nada convencional, nunca permite a um problema se alongar indefinidamente sem agir para solucioná-lo.

Agora vendo Alice a estrebuchar no chão, debatendo-se com as próprias dores, ele é tomado dum ímpeto, tão repentino quanto incomum em sua personalidade, apanhando-a nos braços – sem importar com a reação que possa ter –, e reiniciando a caminhada na direção por ela indicada.

A noite começa a se manifestar, e o crepúsculo já consome o resto da claridade do dia agonizante.

Alice é moça ainda tenra na idade; tem apenas 16 anos, mas a insólita situação em que se vê a obriga à desconfiança acerca dos riscos a que está exposta na companhia daquele caipira, de quem ainda lhe é impossível conhecer as verdadeiras intenções. Ela sabe, por intuição e por histórias que já ouviu, não ser aconselhável a um homem e uma mulher estarem a sós à noite em lugares tão isolados como aquele, a menos que estejam dispostos à libertinagem.

Evidentemente não é aquele o caso dos dois, ao menos no que depender dela. Contudo, ela pensa não ser aconselhável dar oportunidade ao azar. E receosa de possíveis saliências da parte dele, ferve os miolos querendo encontrar um meio de manter-se imune a qualquer investida naquele sentido, embora não saiba ainda como evitar o que considera bem provável acontecer.

Já ele, tão ababelado com os próprios transtornos, não tem a mínima condição de pensar em coisas como aquelas que estão a perturbá-la. Em sua cabeça, além das aflições a si causadas por seu drama pessoal a debilitar ainda mais sua curta capacidade de raciocínio, agora a necessidade primordial é restabelecer as condições físicas, emocionais e até psicológicas daquela fedelha com ares de majestade.

Mas, enquanto isso, interiormente ela se debate a procura dum meio de evitar o que imagina possível acontecer entre os dois: pensamentos passíveis de afetar muito mais as mulheres que os homens!

O peso dela, apesar da delicadeza das formas do corpo anatomicamente perfeito, já é bastante em mantê-lo efetivamente ocupado e disperso de qualquer maliciosidade. Mas, ainda que os gestos dele nem de longe demonstre qualquer maléfica intenção, não se vê totalmente segura, carecendo ainda de outros artifícios para evitar imaginários percalços que ainda possam atingi-la.

Assim matutando, chega à conclusão de que o melhor jeito de fugir à possível atrevimento da parte dele será ocupando-o com futilidades durante todo o tempo em que estiverem a caminho. Tagarelar infinitamente é uma de suas especialidades, muito mais numa situação de absoluta necessidade como avalia ser a de agora!

– Você está vindo de muito longe? – Revestindo de mera curiosidade a intenção de desviar factíveis pensamentos libertinos que possam acometê-lo, sutilmente ela começa a pôr seu plano em prática.

– Tô vino lá das banda do Barro Preto.

– Você é de lá?

– Eu nasci lá, na mema casa onde moro inté hoje.

– E a tua mulher, também é de lá?

– Não! Um dia ela chegô lá pra visitá uma tia que era nossa vizinha, e eu gostei dela, dêis daquela primêra vêiz que vi.

– Você parece bem moço... Devem ter casado muito cedo.

– Quando ela veio da terra dela pra visitá a tia, era inda bem novinha, quage uma criança – ele chama a atenção pelo tom solene ao falar da mulher. – Tinha só dizesseis ano, e eu tinha dizoito. Mais ela era bunita que só! Isperta, zóinho azú, ligêro, daquêis que conquista quarqué caboco!

– E vocês logo começaram a namorar...

– Não! Ela se fêiz de difíci, dizeno que era muito nova pra namorá. Mais, no fundo, ela bem que gostô do moreno aqui!

– Como, então, aconteceu de vocês namorarem e se casarem?

– Ela foi imbora pra terra dela e passô mais de um ano sem a gente si vê. Inté o dia que chegô uma carta dela perguntano de mim pra tia. Aí eu mandei iscrevê ôtra carta pidino ela em casamento. Ela respondeu que aceitava e eu fui buscá ela.

– Tão rápido assim? Não tiveram um tempo de namoro?

– Não! Num tinha jeito da gente namorá porque ela morava muito longe. Por isso eu logo viajei pra lá e truxe ela comigo.

– Que coragem a dela! Eu jamais sairia de casa na companhia de um cara que não conhecesse.

– Nu cumeço da viaje ela inté chorô um pôco, oiano pra tráis e acenano pra mãe. Mais logo isqueceu a famía e nunca mais falô dêis, inté o dia de hoje. Só que eu sempre fiz tudo pra ela sê feliz, nunca martratei, nem contrariei ela.

Intimamente Alice se regozija por estar conseguindo mantê-lo ocupado, distraindo-o para afastar qualquer possibilidade de investida. E, além do mais, a prosa a está agradando por lhe permitir conhecer, ainda que superficialmente, a pessoa com quem, involuntariamente, acabou se envolvendo.

– Bem se vê...

Porém, subitamente, algo tão inesperado quanto indesejável a impede de concluir o pensamento. Carregada no colo como se fosse um bebê, ela se vê sacolejada para o alto, tão abruptamente que é impedida de saber de pronto o que está acontecendo. E em negação a possível novo percalço, por instantes fogem dela todos os sentidos.

Mas, instantaneamente, a realidade novamente se faz palpável. E enquanto ele ainda luta para manter o equilíbrio e não trambolhar-se a machucando ainda mais, um ato reflexo de defesa obriga-a a agarrá-lo fortemente com os braços em torno do pescoço. Só que já não há como evitar o inevitável: ele dá alguns passos à frente, levado pelo peso do corpo dela, além do seu próprio, esforçando para se reequilibrar, coisa impossível dada as circunstâncias. E o resultado, por mais esforço que ele faça, é a queda com os seus quase oitenta quilos sobre ela, já traumatizada por tudo o que vem sofrendo.

Outra vez prostrada na terra, não quer demonstrar as dores que está sentindo – piores ainda porque agora se vê esmagada pelo corpo do caboclo. Mas que dói, dói! Que o diga a careta que ela não consegue evitar!

Ciente do próprio peso, que estará contribuindo para aumentar as dores que ela já vem sofrendo, ainda mais sem jeito do que já estava, ele se apressa em levantar. Atordoado, numa mistura de vergonha e raiva pelo que permitiu acontecer, volta-se para ela penalizado por sua vã aparência, tão amarrotada a parecer qualquer troço, menos uma pessoa.

Ela, no entanto, não permite a mais aquele revés derrotá-la por muito tempo. Ágil por natureza, mesmo a situação justificando sua permanência desmoronada no chão, ela ignora as dores para levantar-se com extrema rapidez. E pensando em evitar novos incidentes massacrantes como aqueles que já sofreu, doravante decide enfrentar as dores sem nenhuma auto piedade. Para isso, por mais que ele venha a insistir, não aceitará mais a comodidade do colo que, tem de reconhecer, lhe proporcionava excelente conforto.

Também ele, desconfiado de que novos percalços venham comprometer ainda mais sua boa vontade de aliviar os sofrimentos dela, não se encoraja a novamente carregá-la. Desde que a conheceu, lá na ponte onde se acidentou, ela vem sofrendo uma sequência de trágicos incidentes capazes de transformá-la naquela coisa irreconhecível que agora ela é.

E se não tomar os devidos cuidados, naquele desenrolar acelerado dos acontecimentos, é bem provável que antes de chegar à sua casa, ela acabe morrendo de vez. Portanto, ele avalia, é preciso zelar para que não se machuque mais, sob a pena de não conseguir entregá-la viva aos familiares.

Temerosa de que ele ainda queira insistir em carregá-la, antes de qualquer manifestação da parte dele, ela inicia manquejante caminhar dentro da noite cuja escuridão é recrudescida pela "sombra" dos galhos das árvores emborcados sobre o caminho. Seguida de perto por ele – desconcertado por não ter alternativas a oferecer – vai suportando fortes dores no pé luxado. Mas, pensa lá consigo mesma, não voltará ao colo, mesmo que caminhar torne-se impossível.

Conhecendo a distância que ainda têm pela frente, e as próprias condições físicas, ela bem sabe a quantidade de horas necessárias para chegar à cidade. E, além disso, ainda não a abandonaram os receios de que o matuto possa se aproveitar de suas fragilidades para tentar alguma libertinagem. Por isso, ainda que as dores no pé lhe provoquem tanto desconforto, tagarelando futilidades trata de manter a mente dele ocupada:

– Eu conheço este caminho como a palma da mão, sabia?

– É memo?

– É! Meu avô é um dos pioneiros desta região. Chegou aqui há muitos anos, quando essas terras eram ainda cobertas pela mata virgem.

– Como ele se chama?

– O nome de batismo é Francisco dos Santos, mas todos o conhecem por Chico Mineiro... Coronel Chico Mineiro.

– Ele é pulícia?

– Não! Mas por que a pergunta?

– Uai! Porque coroné só pode sê do inzército, ô pulícia militar.

– Não, não! Ele não é militar. Na verdade, ele foi dos últimos tropeiros que viajaram por essas terras.

Ciente do próprio acerto em puxar conversas sem fim, ela se regozija com o interesse dele na história que começou a contar. Além de mantê-lo ocupado, sua estratégia é uma ótima oportunidade de se dar a conhecer, revelando sua fidalguia, o que lhe parece de grande valor na insólita situação em que se acha.

– Meu bisavô foi tropeiro dos mais afamados, e levou meu avô a segui-lo na profissão – entusiasma-se ao falar de sua família, querendo revelar quem realmente é. – Só que quando meu avô aprendeu o ofício, ainda muito jovem, já era o fim do ciclo dos tropeiros. Por isso ele acabou viajando pouco tempo.

Mas, homem sagaz que sempre foi, além de sempre ter sido grande curioso a especular prováveis acontecimentos no futuro, logo percebeu que podia tirar vantagem da profissão, inclusive pessoal. Astuto como poucos, assim que conheceu minha avó, num dos pontos de pouso, ele a conquistou antes que outros o fizessem.

Ele não perdia as oportunidades de se informar minuciosamente sobre as coisas dos lugares por onde andava. Costumes das populações, e seus meios de vida, foram aspectos que ele se esmerou por assimilar com a máxima precisão.

Foi assim que ficou sabendo que as grandes extensões destas terras, quilômetros e mais quilômetros delas, eram devolutas, propriedade do governo que nem sabia das riquezas aqui escondidas. Daquele jeito era fácil se estabelecer por aqui sem dispor de grande capital. E ele usou da mentira – é verdade – para apropriar-se da fazenda que agora possui. Só que teve de trabalhar duro para construir tudo o que tem hoje.

À época viviam por aqui apenas alguns caboclos, nômades criadores de porcos, que não fincavam raízes em lugar algum.

Num ano estavam num sitio onde plantavam e engordavam suas manadas. Já noutro ano juntavam a família e iam para outro lugar onde faziam a mesma coisa.

Essas pessoas eram muito simples, nada entendiam de leis, nem sabiam quem eram os governantes. Então meu avô se apresentou a eles como um coronel do exército que vinha tomar conta das terras em nome do governo. Construiu uma casa, derrubou a mata, cercou as terras, levando os limites até onde achou ser suficiente. E se estabeleceu aqui.

Os anos foram passando sem que ninguém o incomodasse, até documentar a fazenda, valendo-se da lei de usucapião. E, à exceção de alguns grileiros espertalhões que, antes de serem escorraçados pelos peões da fazenda, certa vez tentaram lhe subtrair parte das terras, ninguém mais o importunou. Ele criou a família aqui, tornando-se o coronel Chico Mineiro, como ainda hoje todos o conhecem.

– Ele tem muitos fío?

– Sim, tem muitos: onze ao todo. Três já morreram, outros moram em outras cidades, e meu pai mora com ele até hoje. O maior orgulho do meu avô é o estudo que ele deu a todos os seus filhos. Todos são formados na universidade!

– Inté teu pai?

– Sim, meu pai é advogado. E agora é o prefeito!

– E a tua mãe?

– Minha mãe não. Ela era de família humilde, residia no campo e só estudou até o primário. Quando se casou com meu pai, ela preferiu ser apenas dona de casa e companheira do marido. Hoje, como primeira-dama, vive viajando à capital em nome da prefeitura, realizando trabalhos para a comunidade. Mas, acima de tudo, ela se esforça mesmo é para se inteirar das novidades, particularmente o que acontece no mundo da moda. Agora mesmo está lá acompanhando uma comitiva do município.

– E ocê, tamém é estudada?

– Eu? Eu também vou me formar em direito. Ainda não fui para a universidade porque sou menor, e ainda não terminei o científico. Mas, quando completar 21 anos, irei para a capital estudar.

Eu até poderia ir antes, mas minha mãe teria que me acompanhar. Só que, por ciúmes, meu pai não a deixa ir.

– Faiz tempo que o teu pai é prefeito?

– Não, não! Ele só se elegeu bem recentemente, e, mesmo assim, porque não tinha outros candidatos. Ele foi candidato único! Quando nosso distrito se tornou município – pelo esforço dele – o povo o elegeu. Mas, antes, ele nunca tinha sido político.

– A cidade docêis é Chicópri?

– Chicópolis é o nome correto. Essa palavra, grosso modo, quer dizer Cidade do Chico. E antes que você pergunte por que, eu vou explicar: meu avô se chama Francisco dos Santos e seu apelido é Chico Mineiro. Meu pai se chama Francisco dos Santos Júnior e seu apelido é Chiquinho. E a nossa cidade foi fundada por meu avô.

Depois que minha avó faleceu, ele caiu em depressão, perdeu por algum tempo o gosto pela vida e quase abandonou a fazenda.

Mas a vida não podia parar. Então ele recobrou as forças e terminou de formar a propriedade. E quis que a região se desenvolvesse rapidamente, para valorizar mais as suas terras. Ele escolheu o lugar onde fica Chicópolis, comprou uma gleba e a dividiu em lotes, vendendo-os a alguns e doando a outros, com a única exigência de que logo construíssem suas casas e se mudassem para lá.

À medida que o povoado foi crescendo, vieram os comerciantes, as escolas, a igreja, o cartório, o hospital... Logo já tinha tudo o que uma cidade tem, embora com número de habitantes bastante reduzido. Passaram-se anos até ela chegar ao ponto em que hoje se encontra.

Por causa dos rios e do pântano que eles formam, o lugar recebeu o nome de Vargem Grande. Só que antes de se tornar município, meu pai aproveitou a oportunidade para mudar o nome do povoado que agora seria cidade. Querendo perpetuar a memória do meu avô, e também a sua própria, ele sugeriu o nome que a cidade tem hoje.

Houve muita disputa, porque alguns moradores não queriam esse nome. Mas, num plebiscito, Chicópolis ganhou. E assim a cidade ficou conhecida como atualmente ainda é. Eu gosto dela porque é a cidade da minha família.

Percorrendo a estrada de pedras e poeira que conduz a Chicópolis, serpeando em muitas curvas para evitar os penhascos ou os montes cobertos de pastagens e mata nativa, Alice vai dando conhecimento ao matuto de quase tudo o que diz respeito à sua vida.

Estivessem em pleno dia e Bano se extasiaria ante a visão das colinas embasadas por verdejantes vales cortados por sinuosas veredas, cobertos de abundante pastagem onde por dias a fio se alimenta o gado, sempre próximos às singelas casinhas onde residem seus proprietários.

Pormenores dos acontecimentos que envolvem a cidade e sua gente vão sendo revelados por Alice, sentindo-se vitoriosa por estar já quase chegando à sua casa sem experimentar mais nenhum incidente desagradável.

Contudo, sua maior vitória consiste no fato de ter conseguido manter a mente do caboclo ocupada, ao mesmo tempo em que se deu a conhecer como alguém importante, bem relacionada e, segundo suas próprias palavras, muito estimada nas rodas de seus concidadãos.

Seu pé já não dói, pois, o esforço da caminhada e o consequente aquecimento do corpo inibiram o desconforto e as dores. E agora, ela já sabe os ferimentos não serem assim tão graves, não passando de algumas escoriações sem maiores consequências.

No momento em que iniciam a descida da colina que se eleva ao norte da cidade, o sol já surge de trás dos montes ao nascente, a tudo iluminando com luz cálida e intensamente clara. Do lugar onde estão pode-se vislumbrar pitorescamente o casario com seus telhados vermelhos iluminados pelos primeiros raios de sol.

Desde sua fundação, Bano sempre ouviu falar de Chicópolis, mas nunca pensou ser ela de aspecto tão agradável, apesar da pequenez.

A cidade não é lá tão grande, mas muito bem cuidada. As ruas, apesar da ausência de asfalto ou qualquer outra pavimentação – à exceção da avenida principal –, são limpas e bem arborizadas. Todas as casas são ainda novas, e uma praça na parte central ostenta um belo jardim com imensa variedade de viçosas flores; e, por todos os lados, se espalham árvores relativamente jovens, apesar de vigorosas.

Muitos roceiros madrugadores são vistos a caminho do trabalho nos campos próximos ao núcleo urbano; mulheres abrem portas e janelas, despertando os filhos para irem à escola...

A cidade desperta para mais um dia.

A Bano pouco importa o que poderá pensar qualquer um que o veja em sua atual condição de acompanhante duma das filhas daquele lugar. Ali, ele não passa de ilustre desconhecido, além de ser caboclo desleixado por natureza, a quem nunca incomodou a maneira como os outros o veem.

Já Alice tem ali uma reputação a preservar, e a ela não é aconselhável ser descoberta do jeito em que se apresenta.

No entanto, para alívio da garota, os dois não passam de meros anônimos vistos pelos transeuntes da manhã a cumprimentá-los desconfiados em seus jeitos interioranos, sem se darem conta de aquela pessoa do sexo feminino, de aparência tão desmazelada, ser a filha do prefeito.

Constrangida por sua denigrida apresentação, agradece aos céus não ser reconhecida por nenhum dos moradores. O que haveriam de pensar descobrindo-a assim tão maltratada, como alguém que acaba de sair duma guerra?

Seu desconforto perdura até o momento em que se vê livre de qualquer reconhecimento da parte de seus concidadãos. Atravessou toda a cidade como mera passante aos olhos de quem a viu, estando agora a menos de cinquenta passos de sua casa.

Construída sobre pequena colina, um tanto afastada de outras moradias, a vivenda mais suntuosa do lugar está privilegiadamente posicionada num nível donde é possível observar tudo o que acontece na avenida principal.

Ao lado de Alice, Bano focaliza o pensamento em como lá ele será recebido. Mesmo em sua simplicidade, avalia que, sendo Alice pessoa tão importante quanto ela mesma tentou demonstrar, será difícil à sua família aceitar pacificamente o seu envolvimento com um sujeito tão insignificante como, diante da imponência da moradia, agora ele se sente.

Até explicar tudo o que aconteceu desde que os caminhos dos dois se cruzaram, na certa enfrentará muitos constrangimentos. Mas, agora, não há alternativas. O único jeito será enfrentar, sem nenhum recuo, todos os contratempos que advierem. Até porque a guria pensando não ser capaz prometeu ajudá-lo a chegar à Serra dos Mulatos em busca de Amelinha. E isso compensará qualquer embaraço passível de acontecer.

Esperançado, apesar dos receios sobre como será recebido, caminhando à retaguarda, ele chega ao portão da moradia, maliciosamente deixando Alice tomar a dianteira.

* * *

Alice não carece de tão grande esforço para abrir o portão de sua residência, mesmo sendo constituído por espessa grade de ferro da mesma altura do muro em alvenaria, elevado em quase dois metros e quadrilateral a toda a área da propriedade. À sua retaguarda, apesar de seus receios, Bano não perde um só detalhe de tudo o que lhe passa diante dos olhos, fazendo verdadeira varredura no terreno onde põe os pés.

Antes de terminar o percurso dos cerca de cem metros de caminho forrado de paralelepípedos, que vai dar no extenso varandado de onde se adentra a residência, ele já esquadrinhou cada palmo da imponente residência. Chamou-lhe especialmente a atenção o jardim bem cuidado, de grama impecavelmente aparada e pequenos arbustos rodeados por minúsculas flores multicoloridas de várias espécies.

Mas, de tudo o que se lhe passa diante dos olhos, a grande atração a encantá-lo é a pequena coleção de automóveis, caminhão e lambretas quedados em grande galpão nos fundos da propriedade. "Essa ispivitada deve sê bem rica!" – ele volta a pensar. Mesmo depois de tantas insinuações, só agora lhe é possível compreender aquele nariz empinado com que, exageradamente, exigia submissão às suas vontades, apesar da realidade de suas desventuras consequentes dos erros por ela mesma cometidos. Residir numa casa como aquela é coisa possível somente a quem – como parece ser o caso dela – terá muita riqueza e, quiçá, uma família bem estruturada e feliz.

Tanto luxo, a ele impossível mesmo nos melhores sonhos, causa-lhe certo desânimo. Intuitivamente desconfia não ser bem recebido pelos moradores, a quem não passará de mero aproveitador de circunstâncias favoráveis. "Mais eu num posso fraquejá justo agora!" – a lhe determinar coragem seus pensamentos martelam sem parar.

Envidando rápida assimilação do que está à sua volta, antecedido por Alice, ele chega à porta principal, fechada a impedir a visão do interior da moradia. À imaginação do caboclo, desacostumados de qualquer luxo, por seu aspecto tão sisudo a porta se assemelharia mais à entrada dum palácio que à de uma residência.

Na madeira espessa e envernizada, as batidas de Alice produz rimbombante toada a ecoar pela ampla sala vazia, obrigando uma mulher grisalha, de avental e lenço na cabeça, imediatamente abri-la. Todavia, ante aquele inusitado quadro a se lhe apresentar, amedrontada, a serviçal não consegue esconder seu espanto.

Temerosa, a mulher retrocede alguns passos para o interior da residência, apoiando-se no primeiro sofá que encontra, enquanto insistentemente suplica: – Por favor, não me façam mal. Eu sou uma pobre velha e não tenho nada que possa interessar a vocês. Só quem tem alguma coisa são os patrões, mas eles ainda estão dormindo...

Cada vez mais embasbacada, a empregada desanda a tagarelar palavras sem nexo que, ainda assim, denunciam ela os estar encarando como ladrões.

Tanta pantomima obriga Alice a logo pôr fim àquele exagero. Adentrando a sala e tão resolutamente indo na direção da mulher, ela obriga a pobre a esboroar sobre o sofá. Porém, a serviçal não consegue encenar por muito tempo o seu teatro porque a patroinha, dando-se a conhecer, sacode-a com fortes safanões: – Deixe de fricotes Gertrudes, sou eu! Você não me conhece mais?

Se antes a empregada já estava temerosa, agora ela é pura perplexidade. Ainda apoiada no sofá, de olhos esbugalhados, recusa-se a acreditar no que eles enxergam. Desconfiada de estar diante duma impostora, começa a esmiuçar Alice da cabeça aos pés, até certificar-se de estar mesmo diante da filha dos patrões. Mesmo assim não consegue esconder a admiração pelo que vê: – É você mesmo?! ...Não pode ser! Ainda há pouco eu pensava na tua loucura de ir sozinha para a fazenda...

Apesar da longa data em que vive a servir naquela casa, Gertrudes nunca chegou a governanta, o que na sua condição seria de esperar. Seu status nunca foi além do de uma empregada de maior confiança – espécie de chefe dos outros serviçais. Sendo quase ama de leite de Alice, a quem chegou a amamentar algumas vezes em que a patroa não estava em casa, ela tem um cuidado todo especial pela garota, a quem viu nascer.

Tudo o que à sua "menina" represente algum perigo logo enfrenta sua mais ferrenha resistência. E agora não é diferente. Subitamente ela freia suas lamentações para fitar em silêncio a figura de Bano, em pé do lado de fora. Apenas fixa nele os olhos, séria e contrariada com a perturbadora presença do caboclo. Convencida de seus pressentimentos, não realiza o menor esforço para esconder que a ele atribui o estado deplorável em que se encontra a guria, sua protegida.

Conhecendo-a como ninguém, não é difícil a Alice adivinhar o que ela estará maquinando e, querendo evitar mal entendidos, antes que o matuto seja enxotado dali, se apressa em apresentá-lo: – Este é Bano, um anjo da guarda que me salvou e... E... Acho que agora é meu amigo, não? – Fixa nele os olhos, esperando a confirmação do que diz.

"Quem ti viu, quem ti vê!" – ante aquela radical mudança de atitudes dela entre um e outro dia ele é pura desconfiança. Ainda ontem, mesmo quando a socorria, era tratado com toda aquela aspereza, apesar daquela "conversera" da noite toda. E agora ela o chama de amigo? A ele é difícil compreender tanta transformação, porém, sendo-lhe favorável a mudança, e já que ela deve ter seus motivos, decide aquiescer àquela afirmação de amizade, assentindo com a cabeça: – Sim sinhora, nóis si conheceu num acidente na bêra do rio...

– Acidente?! Minha Nossa... – Mais uma vez Gertrudes esmiúça a patroinha. No entanto, querendo evitar complicações desnecessárias, Alice se obriga a frear o rosário de lamentações que certamente sairá da boca da empregada. Mesmo não sabendo como as coisas aconteceram a velha será bem capaz de culpar Bano pelo que ela mesma fez ao não conseguir dominar a caminhonete. E para Gertrudes enxotá-lo dali a vassouradas será apenas uma questão de tempo!

Por isso, conhecedora da mulher como só ela é, se apressa em repreender Bano com um olhar ríspido, típico de quem quer evitar o atiçamento de mais lenha na fogueira.

Além de tudo, seu avô precisa ser devidamente preparado antes que a notícia do acidente se espalhe:

– Depois a gente conversa sobre isso. Agora eu quero me refazer, tomar um bom banho, descansar, e até dormir – põe fim ao assunto. E antes de desaparecer no interior da residência, ordena à Gertrudes acomodar Bano nas dependências para hóspedes.

"Essa véia num gostô de mim!" – seguindo Gertrudes para onde Alice ordenou, o matuto quase resmunga. Ressabiada, mas obediente, enquanto o conduz à ala das acomodações para hóspedes, sobre ele, a mulher lança ríspidos olhares esguelhados, típicos de quem não lhe deposita a mínima confiança, embora, dada a sua condição de mera serviçal, ela nada possa para contrariar a ordem recebida.

Ao pobre caboclo, o ingresso às acomodações que lhe destinaram constitui os maiores constrangimentos a que já esteve exposto na vida. Os pequenos apartamentos, anexos à residência principal, são constituídos de halls que dão entrada a saletas de onde se vai a quartos e banheiros de dimensões proporcionais ao tamanho daqueles aposentos. Todos impecavelmente mobiliados e extravagantemente limpos!

Grande desassossego ao matuto que em toda a vida jamais sonhou um dia se ver em ambientes tão requintados.

Tudo ali é excessivamente limpo e organizado! "Aquela disparatada tá memo é quereno mi humilhá!" – ele começa a se arrepender de tê-la acompanhado. Sem o menor traquejo para lidar com o que tem ao redor, não se encoraja a sentar no sofá, nem a ligar o rádio colocado sobre a cômoda, nem a abrir a geladeira...

A única coisa que se anima a fazer é deitar sobre a cama para aliviar o cansaço da caminhada. Mesmo assim logo se arrepende, porque a lisura e maciez dos lençóis de cetim fazem-no deslizar para um e outro lado, impedindo-lhe a imobilidade.

Dada à lisura daqueles lençóis, ele enfrenta dificuldades até para se levantar na tentativa de melhor avaliar os acontecimentos nos quais está envolvido. Na vida simples de roceiro em que foi criado nunca coube sequer sonhar com tanto luxo! Bem ao contrário, a choupana onde sempre viveu é o extremo oposto de tudo o que está à sua volta.

Seu pesadelo dos últimos dias ali chegou ao ápice. Um mundo tão sofisticado como aquele onde está jamais poderia sequer ser imaginado! E, além de tudo, embaralham-se em sua mente as razões de estar ali. Sua cabeça já se perdeu em confusos pensamentos, impossibilitando-lhe ordenar na memória tudo o que lhe aconteceu nos últimos dois dias. Os fatos foram se sucedendo descontrolados, sem que pudesse influenciá-los, assim como é impossível influir nas consequências dum trem descarrilado.

Àquela altura dos acontecimentos a única coisa a lhe causar ânimo é a esperança de reencontrar Amelinha – subtraída de seu convívio de forma tão abrupta e esquisita que ele mesmo já se pergunta se de fato aquilo aconteceu. Em sua ânsia por reavê-la, como obstinado guerreiro, foi superando obstáculos cada vez mais complexos, até chegar àquela casa. E, para seu desconsolo, ainda não dispõe dos meios para realizar o que no momento é seu maior desejo.

Sua mais escorchante humilhação foi o abandono às moscas naquele aposento que, de tão limpo, chega a ser desagradável. O ambiente parece ter sido organizado para desencorajar qualquer ação que possa tentar, pois tudo, desde o mobiliário até o ar que se respira parece feito para recriminá-lo por qualquer coisa que venha a fazer. Assim – lá consigo ele matuta –, o menor movimento acabará pervertendo a ordem em que tudo ali foi deixado.

Desventurado, o pobre começa a maldizer o tempo que se obriga a permanecer ali, imóvel a remoer pensamentos cada vez mais perturbadores. Até que, horas mais tarde, subitamente, chega Alice – completamente diferente do caco humano com quem ele caminhou até chegar àquela casa.

Como alguém que ele nunca viu, ela é o extremo oposto da pirralha encrenqueira com quem tanto se aborreceu na maior parte do tempo em que estiveram próximos desde que se viram pela primeira vez.

Sua aparência de agora confirma ser de fato a fidalga que tentou mostrar-se. Usa um vestido tubinho cuja principal qualidade é realçar suas belas formas. Ajustado ao corpo, curto ao ponto de quase não cobrir totalmente as coxas, o vestido é vermelho, salpicado de bolinhas multicoloridas, e sua beleza se torna exuberante quando visto sobre um corpo anatomicamente tão perfeito como é o dela.

Tanta elegância ainda deixa espaço às botas de verniz preto, justas e de canos que chegam aos joelhos, e à tiara de tergal multicor a prender os cabelos claros um tanto ondulados cujos cachos caem até os ombros. O rosto, apesar das marcas oriundas das peripécias do dia anterior, está discretamente maquiado, e os lábios estão pintados de batom numa tonalidade intermediária entre o rosa e o marrom, insuficiente para realçá-los de forma extravagante.

É como se estivesse pronta para uma festa, embora Bano já desconfie ser aquele o seu jeito de vestir no dia a dia.

Perspicaz por natureza, ela mantém sua acentuada argúcia a impedir manifestações acerca da falta de zelo nele percebida. É evidente ele não ter roupas para mudar, mas, depois de tudo o que os dois viveram na noite anterior, um banho não faria mal algum! No entanto, negando-se a se aborrecer com o que vê, ela prefere não demonstrar desaprovação ao desleixo nele percebido:

– Eu já falei de você ao meu avô, e ele e o meu pai estão nos esperando na sala de visitas – pensando ser útil aliviar todo o aperreio nele transparecido, tenta transmitir serenidade. – Eu preferi contar o que aconteceu na tua presença para você confirmar tudo o que eu disser. Vamos?

***

Roceiro xucro e sem nenhum polimento, Bano não dá importância aos rastros carregados de terra deixados por suas botinas no piso da sala. As marcas de seus passos ficam impressas nos pequenos retângulos cerâmicos nas cores creme e marrom formando enorme xadrez duns oitenta metros quadrados.

As preocupações do matuto se concentram nas figuras, a ele incomuns, acomodadas em confortáveis sofás num dos vários ambientes da enorme sala de visitas: um ancião de cabelos brancos demonstrando ao mesmo tempo altivez e sobriedade. E um sujeito mais jovem cujos cabelos pretos estão alisados para trás, emplastrados de brilhantina.

Magro e de estatura mediana, o sujeito mais jovem usa um bigodinho preto e bem aparado de onde nao tira uma das mãos, alisando-o incessantemente. Seu jeito é o de quem está excessivamente ansioso, esbanjando gestos de impaciência.

Bano, apesar da aparência, é mais astuto do que parece. Seu jeito simplório apenas esconde a sabedoria comum a todo caboclo de vida rude como ele, cujas ciências são forjadas pelas vicissitudes que são obrigados a driblar no dia a dia, sem nunca as ostentar, até porque nunca dispõem de plateias para diante delas se gabarem.

Às vezes, quando pressionado por situações indesejáveis, ele se torna impaciente e até agressivo num pavio curto de fazer inveja. Mas a situação a se lhe apresentar agora, apesar de aquilo ser algo raro de acontecer, obriga-o ao exercício de seu lado frio e calculista.

Estrategicamente reservado sobre o que lhe vem ao pensamento, em silêncio ele começa a engendrar um jeito de superar, sem se complicar, as dificuldades que certamente lhe criarão aqueles dois fidalgos de quem se aproxima. Sabe que, relaxando a tensão ante aqueles sujeitos, a mais clara das probabilidades será o seu despacho para a estrada, feito cachorro sem dono com o rabo entre as pernas. Por isso – ele avalia – mais que nunca ali necessário será usar toda a agressividade de que for capaz.

Pensando assim, logo se prepara para agir com o máximo rigor, mostrando-se severamente indignado com os transtornos a que se obrigou para socorrer um membro da família daqueles ilustres cidadãos.

O homem do bigodinho, mal conseguindo esperar a chegada de Alice onde ele está, em exacerbada impaciência, logo se levanta a dar alguns passos na direção dela: – O que você fez com a caminhonete? – Fulmina-a com severidade no olhar. Mas, antes da resposta, é repreendido pelo duro olhar lançado sobre ele pelo ancião, fazendo com que se cale, retornando à poltrona a remoer sua curiosidade e sua raiva.

– Eu sou Francisco dos Santos – o velho se apresenta. – Mas pode me chamar de Chico Mineiro. E este meu filho também se chama Francisco, mas pode chamá-lo de Chiquinho. E o teu nome, qual é? – Logo indaga, forçando o caboclo a se apresentar, bom conhecedor que é do acanhamento comum àquela gente simples, de modo especial todos os matutos habitantes naqueles grotões, como já percebeu ser aquele sujeito tosco que agora ali se apresenta.

– Eu mi chamo Urbano, mais sô conhecido memo é por Bano. E só tô atráis é de incontrá a minha muié! – Seguindo seu script, o caboclo se mostra agressivo, exalando aborrecimentos por tudo o que passou desde que, involuntariamente, se viu envolvido nos contratempos enfrentados por aquela criatura que, ele já tem por certo, é filha e neta daqueles dois arrogantes.

– Muito bem, seu Bano – Chico Mineiro tenta pôr fim ao aparente aperreio do caboclo. – Eu, mais ou menos, já sei o que aconteceu, embora minha neta tenha preferido deixar os detalhes para revelar nas presenças tua e do Chiquinho.

– Pois a única coisa que eu quero memo é achá a minha muié... – De cenho franzido Bano dá continuidade ao plano de manifestar sua indignação com tudo o que ainda lhe acontece.

A considerar as disposições de Bano e de Chiquinho, a prosa enveredará ao impasse. Enquanto ao homenzinho de cabelo alisado à base de brilhantina importa apenas o que aconteceu à sua caminhonete – que Alice não trouxe de volta –, como disco enroscado Bano insiste em martelar o assunto da mulher fujona! Por isso, mesmo sendo ali a mais jovem, mas, senhora de uma sagacidade incomum a alguém da sua idade, Alice se obriga a conduzir o assunto.

Na toada daqueles empecilhos criados pelos dois, as tratativas jamais chegarão a bom termo. E aquilo constitui justificativa bastante para ela logo meter a "cuié" na conversa, mudando o seu rumo para dizer o que realmente importa:

– Deixem-me contar logo o que aconteceu – começa a esclarecer os acontecimentos, exageradamente desagradáveis, a que se submeteram ela e aquele capiau que, de repente, quer à força impor suas vontades. – Ontem eu ia para a fazenda, levando as rodas da carroça que estou montando, quando a caminhonete perdeu os freios, e eu não consegui dominá-la... Lá na ladeira do rio São Jorge! – Lança ao pai um olhar de esguelha, típico de quem teme severas reações, percebendo-o se agitar na poltrona, mal contendo a curiosidade sobre o que ela terá feito com sua picape.

Mas, mesmo adivinhando a atitude dele ao saber o que realmente aconteceu, não há como omitir a verdade: – Quando vi o carro errando a ponte, eu pulei fora e deixei que ele caísse sozinho no rio.

Diante do que ouve, a Chiquinho torna-se impossível a passividade. Em mal contido esforço para não trucidar a filha, arriscando-se a uma repreensão ainda mais severa do pai, pinoteia na poltrona. – Quantas vezes eu disse a você para não dirigir sem carta? – descontrolado, aos brados o homenzinho esbraveja. – E não dei ordem para pegar a caminhonete.

Contudo, ante a serena severidade percebida no olhar do patriarca, se obriga a conter a ira. E faiscando contrariedade torna a sentar para permanecer emburrado e em silêncio.

Enfim, aliviada por o pai já estar ciente do que aconteceu a seu carro de estimação, sem omitir nenhum detalhe Alice dá continuidade à história de como tudo se passou. Leal e sincera por natureza, a ela é impossível desviar de qualquer pequeno detalhe, mesmo aqueles momentos em que Bano a carregou no colo.

Lembrar aquilo agora a faz corar de vergonha, principalmente ao notar as caras de espanto do pai e do avô ao tomar conhecimento do que ainda não sabiam. Mas sua arraigada sinceridade a faz contar tudo, tintim por tintim, fazendo-se tão verdadeira a ponto de convencer até o avô – homem experimentado na vida – e, por conseguinte, desconfiado de tudo o que não lhe seja devidamente esclarecido.

À ciência das primeiras informações que recebeu, Chico Mineiro pensou estar diante de um fornicador saliente para com sua neta, o que teria como consequência a prisão do sujeito, além da correção particular que, por considerar justificável ele mesmo aplicaria. Mas, ao final da história, ficou convencido do bom caráter daquele matuto, que nada demonstra querer além de recuperar o que lhe seria muito caro.

Bem mirabolante é a história por ele contada, mas o caboclo demonstra sinceridade e se revela plenamente convencido do que diz, além de angustiado e impaciente.

Alguma coisa grave realmente terá acontecido à família daquele caipira! – assim conclui o patriarca.

Se existe coisa de que Chico Mineiro se arrepende na vida é a educação falha que deu a Chiquinho, seu filho derradeiro. Sendo ele a rapinha do tacho, como diz o adágio tão corriqueiramente utilizado por aquele povo sobre os filhos gerados na velhice, o pai sempre lhe dispensou mimos e regalias negados aos outros filhos, o que sem dúvida é a causa de seu deficiente modo de agir.

Hoje, mais idoso e mais surrado na vida, ao constatar o arraigado egoísmo e as patentes falhas de caráter do filho, o pai se arrepende de suas exageradas permissividades. E embora demasiado tarde para corrigir seus erros, o patriarca ainda não se conforma com as sobrantes indecências do sujeito falho que acabou criando, mais especificamente no que diz respeito à solidariedade quando necessária.

Acima de tudo, causa-lhe decepção as dificuldades de Chiquinho em assumir responsabilidades pelos próprios atos, além das costumeiras mentiras, sempre atribuindo a outrem suas próprias mazelas.

Agora mesmo as inconsequências do homenzinho descompromissado levam-no a ignorar os percalços sofridos pela filha para importar-se apenas com a desobediência dela e com os desdobramentos daquilo advindos, o que, segundo os critérios dele, merecem mais a vingança que a compaixão.

Ao tomar a estrada sozinha e sem saber dirigir como se deve, e sem habilitação, teria assumido todos os riscos do que acabou acontecendo – pensamento no qual, atipicamente, ele tem lá suas razões. Por isso a garota deve arcar sozinha com as consequências, ou encontrar amparo na complacência sempre exagerada do avô para com ela.

Mas acima de tudo, ela deve é resolver por conta própria os problemas trazidos por aquele Bano – sujeito tão espezinhável que chega a provocar asco –, com quem se envolveu pelo caminho. "Por que ela tinha que se envolver justamente com um tipo feito este?" – em sua mente preguiçosa de quando a solidariedade é exigida, intimamente o homenzinho lamenta.

Sua repulsa se faz ainda maior ao ouvir o caboclo, naquele vocabulário de difícil assimilação por sua pobreza, proferindo tantas palavras tortas capazes de superar a todas que já ouviu de tantos roceiros com quem, por força da política, se obriga a conviver no cotidiano.

Horrorizado com tanta bizarrice vocabular, a única coisa capaz de aliviar seu incômodo é meter os dedos no bigodinho, tão bem penteado e aparado como só ele existe, exatamente o que faz sempre que se lhe apresentem situações desagradáveis como aquela, ou outras de grande prazer.

O sujeitinho arrogante só muda de postura, chegando a ruborizar, ao ouvir o relato das proximidades físicas entre sua filha e o caboclo, o que lhe causa grande desconforto. Porém, convencido de que ali o avô certamente tomará as dores da neta, não se anima a admoestá-la na presença do progenitor.

Todavia, no fim das contas – ele avalia –, as coisas não foram assim tão ruins. É verdade que seu objeto de estimação deve estar ainda mergulhado nas águas do rio São Jorge, e saberá Deus como foi sinistrado! Mas sua filha está em casa, sã e salva, assim como em breve também estará a caminhonete, daquilo, ele tem certeza. O patriarca, seu pai, zeloso que sempre foi pelo patrimônio da família, imediatamente providenciará a remoção e o conserto do carro, é só esperar!

Pensando daquele jeito, ao indolente homenzinho não há com o que se preocupar! Aquele sujeito tosco, que Alice trouxe a tiracolo, não é problema com o qual ele mesmo deva se meter. No máximo o capiau quererá algum dinheiro para prosseguir seu caminho, e isso também seu pai acabará providenciando.

Então, do que agora ele mais precisa é a astúcia suficiente para, sem que ninguém perceba sua manobra, zarpar de mansinho rumo à prefeitura aonde até poderá tirar uma soneca, pois, se existe em seu gabinete alguém que trabalhe, aquela é a secretária.

Porém, diferentemente do que pensam todos os presentes, Bano não perde o menor detalhe do que ali acontece, quer sejam os movimentos, ou as palavras – por mais difíceis que a ele elas possam ser –, assim como os gestos de todos os que estão na sala. Sua astúcia, apesar de tão singela a ponto de ali ninguém perceber, aclara-lhe até os pensamentos que seus anfitriões possam ter acerca da situação em que estão envolvidos.

E para si mesmo o caboclo determina que "se aquele hominho sem jeito saiu sem resorvê o meu pobrema, esse véio num vai saí do memo jeito, nem que seje priciso eu agarrá ele pelos grogumilo!".

Por seu lado, obrigada pelo pacto celebrado com o matuto, mesmo que o fizesse pensando o capiau não ser capaz de levá-la para casa, Alice está ciente da necessidade de honrar seu compromisso. Se, como preliminarmente ela avaliou, ele não tivesse sido capaz de cumprir completamente sua parte no acordo talvez ela ainda estivesse longe de casa a se debater com os problemas em que acabou se metendo. Mas estaria dispensada de qualquer obrigação para com aquele sujeito tosco a exigir agora o que por si mesma não pode satisfazer.

Cumprindo sua parte, tornou-a devedora da obrigação de ajudá-lo a chegar a seu destino. E, francamente, está decepcionada com o pai, a quem pensou pedir ajuda, pois mais uma vez ele se mostrou incapaz da solidariedade. Então – ela matuta –, se seu avô também considerar o caso irrelevante, ela se obrigará a arcar sozinha com a responsabilidade assumida.

Bano, caboclo forjado na dura lida diária pela sobrevivência, nunca foi acostumado com as futilidades em que vê o clã capitaneado por Chico Mineiro. Todos eles, do avô à neta, passando pelos empregados, aos olhos do caboclo são um bando de folgados a deixar a vida passar sem nenhuma preocupação com o porvir, ou se o amanhã será bom ou ruim. Habituados àquelas rotinas muito além de aprazíveis cujas ocupações não chegam a um milésimo das dificuldades a que o pobre roceiro se obriga para angariar o pão de cada dia, aqueles despreocupados não dão a mínima à silenciosa angústia a corroer dele o seu parco senso de dignidade.

Aquela gente jamais será capaz de sequer imaginar a verdadeira via-crúcis a tornar dolorosas ao extremo as incertezas do pobre sertanejo acerca do êxito ou do fracasso de sua empreitada para reaver a esposa de quem a separação já é mais que insuperável tragédia.

Sua aflição, que tão impiedosamente se deu a acometê-lo, chegou ao ápice naquela casa. Acima de tudo porque ainda lhe é impossível compreender as razões de ele estar ali, de pés e mãos atados, como se fosse um prisioneiro. E seu juízo, que já fervia em desespero, agora apresenta sinais de falência, transformando sua afobação em angústia a lhe permitir apenas esparsos lampejos de lucidez.

E só naqueles instantes em que a tensão arrefece é que ele consegue pensar com alguma lógica. Mas, raros são os momentos que um mínimo de refrigério lhe permite pensar com acerto. Por isso, impaciente como nunca esteve na vida, a ele é absolutamente inaceitável o pouco caso com que aqueles soberbos encaram o seu drama.

A única dentre aqueles presunçosos a mostrar-lhe alguma complacência é Alice. Grata por ter sido o alvo de sua benevolência, ainda que apenas delevelmente, por instantes ela deixa transparecer alguma preocupação para com o desapontamento em que percebe o caboclo. No entanto, dentre todos, ela é a última em quem, nas circunstâncias, ele poderá se apoiar, pois notória é a impotência dela para tomar decisões capazes de quitar sua dívida de gratidão.

E, além de tudo, a pretensa boa vontade dela esbarra no seu jeito autoritário de ser, consequente da sua criação de puro mimo a impedi-la de ser solidária no sentido mais estrito da palavra.

Mesmo comprometida pela obrigação que assumiu, ela agora retornou à arrogância e ao egocentrismo revelador do que ao caboclo já evidencia ser parte de sua personalidade. Já não demonstra o menor resquício da submissão de quando, desvalida, necessitou de socorro e o convenceu a embarcar em sua desventura.

De volta à dignidade de princesa em seu reino, novamente dispõe de todas as regalias dum batalhão de servos a satisfazer seus mínimos caprichos, além da verdadeira devoção do avô, a quem ali todos estão submetidos. Por isso o caboclo já desconfia não mais existir a possibilidade das parcas manifestações de agradecimento dela para com ele, esboçadas antes dos esclarecimentos já assimilados por seus familiares.

Apesar de sua luta para manter os ânimos serenados, aquelas ambiguidades no comportamento de seus anfitriões só fazem aumentar a confusão na cabeça do pobre matuto, conduzindo sua paciência à saturação. Homem reto no pensar e no agir, a ele é impossível a percepção de que, à sua revelia, aqueles insolentes estejam a planejar um jeito de dar cabo ao seu padecimento, porém, sem que ele tome parte nas decisões.

E, na verdade, àqueles pretensiosos não é mesmo necessário comunicar-lhe o que estão fazendo porque, afinal, na consideração deles o capiau não passa dum ser desprovido de inteligência e dignidade!

Todavia, tanta insolência, ao contrário do que pensam aqueles arrogantes, só faz recrudescer a impaciência do pobre homem. Até que, não mais suportando tanto menosprezo, a qualquer custo, ele se dispõe a exigir o cumprimento do acordo a que aqueles pretensiosos estão obrigados.

Porém, arvorando-se a agir do seu modo – que inclui o emprego da força –, para evitar o que considera grande desatino, a apresentar-se como portadora da solução dos seus problemas, subitamente Alice barra seu caminho.

Mesmo assim, a postura da guria é a de quem não dá tanta importância ao desespero dissipador dos últimos resquícios de paz que, ante o esboroamento de todas as suas esperanças, à custa de muita resignação, ele ainda luta por conservar: – Você só precisa esperar, porque nós estamos pensando no que fazer.

– Mais ocê tá é isqueceno que eu num posso mais ficá aqui nenhum minuto – momentaneamente abrandado pela notícia por ela trazida, ainda assim o pobre permanece a lutar com a própria impaciência. – Eu priciso í atráis da minha muié o mais antes que pudé!

– Só que eu ainda nada posso para abreviar a tua partida. E você só precisa esperar mais um pouco, porque meu avô está pensando no que fazer.

– Inté quando eu vô tê que isperá? – Ainda disposto a dar cabo no impasse à sua maneira, ele está a um passo de sucumbir à impaciência.

– Até quando ele achar necessário, ora bolas! – Ante tanta gastura, ela começa a se aborrecer.

– Si eu subesse disso, num tinha vindo cocê. E agora já tava ca Amelinha de vorta. Mais o burro aqui tinha era que confiá na palavra dum'a... Dum'a... Dum'a criança! – Em consideração aos pequenos gestos que a vê realizar em seu benefício, ele realiza tremendo esforço para não vomitar sobre ela todos os impropérios que mantém atravessados na garganta.

– Eu disse que te ajudaria a ir para Serra dos Mulatos, e vou cumprir o que prometi, mesmo que seja obrigada a agir por minha própria conta. – Encarando-o, ela se mostra decidida. – Mas você precisa colaborar! E se fosse você eu aceitaria a solução que meu avô está providenciando, porque ele não é homem com quem se brinque!

– Ocê acha que isso tá certo? – Relutante, mas impotente ante suas desvantagens, ainda só brandamente aliviado, permanece tomado de grande desolação. – Eu mudei de rumo, vim até aqui isperano a ajuda que ocê mi prometeu, e agora tenho que isperá sem sabê inté quando?

– Se não quiser, você é livre, e pode se virar sozinho! – Tentando obrigá-lo a aceitar as condições agora ofertadas, ela forja um sentimento de indiferença. – Mas, francamente, se fosse você eu esperaria, porque sozinho você vai demorar uma eternidade para chegar aonde pretende. – Antes de sair, condoída com os tormentos que sabe o estar moralmente aniquilando, ela se volta para fitá-lo. – Vá lá pra fora, encontre alguma coisa para fazer, até que a gente resolva o assunto.

– Mais...

– Nada de "mas"! Se quiser tem que ser assim, se não, se vire sozinho – para abreviar o próprio desconforto, ela decide dar fim ao assunto.

Sendo intransigente maníaca pela própria dignidade, ainda assim Alice tem um bom senso de justiça, e está ciente do compromisso que assumiu de ajudar aquele caipira chegar a seu destino. Porém, aquela autêntica comichão dele em abreviar a partida acabará pondo tudo a perder!

Ela sabe que, mesmo do seu jeito capenga, seu avô também é homem devotado à justiça, e gosta de agir daquela maneira, preferencialmente quando não lhe custe tempo nem aborrecimento, ou – principalmente – dinheiro. Ao mesmo tempo o velho coronel é excessivamente sistemático, e quando pressionado logo perde as estribeiras. Por isso, a ela também a situação não é de todo favorável.

E ao matuto, apesar de todo o seu aperreio, não resta alternativas que não seja acatar a determinação dela.

A ela dói na consciência a percepção de toda aquela angústia que, mesmo involuntariamente, ela também está a causar. Mas, em vista de sua impotência para dar cabo de tanto padecimento só lhe resta condoer-se, notadamente ao vê-lo – cabisbaixo, de cenho franzido e mãos no bolso – enveredar pela porta aberta que dá para o pátio donde é possível ver a garagem com sua coleção de automóveis.

* * *

Um bom jeito de passar o tempo – apesar da angústia, Bano considera – é examinar os carrões de última geração estacionados na garagem de Chico Mineiro.

Lá, estáticos, além dum Aero Willys preto, tão limpo e brilhante que parece nunca ter sido usado, estão uma Veraneio também impecavelmente limpa; uma C-14, um Simca Chambord, um Impala, além de alguns outros. Todos excessivamente zelados, a tinta refletindo imagens como num espelho cujas figuras se veem deformadas pelas curvas dos designs.

Aquela "fordinha" que Alice deixou cair no rio faria parte daquela coleção – o matuto imagina.

Mas nenhum daqueles automóveis chama-lhe tanto a atenção quanto o Chevrolet Brasil do ano estacionado nos fundos do barracão ladeado por três lambretas. Aficionado por aquele tipo de veículo desde menino, quando passava horas a admirá-lo sempre que tivesse a oportunidade de estar perto de um – ainda mais se fosse tão novo quanto aquele! – logo ele se achega ao caminhão, levando a mão à maçaneta para se deliciar com a visão do interior da cabine.

No entanto, vê sua tentativa frustrada por um sujeito vestido num macacão impregnado de graxa e óleo, afobado a repreendê-lo pelo que tenta fazer: – Nem pense nisso! – Desconfiando que ele tente lá embarcar, o homem o impede até de olhar o interior da cabine.

Desapontado com a atitude nada cortês do sujeito – uma espécie de mecânico e funileiro só para cuidar da frota do patrão –, sobre o homem, ele lança um olhar inquiridor, típico de quem não entende tanta veemência em negar-lhe acesso à contemplação do que tanto lhe atrai.

– Eu só queria oiá cumo ele é por dentro! – Entre contrariado e temeroso, ele argumenta.

– Mas não pode – o mecânico insiste. – O patrão não deixa ninguém chegar perto desse caminhão. E só de perceber qualquer mancha de mão na lata ele ameaça me despedir!

– Uai, pur quê? – Bano se admira com tanto zelo.

– Porque é minha responsabilidade cuidar de todos os carros guardados aqui, mas especialmente desse caminhão. Ele é o queridinho do patrão!

– Ocê é o motorista dele? – Querendo angariar confiança, em tom amistoso Bano investiga o homem.

– Não! Ele foi comprado só para ficar aqui estacionado. Os outros carros rodam, mas esse caminhão não. De vez em quando eu funciono o motor, só para ele não enferrujar.

– Que gente mais cumpricada! – Bano não compreende tanto capricho. – Tê um caminhão desse e num usá...

– É um gosto dele – agora mais amistoso o empregado sai em defesa do patrão. – Ele o comprou como colecionador, porque os caminhões estão saindo das fábricas cada vez maiores, e logo este aqui vai ficar pequeno demais , e será antieconômico trabalhar com ele. Então ele será conservado como peça de museu, e, por isso, o homem quer deixá-lo novinho, como saiu da fábrica.

Ainda sem entender tanta esquisitice, Bano considera não valer a pena buscar uma explicação para as excentricidades do verdadeiro sovina que lhe parece ser o dono de tudo ali. "Cada lôco cum suas mania!" – se faz resignado.

E antes de crivar o zelador com perguntas a respeito de todos os carros colecionados na garagem, o sujeito desabala na direção duma Kombi estacionada diante do portão da propriedade, à espera que ele o abra.

Tão logo estacionada à porta da residência, da Kombi desembarca uma mulher que, apesar da baixa estatura, alicia-o pela extravagante figura e esquisitices nos modos de agir. Interessante pela exuberância das formas, ela chama a atenção com seu jeito estabanado de ser, e pelo frenesi com que em sua presença se comportam os empregados. À sua chegada se inicia efervescente corre-corre de todos os serviçais, uns carregando suas malas, outros ficando de prontidão à espera de alguma ordem...

Aos olhos de Bano, já azoado com tantas esquisitices desde que conheceu aquela criatura destrambelhada que atende pelo nome de Alice, aquela que agora ele vê, é um tanto mais interessante.

E pensando em Alice, ei-la chegando eufórica por, após algum tempo, rever a recém-chegada.

Os cumprimentos são efusivos, como é de esperar de mãe e filha que se reencontram após dias de ausência. E após mutuamente se acariciarem, numa deferência toda especial ao sujeito que a socorreu num momento tão delicado de sua vida, Alice conduz sua genitora até o matuto. Senso de justiça a pirralha parece ter – vendo-a tão solícita a se aproximar, lá consigo mesmo pensa o caboclo.

– Olá, o meu nome é Eva – a mulher logo toma a iniciativa de se apresentar. – E o teu?

– O nome dele é Bano – Num jeito de quem não ficou tão à vontade na presença dos dois, Alice se antecipa para abreviar a apresentação.

Caboclo criado no campo, ele nada entende das etiquetas comuns entre aqueles grã-finos. Mas a boa educação, segundo seus parcos conhecimentos naquela área, pressupõe um aperto de mãos quando alguém se apresenta, e aquele é o seu costume. Só que, além de calado, ele permanece de mão estendida e desapontado, enquanto, forçada por Alice, a mulher se obriga a lhe dar as costas.

Além do visível incômodo da guria com o interesse do matuto na recém-chegada, como de costume, mal pode esperar pelas novidades dos lugares por onde a mãe andou. Então, baixando a mão cujo aperto lhe foi negado, em admiração, permanece a observar pelas costas a figura de baixa estatura, arrastada para dentro da residência. Aos olhos do matuto, acostumados apenas com outros tipos de gente, a mulher é bem mais que extravagante, e por alguns instantes a imagem dela insiste em permanecer em seu pensamento.

Assemelhada a uma butique ambulante a pequena madama usa uns óculos ray-ban tão grandes a quase lhe cobrirem totalmente o rosto; os cabelos, espessos e castanhos, estão presos por uma tiara larga a prendê-los atrás, até a altura dos ombros; usa blusa de seda em várias cores, presa por largo cinto de couro sobreposto ao cós da minissaia a deixar à mostra, até bem acima dos joelhos, as pernas fartas e bem feitas. E botas pretas, em verniz, sobre grandes saltos que servem para compensar a baixa estatura completam os trajos. "Um'a verdadêra pavoa!" – vendo as duas sumirem no interior da residência, o caboclo quase se diverte.

– Que sujeito mais esquisito é esse que você me apresentou! – Eva não consegue esconder sua curiosidade em saber de quem se trata a estranha figura que acabou de conhecer. A ela o caboclo soou estranho e desengonçado, ao mesmo tempo em que se portou em considerável altivez no jeito de encará-la, como nenhum outro jamais se atreveu.

– É um caipora que eu conheci ontem na estrada da fazenda – Alice procura minimizá-lo perante a mãe. – Uma história tão complicada que eu prefiro deixar para contar depois. Ele é um matuto dos mais xucros que já vi; não tem boa percepção das coisas e fala muito mal, como todos esses capiaus do meio do mato. Além de, nalgumas ocasiões, agir como verdadeiro idiota.

– Eu não sei por que, mas não gostei dele! – Ainda que intrigada com os próprios pensamentos, Eva demonstra sua estranheza ao jeito de ser do matuto.

– Não vale a pena se ocupar do caso – Alice insiste em mudar de assunto. – Ele é só um pobre coitado à procura da mulher que fugiu... Mas, o que eu quero mesmo é saber das novidades!

– Eu não falei que as roupas ficariam cada vez mais coloridas? Pois é só o que se vê lá no mundo civilizado: cores vivas e variadas, bolinhas brancas em tecido azul ou outra cor que faça bom contraste; calças boca-de-sino de pernas excessivamente largas; bijuterias à vontade... E saias cada vez mais curtas! Pena que não dá para usar saias como aquelas aqui na "roça" onde moramos, porque esses caipiras não param de olhar as pernas da gente! – Lamenta a má sorte de viver numa cidade tão provinciana.

No entanto, percebendo o olhar de censura da filha sobre suas pernas – mal cobertas pela saia sumária a deixá-las totalmente à mostra –, logo interrompe a lamentação. E não permite que mais uma vez Alice manifeste reprovação ao seu modo de vestir, já que a filha não cansa de admoestá-la de que, no caso das duas, os papéis se inverteram: a mãe se veste como filha e a filha como mãe.

Por isso trata de desviar a conversa para os acontecimentos ali verificados em sua ausência, sobretudo o sucedido entre Alice e o caboclo que agora mesmo pode observar do lado de fora, a intrigá-la com o seu jeito por demais enigmático.

Atenta a tudo que ouve, ao fim da história procura não permitir que Bano seja despedido sem a solução dos problemas a atormentá-lo. Mesmo incerta acerca dos próprios motivos, se empenha para que ainda naquele mesmo dia, ou no máximo a manhã seguinte, sua família o recompense pelo que fez à sua filha.

***

A coisa mais abundante em Eva é o seu poder de persuasão com o qual sempre consegue a satisfação de suas vontades, mesmo as coisas mais impossíveis ou irrealizáveis. E hoje, como nunca, ela se faz teimosa em arrancar do sogro o cumprimento do compromisso assumido por Alice. Como autêntico carrapato, gruda em Chico Mineiro, até convencê-lo a determinar a satisfação do compromisso de sua filha para com o caboclo.

***

Ainda antes de o pleno alvorecer, ansiando pela hora de partir Bano já está de pé. Seus anfitriões não lhe deram ainda a menor indicação do que prepararam para a jornada que, ele já sente, será a mais feliz e, ao mesmo tempo, angustiante a que já se dispôs. E por não saber que meios usará para chegar à Serra dos Mulatos com a urgência necessária, suas incertezas ainda o atormentam.

Porém, diante do disparate a se lhe apresentar, suas dúvidas acerca do meio de transporte perde toda a importância. Ele ainda tem grande dose de aperreio a perturbá-lo, mas, ante o que descobre, é preciso enorme esforço para impedir que vejam sua íntima e relaxante gargalhada.

Ali está um sujeito de média estatura, franzino, narigudo, de rosto oval e fino, ostentando uma barba rala de longos fios a lhe dar uma aparência das mais esquisitas.

Apresentado, o sujeitinho escancara um largo sorriso. No entanto, a Bano, o sorriso mais parece agressão que gesto de boas-vindas, impressionando o caboclo pela coragem daquele magricela em escancarar tão grande desgraça!

Na boca murcha e defeituosa nada mais se vê que as gengivas vermelhas, aonde nem marcas de raízes mais existem. O banguela tem apenas três a quatro dentes, ainda assim todos careados e faltando a metade!

Diante do que vê, apesar da ciência de suas fragilidades para exigir melhores condições de viagem, ao matuto aquela imposição de Chico Mineiro soa como desconcertante menosprezo. Contudo, aquele desdentado muito além de esquisito por sua magreza e feiura, é apontado como homem de confiança do coronel para guiá-lo e proteger na perigosa empreitada!

Aos olhos do angustiado caboclo aquela imposição não passará de mais uma deliberada afronta daquela gente arrogante, que agora também se faz desrespeitosa! "Aondi já si viu esse tarzinho serví de meu protetor?" – o matuto não se conforma com o que vê. "Ele é muito mais fraco do que eu, e quarqué contratempo que aparecê eu é que vô tê que cuidá dele!".

Porém, o que ali está em jogo não é o seu desconforto com a afronta na pessoa daquele banguela que percebe o anfitrião lhe impondo à força. A causa é muito mais nobre que qualquer possível aperreio que pelas visíveis debilidades daquele sujeitinho esquisito ele poderá enfrentar. E a recordação dos motivos de se obrigar ao trato com aqueles insolentes logo o faz desmontar suas restrições, notadamente ao tomar conhecimento do veículo que usará na viagem, e ouvir as explicações de Chico Mineiro do por que aquele sujeitinho banguela deve acompanhá-lo.

Dentre todos os empregados do velho coronel aquele magricela esquisito é o único habilitado a dirigir veículos motorizados. E o carro a ser usado nada mais é que o Chevrolet Brasil que o homem tem na mais alta estima e quer preservá-lo como peça de museu!

Mas, além de tudo, o sujeitinho desajeitado não é o único desconforto que Bano haverá de superar. Apesar de o dia não estar ainda completamente amanhecido, e dos ameaçadores relâmpagos e trovões a se agigantarem nos horizontes próximos, Alice já está de pé, com ares de quem estará aprontando qualquer coisa que, com certeza, não apreciará.

Tudo indica o seu temor ser justificável, e, inquieto com suas desconfianças, não consegue calar: – O que qui ocê tá fazeno acordada essa hora? – Mesmo certo de conhecer antecipadamente a resposta, decide indagar.

– Eu vou com vocês – demonstrando-se indignada com a rejeição nele percebida, ela se apressa em retorquir.

– Pur que isso? Ocê num pricisa í!

– Eu prometi te levar à Serra dos Mulatos, e é o que estou fazendo. – Ela se mostra irredutível. – O Dito está aqui só para me acompanhar. E você não é capaz de imaginar a luta que foi convencer meu avô a disponibilizar o caminhão. Ele só permitiu usá-lo porque eu estou indo junto!

– Mais eu e esse sujeitin já é suficiente, e nóis num pricisa de mais ninguém junto. Ocê só vai atrapaiá!

– Então ninguém vai! – Antes de completar seus argumentos, ela adentra a cabine disposta a dali não arredar pé.

"Essa discabeçada é bem pió do que eu pensava!" – impotente para demovê-la de sua decisão, a ele só resta resignar-se.

Do jeito em que se configura, a viagem tem tudo para não alcançar bom êxito. "Mais o que qui eu posso fazê?" – o caboclo se dá a raciocinar nas condições a se lhe apresentarem. Já sabe Chico Mineiro ser excessivamente ciumento de seu caminhão, e tudo indica Alice estar correta ao referir as exigências do avô para que ela o acompanhe.

Então, mesmo receoso, não há outra coisa a fazer que não seja aquiescer à companhia daquela criatura complicada. "Pensano bem" – o caboclo acaba se dando por vencido –, "ela inté pode sê mió qui esse Dito que mi arranjaro como companhêro de viage". Por suas fragilidades físicas, aquele sujeitinho de nada valerá nas dificuldades passíveis de acontecer. Já ela, sendo mais inteligente e tendo tanta capacidade de tagarelar com estranhos, poderá ser bem mais útil que ele.

***

Dito está longe de ser esquizofrênico, mas é do tipo que não economiza, até a si mesmo, sorrisos imotivados. Apesar de sua carência de dentes, em qualquer circunstância – mesmo as mais desfavoráveis! –, ainda que o assunto careça de seriedade, logo ele escancara sua banguelice.

Antes de responder à pergunta de Bano se é motorista de caminhão, deixando suas belas gengivas à mostra, ainda mais alargado, escancara novo sorriso vazio: – Eu sei dirigi tudo que mi colocá nas mão. Já nasci motorista!

E antes de proferir outras tolices como a que acabou de dizer, em flagrante esforço para se mostrar resignado, o patrão se dá a exigir todo o cuidado possível para com o seu objeto de estimação: – Dito, você melhor que ninguém sabe do zelo que eu tenho por esse caminhão. E eu só estou deixando vocês usá-lo por causa desse tempo, que promete muita chuva, e vocês não poderão usar carros de passeio. Mas cuida, hein! – A manifestação do velho coronel é muito mais imploração que ordem.

– Pode dexá patrão – outra vez, deslumbrantemente, o magricela sorri. – Nóis vamo í e vamo vortá sem nenhum arranhãozinho siquer!

A Bano, desde o estranho rapto de Amelinha, as complicações se avolumam a cada nova investida para resgatá-la. A última é aquela imposição goela abaixo daquele desdentado como guia, além de Alice, que não abre mão de acompanhá-los, mesmo a tarefa sendo tipicamente masculina.

Todavia, observando o jeito choroso de Chico Mineiro olhar para o caminhão prestes a avançar por estradas que ele ainda não sabe como são, o caboclo deixa desmoronar sua primeira impressão daquela família que ainda vê como muito esquisita. Vendo o patriarca quase indo às lágrimas à simples imaginação do que poderá acontecer ao seu Chevrolet Brasil, o caboclo desmonta grande parcela de suas restrições acerca do jeito como ali foi tratado.

Certamente Alice deve ter persuadido o avô, embora ao caboclo seja impossível atinar com que meios.

E, por seu lado, a moleca encrenqueira há algum tempo está emboleiada e impaciente com tanta pachorra em partir. A ela, inúteis são as recomendações de Chico Mineiro, já que quando eles estiverem a caminho o velho nada poderá para evitar o que tiver de acontecer. Então é pura bobagem e perda de tempo o que seu avô está fazendo.

Mais útil será a cautela com que Dito terá que dirigir, e assim certamente fará, pois do contrário a vida dele também correrá os mesmos riscos.

Até que, não mais contendo a gastura, atropelando os dois varões a quem fará companhia – mais como tutora do caminhão que qualquer outra coisa – ela mesma ameaça acionar a partida.

Dito, além da aparência por todos os aspectos desagradável, é o mais sofrível dos motoristas que Bano já conheceu. Com sua cara fina e comprida, seu bigode e sua barba de parcos fios há muito por fazer, o sujeitinho se mantém focado no caminho, sem desviar a atenção um milímetro sequer de por onde passar. Mas, apesar de tanta aplicação, notórias são suas navalhadas, levando o caminhão a uma e outra margem do caminho, como se o veículo estivesse a tanger gado extraviado.

Ao caboclo, agora já amenizando sua afobação, é difícil compreender como é que Chico Mineiro, dispensando tanto apreço por sua preciosidade, permite àquele magricela dirigir o caminhão. O sujeitinho age tão sofridamente que ele mesmo, sem jamais ter sonhado em fazer aquilo, certamente se sairia melhor. “Esse magrelo é bem capáiz de tombá esse caminhão!” – medrando, o matuto desconfia. Mas, para socorrer Amelinha, tudo vale a pena, até mesmo o risco de graves acidentes!

Ao contrário do matuto, que há algum tempo se inquieta a temer o futuro da viagem, Alice demonstra total alienação para com os perigos a que estão expostos. Fascinada com a inesperada aventura, e a agir como pássaro prestes a cair na arapuca sem desconfiar da tragédia, ela não dá a mínima importância às barbeiragens do magricela.

Em verdade, ela nunca foi amante da rotina, e se existe coisa que a motive na vida aquilo é alterar os acontecimentos do dia-a-dia. Está eufórica, como jamais esteve, por fazer parte daquela odisseia, e não serão quaisquer pequenos deslizes do motorista capazes de arrefecer seus ânimos!

Focado na estrada, Dito não dá a mínima aos receios de Bano; tampouco se deixa contaminar pela cantoria fora de hora de Alice que, de repente, desandou a entoar velhas canções que há muito não ouvia – desde que os patrões se mudaram para a cidade, levando o rádio que servia para a diversão de todos na fazenda.

Nem o perturbam as nuvens escuras encobrindo o sol nascente, tornando cada vez mais carrancudo o dia.

Bano, sendo inteiramente profano ao lugar por onde anda, mesmo desconfiando das imperícias do motorista, quase se extasia a contemplar a paisagem, ao mesmo tempo bela e hostil. Ali se veem montes que chegam às alturas – puras rochas basálticas em cujo cimo inexiste vegetação. E nos vales, invariavelmente terminando em severas depressões, é a mata fechada que impressiona, além de rara ser a presença humana.

As parcas habitações de gente naqueles grotões não passam de pequenos casebres dispersos aqui e acolá, aonde residem matutos pra lá de arredios ante a presença de estranhos.

A vereda por onde trafegam, acompanhando a acidentalidade do terreno, além da sinuosidade exigida pelo relevo, requer excessivo esforço do caminhão para alcançar os cimos daqueles montes com a urgência necessária à fuga da tempestade cada vez mais se avizinhando.

E dito – Bano se preocupa – não é o mais indicado para estar na boleia dum caminhão feito aquele, principalmente em condições tão adversas! Mas, dentre eles, é o único detentor da confiança do patrão naquela atividade. Então, a ele só resta acreditar e torcer para tudo acabar bem.

Sem perceberem a menor mudança na trafegabilidade do caminho, por mais de hora eles avançam. No ecossistema ali dominante, a se estender numa vastidão de muitas léguas, estão algumas montanhas encimadas por rochas estéreis de qualquer vegetação, donde sobressaem picos semelhantes a autênticos ponteiros a indicar o céu. E suas bases estão cobertas de florestas inteiramente preservadas, onde certamente habitarão animais ferozes de várias espécies.

Observando o desempenho do caminhão na autêntica trilha que é aquela estrada, Bano compreende as razões de Chico Mineiro ter optado pelo uso daquele veículo ao invés de um de seus muitos automóveis, mesmo o jipe que, por sua relativa rusticidade, seria uma boa opção.

Para superar tão desafiantes obstáculos, além das imperícias do motorista, só mesmo um meio de transporte tão robusto como aquele caminhão!

Dito, apesar das imperdoáveis navalhadas capazes de provocar arrepios em qualquer pessoa sensata, já conseguiu vencer a parte do caminho onde a mata é mais densa e quase não permite estender a visão para muito além de suas margens. Contudo, se nos trechos precedentes a mata metia medo por sua densidade e exuberância, agora é o traçado do caminho a provocar arrepios.

Os precipícios foram se tornando cada vez mais profundos, até obrigar os construtores a escavar a estrada encostas acima para elevá-la aos cimos dos montes. E ali os perigos se multiplicaram! E o magricela, em suas acentuadas debilidades, dirige nas alturas daqueles morros sem atentar aos riscos de, ao menor descuido, desabar sem nenhuma possibilidade de salvação.

Prosseguiram até as nuvens, abundantes por todos os lados – espessas e ameaçadoras –, se tornarem tão pródigas ao ponto de precipitar verdadeira avalanche capaz de impedir a visão do caminho. Aí, para alívio de Bano que, embora não demonstrando, já vinha rezando em silêncio há algum tempo, Dito reduz a velocidade a quase estacionar.

Em pouco tempo a lama provoca a falta de atrito dos pneus com o solo, obrigando o caminhão a ziguezaguear feito bêbado perdido no caminho. Ainda assim, mesmo lentamente o magricela insiste em avançar.

Até que, numa curva, estando quase a superar o ponto mais elevado do relevo – com precipícios de ambos os lados –, as rodas de tração deslizam para uma das margens da estrada, ficando perigosamente ladeando as pedras de contenção. E, apesar de todo o esforço do condutor, absoluta inércia o impede de avançar.

Diante do impasse, o sofrível motorista, incapaz da ocultação do orgulho de ter chegado tão longe, mais uma vez escancara seu estéril sorriso, só que agora expressando preocupação.

Impossibilitando qualquer iniciativa no sentido de liberar o caminhão do atoleiro, torrencialmente a chuva continua a cair. E Alice já não canta, pois, a aventura está se tornando arriscada de mais até para o seu gosto.

Por seu lado, Bano nem cogita a possibilidade de sua caçada frustrar. E não será qualquer "chuvinha" capaz de o impedir em sua busca. Amelinha estará sendo barbarizada no cativeiro, certamente confiando em suas providências para aliviar-lhe os tormentos.

Ainda assim, mesmo impaciente, por alguns minutos, aguarda a chuva parar. Mas, como ela, em vez de abrandar, começa a aumentar de intensidade, o matuto logo decide se despir da camisa e pular na lama decidido a arrancar o caminhão do atoleiro, mesmo que para isso sejam necessárias forças de super-heróis.

Em poucos minutos sua aparência é mais de um pinto molhado que de homem. E a chuva não dá trégua!

Atracado ao caminhão, em incontido desespero o pobre percebe inglória a sua luta. Tanto esforço, contudo, produz efeito diverso do desejado: tentando fazer o veículo avançar, ele só consegue empurrá-lo para o precipício, deixando-o cada vez mais próximo do perigo.

Alice, moça decidida e dona de grande espevitamento, logo desembarca na chuva, disposta a ajudá-lo na empreitada por ela intuída como impossível. Sendo mulher, a ela não é aconselhável se desfazer de qualquer peça do vestuário. Por aquela particularidade não há outra opção que não seja deixar sua roupa ensopar.

Sendo ainda cândida adolescente, nem percebe a cara de Bano – indefinida entre a malícia e o pudor –, de relance observando seu corpo cada vez mais saliente sob o tecido encharcado.

A terra molhada forma um barro liso e grudento a comprometer a permanência em pé, fazendo-os escorregar até quase à perda do equilíbrio para desabar no precipício.

– Nós não vamos conseguir – entre trovões e ventania, ela se esforça por ser ouvida.

– Nóis consegue sim – imediatamente o caboclo retruca. – Ocê mi ajuda e nóis tira o caminhão do buraco.

A ela uma das coisas mais difíceis de aceitar é a oposição às suas ideias. E quando se vê em apuros sua reação sempre é explosiva: – Você é burro, ou o que? – Sem demora, ela retorque. – Não vê que o caminhão vai cair no precipício e nada sobrará dele? Vamos desistir enquanto há tempo!

Mas, se a ela impossível é suportar contrariedades, o caboclo em nada perde quando se tratar de teimosia. Mais ainda, quando desistir representará o fracasso de sua obstinada busca por aquilo que constitui sua razão de viver: – Nóis num vai disistí de jeito nihum! Eu num vô dexá ninguém disistí, nem que tivé que isperá trêis dia a chuva passá!

Como era de esperar, aquela absurda insistência só serve mesmo para incitar em Alice ainda mais os nervos. "Será que esse palerma não percebe a loucura que é ir adiante nestas condições?" – sua vontade é fulminá-lo com toda sorte de impropérios.

Falta-lhe, no entanto, a coragem suficiente para cuspir sobre aquele adoidado tudo o que está pensando daquele seu desvairado comportamento. Por isso se limita a severamente admoestá-lo: – O que é preciso para você se convencer que não dá? Quer que eu abra a tua cabeça e coloque juízo dentro dela?

Os ânimos se fazem exaltados quase ao ponto das agressões. Ela nunca foi de ceder; e ele, na ânsia de reaver a mulher, não consegue pensar noutra coisa que não seja avançar. Amelinha estará sofrendo horrores nas mãos daquele sujeito violento que a raptou, e urge livrá-la de suas garras.

Mas aquele matuto adoidado não é o único absurdo que a arrazoada guria tem a enfrentar. E ante sua impotência para contê-lo, e ao outro azoado inconsequente a quem faz companhia, ela quase chega ao completo desespero.

Seu e aperreamento, acima de tudo, é consequência da impossibilidade para, ao mesmo tempo, agir em face das maluquices efetuadas por cada um deles – muito além de desastrosas. Não pode abstrair-se do matuto em seu desatino disposto a precipitar o caminhão no abismo e, simultaneamente, cuidar das imperícias do magricela a acelerar feito louco o veículo.

Alheio ao que acontece, o sujeitinho persiste em sua loucura, ignorando estar cada vez mais próximo do abismo aonde, se vier a cair, ele mesmo não sobreviverá. Continuamente ele "assolera", até os pneus cavarem tanto a terra ao ponto de apoiar o eixo no chão.

Definitivamente o veículo não se livrará do atoleiro por suas próprias forças! O peso a vencer é tão imenso que, apesar de todos os seus cavalos-força, o travamento das rodas anula a energia produzida pelo motor!

Só depois de constatar a absoluta inércia do veículo a impedir a rotação do motor é que o motorista desiste de suas frustradas tentativas. Saindo na chuva, que ainda é torrencial, logo escancara um mal contido sorriso – sua marcante característica mesmo nas piores circunstâncias. Apesar do susto pelo estrago que fez, não demonstra o mínimo avexamento em escancarar as gengivas avermelhadas capazes de exibir suas três metades de dentes: – Pur que ocêis num dissero o que tava aconteceno? – Impassível, incita ainda mais os nervos de Alice.

– Ora, por que! Você não viu o que estava fazendo? – Constatando a imbecilidade e as inconsequências do magricela, competidoras com as desastradas atitudes daquele teimoso capiau com quem sua paciência já expirou, a ela só resta ainda mais se aborrecer. – "Eu já vi é tudo: estou mesmo é bem acompanhada de dois palermas!" – sussurra a quase ser ouvida.

Moça racional como nenhuma outra, a ela é inaceitável o que vê acontecer! Por isso o insuperável impasse em que está metida vai ao ponto de amainar seu espírito aventureiro.

Apesar da tenra idade, mesmo seus contratempos não passando de consequências de suas próprias decisões, intimamente lamenta estar atravessando um daqueles períodos em que nada se apruma.

Além do que agora vê acontecer, há dois dias sofreu aquele terrível acidente que quase lhe ceifou a vida. Como resultado acabou se envolvendo com aquele sujeito patético que – é bem verdade – a socorreu. Só que agora ele se mostra menos inteligente que o fiel empregado de seu avô que sempre deu mostras de nada ter dentro daquele crânio moldado a finura e comprimento.

Pelo que está a perceber ela se obrigará a resolver tudo por si mesma, já que seus companheiros nada fazem a não ser aquelas demonstrações de absolutas incapacidades de raciocínio.

– Prestem atenção – a ela a única coisa a fazer agora é traçar as diretrizes para saírem daquela enrascada em que se meteram: – um de vocês voltará para casa em busca de socorro. Meu avô pega o jipe e vem nos resgatar. Eu vou ficar aqui esperando.

Ao magricela, a solução por ela apontada nenhuma diferença ocasionará, pois, alheio ao drama do matuto, o sujeitinho ainda não tem perfeita ciência do por que acabou metido naquela encrenca.

Porém, se ao sujeitinho banguela tanto faz como tanto fez, Bano não pode admitir a mínima menção a retrocessos. E antes de a ideia de Alice ganhar corpo, ele já esbraveja na tentativa de não permitir a desistência, justo agora que está a tão pouca distância do objetivo! – Nóis num vai vortá é coisa ninhuma. Nóis vai é í em frente nem que eu tenha que amarrá ocêis dois e levá arrastado.

A reação do matuto superou todos os prognósticos concebidos por Alice. E mesmo quase ensandecida, ela logo percebe a inutilidade de insistir contra a ignorância e as inconsequências do grande teimoso que ele tem se mostrado, em absurda determinação de ir até o fim sem admitir a menor insinuação a retrocessos.

Empacados feitos muares dos mais teimosos, se deixam encharcar pela chuva a perdurar por mais de hora. E é só a tormenta dar sinais de enfraquecimento para Bano voltar à carga: – Agora nóis consegue. O Dito assolera, divagá! E nóis impurra, inté o caminhão saí.

Tamanha teimosia causa em Alice um misto de raiva e temor por aquela absurda insistência em avançar contra todas as improbabilidades de êxito: – Você não consegue perceber que nem com muitas juntas de bois a gente tira esse caminhão do atoleiro em que ele está?! – Quase em súplica ela reage.

– Peraí! – Diante do que ouve, subitamente o matuto se anima. – Cumé que nóis num pensô nisso antes? É só nóis í nos sítio perto daqui e pedí ajuda. Os situante sempre tem junta de boi que puxa os arado. Êis tem muita força... Num vai sê difíci!

***

Finalmente os dois teimosos alcançaram a graça da convergência de ideias. A intenção de demandar ajuda entre os habitantes do lugar, além da possível solução ao impasse, poderá servir para aliviação da penúria alimentar a que estão expostos, pois o dia já vai avançado e eles ainda nada comeram desde que embarcaram naquela aventura pra lá de arriscada.

Então, logo iniciam esperançoso peregrinar pelas moradias descobertas nas adjacências, esparsas aqui e acolá, onde muitos dos habitadores – caboclos excessivamente desconfiados – não lhes emprestam solidariedade, muito menos lhes oferecem alimento.

Até que, já desiludidos por tanta antipatia daqueles desconfiados, nas cercanias de onde está o caminhão encalhado acabam encontrando singela cabana aonde os moradores se mostram receptivos a seus apelos: – Ocêis tão ino pra Serra dos Mulato? – O dono da casa, além de oferecer-lhes alimento, se dispõe a ajudar. – Tem um atáio que passa pela serra, que encurta por dimais a distância.

– Mas nós não conhecemos o caminho – receosa de que Bano acate a sugestão e acabe os metendo numa enrascada ainda maior, Alice se apressa em argumentar. – E eu penso que esse atalho é pior que a estrada aonde o caminhão encalhou.

– Isso é verdade – o morador concorda. – Mais esse camim num é uma estrada – explica. – É um trio por onde só passa burro e cavalo. Mais ocêis vão vê que a distância é bem curtinha!

– É por esse camim que nóis vai – confirmando os temores de Alice, Bano logo determina. Ele sabe que os atalhos abreviam o tempo, e a tal trilha poderá encurtar a distância para chegar onde está Amelinha.

Ouvindo-o tão determinado, a Alice só resta perceber a inutilidade de qualquer óbice que, porventura, ela viesse criar. A aflição que ele tem a atormentá-lo parece tão dominadora a ponto de fazê-lo incapaz de pensar noutra coisa que não seja a urgência em socorrer a mulher.

Por isso, a ela não resta alternativas que não seja a resignação. Pelo pouco que já o conhece ela sabe nada adiantar qualquer arvoramento em contrariá-lo, porque ele não desistirá. E, além de tudo, lhe vem ao pensamento sua promessa de ajudá-lo a chegar àquela cidade – um compromisso quase solene por ela assumido.

– Está bem – incapaz de reverter a determinação do caboclo, ela aquiesce com o desejo dele. – Mas um de vocês que moram aqui, tem de ir com a gente para ensinar o caminho.

– Isso num é pobrema – o dono da casa se apressa em confirmar sua solidariedade. – Meu fio Jorge vai cocêis. Nóis pega os cavalo e ocêis vão vê que eu num tô mintino. O camim é bem curtim!

Superado o impasse, e confiando ao roceiro os cuidados para com o caminhão, se apressam em tomar o novo caminho, utilizando as montarias disponibilizadas para a incerta jornada: um cavalo preto e trotão, no qual Bano vai montado; uma égua baia levando Alice; um burro castanho e manhoso montado por Dito. E um cavalo baio de baixa estatura conduzido por Jorge. Todos precariamente encilhados por arreios desgastados pelo uso de longa data.

Há algum tempo a chuva deixou de cair, embora enormes nimbostratus acentuadamente escuras ainda cubram as montanhas.

Em fila a comitiva segue. Sinuosamente avança pela trilha margeada de arbustos carregados de orvalho, capazes de encharcar as montarias e os cavaleiros quando neles esbarram.

À passagem do vento gelado pela folhagem, doses extras de encharque causam desconforto, provocando reações friorentas nos cavaleiros incapazes de evitar as impiedosas lufadas. O barro dificulta a marcha, fazendo escorregar as montarias a quase precipitarem os cavaleiros no chão.

Antes de a trilha despenhar às profundezes dalgumas barrocas contrastantes com as grandes elevações superiores aos cem metros, provocando fadiga aos animais as ladeiras vão se tornando cada vez mais íngremes.

A pequena vereda foi construída há pelo menos um século quando, obrigados a contornar obstáculos cada vez mais intransponíveis, os tropeiros atravessavam a região.

Em vista dos perigos ali evidentes, hoje poucos são os aventureiros a se arriscarem naquela travessia. Há quase dez anos ninguém ousa desafiar aquela serra, desde que a estrada de rodagem – onde está o caminhão empacado – foi construída.

Ante os transtornos surgidos a cada momento, a vida dos cavaleiros em nada se facilita. A lutar com sua montaria refugadora diante de tantas valetas na trilha, Jorge logo toma a dianteira. Atrás dele, Dito se vê em apuros com o burro manhoso, insistente em não obedecer às rédeas, desviando do caminho para seguir por onde bem lhe aprouver.

A segui-lo, em autêntica guerra para permanecer montada, vem Alice. E cada vez mais inglória é sua luta, porque contrariando seus comandos, num apetite de fazer inveja a égua não cansa de buscar as moitas de capim.

A cavaleira arrepia só de imaginar o que virá pela frente, pois a cada passo o caminho se torna mais perigoso. Em sua consideração a aventura começa a assemelhar-se a um pesadelo cujo final ela vislumbra cada vez mais horrível.

Vez ou outra ela se volta a espiar Bano – que vem à retaguarda – na tentativa de desvendar o estado de espírito do caboclo ante tantos estorvos. Mas nada vê além dum semblante intermediário entre a tensão e o alívio. Afinal, desde o início de sua aventura, ele nunca esteve tão próximo do objetivo!

"Além do mais" – ela pensa – "esses empecilhos em nada diferirão das mazelas que certamente farão parte inseparável do seu cotidiano, já que sua vida em tudo se igualará a isso".

Entre solavancos e sobressaltos eles avançam, até Jorge estacionar seu cavalo para permanecer indeciso diante do que se lhe apresenta.

– Acho que agora num dá mais pra continuá – para alívio de seus companheiros mais imediatos que já vinham quase à desistência, o rapaz decreta.

Apeando, Alice e o magricela se aproximam de onde está o guia. À frente do rapaz se inicia uma nova trilha, em tudo peculiar. E não fossem suas pernas bambas a tremerem de medo, os dois profanos ao lugar abandonariam seus temores para atentarem à bravura e à ousadia de que teriam se valido os tropeiros de outrora na travessia daqueles obstáculos.

À procura de novos caminhos que facilitassem a execução da importantíssima atividade econômica que desempenharam, obrigados a vencer desafios cada vez mais insuperáveis, os tropeiros foram contornando obstáculos à sua chegada aos mercados mais efervescentes da época em que viveram.

A considerar o tamanho do desafio ali encontrado, a empreitada deve ter sido das mais laboriosas. Para amenizar os efeitos dos pesos quase insuportáveis das cargas conduzidas por suas mulas, contornando as maiores elevações e evitando os vales mais profundos os tropeiros foram afunilando a trilha.

Naquele ponto, porém, se viram obrigados a superar suas anteriores bravuras: a menos que se dispusesse a quebrar a soberania da montanha, não havia alternativas que não fosse retroceder em muitas léguas até onde se conseguisse mudar a rota. E até chegarem ao consenso de transpor o obstáculo, uma discussão das mais acaloradas deve ter consumido muitas horas.

Por todos os lados estão montes tão elevados, suficientes o bastante para desencorajar até o pensamento de transpor suas enormes altitudes, o menor deles alcançando, aproximadamente, duzentos metros. E para baixo, em acentuados declives eles desparecem em profundos abismos cujo fundo é impossível avistar.

Abominadores da ideia de desistência que devem ter sido, aos tropeiros só pode ter restado escavar a montanha em sentido horizontal pelas aproximadas trezentas jardas de sua extensão, abrindo um degrau de metro e meio de largura, tendo uns duzentos metros para o cume, e algo em torno de cento e cinquenta para o arrepiante abismo.

E muitas mulas devem ter perecido ao despencar daquelas alturas para o fundo do despenhadeiro, levando junto suas cargas!

Com o tempo houve desmoronamentos, e o piso da travessia ali escavada agora está repleto de pedras de vários tamanhos, dificultando ainda mais sua transposição. Os anos de abandono fez com que nascessem arbustos hoje de considerável tamanho, quase impossibilitando qualquer tentativa de chegar ao outro lado.

– É o fim do caminho! – Decidida, Alice logo se manifesta. – Vamos voltar...

Contudo, antes de retroceder conduzindo a égua pelo cabresto, depara com Bano ainda montado, com ares de quem não desistirá.

Desapontada com o que vê, em Dito ela busca adesão à sua vontade, para descobri-lo num desencorajador sorrisinho amarelo, de quem apenas treme de medo.

Em posição de neutralidade acerca da decisão que os demais venham tomar, Jorge permanece diante da trilha, indeciso a calcular as probabilidades da travessia.

Alice e o matuto, fiéis à regra estabelecida desde que se conheceram, logo iniciam acirrada controvérsia: – O que estamos esperando? Vamos voltar – ela se mostra decidida.

– Não sinhora – disposto a ir adiante, Bano logo retruca. – Nóis num vai vortá.

– Como não? – Ainda mais ela se aflige. – Você não vê o buraco? Não dá para atravessar...

– Ocê inda num ixprementô! – Ele se mostra irredutível. – Cumé que sabe qui num dá?

– Só um louco... Um burro xucro como você parece ser, não vê o que está bem adiante do nariz! – Ansiando demovê-lo do suicídio que o percebe prestes a cometer, ela o ofende.

Entretanto, sem dar importância às ofensas, intimamente contrariado com o que vê, ele apeia e vai para o início do abismo.

Tentando demonstrar que a travessia é plenamente possível, começa a despedaçar pequenos arbustos invasores da trilha. E para convencer os companheiros a arriscar, removendo pedras e vegetação para os lados avança uns cinco metros.

Aí, Jorge, ponderado que é, resolve abandonar a neutralidade para expor sua opinião: – Já faiz bastante tempo que esse camin tá abandonado, e ninguém mais usa ele. Ele é do tempo dos tropêro, quando inda nem meu pai era nascido!

– Ocê tamém acha que a gente pode caí no buraco? – Mal podendo esconder os arrepios denunciantes de todo o seu pavor Dito se apressa a indagar.

– Num sei! – Se safa o rapaz. – Já faiz mais de déiz ano que por aqui ninguém passa.

"Antis desses cagão disistí" – Bano pondera lá consigo mesmo –, "eu vô é fazê êis criá corage". E logo os intima a todos: – Eu vô passá. E quem quisé, vem comigu; quem num quisé, que vorte.

Em seguida, puxando as rédeas do cavalo começa a avançar pela trilha. Atento ao piso donde remove pedras para vê-las despencar no abismo, não consegue ver suas chegadas ao fundo. Nalguns trechos a trilha já estreitou tanto a ponto de obrigá-lo a agarrar-se ao paredão para não despencar daquelas alturas. E recrudescendo ainda mais o perigo, estirando a corda, o cavalo refuga a quase precipitá-lo no abismo.

Do lado de cá, temendo despencar naquele fosso sem fim, seus companheiros permanecem apreensivos. Alice começa a buscar explicações para tanta abnegação dele em favor da mulher – um sentimento tão sólido que o leva a arriscar a própria vida!

A tensão a atormentá-la é grandemente acentuada, mas ainda lhe permite fazer considerações acerca de como seria bom um dia ela mesma ter um marido que lhe dedicasse tanto apreço a ponto de correr todos aqueles riscos.

Até que, enfim, vencida a extensão do precipício e constatando ser possível a travessia, Bano intima seus companheiros a fazerem o mesmo. E do lado de cá inicia a disputa para decidir quem será o próximo a encarar o desafio, com a particularidade de que vencerá quem ficar por último.

Jorge, varão na flor da idade, carecendo ainda de comprovar sua masculinidade, não hesita em demonstrar coragem para avançar na direção do outro lado. Vai puxando o cavalo refugante dos perigos a que, por instinto, sabe estar exposto, principalmente ao ouvir o barulho das avalanches de pedras rolando morro abaixo.

Em seguida, não conseguindo um meio de fugir, não sem antes praguejar à exaustão, Alice se encoraja a desafiar o mesmo perigo. Evitando olhar para baixo e agarrando-se aos ramos dos arbustos, virada de frente para o cume da montanha, ela avança. Seu maior receio é que a visão daquelas profundezas lhe provoque a vertigem capaz de precipitá-la no abismo.

Por sorte, ou instinto de sobrevivência, a égua não cria dificuldades, comportando-se numa mansidão atípica em situações como a que se expõe. E sem palavras, ela chega ao outro lado, apenas deixando claro em seus gestos a reprovação à atitude arriscada do matuto.

Por seu lado, o caboclo, satisfeito por ela ter se aventurado, não dará importância a qualquer xingamento que ela venha a lhe dirigir.

Resta o magricela. Ficando por último, enquanto pôde o sujeitinho protelou se arriscar. Porém, agora não há outra coisa a fazer, já que até Alice – "inda um'a criança!" – conseguiu. Não será o único a amarelar!

Mesmo assim, medroso, o sujeitinho opta por tocar o burro à frente, indo à retaguarda do animal, atento aonde o bicho porá as patas. Se alguém tiver que cair que seja o burro!

No entanto, faltando umas dez jardas para o fim da travessia, o muar começa a avançar mais apressado, deixando atrás o cavaleiro.

Trotando, o animal inspira Dito a fazer o mesmo. Tendo suas capacidades acentuadamente limitadas, ainda assim o pequeno banguela não quer demonstrar fraqueza. Mas, desajeitado feito um molenga dos mais rematados, tropeçando, ele se enrosca numa pedra, levando-a a chocar-se com outra que, por sua vez choca-se com mais uma, até formar considerável avalanche a ele mesmo arrastar para o fundo do abismo.

Esperneando a olhar abaixo a enorme fenda para onde despenca, ante o perigo, o pequeno mentecapto consegue ânimo suficiente para agarrar uma protuberância da última rocha anterior ao abismo. A partir dali resta apenas o ar entre suas pernas a balançar e o fundo da cratera a cento e cinquenta metros!

Vendo-o entregue à má sorte sem a menor chance de se safar, num salto de puro reflexo Bano se arrisca a salvá-lo. – Guenta firme, que eu vô tirá ocê daí – entre pedras a deslizar para o despenhadeiro, alcança o magricela antes de a elas o sujeitinho se juntar rumo àquelas profundezas.

Em hercúlea ação, agarra-o pelos punhos, despendendo enorme esforço para não deixá-lo cair, pois, uma vez seguro o sujeitinho se abandona aos aterradores arrepios ainda a dominá-lo.

Após o resgate, sentado na relva e cansado pelo esforço praticado, Bano fita Alice a espera da severa repreensão que, com razão, ela proferirá.

Mas, contrariando seus receios, permanecendo imóvel a fitá-lo num misto de medo e dó, daquela vez ela não lhe refere uma palavra. Por tamanha determinação, até merece encontrar a mulher a quem procura com tanto empenho, embora Alice já considere a talzinha desmerecedora de tanto sacrifício.

E como daquela vez, ela nada diz, apenas fitando-o num semblante de difícil decifração, agradecido, ele decide exteriorizar sua momentânea alegria:

– Nóis conseguiu!

***

Nos escassos momentos passíveis de relaxamento, Alice mal consegue fazer memória de tudo o que já viveu naquele dia desde o alvorecer. Uma daquelas oportunidades é quando, apesar de tudo, ela se delicia com o vento a lhe tocar o rosto. Naqueles instantes aproveita o fato de a égua, após encher a boca de considerável naco de grama, dar-se a acompanhar no mesmo galope os cavalos dos varões a quem ela faz companhia.

Ao contrário dos despenhadeiros que tiveram de superar no trecho precedente, agora eles percorrem um platô de larga extensão cujos finais são avistados a mais de quinhentos metros de ambos os lados e a mais de dois quilômetros à frente, onde a elevação começa a se desfazer em suave declínio.

Bano, enfaticamente entusiasmado, antecede os demais, castigando seu cavalo em arrojado galope pelos campos cobertos de pastagens salpicadas aqui e acolá por inúmeros arbustos. Logo atrás vêm seus companheiros, liderados por Jorge e seu cavalo nanico, ocupados em solucionar seus problemas causados pelas montarias.

Para Alice, no entanto, a folga tem pouca duração. Logo após o momentâneo refrigério representado por aquele veloz galope, voltou a se apurar com a mania da égua insaciável dos deliciosos nacos de grama, pois logo a esfomeada retornou à preferência de pastar a caminhar. Mal engole uma bocada e a comilona novamente empaca a buscar outra porção de capim – verdadeiro saco sem fundo cujo bucho nunca enche –, assim pensa a cavaleira.

À retaguarda de todos, Dito lamenta estar no lombo do burro, a quem preferiu em vista de seus hábitos de cavalgar muares na fazenda onde mora. De bom grado aceitou-o como meio de locomoção também pela ciência da superioridade dos muares sobre os equinos quando o assunto é a resistência à fadiga.

Só que o burro, além de trotão a quase arrancar as pacueras do cavaleiro, é um grande manhoso. Empacando a todo instante o manhoso só faz exigir redobrado esforço para fazê-lo acompanhar os equinos, mesmo assim cada vez mais perdendo terreno. De queixo duro como nenhum outro, o bicho nada mais consegue que arrancar as piores imprecações do cavaleiro a quem muito demora a obedecer.

Depois de tanta chuva, vez ou outra o sol aparece entre nuvens, liberando seus raios ultravioletas como fogo abrasador a impiedosamente atingir o lombo dos viajantes, ainda longe de arrefecer, pois o dia mal começou a declinar depois do meio-dia.

Após breve relaxamento para aliviar as montarias, crestados pelo calor emanado do sol a se alternar com as sombras das nuvens deslizantes ao sabor do vento, logo retornam a galopar até os limites do platô por onde, em leve declive, alcançarão os limites de Serra dos Mulatos, cerca de meia légua adiante.

Aos olhos de quem lá do alto do platô a observe, a cidade é pura beleza, como nenhuma outra que aqueles varões aventureiros já viram. A descrição mais acertada seria a de quem comparasse a povoação a um quadro desenhado no verdejante vale onde foi construída. Uma pequena aglomeração urbana de casas pequenas e antigas, ladeando estreitas ruas de paralelepípedos.

Suas origens remontam a épocas anteriores ao ciclo dos tropeiros, o que garante à pequena freguesia a influência sobre toda a vasta região onde se localiza.

Do alto do platô é impossível diferenciar o que são residências ou pequenos estabelecimentos comerciais – na maioria bares onde os habitantes costumam passar boa parte do tempo a jogar conversa fora, quase sempre tratando dos pormenores da vida alheia.

Apesar da existência de alguns latifúndios dedicados à criação comercial, ali a atividade econômica predominante é a pequena pecuária leiteira, ou de corte, formada na maioria de gado pé-duro que não exige tanto esmero em sua criação.

Após a descida do monte desde seus contrafortes mais elevados, lado a lado a cavalgar, o grupo de anônimos heróis adentram as portas da cidade. Aos olhos dos moradores um conjunto de cavaleiros pra lá de esquisito.

Alterando significativamente o panorama do lugar, a presença deles de ninguém passa despercebida. Aquela tropa, disforme aos olhos da população habituada aos vistosos alazões dos peões frequentadores da cidade, reúne três pangarés pra lá de engraçados, além do burro trotão que não obedece ao cavaleiro, indo por onde bem quiser. Todos precariamente paramentados com arreios surrados em tantos anos de uso!

Crianças acorrem à rua, e adultos cheios de interrogações observam das portas e janelas.

Cada qual centrado de forma particular no próprio motivo de sua estada ali, nenhum dos três varões atenta ao frenesi geral provocado na população por suas presenças. Apenas Alice, como consequência de sua natureza feminina – cuja uma das principais qualidades é a atenção às minúcias – se mantém em certo desconforto.

Zelosa em exacerbo pela própria imagem, o que mais ela deseja ali é livrar-se de especulações acerca de sua participação como bendita fruta entre seus companheiros do sexo masculino. Por isso se faz pura encasquetação acerca do abreviamento da empreitada.

Ciente de Bano ser o único interessado no resultado a ser alcançado, em desmedido esforço para adivinhar os pensamentos que estarão a povoar a cachola do caboclo, dele não desvia os olhos. Afinal, ali o sucesso, ou o fracasso, dependerá exclusivamente das atitudes que ele tomar, pois ninguém fora ele será afetado qualquer que seja o corolário a que venham chegar.

Mas, descobrindo-o naquele silencioso e intrigante cavalgar – cuja serenidade só consegue mesmo irritá-la – se convence de não ter um plano elaborado a ser posto em prática quando necessário.

Dona de grande espevitamento, como só ela é, e intrigada com aquela solene calma por ele demonstrada, inquieta, não tarda a instá-lo sobre os próximos passos por ele pretendidos: – Como você planejou encontrar aqui a tua mulher?

– Inda num sei – A displicência é de causar dó, tão enorme a improvisação. – Eu tô procurano ela no meio dessas muié.

Tal apatia da parte de quem, na pior das hipóteses, deveria estar inquieto, obriga-a a enterrar sua escassa paciência: – Mas assim fica difícil! – Começa a demonstrar sua indignação. – Você acha que ela vai aparecer na tua frente assim, num passe de mágica? Não vai não! E se você quiser encontrá-la, no mínimo, terá que buscar informações com essa gente.

– E o que qui ocê acha que eu tô fazeno? – Nada desprezível quando trata de defender seus pontos de vista, o caboclo não tarda a retrucar. – Eu tô veno em quem posso cunfiá!

Uma vez tão próximo do objetivo, e confortado por aquela perspectiva, em contraponto à afobação de Alice o caboclo se permitiu um pouco de relaxamento, apenas aguardando o momento solene do reencontro com sua amada, do que ele está mais que seguro.

No entanto, aquela inoportuna displicência numa hora em que na consideração dela, no mínimo ele deveria estar curioso, cria nela uma impaciência poucas vezes observada. E como boa espevitada que é, ela não demora a cuspir sua irritação: – Apesar de presunçoso você parece mesmo é um completo panaca! – Perde de vez o respeito. – Em vez de andar como bobos diante dessa gente, já que não queres falar com as pessoas, a primeira coisa que devemos fazer é procurar a polícia e registrar queixa...

– Ocê nem fala isso! – Ele se apressa em contrariá-la. – Eu num vô metê a pulícia no meio desse angu de jeito ninhum! Eu é que quero ponhá as mão naquele safado. E a pulícia vai prendê ele só uns dia, e dispôis sorta!

– Pois eu não vejo outro jeito de resolver a situação.

Cavalgando pela rua central da cidade, em infindável controvérsia um ao outro os dois vão se contrapondo. Passando próximo às biroscas, pululantes em toda parte, nem percebem os caboclos mal encarados a minuciosamente observá-los.

Dentre eles apenas Jorge se faz atento aos perigos a que estão expostos. Passando junto aos peões encontrados pelas ruas, evita encará-los, ciente do pecado capital representado pela menor insinuação àqueles brutamontes que ali nada fazem além de enrolar tempo à espera de algum fazendeiro que os contrate, ainda que para certos trabalhos escusos.

Já Dito, simplório por natureza, e inocente acerca das maldades humanas, não perde as oportunidades de, escancarando seu hilário sorriso a todos cumprimentar. O magricela não se dá conta de que, querendo ser gentil, está apenas instigando a animosidade natural naqueles brutamontes a esmiuçá-los, contrariados pela possível ameaça por eles representada aos hábitos da gente do lugar.

O pequeno banguela e Jorge, cientes de ali não passarem eles de meros adereços sem nenhum poder de ingerência nas decisões, permanecem alheios à acalorada discussão entre Alice e Bano.

Até que, chegando ao que se considera o centro da cidade – nas proximidades da matriz – Alice estaciona a égua e apeia decidida a dali não arredar pé, mesmo que seus companheiros sigam em frente.

Ela ainda não conhece a mulher do matuto, mas já se enche de restrições para com o que a fujona está causando ao pobre homem. Por isso mal consegue ocultar a contrariedade quase odiosa por toda a trabalheira que a tal fulana está causando.

"Esse caburé só pode mesmo é ser um bom amante!" – se dá a pensar. "Afinal, mesmo com tanto despreparo, uma dedicação como esta não é coisa que se vê em qualquer marido!".

Dito e Jorge fazem-lhe companhia, enquanto Bano, alheio à decisão por eles tomada, continua trotando seu cavalo até o fim da rua. Tentando encontrar alguma daquelas mulheres cujo comportamento possa lhe inspirar confiança suficiente para indagar se não teria visto por lá Amelinha, os olhos do caboclo se fixam em todos os rabos de saia que lhe passam à frente, na esperança até de – quem poderia saber? – descobrir a própria esposa entre elas.

Todavia, tanta indiscrição não serve para outra coisa que não seja deixá-lo exposto à ira daqueles maridos, que em nada apreciam suas olhadelas.

Em sua arreigada ingenuidade, e querendo ser útil ao matuto de quem já se apieda, Dito resolve entrar num daqueles bares abarrotados dos peões mal encarados que, jogando e bebendo, o dia todo ali se divertem.

Sua imagem, ainda que ele seja leve feito pluma das mais delicadas, não passa despercebida a nenhum dos frequentadores da birosca. Unanimemente, todos se voltam para a porta a esquadrinhar sua esbelta figura.

Então, garboso pela atenção a si dispensada, o magrelo se convence de estar agradando. Considerando-se aceito na confraria daqueles desocupados, e tomado de grande sentimento de segurança, não titubeia em se dirigir a um daqueles grandalhões mal encarados, tocando-o no ombro como se entre ele e o peão houvesse grande intimidade.

Alheio ao desassossego causado por sua intromissão começa a revelar o motivo de sua chegada à cidade, inclusive solicitando informações a respeito do paradeiro da mulher que ainda nem conhece.

Centrado apenas em seus bons propósitos, mesmo depois de ver o sujeito alarmado numa cara de mil interrogações, não percebe o silêncio que passou a reinar no ambiente desde a sua chegada.

Dando um passo atrás o homem abre seu surrado sobretudo, permitindo-lhe ver uma peixeira e um revólver calibre 38, um de cada lado da cintura, enquanto, numa fisionomia ao mesmo tempo serena e carrancuda, o encara.

O sujeitinho sem prumo, definitivamente, não tem a mínima perspicácia! Não lhe chama a atenção o gesto do peão cuja postura, similar à da cascavel a chocalhar o guizo, o adverte da importunidade de sua intromissão.

Considerando-se bom interlocutor do homem, não tarda em escancarar um sorriso ainda mais largo que o habitual, deixando as gengivas inteiras à mostra, na perspectiva de o sujeito estar disposto a entabular conversação.

– O seu revórve é bunito que só! E eu nunca vi um ansim, todo prateado – considera-se aceito no rol dos amigos do peão. – Eu posso pegá ele pra vê mió? E, inadvertidamente, vai levando a mão à cintura do valentão, ignorando estar diante do jagunço mais temido de toda a região, matador de mais duma dezena de homens, chefe dum bando e fiel escudeiro do fazendeiro que o emprega.

O jagunço, elevando-se sobre as botas de saltos altos e ricas em detalhes prateados, fica ereto, aumentando ainda mais a estatura. Igual predador a tocaiar a presa, o homem permanece imóvel na perspectiva de que aquele sujeitinho minguado se atreva a lhe tomar a arma.

Os caboclos posicionados na possível linha de tiro se apressam em fugir de seus lugares, alguns tapando os ouvidos para não ouvir os estampidos. E só naquele momento Dito se dá conta da encrenca em que se meteu; um sorriso amarelo aparece em seus lábios, enquanto tenta travestir de mera brincadeira todo o medo que sente.

Porém, mesmo com sua improvável presença de espírito daquele momento, a ladinice suscitada em face da urgência não produz o resultado desejado: – Eu só queria vê si ocê tava isperto! E ocê passô no teste, é um cabôco bão...

Mas antes de completar a frase outros quatro sujeitos igualmente mal encarados postam-se do lado do primeiro, todos medindo aquele esqueleto ambulante que ousa desafiar o chefe sem considerar sua reputação de homem mais respeitado por aquelas bandas, temido inclusive pela polícia.

Metido numa enrascada sem tamanho, ainda assim o magricela tenta uma saída honrosa. Valendo-se da estratégia de se mostrar amistoso, e para garantir que não é chegado a entreveros, vagarosamente vai levando a mão ao ombro do grandalhão.

No entanto, a estratégia não produz o resultado desejado. O homem é valente feito touro insultado, e não está disposto a dar trela àquele sujeitinho atrevido. E antes de sua mão pousar sobre o ombro do jagunço, ele vê a direita do homem endereçada à sua orelha, num pé de ouvido capaz de devolvê-lo ao meio da rua.

Mas, se existe coisa que o porte minguado do banguela favoreça, é a rapidez nos movimentos. Graças àquela sua particularidade, consegue baixar a cabeça com tamanha velocidade capaz de obrigar o jagunço a se auto agredir, por não conseguir frear a força empregada no golpe.

Aí o valentão se enche ainda mais de raiva, e sua impetuosidade agressiva obriga o magricela a saltar atrás, levando de arrasto parte da mobília do boteco ao tentar abrir caminho para a fuga. Porém, sua tentativa é frustrada, porque um dos jagunços já se postou à porta em posição de ataque, pronto a acertá-lo quando ele se aproximar.

À sua retaguarda estão outros do bando, da mesma forma dispostos a trucidá-lo. Então, cercado por todos os lados, só lhe resta aguardar o primeiro sopapo, fechando os olhos no ato reflexo de quem já acusa o golpe.

Mas ainda conservando uma fagulha de esperança, mergulha em baixo duma mesa, por instantes lá permanecendo na ilusão de estar protegido. Porém, aquele esconderijo só lhe serve até o chefe dos jagunços meter sua bota prateada na mesa, mandando-a aos pedaços para longe e deixando-o a descoberto.

As complicações se multiplicam sem que o magricela vislumbre um jeito imediato de fugir. Todavia, ele possui um forte aliado: seu minguado porte físico favorece a agilidade nos movimentos, de sorte que, justamente aquela particularidade que sempre lhe foi motivo de desgosto, agora serve para livrá-lo da sova que, por todos os meios razoáveis de imaginar, seria inevitável.

O jagunço jamais poderia intuir tanta dificuldade, causada justamente pela maior fragilidade do inimigo. Atirando-se sobre o corpo franzino do magricela, o grandalhão vê o sujeitinho pular para baixo duma próxima mesa, depois de mais uma, depois de outra...

Lento e desajeitado num corpanzil de fazer inveja, por várias vezes o agressor desmorona, enfrentando dificuldades para se livrar dos pedaços da mobília destruída sob seu peso avantajado.

Dito, desde o nascimento sempre teve dificuldades para desenvolver o raciocínio, mais ainda em situações em que lhe é exigida agilidade no ato de pensar. Mas agora, atribulado como nunca esteve na vida, seus reflexos se fazem tão escandalosamente aguçados ao ponto de causar-lhe a mais improvável das velocidades de pensamento. Motivado pela urgente necessidade, veloz como raio, ele sobe no balcão e, dali, num salto de quase dois metros alcança o batente da janela donde lhe é possível ganhar a rua.

Uma vez fora do boteco faltam-lhe pernas para levá-lo na velocidade desejada. E seus inimigos, vendo-o cada vez mais distante, logo empunham suas armas para persegui-lo rua afora num espetáculo de causar admiração à gente do lugar, sempre acostumada ao marasmo ali habitual.

Num desespero nunca experimentado, em atribulada corrida o magricela já sente faltar o fôlego; porém, mesmo naquela afobação beirando a loucura, ainda consegue esboçar um sorriso amarelo aos companheiros, advertindo-os: – Vamo fugí que a coisa tá é feia!

Avança na direção do burro, saltando sobre a cela sem nenhuma cerimônia, agarrando as rédeas com força tão extremada que daquela vez o muar não teve tempo para as suas manhas habituais. Esporeia tão impiedosamente o manhoso obrigando-o a galopar rua abaixo, produzindo enorme tropel com seus gritos para que o bicho vá o mais veloz que puder.

Quebrou-se a ordem pública sempre reinante na cidade, obrigando a polícia a pelear para restabelecê-la. Chamados às pressas, os cinco soldados destacados no único batalhão do lugar nem chegam a estacionar a viatura, obrigando-se à meia-volta para empreender perseguição aos jagunços cujo bando perde a corrida para o fugitivo.

Num esforço esbaforido causado pela dianteira do magricela e seu burro – agora tão diferente do que foi desde que o magricela o escolheu, avançando numa velocidade impossível a um muar! – os jagunços já consideram a batalha perdida, pois, tudo leva a crer que eles não conseguirão alcançar aquele sujeito raquítico e atrevido.

Tanta correria provoca suspeição em Bano, Alice e Jorge, causando-lhes a desconfiança de que o sujeitinho banguela tenha praticado atos indesejáveis. E antes de manifestarem suas preocupações para com o que estará acontecendo, se deparam com os jagunços a perseguirem o magricela. Então, cientes da confusão de que há pouco apenas desconfiavam, a eles agora só resta a fuga desesperada atrás do sujeitinho desaprumado.

Rua abaixo, tão veloz como nenhum deles jamais esteve na vida, nem atentam às caras de surpresa dos curiosos, por todos os lados a apreciar a movimentação atípica para a pequena povoação.

Tentando fugir na maior velocidade de que for capaz, Alice abandona a rigidez com que vinha censurando as atitudes de Bano, para concentrar todos os esforços em atropelar a égua, fazendo-a avançar como um foguete.

Ansiando por uma dianteira cada vez maior em relação àqueles brutamontes, ela lança mão de todos os meios possíveis para atropelar a montaria. Mãos viram chicote e calcanhares se tornam esporas, obrigando a égua a uma velocidade capaz de levá-la bem à frente de Bano e Jorge.

Os dois, ainda que açodadamente açoitando seus cavalos, começam a perder terreno para Dito e Alice cujas corridas superam até a viatura policial.

Um raro espetáculo para os pacatos habitantes de Serra dos Mulatos, todos abestados na rua, torcendo uns para os perseguidos, outros para os perseguidores.

Os fugitivos continuam a ganhar distância dos jagunços cujas rabeiras são percebidas pela polícia cada vez mais adiante. Cautelosa, em amena velocidade a viatura tenta abrir caminho em meio à população invasora da rua e aos cachorros a ladrar atrás dos cavaleiros.

Até que, já fora do perímetro urbano, começam os disparos das armas dos jagunços cujos projéteis passam a sibilar bem próximo às cabeças dos perseguidos, criando enorme perigo.

Se o burro montado por Dito tivesse notícia antecipada do que está a acontecer, é certo que jamais chegaria ali. Baldoso como ele só, o mais provável seria sua recusa a entrar na cidade, sem que ninguém lograsse forçá-lo. Aborrecido com tanto açoite, além da gritaria e dos tiros, o muar começa a empacar, murchando as orelhas a não deixar dúvidas acerca de seu descontentamento com tudo por que está passando.

Amedrontado das consequências do que acabou provocando, Dito percebe seus companheiros passando por ele velozes feitos balas, deixando-o atrás em inglória luta com o burro a diminuir cada vez mais o passo, até amuar de vez.

Então, percebendo a jagunçada cada vez mais próxima, seguida dos policiais agora a pés e de armas em punho, não resta ao magricela alternativa que não seja deixar atrás o burro – maldizendo-o até sua quinta geração! – e com as próprias pernas desabalar atrás dos companheiros. O medo se faz tão grande a ponto de o sujeitinho correr mais veloz que os cavalos, a quem logo ultrapassa.

Vendo-o, a pé, ultrapassando sua montaria para avançar até adiante de Alice que ainda encabeça a corrida, Bano, que vai à retaguarda de Jorge, leva tremendo susto.

Os muares, assim como os bovinos e os equinos, têm a mania de se incorporar à manada, acompanhando outros animais que corram, mesmo que àquilo não sejam obrigados. E o burro, ante os cavalos dos jagunços vindos em disparada na sua direção, levanta a cauda e as orelhas, desabalando grande velocidade atrás dos companheiros.

Tão diferente de quando Dito estava nele montado, o malandro vai ultrapassando um a um, ganhando a dianteira até da égua montada por Alice. Mas, sendo uma exceção à regra da burrice dos muares, agindo inteligentemente mais que por instinto, desconfia seu cavaleiro estar nada satisfeito com sua atitude. Então, temeroso das reações do magricela – que ainda corre desesperado –, numa afronta a todas as lógicas racionais, o malandro empacador decide não ultrapassar seu cavaleiro, permanecendo à retaguarda do sujeitinho para não ser descoberto.

A correria é das mais consideráveis, provocando fadiga às montarias dos jagunços que, após a primeira colina fora da cidade, começam a perder distância, até desistirem da perseguição. Então, começando por Bano, um a um os perseguidos diminuem o galope, à exceção de Dito que, a pé e bem à frente, continua em disparada, seguido de perto pelo burro a quem não vê.

***

Bano está soberbamente aborrecido pelo aviltamento a que se obrigou submeter – consequência da iniciativa desastrada daquele magricela desdentado ao se envolver justamente com os homens mais valentes de Serra dos Mulatos. Por isso a vontade do caboclo agora é trucidar aquele infeliz capaz de arranjar tamanha encrenca num assunto que não lhe dizia respeito.

"Esse magrelo disdentado num tinha nada que arranjá um'a cunfusão daquela" – as atitudes do sujeitinho cegam o caboclo ao ponto da perda da razão.

Vendo-o desmoronado sobre a grama, mal podendo respirar, a vontade do matuto é, sem nenhuma piedade, estrangular aquele "palito infeliz".

Exausto e impotente para qualquer reação, ao ser alcançado o sujeitinho ainda não se refez completamente do cansaço a que se submeteu. A fadiga de correr desesperado como nunca, pressionado pelo medo de ser alcançado pelos jagunços montados em seus alazões, ainda anula suas parcas iniciativas.

A única atitude possível ao desmilinguido sujeitinho é fitar o burro, negando-se a acreditar no que entre eles acabou de acontecer.

Por seu lado, revelando-se mais inteligente que o banguela cabeça-de-vento, o bicho permanece desconfiado, com jeito de quem se penitencia por sua manha na hora mais imprópria. As orelhas – seu principal instrumento de comunicação – estão, ora levantadas e apontando para todas as direções, ora murchas para trás, denunciando a confusão em sua cabeça, mesmo não passando ele de apenas um burro!

Chegando onde está o magricela, à espera das explicações para tamanha balbúrdia por ele provocada, Bano fulmina-o num olhar de pura indignação. Mas o pequeno banguela, ainda fadigado a quase não respirar, só consegue mesmo é escancarar seu belo sorriso, como sempre faz mesmo nas piores circunstâncias.

Aqueles sorrisos imotivados, verdade seja dita, intrigaram o matuto desde quando viu aquele esqueleto ambulante pela primeira vez. Mas agora, depois de tudo o que fez, aquela gengiva vermelha sobressaindo àqueles cavacos de dentes age como se fosse uma agressão das mais virulentas a atingir a dignidade do matuto, obrigando-o a avançar sobre o sujeitinho numa gana destruidora poucas vezes experimentada.

Ao caboclo está clara a dissipação de todas as suas chances de resgatar Amelinha naquele dia, e aquilo se deve unicamente àquele desdentado. Graças às atitudes do sujeitinho a população inteira de Serra dos Mulatos certamente os tomou por arruaceiros, e não apreciará novas incursões suas em seus domínios.

Além de que, àquela altura, o raptor já estará ciente de que é caçado, e fatalmente a mulher será levada para outro lugar menos comum. E aquilo em muito dificultará a tarefa que agora o caboclo tem pela frente.

Apesar da ciência de ter sido ele próprio o causador de toda a confusão, em suas arraigadas debilidades, Dito não compreende as razões de tanta fúria. Por isso, vendo o matuto segurando-o com toda a sua força, não reage.

Incapaz de se enfurecer, e ciente da superioridade física do caboclo, já pressentindo a dor da bofetada o banguela se limita a esboçar mais um de seus desengraçados sorrisos.

Porém, recentemente ali chegada, Alice corre a socorrer seu amigo de infância, agarrando-se ao braço de Bano para evitar que ele consuma a agressão: – Pare com isso. Será que já não basta de violência?

– Eu vô é dá uma lição nesse sujeitim que ele nunca vai isquecê! Por instantes a parca paciência do matuto o abandona de vez; os nervos se lhe afloram e, mais que em outros momentos de tensão, já não raciocina adequadamente.

Mesmo ante o horror por ela manifesto ao fitá-lo num semblante de pura desfiguração, os nervos do caboclo não arrefecem. Mas também a ela a paciência já chegou ao limite, oportunizando a vazão a seus sentimentos nutridos desde há algumas horas a respeito do comportamento totalmente inadequado e contraproducente daquele xucro ignorante: – Você acha que todo mundo aqui é obrigado a fazer as tuas vontades? Já não basta o papelão que desempenhamos perante aquele povo?

– Ocê fica de fora que o meu assunto é com esse banguela. Quem mandô ele caçá um'a cunfusão daquela?

– Como?! – A indignação dela chega ao limite. – Você prestou atenção ao que está dizendo? Quem aqui está caçando confusão se não você? Por acaso é a mulher dele que nós estamos procurando?

– Ocê viu o que ele fêiz, num viu?

– Ah, sim! Vi que ele estava te ajudando, aliás, como tem feito desde que saiu da fazenda. Não fosse ele se dispor a vir comigo e você nem teria chegado ainda ao destino, porque meu avô não me deixaria vir, nem daria o caminhão.

Palavras certeiras, como flechas disparadas por excelente arqueiro, foram as dela! Acusando o golpe representado por aquela verdade, Bano se apressa em liberar o magricela que, agradecido pela providencial intromissão da patroinha, pula longe, arrumando o colarinho por onde estava seguro.

Depois, mesmo moralmente nocauteado, inconformado feito touro enfurecido Bano desanda a pisotear a grama em torno dos companheiros. – Ocê viu o que ele fêiz! – Insiste. – Ele num tinha nada que procurá increnca justo caquêis valentão mar encarado – ainda intimamente desejoso de vingança, argumenta.

– Mas já está feito, e não dá pra consertar – querendo pôr um ponto final no entrevero, Alice retruca. – Agora nós vamos para casa, e outro dia você volta lá na Serra dos Mulatos para ver se encontra essa mulher que já está me dando nos nervos.

– Nóis num vai vortá é de jeito ninhum! – Mesmo ciente de aquilo ser o melhor que têm a fazer, ouvindo o que ela diz, Bano se enfurece ainda mais. – Nóis vai é í lá naquela cidade e arrancá a Amelinha de onde ela tivé, de quarqué jeito.

– Ah é? E quem é que vai nos tirar da cadeia? – Os argumentos dela são contundentes. – Esqueceu que a polícia ainda deve estar nos caçando por esses campos? Nem você, nem eu, nem nenhum de nós pode voltar lá tão cedo.

Mesmo sendo um caboclo destemido a ponto de arriscar a própria liberdade na busca do objetivo, ouvindo as argumentações de Alice, Bano titubeia. E, retornando à razão, compreende seus companheiros nada terem a ver com o seu drama particular.

No máximo os três se tornaram cúmplices em sua frustrada tentativa de resgatar Amelinha, e já não parece justo arrastá-los a um comprometimento ainda maior que aqueles em que já estão metidos.

Jorge mesmo, não passou dum guia para o caminho que eles ainda não conheciam. E por sua vez, Dito é a própria personificação do fracasso! Suas práticas daquele dia foram além da suficiência em denunciar sua personalidade fraca e sua incapacidade intelectual, tudo sem falar nas fragilidades físicas!

A única dentre eles capaz da eficiência em ajudá-lo é Alice. Mesmo assim, ela não passa duma adolescente mal criada e prepotente, chegada ao autoelogio, ainda que velado na forma de insinuações.

De modo que, por mais que aquilo o contrarie, o matuto não vê outra atitude mais sensata que por ora desistir. Assim pensando, nada mais lhe resta que não seja deixar aflorar o seu tique capaz de esvaziar sua fúria.

Sendo tão elevada a sua frustração, ela o obriga a continuar pisoteando o chão em frenético caminhar circunvalando seus companheiros. Aquele comportamento é o único capaz de lhe atenuar a tensão, possibilitando-lhe voltar a agir com a racionalidade suficiente ao abandono de sua obsessão.

Feito peru no cio, por bom tempo em sonoro resmungo, ele rodopia, observado pelos dois varões ali presentes desencorajados para interpelá-lo por aquilo que o veem fazer.

Após circundá-los à vontade, formando no entorno dos companheiros um trilho de grama amassada, e evitando encarar Alice, aliviado, ele desfranze o cenho a fitar os dois rapazes.

Ela, no entanto, não desvia dele os olhos, como cobra atraindo a presa, pronta a vomitar um monte de impropérios. Diante de tanta falta de bom senso a parca paciência dela já chegou ao fim!

– Tá bão. – Enfim, o matuto se manifesta. – Nóis vai imbora. Mais num pensa ocêis que eu disistí. Logo eu vô vortá lá, e vô achá a minha muié, nem que tenha que virá a cidade de perna pro ar. Aquele sujeito disgraçado num perde por isperá!

"Até que enfim!" – Arrefecendo os ânimos, aliviada, Alice logo encabeça a fila num eufórico e veloz galope de regresso.

***

O calor torrante do sol, emanado em dias de fortes chuvas esparsas como aquelas, sempre bastou para evaporar a umidade abundante provocada pela farta precipitação encharcada na terra. Contudo, nem toda a abastança de calor daquele dia foi suficiente para enxugar o terreno onde permaneceu encalhado o caminhão.

Grande decepção para os três – física e moralmente estropiados pelas peripécias causadoras de suas fadigas.

Lá chegando, encontram o veículo exatamente como o tinham deixado, rodas mergulhadas no lamaçal ainda abundante, como se nada tivesse adiantado deixá-lo lá à espera da melhoria da trafegabilidade do caminho.

Excessivamente estropiado – consequência de seu entrevero com o matuto –, limitando-se a observar o objeto dos melhores cuidados do patrão irreconhecível pelo barro vermelho a encobri-lo, Dito não se encoraja a ligar o motor.

A situação é das mais desfavoráveis, desestimulando a manifestação de qualquer pensamento. Então, entre os três frustrados viajantes impera um silêncio ensurdecedor. Ainda ressentido pela desistência forçada a que se submeteu Bano mal consegue camuflar seu estado de espírito ante tão escorchante malogro.

Por seu lado, em seu jeito displicente o magricela avalia a situação. Inveterado sorridente, mesmo ante tão insuperável impasse e apesar de ainda borocoxô à lembrança da peleja entre ele e o matuto, sem palavras o sujeitinho logo escancara a boca murcha – costume que ao matuto já começa a soar como provocação.

Para o caboclo aquele cacoete tão marcante não pode ser unicamente manifestação de alegria, nem tampouco bobice daquela criatura desprovida de inteligência. Não naquele momento em que eles não conseguiram ainda se refazer dos acontecimentos, muito além de desagradáveis, em que estiveram metidos naquele dia.

E além do mais, o problema com que agora se deparam é bem maior que tudo o que acabaram de superar, mesmo os atropelos da desesperada fuga a que há pouco se obrigaram ante a valentia dos jagunços de Serra dos Mulatos.

Por isso é preciso tempo para raciocinar um meio de não danificar o único meio de transporte de que dispõem. E, além de tudo, necessário se faz o máximo cuidado para, na tentativa de se safar do impasse criado pelas condições meteorológicas adversas daquele dia, não acabar ferindo gravemente alguém.

Não sendo chegado ao raciocínio, o banguela se limita a esperar que um de seus companheiros brigões encontre a solução capaz de tirá-los do impasse em que estão metidos.

Já Alice, diante do enorme desafio a inibir sua costumeira impetuosidade, permanece calada e pensativa. Sabedora de que possíveis sugestões que venha apresentar muito provavelmente se voltariam contra ela mesma num futuro bem próximo, aqueles receios fazem-na desencorajada para qualquer manifestação.

E, por seu turno, mesmo ainda muito frustrado, e apesar do impasse que também o aprisiona ali Bano se imagina ileso das consequências do que mais ainda possa acontecer.

Ele nada deve àquela gente que está a ajudá-lo em suas desventuras, pois eles nada estão fazendo que não seja cumprir o combinado entre ele e Alice. No máximo o que ainda lhe resta a fazer é manifestar sua gratidão pelo meio de transporte que lhe proporcionaram.

Depois do retorno à Chicópolis, sua pretensão é se afastar da presença daqueles presunçosos e nunca mais tornar a vê-los. Assim, suas responsabilidades para com a família de Chico Mineiro não irão além da obrigação de restituir-lhes o caminhão, o que certamente fará sem danificá-lo mais do que já fizeram.

Imensas ainda são as frustrações do matuto, insuperáveis por obrigá-lo a engolir o indesejável goro de sua tentativa de resgatar a mulher, tão avassaladoras ao ponto de lhe parecerem superiores a qualquer possível consequência que ainda possa pesar sobre seus ombros.

E já pouco importa permanecer ali parado durante dias, ou retornar a pé para Chicópolis. Pouco importa.

Por considerável lapso o impasse ali estabelecido permanece. Temendo as consequências do que vier a fazer, ninguém se anima ao menor movimento.

Entre eles se estabeleceu um consenso presumido de que será impossível tirar o caminhão do atoleiro. Dito, incomodado pela responsabilidade de dirigir, mas medroso das consequências do que vier a fazer, permanece afastado, sentado no barranco, absorto a assoviar uma melodia indefinida.

Por sua vez, agora serenado, Bano se aproxima do precipício em cuja beira está o caminhão, contemplando-o a imaginar uma queda daquelas alturas, que, com certeza, será uma viagem sem volta.

E Alice se mantém atenta aos comportamentos de um e de outro, cada vez mais aflita com o silêncio dos dois. Sua impressão é a de que aqueles varões estão a se esquivar, deixando a ela a responsabilidade pelo que ainda possa acontecer. Diante do perigo, a impetuosidade – uma de suas características mais marcantes – divide espaço com o comedimento, alternando pensamentos a impeli-la à ação com outros capazes de frear seu ímpeto de agir.

Muito bem sabe ela que, ali, qualquer atitude de sua parte terá consequências – favoráveis ou desagradáveis: se nada fizer passará a noite ao relento, suportando a fome, o frio e as companhias daqueles dois palermas. E se os motivar à ação, claro é o risco de precipitarem o caminhão no abismo, com todas as consequências advindas, podendo, inclusive, ferir alguém.

Aquelas preocupações tiram dela o sossego, e agora, à semelhança do matuto em seu cacoete, ela se dá a caminhar de um a outro lado, mãos entrelaçadas, em busca duma solução que seja a menos danosa possível.

Até que, não mais podendo conter seu ímpeto, decidida vai ao magricela: – Vamos tirar o caminhão desse atoleiro, e vamos para casa.

Contudo, apesar de sua determinação, conhece bem o sujeitinho com quem anda; e não é difícil adivinhar a fisionomia que em seguida se lhe apresentará. E, de fato, aquilo não demora a acontecer, com a particularidade de que, daquela vez, o magricela desdentado não precisa de palavras para se esquivar.

Apenas um colorido sorriso vazio, de língua vermelha sobressaindo entre os meio-dentes, é suficiente para demonstrar sua falta de coragem.

Fica evidente a indisposição do sujeitinho. Vendo nele tanta apatia, a vontade de Alice é forçá-lo à ação. Porém, conhecendo as debilidades que o levariam ao sacrifício, decide não obrigá-lo, sob a pena de vir a se arrepender.

E, rendendo-se à impetuosidade, resolve ela mesma assumir a direção do caminhão para arrancá-lo do atoleiro. Mesmo nunca tendo manobrado um veículo tão pesado, a passos firmes se encaminha para a cabine disposta a agir por sua conta e risco.

Percebendo nela tanta disposição, contrapondo-se à apatia deles dois marmanjos, Bano sente os brios feridos, e logo alcança o caminhão antes de ela emboleiar.

– O que você está fazendo? – Ante a inesperada atitude dele, ela se surpreende.

– Tô invitano docê fazê uma bestêra.

– Já que ninguém se habilita, eu vou fazer o que é preciso!

– Ocê num pode fazê isso – ele a contraria. – O motorista aqui é o Dito – aponta o magricela imóvel no barranco.

– Ele é o principal responsável por essa tarefa, mas bem que você também poderia arriscar, em vez de esperar que eu tome a iniciativa.

– Eu num tenho carta, e num sei dirigi. E o teu vô tem tanto ciúme desse caminhão que eu num se atrevo...

– Meu avô não sabia disso que aconteceu. Mas tenho certeza que se estivesse aqui, ele mesmo tiraria o caminhão desse atoleiro. E é por isso que eu vou tentar.

– Mais ocê, além de num tê força pra dirigi um caminhão desse tamanho, é barbêra!

– Ora essa! Como você se atreve?...

– Eu vi ocê jogá a caminhoneta no rio – quase em desespero, ele a adverte.

Ouvindo a referência ao acidente de quando o conheceu ela sente esmaecer seus ânimos, obrigando-se à desistência. Aquele é um assunto que deseja esquecer, pelo acidente em si, mas, acima de tudo, pelas consequências dele advindas.

Se não tivesse conhecido aquele matuto complicado agora não estaria naquela situação pra lá de indesejável. Contudo – ela pensa –, o mal já está feito, e não é mais possível remediar. Ele está ali e, por mais que a contrarie admiti-lo, é o único que poderá ajudá-la, porque Dito mesmo já entregou os pontos.

Por isso, conhecedora das necessidades machistas de muitos homens – o que se evidencia ser o caso do matuto –, ela logo pensa numa boa forma de fazê-lo agir, provocando-o: – Eu apenas pensei que a tua coragem não tivesse limites e que você fosse um cavalheiro!

– Ocê num provoca! – Ele morde a isca. – Se tivesse certeza que dava certo eu tirava esse caminhão daí. Mais eu sei que num dá. E além disso essa num é a minha obrigação.

O magricela, encarapitado no barranco, se faz mouco ao diálogo dos dois. E daquela vez nem um de seus sorrisos sem graça o sujeitinho desdentado esboça. Apesar de suas debilidades, ele bem sabe que aquela pretensa tentativa de seus companheiros não dará certo.

Mas Alice não está disposta a pernoitar naquele lugar inóspito e perigoso. Por isso, e percebendo Bano mexido com sua provocação, decide voltar à carga: – Se eu fosse homem, seria mais corajoso e arriscaria mais!

– O que qui ocê qué qui eu faço? – Ele não consegue permanecer indiferente.

– Já que aqui você é o único responsável por tudo que está acontecendo, eu quero que você nos leve para casa.

– Mais eu num sô motorista! – Incautamente, começa a sucumbir a tanta teimosia.

– Eu penso que você não sabe o que pode. E tenho certeza que já pôs muita atenção no que fazem os motoristas.

– Eu inté acho que sei, mais o teu vô...

– Meu avô não está aqui! E se estivesse já teria agido.

– A curpa vai sê tua! – Entrando na cabine para acionar a partida, ele adverte.

Como qualquer um que se visse pela primeira vez na direçao de um veículo, mesmo sem saber o que faz o matuto pisa fundo no acelerador. Num pinote o caminhão começa a patinar girando as rodas em tão alta velocidade cujo movimento, rapidamente, o arrasta para o precipício. E o caboclo, inebriado por se ver fazendo o que sempre quis desde menino, não percebe os efeitos de sua inexperiência. E ao voltar do êxtase a ele já não há como evitar a queda no abismo.

Tanto rebuliço, seguido dos gritos desesperados de Alice por ver o caminhão começando a despenhar levando junto o matuto, desperta o magricela de sua apatia, obrigando-o a se juntar à lamentação da patroinha.

Correndo para onde está ela, intimamente o sujeitinho agradece por não ser ele a estar na boleia enquanto o veículo desce para o fundo do abismo levando de arrasto a tudo o que encontra pela frente.

Impotentes, aos dois nada é possível a não ser assistir à queda que não dura mais de alguns segundos.

Ouvindo o estrondo provocado pelo choque com o fundo do vale e o fogo misturado à fumaça produzida pela explosão, o magricela, mesmo sendo leve como pluma, não suporta o peso do corpo, caindo sobre as próprias pernas para permanecer boquiaberto vendo o incêndio se avolumar e as chamas quase a atingir o cimo do morro onde ele está.

Já Alice, ativa por natureza, agarrando-se à vegetação logo inicia desesperada descida para o abismo na ânsia de socorrer o companheiro. Temendo o que a ele possa ter acontecido, experimenta uma angústia poucas vezes sentida.

Mesmo ciente da extrema gravidade do que acaba de acontecer, não perde a esperança de resgatar o matuto com vida. Apesar de tudo o que a fez passar, e de ser nada mais que um xucro inconsequente e de cabeça dura, ela já o tem em boa consideração.

"Eu hei de salvá-lo!" – em momentânea demência a si mesma ela determina, negando-se a avalizar seus rápidos lampejos arrefecedores de suas esperanças a fazê-la sentir inglória a sua luta. E quanto mais se aprofunda no precipício, mais intenso se torna o calor das chamas, liberando uma fumaça rica em toxidade a impedir-lhe a respiração, obrigando-a à desistência.

Antes, porém, de sucumbir por completo à impotência para evitar a morte do caboclo, uma fagulha de esperança ainda teima em reanimá-la, sugerindo-lhe pedir ajuda ao magricela.

Então, voltando-se para o alto do penhasco onde está o sujeitinho medroso, perpassa-lhe a sensação duma crise de alucinação. Esforçando-se por não admitir o que vê como mera consequência de seu desejo, concentra o pensamento na certeza de estar em plenos sentidos. Por isso força os olhos para certificar-se de não ser aquilo uma miragem: ao lado do magricela está um sujeito cujo porte e movimentos a faz acreditar ser aquele o matuto.

Estatura, porte físico, gestos, tudo confere com ele! Então não restam dúvidas: o capiau está salvo!

Só pode ser ele – em carne e osso! –, pois se fosse apenas a sua alma não deveria estar tão sujo. Certamente, além das vestes alvejantes, ele teria a auréola dos santos que, ela imagina, todo ressuscitado deve possuir.

Eufórica com o que ainda carece de confirmação, se apressa em iniciar a escalada do abismo, percebendo aquele sujeito vir ao seu encontro de mão estendida para arrastá-la morro acima como se ela não pesasse os sessenta e poucos quilos que vem se esmerando por manter, apesar do seu aumento de estatura consequente da adolescência.

Plenamente certa de tê-lo visto despencar daquelas alturas dentro da cabine, em estreme regozijo ouve-o detalhar sua façanha em estar ainda vivo:

– A sorte, dasveiz, ajuda a gente. – Pouca importância ele dá ao milagre de, no momento mais crucial, ter conseguido evadir-se da cabine.

E, momentaneamente desarmada numa felicidade poucas vezes sentida, ela nem chega a perceber o próprio gesto de a ele oferecer os braços para envolvê-lo em legítima demonstração de alegria.

Já o magricela, ainda ressentido pelo entrevero entre os dois – arisco como saracura a fugir de gente –, reserva-se o direito de não demonstrar do mesmo jeito sua alegria. Mas, ainda assim, sem medo da reação que possa encontrar, manifesta-se à moda simples de toda a gente daquele interior:

– Vazo rúim num quebra fáci!

***

Moral incrivelmente em baixa; aquela é a condição dos três caçadores de mulher sequestrada, ou fujona como Alice a prefere chamar. À beira do abismo a olhar o precioso objeto de Chico Mineiro, carbonizado e imprestável no fundo do vale donde será impossível resgatá-lo, até o magricela se deixa levar por considerável dose de preocupação.

E o desânimo, agora maior que qualquer outro sentimento, torna-os inaptos até a pensar numa solução capaz de tirá-los daquele insuperável impasse.

O sentimento de culpa com que cada um a si mesmo acusa é tanto que eles não ousam apontar um ao outro como responsável pela tragédia. O medo, nesses casos, tem a virtude de forjar a solidariedade, mesmo que na intimidade cada um seja tentado às próprias escusas em detrimento dos demais.

E, mais que em outras circunstâncias, o tempo avança sem que eles percebam. O sol já declinou atrás das colinas a oeste e os três ainda não foram capazes de elaborar um plano que os tire daquele enrosco.

Só quando a noite se faz plena sobre a imensidão daqueles grotões é que eles despertam para a necessidade de reagir ao contratempo resultante da tragédia solidariamente vivenciada.

Não encontrando melhor alternativa, a mais factível das soluções é fazer o mais simples, mas ao mesmo tempo penoso. Por isso, calados, cada qual remoendo os próprios pensamentos iniciam a longa jornada de regresso para Chicópolis.

Ninguém se anima a conversar. Dito, valendo-se da leveza de seus pouco mais de cinquenta quilos, vai à frente abrindo caminho dentro da noite cuja escuridão em pouco é amenizada pelo pálido brilho das estrelas a cintilar no firmamento.

Bano, previamente aborrecido com os problemas que agora sabe o estar esperando, pisando com força o chão, não importa que seus passos sejam ouvidos a grande distância.

E Alice caminha à retaguarda, perdida em pensamentos a elaborar a melhor forma de contar aos familiares que foi vítima de outro acidente e que, agora, grande foi a perda. A ela o pior de tudo será contar ao avô o que aconteceu ao seu caminhão, e que não há nenhuma chance de recuperá-lo, porque, além do lugar inacessível, o veículo está completamente calcinado e imprestável para qualquer uso.

Como pretende que o acidente não tivesse acontecido, e que logo acordasse para constatar tudo não ter passado de apenas um trágico pesadelo!

Seu avô certamente pode comprar outro caminhão. Só que, no caso dele e seu Chevrolet Brasil, não se trata apenas de comprar: aquele caminhão, para o velho coronel, não era só uma máquina, pois, desde que o adquiriu, sempre o teve na consideração duma pessoa da família, tratando-o como se tivesse alma e personalidade, tal o gosto que ao veículo o velho coronel sempre dispensou.

Instintivamente os três mantêm os sentidos em alerta para evitar surpresas desagradáveis. Temem os perigos representados pelo lugar onde caminham, desde o provável encontro com algum bandoleiro que, principalmente à noite, são passíveis de serem encontrados a perambularem por aqueles caminhos distantes de tudo, até os possíveis ataques de jaguatiricas, ou mesmo onças, cujas existências ali a ninguém é segredo.

E além daqueles perigos mais imediatos, há ainda as parcelas de responsabilidade com que cada um deles terá que lidar quando a verdade for dita, principalmente a Chico Mineiro que em nada apreciará o acontecido ao seu caminhão.

Tantas preocupações os impedem até de atentar às mais de oito léguas terrestre que ainda têm pela frente. Muito menos se atêm à acidentalidade do terreno, causadora de considerável fadiga ao transporem suas íngremes ladeiras.

A noite avança sem que percebam o passar das horas, nem o cansaço, nem a fome, nem a sede, nem o sono... Aturando tantas adversidades próprias à ocasião, obscurecidos na negritude da noite eles caminham até o advento da alvorada, quando algo inesperado lhes concede um pouco de refrigério.

Os faróis dum caminhão, surgindo ao longe, trazem-lhes uma fagulha de esperança. O leiteiro que, todos os dias bem cedo percorre aquelas estradas esburacadas em seu surrado caminhão transportador da produção dos pecuaristas para a fábrica de laticínios, oferece-lhes carona. E lá vão eles encarapitados, um grudado ao outro no pequeno espaço disponível na carroceria.

***

Antes do raiar do sol e do despertar dos habitantes da mansão de Chicópolis os três aventureiros já estão de regresso. O dia, na certa, será de muitas explicações e imputações de responsabilidades!

Grande apreciadora do ar da manhã, por a ele atribuir a qualidade de prolongar a juventude, em sua residência Eva é sempre a primeira a levantar. Hoje, porém, alguém se antecipou a ela: chegando à cozinha ela se depara com Alice encarando-a num risinho amarelo, típico de alguém com algo muito sério a revelar.

A filha se denuncia em cada gesto, não conseguindo esconder a cara de quem passou a noite em claro, dispensando a necessidade de palavras para sentir-se inquirida sobre o que tem a dizer: – Nem precisa desfiar o rosário de repreensões porque eu já sei que a senhora quer saber o que aconteceu desde que partimos.

– Então desembucha!

– A senhora não vai acreditar, mas além de nada dar certo, nós ainda sofremos um grave acidente.

– Não diga que o caminhão do teu avô...

– Isso mesmo!

Eva nunca foi dada a preocupações para com o patrimônio da família, responsabilidade atribuída unicamente ao sogro, que sempre com mãos de ferro conduziu aqueles assuntos. Por isso, à primeira vista, ela não dá a mínima à perda do caminhão.

A ela, mais perturbador que o prejuízo material é o grau de envolvimento de Alice com o caboclo cuja proximidade, a ela, já soa como aberrante despautério.

Ainda não sabe a que ponto chegou a proximidade entre eles desde que se viram pela primeira vez. Mas, mesmo a moça insistindo em depreciar cada gesto que presenciou aquele forasteiro realizando, não lhe agrada o jeito de a filha falar das coisas que viu o fazer.

– Eu acho bom você não se envolver mais do que já fez com esse desconhecido!

– Como assim? – Alice estranha a preocupação da mãe. – Eu não me envolvi com ele além do que as circunstâncias exigiram!

– E é bom que continue assim. Esse sujeito não é boa companhia para você. A mim ele não passa de alguém perigoso e indigno de confiança. Além das bobagens de que eu o imagino capaz.

– Essas suas preocupações são infundadas. Eu penso que hoje mesmo ele irá embora, e nunca mais nós o veremos.

– Melhor que seja assim – Eva manifesta concordância ao pensamento da filha.

Porém, lá consigo mesma, e sem entender as razões dos próprios sentimentos, a mãe não aprecia a ciência de que o caboclo poderá ir embora sem ter seus problemas solucionados.

Verdade é que, além de perigoso à convivência da filha, o caboclo demonstra tudo ter dum sujeito descabeçado cujos miolos não funcionariam adequadamente. Mas bem que merece encontrar a mulher a quem procura com tanto empenho. "Talvez eu mesma possa ajudá-lo em sua busca." – a si mesma ela diz, sem revelar aquele pensamento à filha.

***

Chico Mineiro, a alguém que superficialmente analisasse sua personalidade, até poderia ser considerado um homem digno. Excelente observador do que acontece no mundo, ele sempre está analisar os grandes eventos pretéritos e presentes para, a partir deles, especular o que poderá advir no futuro.

E, embora vez ou outra ele seja capaz de consideráveis imoralidades, na maioria das vezes, de fato, suas ações refletem atitudes dum homem de bem. Mas, respeitadas as proporções, no caso presentemente em questão, quem compará-lo a Pôncio Pilatos – que no início da Era Cristã condenou o próprio Cristo à morte de cruz por absoluta inabilidade política ante uma turba ruidosa e sanguinolenta – não incorrerá em erro.

Tal qual o governador da Palestina submetida ao Império Romano, o velho coronel de Chicópolis também é facilmente influenciável, ainda que os influenciadores sejam ninguém mais que seus próprios familiares. E seus "súditos" – todos abaixo de sua importância no clã do qual ele é chefe e senhor – quando o assunto é a condenação de alguém, mesmo ocultos por veladas intenções, em muito superam os judeus do início da Era Cristã.

Como réu antecipadamente condenado Bano entra na sala onde estão todos os que residem na casa. Ao contrário de Dito, incapaz de compreender a gravidade do que ali acontece – escancarando sua boca desdentada em imotivados sorrisos –, o matuto adivinha o embaraço a que será submetido.

Afinal, genuína é sua incapacidade de oferecer justificativas convincentes para o desastre que acabou provocando.

E maus presságios, no mínimo trazem contrariedades – o pobre começa a se angustiar. Ciente de o motivo da reunião ser exatamente sua própria iniciativa que culminou naquele irreversível desastre – ainda que em tudo sua ação tenha sido instigada por Alice –, a ele é impossível relaxar.

Já a guria destrambelhada, sendo filha e neta daqueles senhores, certamente não será atingida quanto ele e aquele magricela desdentado – ali tão displicente ao ponto de encarar a situação como a mais trivial do mundo.

Mirando de relance cada um dos presentes à sala, ao pobre matuto ali tão desengraçado, só resta a encasquetação: "A curpa, cum certeza, vai caí incima de mim e desse palito!".

Chiquinho, fiel a seu costume, se faz alheio à gravidade do que ali se discutirá – assim considerada por seus familiares à exceção de Alice. Incapaz de qualquer iniciativa diante do pai, deixando transparecer todo o prazer proporcionado por aquele gesto, o homenzinho limita-se a coçar seu pequeno bigode sempre tão impecavelmente aparado.

Por seu lado, antagonicamente ao desinteresse do marido, Eva é pura impaciência. Sempre irrequieta e intrometida em assuntos que não lhe digam respeito, especificamente hoje, fixando atenção ao caboclo, ela mal consegue conter sua ansiosidade. Demonstrando absolver a filha e o magricela de qualquer culpa – só ao matuto atribuindo a responsabilidade pelo acontecido – custa-lhe esperar o sogro iniciar as tratativas.

E Alice, confortável pelo retorno ao aconchego do lar, agora imune aos perigos enfrentados nas aventuras vivenciadas ao lado daqueles patetas como está se acostumando a chamar seus dois desmiolados companheiros de aventura, está certa de que a ela mesma nenhuma culpa será atribuída. "Afinal" – procura justificar-se –, "como meu pai sempre diz, eu sou ainda uma criança mal saída dos cueiros e por isso estarei imune a qualquer responsabilidade".

O único desconforto da guria é o dó que sente daqueles dois "cabeças de vento". Apesar das lambanças que os viu praticarem, conscientemente nenhuma responsabilidade eles tiveram no que acabou sucedendo.

O acidente, como qualquer outro, não foi mais que trágica fatalidade.

Mas agora ela nada pode além de sentir pena dos dois. Em sondagens preliminares junto a seus familiares, descobriu a indisposição em atenuar as culpas deles, mais especificamente a de Bano.

Ao magricela, referto de seus débeis pensamentos, impossível é antever as consequências do que aconteceu. Sendo ele tão desconexo, agora o sujeitinho age como se nenhuma participação tivesse na tragédia.

Já Bano, ao contrário do pequeno desmiolado, se mantém atento aos gestos dos donos da casa cuja observação o leva a antecipar os reveses a ali o aguardarem. Contudo, ainda moralmente acabrunhado pelo seu fracasso na busca de Amelinha, ele sabe que a cobrança, que certamente lhe será imputada, não passará de mais um ingrediente a temperar sua fustigante tragédia cada vez mais insuperável.

Então, mesmo sua decepção tão soberbamente o amargando, é preciso encarar com bravura o que ali vier a acontecer, abduzindo-se logo ao presente aperreio para, novamente livre, correr a salvar sua mulher ainda a sofrer as agruras do cativeiro.

– Como é que você vai pagar o prejuízo que me deu? – Chico Mineiro, excessivamente contristado por sua irreparável perda se faz pura severidade. Sisudamente encarando o caboclo a intenção do velho coronel é fazê-lo sofrer, ainda que apenas um arremedo da decepção que ele mesmo está a sentir.

Por sua vez, ciente de ser o único beneficiado pela cessão do meio de transporte, intimamente o caboclo aquiesce à obrigação de assumir a responsabilidade pelo ocorrido. Por isso, sabendo-se incapaz de reparar o mal que acabou cometendo, mas sentindo revoltoso desaponto por suas fragilidades daquele momento, só lhe resta baixar os olhos.

– Que qui o sinhor qué que eu faço? – Sua resposta não é mais que angustiosa indagação.

Sua humilde postura momentaneamente desarma o coronel, levando-o a sentir dó. Entretanto, logo o patriarca é surpreendido pela intromissão da nora que, não conseguindo autocontrole, intervém na conversa apenas para sugerir o óbvio: – Ora, você tem é que pagar o prejuízo que causou!

Porém, ela logo se arrepende de sua inoportuna intromissão, pois, vítima da própria impetuosidade, sobre si percebe olhares inquiridores e incapazes de entender aquela intempestiva manifestação, especialmente o de Chiquinho a tocar-lhe o ombro num gesto suplicante para que se cale.

O marido sabe não ser oportuna aquela ingerência por ela manifesta, porque, ao falar seu pai detesta ser interrompido. Entretanto, em singular improbabilidade, daquela vez Chico Mineiro não se mostra contrariado.

Tão absorto em pensamentos planejadores de suas próximas palavras, o coronel nem ouve o que diz a nora.

E já que, contrariando seu hábito, daquela vez o pai não repreendeu sua mulher, sem se dar conta de estar apenas corroborando as veladas intenções do patriarca, apenas para reforçar o que Eva disse Chiquinho logo se anima a meter o bedelho na conversa. Por alguns instantes deixando de alisar o bigode o homenzinho logo se dirige ao matuto: – Ninguém pode ficar no prejuízo, você não concorda?

Ante tudo o que está a ouvir, e apesar do grande aviltamento a que se vê submetido, o caboclo resolve demonstrar toda a sua probidade para dizer a mais cristalina das verdades: – Eu num tenho, e nunca vô tê tanto dinhêro pra pagá um caminhão daquele!

Nem era preciso que àquilo ele se referisse, pois, a todos ali mais que clara é sua absoluta carência de recursos para compensar o prejuízo. Ainda assim ninguém se mostra disposto a aliviar seu constrangimento, esmagando o pobre homem em velados sarcasmos, até o ponto de obrigá-lo a pedir clemência. E isso, sem palavras, ele faz num semblante de fazer dó, escancarando a vergonha a corroer tudo o que ainda lhe sobra de dignidade.

– Alguma coisa você tem que fazer! – Apesar da ciência de estar diante duma causa perdida, Chico Mineiro volta a insistir.

"Essa muié é mais venenosa que uma cascavé!" – vendo Eva elevar a voz na tentativa de entusiasmar os demais, intimamente revoltado Bano quase lhes permite ouvir seu pensamento.

– Você não tem dinheiro, mas tem braços fortes, e poderá pagar com trabalho! – a bisca sugere. Porém, incapaz de entender as próprias razões de querer aquele capiau por perto, logo ela se arrepende do que disse. Corando o rosto lança um rápido olhar sobre Chiquinho, temerosa de que o marido adivinhe seus motivos, ainda que ela mesma os ignore. Seu temor, no entanto, não se confirma, pois, o homenzinho presunçoso permanece inalterado a alisar seu ridículo bigodinho.

Alice, sempre autêntica quando trata de revelar seus pensamentos, não consegue atinar com os motivos de sua mãe sugerir aquela solução. Afinal, ainda há pouco, Eva tinha se manifestado temerosa à presença do matuto! Entretanto, gosta da ideia, pois, já está se habituando aos modos daquele sujeito de pavio curto com quem, desde que se conheceram, tem brigado sem parar.

À garota, ao contrário do que seria de esperar, os gestos de impaciência do matuto, o jeito de ele falar, as palavras muitas vezes ininteligíveis, obrigando-a à atenção redobrada ao que queria dizer, bem serviram para amenizar suas tensões diante das contrariedades por ele mesmo provocadas. E pensando nos relaxamentos consequentes da observação daquelas características nele tão marcantes, ela se surpreende a torcer por seu avô acatar a sugestão de Eva, contratando-o como empregado. Mas, acima de tudo, deseja ouvir o próprio caboclo aquiescendo à proposta de permanecer a trabalhar em sua casa.

Todavia, contrariando aquele inconfesso desejo de ambas, o matuto ainda reluta em acatar a ideia de servir àquela gente gananciosa cujo humor parece mudar ao sabor do vento, onde certamente nunca passaria de mero fantoche a satisfazer as mais estapafúrdias vontades.

– Memo trabaiano procêis inté o fim da vida eu nunca vô conseguí pagá essa dívida – o pobre ainda esperneia. – O dinhêro que eu ganhá nunca vai dá nem pra metade do que vale aquele caminhão!

Ouvindo-o, Chiquinho retira os dedos do bigode para mais uma vez reforçar os argumentos de Eva: – Se pagar apenas uma pequena parcela da dívida você estará dando provas de ser um homem de bem, que não foge às responsabilidades. Por isso, se não tem dinheiro você demonstra bom caráter pagando com trabalho!

Cada vez mais encurralado ante a coragem daquela gente para moralmente esmagá-lo da forma mais aviltante possível, o caboclo permanece calado a olhar para Chico Mineiro, certo de ser o velho coronel o único ali capaz de decidir o seu futuro.

Já Eva, em aflitiva impaciência volta à carga, agora se dirigindo diretamente ao sogro a quem busca influenciar para que acate sua sugestão. Como forma de convencê-lo volta a martelar a única forma de o velho se ressarcir do prejuízo – ainda que parcialmente – ser exatamente empregando o matuto.

– Essas coisas não são assim tão simples – procurando demonstrar-se penalizado pela situação do caboclo, a dissimular sua íntima intenção o patriarca pondera. – Vocês repararam que ele tem família? Agora mesmo está em busca da mulher, e eu não sei se poderei detê-lo aqui por tanto tempo.

– Quando encontrar a mulher ele poderá trazê-la para cá também – pensando assim estar apresentando razoável solução capaz de obter a aquiescência do pobre homem, Alice sugere. – Serviço para ela também não vai faltar!

A negociação, assim considerada pelos anfitriões, de repente emperrou. Um silêncio ensurdecedor se faz notar de ambos os lados. Chico Mineiro, mesmo querendo se valer de braços tão vigorosos como lhe parecem os de Bano para estarem ao seu serviço, se deixa levar por um mínimo de escrúpulo, já pensando em dispensá-lo de qualquer obrigação.

E o caboclo, mesmo temeroso do que aquela gente gananciosa queira fazer, pensa na própria honra que, querendo ou não, sairá maculada se ele simplesmente lhes der as costas sem um mínimo de reparação ao prejuízo que causou. Contudo, ainda querendo evitar maiores complicações, também receia manifestar-se.

Só que entre ele e o velho coronel está Eva, ávida em tê-lo a seu serviço para dele dispor como bem lhe aprouver. E logo ela volta à carga, rebatendo a mesma tecla: – Dá emprego pra ele, mesmo que seja só para cuidar do jardim. Jardineiro custa caro! – Deixa clara a intenção de explorar impiedosamente o pobre, pagando uma ninharia, ou nada pagando por seus serviços.

– É... Parece mesmo que o único jeito de receber alguma coisa será empregando esse peão! – Chiquinho aquiesce com o pensamento da mulher, mais para não contrariá-la que por convencimento próprio.

– Eu já disse que não é assim tão simples! – Camuflando sua verdadeira intenção, Chico Mineiro procura desvirtuar o próprio pensamento.

Vendo-se naquela situação a ele tão cerimoniosa e diferente de qualquer outra porque já passou na vida, Bano faz tremendo esforço para conter o ímpeto de realizar o seu mais arraigado cacoete – circundar os presentes cujo gesto lhe propiciaria aliviar a tensão. Está ciente de a responsabilidade pelo que aconteceu não ser totalmente sua. Afinal, foi Alice quem o instigou a tirar o caminhão do atoleiro, agindo em conluio presumido com o magricela, o encarregado daquela tarefa, que covardemente se esquivou de suas responsabilidades. “Mais” – ele quase se desespera – “cumé que eu vô fazê êis intendê que eu num sô o único curpado?”.

Alice, apesar de ter agido como se adulta fosse, em verdade não passa duma criança. E o magricela nada mais é que um sujeitinho tão simplório cuja única capacidade é escancarar aquela boca murcha mostrando as gengivas, deixando claro nada ter sob o couro cabeludo. Assim, se a ele existe um meio de manter a dignidade, a solução apresentada por aqueles gananciosos arrogantes lhe parece a mais factível. E como seus algozes não se mostrem dispostos a aliviar sua culpa, não lhe resta outra coisa que não seja acatar a decisão por eles imposta.

Tudo se encaminha para o desfecho pretendido por Chico Mineiro e sua gente. Em uníssono os dependentes do velho patriarca insistem para que acate a sugestão apresentada. Porém, num misto de malícia e pena, mas ainda assim aguardando o pobre matuto oferecer ainda que só um arremedo de contraproposta, o velho já não insiste.

Apesar do desejo de manter o caboclo trabalhando na fazenda, o coronel também quer manter a reputação de homem justo de que goza perante aquele povo. E obrigar aquele pobre homem a trabalhar sem receber salário o fará reconhecido como um carrasco escravagista. Então, intimamente, o velho já lamenta o desperdício que será a dispensa da mão de obra dum caboclo tão sacudido como só o matuto parece ser, além de que, a pretexto de ressarcimento do prejuízo, ele custaria apenas a alimentação!

O impasse perdura até que, enormemente angustiado, e querendo abreviar aquele aperreio, para alívio de todos Bano toma a iniciativa:

– Tá bão! Já que eu num quero vortá pra casa sem a minha muié, e pra invitá que ocêis pense que eu sô calotêro, eu trabáio procêis inté pagá o caminhão. Mais num vô dexá de procurá, inté achá ela. E ocêis que num se atreve a me impedí, porque senão eu vô imbora!

Enfim o desfecho! Desde Chico Mineiro até Dito, que diante do impasse também mantinha o cenho franzido, todos se regozijam.

Chiquinho leva com mais força a mão ao bigodinho, arrancando considerável naco de fios. Alice sorri sem importar com o que possam pensar da sua demonstração de alegria. E Eva se esforça para se conter e não bater palmas chamando ainda mais a atenção sobre o seu interesse na permanência por perto daquele matuto.

E, depois de tão angustiosa expectativa, para desanuviar de vez o ambiente o magricela escancara um largo sorriso em que mais sobressai a língua que os parcos meio-dentes, dando tapinhas nos ombros de Bano ao vaticinar:

– Nóis vai sê bãos companhêro!

***

Eva tem agora enorme obsessão a perturbá-la: pretextando o jardineiro estar deixando a desejar no cuidado das flores, buscar convencer seus familiares de que o melhor lugar para Bano trabalhar é a mansão. Mesmo incerta acerca dos próprios motivos, subitamente deu-se ela àquele desvario capaz de tão seriamente comprometê-la perante sua gente. E ainda que sujeita a críticas da parte da filha, do sogro e, principalmente, de Chiquinho, ela começa a elaborar maquinações capazes de levá-la ao convencimento do velho coronel a acatar mais uma de suas sugestões.

Entretanto, seus argumentos se chocam com os interesses de Chico Mineiro, além de em nada agradar ao caboclo cuja vontade é ficar o mais longe dela que puder. Afinal, nas poucas vezes em que estiveram próximos um do outro, ela só lhe causou desventuras!

Motivado pela rejeição à peste, como intimamente chama a agora sua patroa, o matuto se apressa em aquiescer aos desejos do coronel de empregá-lo na fazenda, onde se considera imensamente mais útil que como simples jardineiro. Até porque se há coisa que ele bem sabe fazer na vida, aquilo é o trabalho no campo.

Porém, se na vida acontecem vitórias, as derrotas, ainda que em menores proporções, por vezes também não deixam de se manifestar. E por um daqueles reveses passíveis de acontecer, o pobre amatutado nem teve tempo de comemorar sua vitória sobre a patroa.

Ele tinha acordado com Chico Mineiro que, já na manhã seguinte à sua torta contratação como "empregado" do coronel, partiria para a fazenda na companhia de Dito – o encarregado de ensiná-lo e acompanhar seu desenvolvimento até dominar plenamente suas novas funções. Porém, numa afronta ao seu desejo de solidão para meditar nos trágicos acontecimentos que estão a atingi-lo nos últimos dias, antes de embarcar, é surpreendido pelo que considera mais um desaforo daqueles insolentes cujas capacidades parecem limitadas a contrariá-lo:

– Aonde ocê vai? – Não conseguindo conter a indignação por ver Alice emboleiada, ele quase a atropela de dentro da cabine.

– Eu vou levar vocês.

– Mais num pricisa! – Deixa aflorar sua contrariedade. – O Dito deve sabê muito bem o camin.

– Mas eu também vou – ela se mostra irredutível. – Meu avô me deixou ir com vocês, e depois ele vai me buscar – como carrapato, ela se agarra ao volante do veículo numa demonstração de que não está disposta a desistir.

– Num pricisa ocê í. Nóis pode muito bem se virá sózin!

– Não se trata de vocês se virarem ou não. – De cenho franzido, ela retruca. – Eu vou porque quero ir e porque o meu avô deixou. E ponto final.

– Mais num é ele que vai dirigí? – Ciente da própria impotência em demovê-la da ideia, o caboclo ao menos tenta evitar maiores perigos, recorrendo ao magricela.

– Não desta vez – ela insiste na decisão. – Meu avô me deixou dirigir para adquirir prática e ter mais experiência antes de tirar a carteira.

– Ele só faiz isso porque num vai passá o medo que nóis vamo. Num foi ele que viu suas barberage!

– Tudo tem explicação, ora essa! Aquele dia aconteceu só um pequeno deslize: eu me atrapalhei com as marchas e não consegui frear. Foi só isso!

– Nem ocê, nem o teu vô, tem um pingo de juízo. E quem vai pagá o pato é eu e esse palito – ante tanta teimosia, ao caboclo só resta a resignação.

Num canto ali perto, Dito demonstra não ouvir o diálogo entre os dois. Adestrado a sempre acatar sem questionamentos ao que lhe ordenam os patrões, a única atitude ali possível ao sujeitinho é, sem esboçar opinião, aceder àquela determinação de Alice. E, apenas para não fugir ao protocolo, daquela vez se limita a escancarar suas gengivas num meio-sorriso sem graça.

Bano, apesar do medo do que possa acontecer, sabe a situação de agora não ser de todo a pior. Afinal, já sobreviveu às navalhadas do magricela quando o sujeitinho conduzia o caminhão por estradas que imagina bem piores que aquelas que agora eles irão percorrer. E, além do mais, livrar-se dos problemas que Eva lhe causaria ali na mansão é-lhe motivo mais que suficiente para rejubilar-se.

Porque suas intuições não lhe permitem antever bom relacionamento com a megera, mesmo ciente da impossibilidade de gozar seu recente desejo de alforria, grande é o sentimento de liberdade ao dela se distanciar. Ainda que naquele particular o tempo se faça dosado a efemeridade.

E seus prognósticos se revelam acertados, pois confirmando seus receios, no momento da partida, descobre a patroa oculta pela cortina da sala de estar, mal conseguindo disfarçar a lamentação por seu distanciamento.

"Inda bem que tô ino pra longe dessa bisca!" – o pobre homem procura camuflar sua ciência daquele suspeito comportamento por ela evidenciado. Apesar de não saber o que lá encontrará, a fazenda deverá ser bem melhor que ali junto daquela "pirua".

***

Contrariando os receios de Bano a viagem transcorreu sem grandes sobressaltos. As únicas ressalvas foram as vezes em que, para suportar os grandes solavancos causados por verdadeiras crateras na estrada de terra mal conservada, os dois varões se obrigaram a agarrar mais fortemente o apoio de mão do veículo.

A partir do rio São Jorge – lugar onde Bano conheceu Alice mergulhando a caminhonete do pai – o relevo é ainda mais acidentado e a paisagem estonteante. E o caboclo se manteve preso pela atenção às grandes elevações cobertas pelo verde das pastagens e das matas. Admirou-se a contemplar os grandes montes encimados por peraus basálticos em cujo sopé se espalha capões de árvores de várias espécies, ainda repletas de flores naquele início de verão. Na imensidão das invernadas, mansamente a pastar salpicava o gado Nelore, abundante naquelas fazendas.

Daquela vez Alice não cometeu grandes deslizes ao volante, alcançando a fazenda Santa Margarida antes da hora prevista, depois de percorrer as mais de cinco léguas terrestre a separá-la de Chicópolis.

Diversamente ao que Bano imaginou a fazenda não demonstra os mesmos cuidados com que é mantida a mansão dos patrões lá na cidade. A casa grande apresenta o aspecto de velha, necessitando de reparos na pintura; a cobertura tem várias depressões ao longo dos caibros, deixando a impressão de o madeiramento já não suportar o peso das telhas enlodadas pela ação do tempo; o jardim é formado por flores de muitas espécies, principalmente rosas de variadas cores, embora, mais que tudo, abunde múltiplas variedades de ervas daninhas, denunciando avançado estado de abandono.

Alguns metros abaixo da casa dos patrões se vê a colônia dumas vinte casinhas de não mais de cinquenta metros quadrados, destinadas à residência dos peões da fazenda e suas famílias, da mesma forma carecentes de reparos.

Crianças, descalças e vestidas por roupas surradas e repletas de remendos, correm ao encontro do veículo assim que ele desponta na porteira, a umas sessenta jardas de onde elas estão. Em grande demonstração de alegria, entusiasticamente vão saudar a motorista a quem, aos brados, chamam "dona Alice".

Logo ao desembarcar, ela abre o embrulho trazido com esmero, distribuindo pequenos pacotes com uns 300 gramas de balas doces cada. Demonstrando conhecer bem os filhos dos empregados, a todos chama pelos próprios nomes, a cada um entregando sua quota, sem que falte ou sobre uma sequer. Felizes a desembrulhar suas balas, as crianças se desmancham em risos, em franca demonstração do grande bem-querer a ela devotado, formando verdadeira procissão a acompanhá-la até a porta da casa grande.

Atrasado em relação ao ruidoso cortejo, Bano tem a grata surpresa de descobrir o outro lado da personalidade daquela criatura que até agora a ele só demonstrou ser uma soberba irrequieta, além de grande encrenqueira. No ínfimo tempo de convivência dos dois a impressão por ela permitida foi a dos outros humanos só merecerem alguma consideração quando equivalerem à importância por ela mesma a si atribuída.

No entanto, agora se mostra diferente, nem de longe lembrando a moleca de personalidade repleta só de vícios, que tanto o aporrinhou a exigir que suas vontades fossem prontamente satisfeitas. Ela é também dotada das virtudes agora transparentes, cabalmente demonstradas ao proporcionar alegria àqueles pobrezinhos filhos dos peões prestadores de serviços à sua família, sabe Deus a custo de quantos sacrifícios! Inegáveis são suas qualidades ora percebidas; e, manifestas de forma tão espontânea, constituem bom mérito a mudar a opinião que até agora o matuto teve a seu respeito.

Sabedor do lugar a si reservado no relacionamento com os agora seus patrões, Bano não se anima a adentrar a casa, permanecendo à porta, oportunamente esmiuçando tudo ao redor. A fazenda – ele avalia – deve ser bem grande. Até onde a vista pode alcançar não se vê cercas delimitadoras da propriedade; e a pastagem vai além das colinas que distam alguns quilômetros da sede, inexistindo outras casas nas proximidades que não sejam aquelas onde residem os empregados da própria fazenda.

O lugar é ermo, nada mais que um refúgio esquecido do resto do mundo. Não fosse seus problemas ainda não solucionados, inclusive sua dívida a pagar, e se pudesse contar com a companhia de Amelinha, ele até concordaria em viver ali indefinidamente, sossegado a trabalhar sem com mais nada se importar.

Aqueles devaneios perduram até o magricela se aproximar convidando-o a conhecer o lugar destinado à sua moradia. Mas, prontamente aquiescendo em seguir o sujeitinho, logo se depara com Alice a sair da casa e, apenas para exercer o ofício de mandar, ordenando ao banguela acomodá-lo no quarto desocupado em sua casa.

E, ao invés de deixá-lo animado, a notícia do lugar onde irá morar, só consegue mesmo é aborrecê-lo: "Isso só pode sê provocação!" – ante tanta prepotência, ele se desaponta. Como se não bastasse a exagerada leniência daquele sujeitinho fraco dos miolos que se obrigou a suportar quando as situações porque passaram exigiam severas reações, agora terá que conviver diariamente tão perto dele?

– Ocê num tá falano sério... Tá? – Antes de a coisa desandar de vez, ele trata de reagir ao que mais lhe parece uma brincadeira de mau gosto.

– Por que eu estaria brincando? – Ela age como se aquele despautério fosse a coisa mais natural do mundo. – A fazenda não tem alojamento para solteiros...

– Mais tem que sê justo na casa dele? – O pobre logo reage, apontando o pequeno banguela a esboçar um contido risinho, daquela vez sem escancarar a boca murcha para mostrar a gengiva e seus pedaços de dentes. Na intimidade o sujeitinho está a regozijar com o consolo representado pelo que considera sua vingança de tudo que aquele caboclo arrogante o fez passar.

– É só lá que dá pra você ficar – Alice insiste. – Lá só mora o Dito e a avó dele, e tem um quarto sobrando.

– Nas ôtras casa num tem lugá pra mim?

– Não. Nas outras casas moram mulheres e crianças – ela demonstra considerar imprópria a convivência dele com as mulheres e os filhos dos peões. – Sem falar naquelas onde moram moças!

– Intão, pra num incomodá ninguém, eu posso fazê um barraco pra mim.

– Isso está fora de cogitação – ela impõe. – Se for morar sozinho, quem vai cuidar das suas necessidades, como lavar roupas, cozinhar, dentre outras coisas? Na casa do Dito a avó dele cuidará disso, e você não vai perder tempo no trabalho.

Ante mais aquela afronta, o sangue do matuto começa a esquentar, quase o levando a criar grande entrevero. No entanto, mesmo pronto a desandar em praguejamentos contra o que considera grande menoscabo para com sua pessoa, desolado se volta para o magricela, percebendo-o a fitá-lo dum jeito diferente de como até agora ele tem sido.

Complacente e demonstrando franqueza, o sujeitinho o surpreende numa cara nada parecida com aquela de seus poucos dias de convivência. Enquanto aquele pseudossorriso de ainda há pouco, a exemplo de outros já vistos, tinha muito de galhofa e inconsequência, aquele de agora parece sincero e, mesmo horrível pela ausência dos dentes – soando mais como provocação que qualquer outra coisa –, é um apelo para que aceite a hospitalidade oferecida. Aí não há mais nada que possa ser feito! Ele está plenamente ciente de que o sujeitinho só lhe causará aborrecimentos; no entanto, diante de tão boa vontade da parte dele, Bano vê desmoronar toda a sua resistência:

– Tá bão! Eu vou morá na casa dele.

***

Soberbamente apoquentado por suas desventuras, ainda assim cada vez mais Bano vê complicar sua situação. Desde sua saída mundo afora à procura da mulher, sua vida se converteu em enorme pesadelo, acrescido a cada minuto de novos e sempre mais perturbadores ingredientes, cujo final ele vislumbra sempre mais distante.

A última complicação a que se submeteu foi a moradia imposta goela abaixo, sem que pudesse se esquivar. E se aquele sujeitinho banguela e feio, além de extremamente simplório, já lhe causou tantos arrepios pelo modo tão sem jeito como até agora se comportou, sua avó é mais atrapalhada que ele umas dez vezes!

Depois de conhecê-lo a velha consumiu mais de duas horas discorrendo sobre a própria vida. Desandou a contar como foi que perdeu o marido numa emboscada feita pelos jagunços do rival de Chico Mineiro na luta pela posse daquelas terras; como seus filhos, dentre eles o pai de Dito, foram à vingança e também sucumbiram na defesa do "coroné" – como ela se refere ao patrão.

A fala da idosa é tão difícil de entender que, mesmo sendo bom conhecedor de todos os dialetos usados por aquela gente interiorana,

Bano não conseguiu reter quase nada do que ela disse. A mente da criatura parece extremamente confusa, e às vezes, não diz coisa com coisa, mudando de um a outro assunto sem concluir o primeiro.

Mesmo mantendo nela todos os sentidos para não perder o menor gesto ou palavra, o matuto só conseguiu entender mesmo porque é que o patrão dispensa tanta deferência ao magricela, atribuindo-lhe tão grande importância que definitivamente o sujeitinho não a possui. Por detrás de tanta boa querença está a gratidão por aquele banguela pertencer a uma linhagem de homens que foram fiéis ao ponto de entregar as próprias vidas na defesa dos interesses do patrão.

"Eu tô é bem cumpricado!" – lá consigo mesmo o caboclo fica a matutar. Até que já tarde da noite, enfim, consegue entrar no pequeno quarto a ele reservado. No aposento nada mais há que uma tarimba feita de quatro forquilhas suportando algumas varas estendidas a apoiarem um fino colchão de palha.

Sem nenhuma exigência, vencido pelo cansaço e desejando somente dormir, a ele agora já é possível acomodar-se no leito. E o sono é tão pesado que, ao amanhecer, nem percebe o cantar dos galos nos poleiros bem próximos de onde repousou.

Dona Bina – como a ele se apresentou a "vó" – se encarrega de despertá-lo com o barulho produzido ao mexer no fogão de lenha e nas vasilhas com que prepara o café. Ela é uma figura esguia, com aproximados 1,80 metros de altura, muito branca e magra, rosto enrugado mais parecendo um mapa entrecortado por muitas linhas seguindo em todas as direções. A idade não é difícil adivinhar – com certeza ultrapassará os oitenta anos.

Observando-a da cama, Bano pensa não serem gratuitos os modos de Dito se comportar. Sua avó é um tanto mais estilizada que ele. Além de totalmente banguela, é daquelas que simulam a mastigação, mordendo repetidamente com as gengivas os lábios murchos pela ausência de todos os dentes, mesmo quando nada tem na boca.

Ainda antes de o sol raiar muitos moradores da fazenda já estão de pé a principiar as lidas do dia. Peões, em seus cavalos, saem para a invernada; o retireiro ordenha as vacas fornecedoras do leite destinado ao consumo dos moradores; mulheres distribuem a ração diária de milho às galinhas e aos patos...

Caboclo resolvido quando tem o que fazer, Bano logo salta da cama determinado a vencer os desafios que sabe estar a aguardá-lo em seu primeiro dia de novo trabalho. Não fossem seus problemas não resolvidos – ele torna a pensar –, apesar das acomodações de que desfruta não lhe seria difícil viver em paz naquele lugar.

Enquanto Dito se prepara para iniciar suas tarefas do dia, além de ensiná-lo no que fazer, sai a perambular pelas redondezas da colônia, fazendo o reconhecimento do terreno. Observa tudo em pormenores. Conhece os vizinhos, suas mulheres e crianças, e alguns peões retardatários em ir para o campo. Detém a atenção na miscelânea de galinhas, porcos e patos a andarem de um lado a outro atrás das mulheres, esperando que no chão se esparramem alguns grãos de milho com os quais possam se saciar.

Misturados daquele jeito tão espalhafatoso, aqueles animais certamente dificultarão às suas proprietárias distinguirem, dentre tantos, quais serão os seus – o caboclo pensa.

Vagando pela colônia, chega a um galpão, antigo e mal cuidado, onde se guarda toda a quinquilharia da fazenda que no futuro ainda possa ter alguma utilidade. Ali se juntam ferramentas e utensílios ainda passíveis de uso – enxadas, rastelos e arados, dentre outros coisas – com aqueles já totalmente descartáveis.

Passando em revista aqueles cacarecos lá depositados se depara com um antigo motor estacionário, enterrado no barro formado pelas goteiras que acabam caindo dos buracos nas telhas mal conservadas. O motor está coberto duma mistura de poeira com lubrificante a denunciar seu longo tempo de abandono. Porém, nem chega a pensar numa possível utilidade para aquele mecanismo, porque de repente chama-lhe à atenção a criançada correndo atrás dos bezerros e cabritos, tendo Alice à frente, numa espécie de competição para segurar um daqueles animais.

Diante do que vê o caboclo fica a pensar que a patroinha, apesar de às vezes agir como adulta – principalmente quando contrariada! –, não passa mesmo duma criança um tanto crescida. Segura daqui, solta de lá, ela chama a atenção pela pureza dos gestos que realiza. No fundo apenas está a propiciar àqueles pequeninos as coisas simples de que serão privados em plena infância, já que seus pais, com certeza, não saberão dedicar-lhes o mínimo de diversão e afeto, ainda que apenas uma atenção especial.

Sem perceber que é observada, e ignorando os sentimentos no matuto despertados por seus gestos, ela o leva a experienciar deliciosa nostalgia. Seu jeito de brincar trazem à mente do caboclo as recordações do dia em que conheceu Amelinha, exatamente com a mesma idade e a mesma inocente vivacidade nela agora percebida.

Absorto e sem malícia o pobre homem permanece a remoer suas lembranças da vida feliz que há até uns quatro dias era a sua. Até que, chegando ali já paramentado para o trabalho, Dito o faz retornar do verdadeiro êxtase em que o encontra.

A figura franzina do magricela, mais uma vez, quase o leva ao riso por vê-lo embaixo do grande chapéu de palha que traz na cabeça, fazendo o sujeitinho mais parecer um cogumelo ambulante que qualquer outra coisa, cabendo pelo menos uns três dele embaixo da grande aba. Mas, em se tratando de trabalho, o momento não é propício à pilhéria e, pelo contrário, exige seriedade. Por isso, sem debochar da figura muito além de extravagante do banguela, decide manter a postura de bom aprendiz. Afinal, o sujeitinho é agora o seu mestre!

– Vamo pegá os boi.

– Como?! – Bano estranha. – Boi a gente num pega ansim! Tem que muntá num cavalo...

– Dêxa de bestage! – O sujeitinho se mantém displicente. – Os boi é mansim! Num pricisa de cavalo.

"Só quero vê!" – seguindo atrás daquilo que aos seus olhos não passa dum sombreiro ambulante, lá consigo mesmo Bano pensa. O magricela some em baixo do chapéu com duas cordas à mão, olhando para todos os lados a gritar: "Briôzo, Iscurim".

Não demora muito e dois velhos bois – um amarelo e outro preto –, com grandes guampas apontando para o céu, vagarosamente vêm ao encontro do pequeno banguela. Surgindo de trás dos arbustos a crescer no meio do pasto, com as línguas os bichos apanham as espigas de milho que o sujeitinho tem à mão.

Mansos por natureza os bois não refugam quando as cordas lhes são passadas pelos chifres e enroladas junto às suas cabeças. Aí, num sorriso malicioso de quem sabe tê-lo surpreendido, o pequeno mestre vira-se para o discípulo: – Pega o Briôzo que eu vô puxá o Iscurim.

– Será que ocê pode mi contá o que qui nóis vai fazê com esses boi?

Com cara de superior àquele sujeito arrogante, o magricela tripudia sobre o aprendiz. Está clara a intenção de mantê-lo na ignorância a respeito do trabalho a desenvolver, até que por si mesmo descubra.

Chegando ao barracão, o sujeitinho começa a atrelar os bois num velho carro lá estacionado. E a curiosidade do matuto só começa a ser satisfeita quando ele vê o carro, cocão a produzir seu canto característico, sendo conduzido a um grande canavial, onde eles darão início ao corte de cana-de-açúcar até enchê-lo completamente.

– Que qui nóis vai fazê com tanta cana? – Bano se sente cada vez mais intrigado com tanto mistério.

– Cachaça. E das boa! – Já conduzindo a junta a puxar o carro uivante na direção do alambique, o pequeno instrutor responde.

"Só me fartava essa!" – considerando a pouca expressão que imagina ter aquela atividade, lá consigo mesmo o matuto resmunga. Nunca esteve em seus planos ser fazedor de aguardente, pois aquela não é uma atividade por ele considerada das mais dignas, além do pequeno resultado que a cachaça deverá propiciar à fazenda.

Mas para manter seu pequeno mestre em estado de glória, ele, que nada entende daquela indústria, se limita a fazer o que é mandado. Limpa a cana, atrela um burro ao engenho, fazendo-o girar as moendas para encher de caldo o tanque a quase transbordar. E, logo após a moedura, transferem o caldo a outro tanque ali perto para diluição, antes de levá-lo a fermentar.

– Dispôis ocê vai aprendê como que distila a pinga – enquanto lacra o tanque o pequeno mestre dá uma pista. – Agora nóis vai cortá lenha que já tá quage acabano.

– Por que qui ocê num mi ensina fazê pinga agora memo?

– Porque primêro tem que fermentá. E só dispôis duns cinco dia é que a gente ferve.

– Tá bão, ocê é que manda! – Mesmo sabendo ser aquilo pura vingança pelo que entre os dois já aconteceu, nada entendendo daquele ofício em que o sujeitinho é doutor – condição em que supera toda a presunção daquele caboclo pretensioso e tão arrogante –, para a glória do mestre o discípulo se submete à sua decisão.

***

No curto tempo de desde quando se conheceram, os destinos de Dito e Bano parecem definitivamente estar se entrelaçando. Seus azoados entreveros, causados por momentâneas incompreensões, ao invés de deixar resquícios de mágoa – o que seria natural –, mais que perpetuar desavenças, está servindo para estreitar os laços entre os dois, apesar de tais acontecimentos apontarem para direções diferentes.

As circunstâncias os estão fadando a serem como unha e carne, pois, sem atentarem àqueles fortuitos acontecimentos, doravante os dois realizarão o mesmo trabalho, servirão a um mesmo patrão, residirão sob o mesmo teto...

A única dessemelhança entre eles está no fato de o magricela ser já um veterano na fazenda, contando até com certas regalias da parte do patrão, enquanto o matuto, além do curto tempo de conhecimento, trabalhará num regime de semiescravidão, já iniciando no emprego devendo uma impagável fortuna ao patrão. No entanto, considerando a camaradagem daquele primeiro dia, é crível imaginar que eles serão ótimos parceiros.

Bano tem muitas contrariedades não resolvidas, muito mais devastadoras que seu torto contrato de trabalho. O rapto de Amelinha ainda está pendente e atravessado em sua garganta como algo indigesto muito difícil de engolir. Por isso, ele tem passado horas a matutar na urgente necessidade de resgatá-la das mãos daquele meliante que tão covardemente a subtraiu de seu convívio.

Ainda bem que, provavelmente imune aos factíveis empecilhos passíveis de programo por aquela gente complicada – agora seus patrões –, ele já se percebe bem mais próximo do objetivo. E pela primeira vez, desde o começo de seu suplício, ele mesmo estará no controle da situação! Mais entusiasmante ainda porque certamente poderá contar com efetiva participação do magricela em sua empreitada, pois também o sujeitinho se sentirá livre dos entraves impostos por aqueles prepotentes – especialmente Eva, que até agora só fez atrapalhar mais que ajudar.

Não fosse a exacerbada insistência daquela megera, Chico Mineiro provavelmente teria arcado com o prejuízo da perda do caminhão, e ele não estaria ali trabalhando gratuitamente sem saber até quando.

"Pensano no diabo, logo aparece o rabo!" – vendo a C-14 chegar à entrada da fazenda, o coronel trazendo justamente a patroa a tiracolo, lá consigo mesmo o matuto resmunga. A mulher, ao mesmo tempo ladina e desmiolada, tenta esconder, mas alguém minimamente astuto claramente perceberá a importância por ela atribuída ao caboclo.

Logo ao transpor a porteira, ela o descobre, machado em punho, a extrair lascas duma peroba há muito derrubada, deixando ao magricela a tarefa de amontoar a lenha obtida. Está sem camisa para amenizar o calor das horas mais altas do dia, e o sol se reflete no suor formado em sua pele já curtida por tantos anos de trabalho bruto lá no próprio roçado.

O patrão está na fazenda para observar o desempenho do novo camarada e fazer as necessárias recomendações. E Eva não quis perder a oportunidade de meter a "cuié" onde não foi chamada, apenas para mostrar a importância que pensa ter, tentando influenciar os negócios da família. Está impaciente ao ponto de, antes mesmo de Chico Mineiro apresentar suas exigências, ir arrastando Alice pela mão ao pasto onde estão os dois, ansiosa por determinar ao caboclo os trabalhos que a ele serão atribuídos.

Incapaz de compreender tanta insistência, mesmo contrariada por nada ter a dizer àqueles dois, a filha a acompanhou. À garota é demasiado estranha aquela ansiedade da mãe em chegar onde o matuto está; e em nada aprecia o que se viu obrigada a fazer.

Nunca antes ela viu sua genitora tão interessada em alguém, mais extraordinário ainda por se tratar de apenas um empregado da fazenda!

Dito, fiel à sua arraigada pureza, permanece alheio aos interesses da patroa, ainda que não seja comum ela ir à fazenda sem um motivo que justifique plenamente a presença dela ali. Excessivamente esquisito ainda é ela embrenhar-se pasto adentro, se enroscando no capim a lhe chegar acima dos joelhos.

Nem a cara de quem nada entende feita por Alice ao ser arrastada aos tropeções, consegue evitar o largo sorriso que o sujeitinho não tarda em escancarar, mostrando a cor avermelhada das gengivas. É o seu gesto de boas-vindas às ilustres personagens.

Já Bano, vendo-as se aproximar, fica intrigado com os trajes de Eva, completamente inadequados àquele ambiente hostil. Cabelos soltos esvoaçando ao vento, grandes óculos pretos cobrindo quase inteiramente o rosto, umas cinco voltas dum colar de pérolas pesando no pescoço... A completar os trajes a blusa rosa transparente sobre um corpete vermelho e a calça de brim azul grudada ao corpo e enfiada nos canos das botas alcançando os joelhos, além do relógio e muitos anéis.

O caboclo se encabula com o desperdício que lhe parece ser o uso de trajos tão atípicos como aqueles para se aventurar no mato. E, se o objetivo da "pirua" foi chamar a atenção, ela o conseguiu, porque se vê hipnotizado a olhar aquela figura, tão incomum, como jamais pôde ver alguém.

– O que vocês estão fazendo? – Não tendo desculpa mais convincente, um tanto confusa, ela quase se denuncia pelo rubor a cobrir-lhe o rosto, escancarando o vexame que sabe estar dando.

– Ora, mamãe! – Entre desconfiada e condoída por vê-la tão sem jeito, ainda sem entender os motivos de ela agir daquele modo tão estranho, Alice se intromete – Não vê que eles estão tirando lenha?

– É... – Sem perceber sua contribuição para amenizar o constrangimento em que se meteu a patroa, Dito se põe a explicar. – Nóis tá cortano lenha pro lambiqui.

Salva do embaraço pela intervenção de quem ela menos esperava – até porque sempre considerou aquele banguela um tolo completo – a patroa se recompõe, voltando a se comportar como de costume. E logo dispara sobre o caboclo uma série de incumbências a serem dele exigidas, muitas que realmente já combinara com o sogro, e outras a lhe ocorrerem ali no momento em que está a falar:

– Eu vim ordenar a você, além de trabalhar na produção de aguardente com o Dito, cuidar do jardim, plantar e cuidar da horta, zelar para que o gado não estrague os legumes, fazer a reforma da casa – trocando a madeira da cobertura e as telhas –, pintar e mantê-la limpa e em ordem...

Vai enfileirando tarefas sem perceber a cara de desespero do matuto só em pensar no cansaço que toda aquela trabalheira lhe causará. E ainda está a falar quando descobre Alice, e até Dito – sempre displicente! – admirados com sua capacidade de inventar coisas para aquele pobre fazer!

– Por que estão me olhando assim? – Desconcertada, ela interrompe a lista. – Ele tem que aproveitar todo o tempo disponível! Não pode ficar ocioso, tem que merecer o salário... Tem que pagar logo a dívida!

– Ocê pensa que eu sô trêis, é? – Vendo o magricela e Alice penalizados pelo que ouvem, o caboclo se anima a reclamar. – Eu sô só um! E num vô conseguí fazê tudo isso não!

– Ora peão! Será que você é tão fraco assim que não dá conta de fazer essas coisinhas?

"Essa bisca qué é arrancá o meu côro!" – ele quase se exaspera. E o pior é que seu salário, além de diminuto, ficará todo para amortizar a dívida assumida, fazendo dele, definitivamente um escravo! Contudo – lá consigo mesmo, ele pensa –, àquela altura dos acontecimentos, pouca importância terá as consequências de suas palavras. E se permanecer calado naquele momento não haverá como reclamar depois. Então, valendo-se do que lhe parece lícito, pensa ser melhor tirar de uma vez por todas aquela "pavoa" do seu caminho:

– Eu num sô obrigado a fazê o que ocê tá falano. E vô é cunversá co patrão e fazê só o que ele mandá.

Sabendo-se incompetente para o que está a fazer, à "bisca" só resta acusar o verdadeiro nocaute causado pela decisão por ele demonstrada. Até porque, em última instância, quem dará as cartas será mesmo Chico Mineiro – o dono de tudo ali. Então, sem mais nada dizer, tomando Alice pela mão, aos tropeços, ela se retira, agora maldizendo os arranhões causados em seus braços ao tocar as folhas do capim.

***

Apesar de sua idade já ultrapassar os oitenta anos, uma das características ainda marcantes em Chico Mineiro, de fato, é seu persistente interesse nos palpitantes acontecimentos dos tempos cada vez mais modernos em que está a viver. E, a partir de suas observações do que vê acontecer no presente, sua grande obsessão é projetar o que poderá advir no futuro. Além de leitor assíduo dos jornais e revistas nacionais, que acabam chegando à prefeitura de Chicópolis com dias de atraso, ele é um ótimo analista das possibilidades passíveis de aproveitamento pela humanidade de seu tempo.

As mudanças nos costumes e os avanços da Ciência, nunca vistos em séculos de História, jamais são por ele ignorados. À sua argúcia nada escapa do que considera um gatilho tecnológico, disparado nas primeiras décadas do século em que vive cujos efeitos percebe cada vez mais céleres e de impossível contenção.

Foi exatamente por sua capacidade de minuciosa observação do que acontece no mundo – retendo todas as informações obtidas – que ele se tornou próspero e influente na cidade onde mora. E sendo inveterado gabola nunca perde as oportunidades de demonstrar, a quem lhe der ouvidos, as coisas de que toma conhecimento, ainda que a ouvi-lo estejam apenas indivíduos incapazes de entabular conversação em assuntos tão pitorescos.

Estando na fazenda, ele sempre acaba alterando a rotina dos empregados, convidando-os a se reunirem à sua volta para ouvi-lo falar das últimas novidades que descobriu. E, obrigando-os a beber do que todos consideram uma fonte inesgotável de sabedoria de quem eles tanto admiram a sagacidade, logo desanda a encher as cabeças daquelas simplórias criaturas acerca de coisas inalcançáveis às suas curtas inteligências.

Sendo agora trabalhador na fazenda onde ainda não passa dum principiante, e querendo se livrar das importunices de Eva, Bano sente a necessidade de definir logo suas tarefas, pois mesmo ainda o conhecendo tão pouco a patroa parece não ter sossego quando o assunto é enfadá-lo. Por isso, naquela noite, querendo fugir às chatices que seriam sua submissão aos caprichos daquela criatura por demais importunadora, de uma vez por todas, procura acertar com o patrão as suas ocupações.

No entanto, percebe frustrada sua tentativa, porque enquanto a criançada, entretendo-se em brincadeiras próprias a ocasiões como aquela se reúne ao redor da fogueira acesa para iluminar a noite, os peões e suas mulheres – Dito e Sá Bina incluídos – estão na varanda da casa grande, atentos ao monólogo do patrão. Vez ou outra alguém o interrompe para que explique melhor algo que não foi capaz de compreender.

De modo que considerando seu assunto, particular, insignificante a muitas daquelas pessoas, o matuto não se atreve a interromper aquela autêntica aula de futurologia.

Descobrindo Eva sentada junto às empregadas, rosto iluminado pelo lampião de gás, ele prefere não se misturar ao grupo. Sabendo que certamente ela criar-lhe-ia algum embaraço, decide ficar à sombra do lampião num patamar inferior – sentado num dos degraus da escada.

Por sua vez, mesmo tentando dissimular, ela não consegue ignorar a presença do caboclo. Mas, amargando a necessidade de camuflar sua frustração, não se arrisca a manifestar reprovação àquele arredio comportamento dele.

Já Chico Mineiro não dá a menor importância à chegada do matuto. Absorto a fitar os tições crepitando na fogueira, mesmo assim o coronel não os vê. Nem põe atenção às crianças – Alice junto – fazendo macaquices ao redor do fogo.

A única coisa a prender os sentidos do velho coronel é sua obstinação em revelar seu ponto de vista acerca dos caminhos que percebe o mundo trilhar, cujas consequências acabarão atingindo toda a Humanidade, inclusive aquelas pobres criaturas a ouvi-lo, a quem impossível é atinar com o que ele já tem como inevitável:

– Não vai demorar muito e as brincadeiras noturnas das crianças vão ficar sem graça – começa a devanear. – Porque não haverá mais noites escuras como esta de hoje.

– Ué! Por quê? – Um de seus empregados mais idosos se intriga a imaginar noites em que não houvesse trevas.

– Porque a energia elétrica vai chegar a todos os lugares, não só nas cidades onde hoje se desliga os geradores às dez horas, mas em cada moradia desses grotões, desde as casas dos mais abastados até as palhoças onde moram os mais humildes camponeses.

– Cumé que vai sê isso? – Outro deles, mais esperto, desconfia. – Já imagino o tanto de fio que vai pricisá!

– Isso será fácil de resolver – paciente, o patrão se põe a explicar. – Cada um pagará pelos cabos e postes que utilizar, e pelos quilowatts que consumir. E esses sertões vão ficar cortados por redes de distribuição!

– Isso é de duvidá – intervém um terceiro. – Os pobre da roça num tem dinhêro nem pra comprá o di cumê. Que dirá pagá por essa tar inergia!

– O governo certamente vai emprestar dinheiro em longo prazo, ou a fundo perdido para quem não puder pagar – o patrão defende sua ideia.

– Num sei não! – Outro dos peões se mostra cético. – Acho isso impussíve de acontecê.

– Vocês estão admirados? – Percebendo o interesse que em todos despertou Chico Mineiro logo se anima em detalhar suas percepções acerca de outros temas não menos palpitantes: – O que vocês dirão, então, quando descobrirem que não passará muito tempo sem que as mulheres virem chefes de família? Porque elas irão trabalhar fora de casa, enquanto os maridos ficarão a cuidar dos filhos, cozinhando, limpando a casa, lavando roupa e fazendo tudo que hoje é tarefa delas; e as moças não precisarão mais ser virgens para casar; e os casamentos não precisarão mais de uma certidão; e as famílias não serão mais como são hoje, porque os casamentos não durarão mais que alguns meses, no máximo um ou dois anos...

– Cruiz credo ave Maria, creim Deus padi! – Lutando para manter umas migalhas de fumo na boca murcha, incapaz de conter a indignação com o quadro de degradação dos costumes que o "coroné" profetiza, Sá Bina o interrompe.

– É verdade! – O patrão não deixa por menos. – E a culpa vai ser da televisão. Hoje a gente se reúne em torno do rádio para ouvir músicas ou notícias. Mas não demorará muito para que a energia elétrica faça com que em cada casa haja um televisor. E aí os artistas das novelas vão ditar a moda e os costumes. Todo mundo vai imitá-los como verdadeiros macaquinhos de circo...

Sem falar em outras coisas ainda mais modernas, como o computador eletrônico que promete criar a maior revolução do século! Não vai demorar muito e quem não souber lidar com os computadores não sobreviverá.

– Desses tar computador iletrônico eu num sei, mais a televisão é verdade – Dito avaliza a prosa do patrão, agora sem esboçar seu costumeiro sorriso.– Isturdia eu tava na cidade e vi lá budega uma televisão ligada. E tinha bastante gente assistino essa tar de novela!

– É isso mesmo! – Vendo o banguela ratificar o que diz, o patrão se anima ainda mais. – E as famílias vão ficar cada vez menores. Em vez dos doze, quinze, até vinte filhos que a gente vê hoje, cada casal não terá mais que um ou dois, quando não tiver nenhum! Porque, seguindo as tendências criadas pela televisão, as mulheres irão reivindicar liberdade para aproveitar mais a vida, frequentar ambientes hoje exclusivos dos homens, como os bares por exemplo. Sem falar naquelas que irão praticar esportes, como o próprio futebol.

– As mulheres não abrirão mão dos filhos, mesmo que sejam em menor número – em rara demonstração de lucidez, Eva intervém. – Porque nós necessitamos dar amor e carinho, e sem filhos seremos apenas criaturas vazias e sem graça.

– Isso não será problema – Chico Mineiro se apressa em contrariar a afirmação da nora. – Hoje nas grandes cidades já se vê os casais levando cachorrinhos no colo ou nos bancos dos carros. Em vez de filhos, que dão muito trabalho, vai se dar carinho a gatos e cachorros que, embora dando bastante gasto, pouco exigirão. E como os bichos serão tratados como gente, logo se encontrarão boutiques, quitandas, dentistas, hospitais e até escolas exclusivas para gatos e cachorros.

Os pobres empregados, mesmo não concordando com aqueles legítimos devaneios do patrão, se veem atônitos com a capacidade do homem para inventar estórias mirabolantes. Mas, não tendo opinião formada sobre aqueles assuntos, todos permanecem calados, deixando os pensamentos percorrerem o futuro, imaginando um mundo onde não desejam viver.

Bano, mesmo afastado da roda – sentado no escuro da escadaria –, pensa lá consigo mesmo: "Se tudo isso que esse doido tá falano acontecê, os cachorro vai acaba é mandano no mundo. Porque se no lugá de nenê as muié quisé cachorrim, logo, logo num vai tê mais gente, e os cachorro vai sê dono de tudo".

***

Encafifado com o que está a lhe acontecer, e matutando um meio de solucionar seus problemas mais imediatos, até quase o raiar do dia Bano ainda não conseguiu dormir. Há algum tempo o sol já nasceu e só agora ele dormita um leve sono – o único da noite inteira. E, como consequência de suas encasquetações, nos poucos momentos em que transita entre a plena consciência e aquele brando adormecimento, Amelinha lhe dá o ar da graça, indo povoar seu arriscado transe em que ele quase sonha acordado.

Tendo o rosto obscurecido – que ele não pode avistar – ela se dá a bolinar seu corpo, acariciando suas faces, os cabelos, as orelhas... E, muito embora sua esposa seja sempre recatada e nunca se dê àquele tipo de chamego, a experienciar tão deliciosa sensação, ele se deixa enlevar naquelas carícias.

Seu delicioso prazer perdura até o momento em que sente uma pluma penetrando-lhe a orelha, tão ousadamente a ponto de despertá-lo, fazendo-o saltar de sob as cobertas para permanecer sentado na tarimba. Então, ainda sonolento, percebe a cara do magricela a galhofar num sorriso de gengivas avermelhadas e semblante de quem francamente se diverte.

– Ocê tava era gostano, né? – Zombeteiro o sujeitinho provoca.

– Gostano! Du que? – Surpreendido pela ousadia do banguela, ao caboclo só resta dissimular. Mas, se na vida existe coisa que jamais conseguiu disfarçar, aquilo é o que se lhe vai à intimidade. Por isso, ciente de sua incapacidade para camuflar o que sentiu, ele se mete em apuros.

– Du que?! Ocê tava era gostano do cafuné, num tava? – Percebendo o embaraço em que meteu o pobre, o sujeitinho se diverte ainda mais. – Pelas coisa que falô durmino deu foi pra vê tudo o que ocê tava sintino!

– Ocê vê se toma jeito, hein! – Arrependido de sua encasquetação da noite toda, saltando da cama logo o matuto reage. – E vê se me respeita, que eu num sô home de gostá dessas coisa!

– Enquanto ocê fica aí sonhano o patrão já tá de pé faiz é tempo! – Divertindo-se a não mais poder o pequeno banguela perturba-o ainda mais. – Ele qué falá cocê antes de í imbora – deixa o recado de Chico Mineiro.

Moralmente nocauteado pela ciência do que poderá representar o atrevimento daquele impertinente magricela quando os peões da fazenda tomarem conhecimento daquilo, a vontade mais ferrenha do matuto é ir à forra na primeira oportunidade que aparecer, já que agora mesmo não há o que possa ser feito.

***

– Tua principal ocupação é ajudar o Dito no alambique – sem cerimônia o patrão começa a dar orientações ao matuto acerca das atividades dele exigidas. – E como vai sobrar tempo, quando não estiver fabricando aguardente, você planta uma horta, reforma e faz a pintura da sede, mantendo-a limpa para quando a gente vier para cá, cuida do jardim...

Exatamente como sua nora no dia anterior, o velho coronel vai enumerando um sem número de outras tarefas, não deixando ao caboclo a oportunidade de contra argumentar. E ao final, como se tudo fosse assim tão simples, já com o veículo direcionado para a cidade, vira-se e emenda: – Todos os meses eu vou abatendo um salário mínimo na tua dívida. Dinheiro mesmo você só vai receber quando completar o pagamento dela.

– O sinhor qué que eu pago um caminhão daquele cum salário de treze mil cruzêro? – Agora ciente de quanto irá receber por seu trabalho, a indignação do caboclo se faz tão veemente a ponto de ele conseguir frear o movimento do veículo que já iniciava caminho rumo à cidade. – Quar é o valor do caminhão?

– Eu paguei pouco mais de seis milhões de cruzeiros por ele – desviando do pobre o olhar, o patrão informa. – Mas não se assuste não, que um dia quando menos esperar, você termina de pagar.

Como se a vida do matuto fosse nada além de mera brincadeira, antes de se refazer de tamanha indignação só lhe resta a contemplação da C-14 em movimento rumo a Chicópolis, deixando-o atrás, perplexo com a coragem de seu autêntico carrasco para aniquilar suas esperanças de alforria. Ao pobre impossível é calcular os incríveis 40 e poucos anos àquilo necessário, mas ainda assim, ele encasqueta a pensar que mesmo trabalhando até o fim da vida, não conseguirá quitar sua dívida.

E como se já não bastasse tanta atormentação, Dito – que permanecera à distância de pescoço esticado e orelha em pé a pescar a conversa –, querendo desanuviar a situação logo se aproxima simulando displicência: – Ô iscravo-relógio, vamo trabaiá! Tá pensano que a vida é só moleza? Nóis tem um caminhão pra pagá, e se ficá parado num vamo conseguí!

– Iscravo-relógio!... – Daquela vez o matuto não se mostra irritado com a intromissão do sujeitinho banguela. – Só ocê memo pra me distraí numa hora dessa!

Mas, para sobreviver à desgraça é preciso diminuir sua importância, evitando ela tornar-se incontrolável. E o melhor jeito de esquecer tanta desventura – o caboclo raciocina – é fazer de conta que ela não existe. Então, tentando desmantelar sua decepção, começa a perseguir o magricela, indo na direção do sujeitinho com jeito enfurecido de quem quer nele descontar suas desilusões.

Em princípio o banguela imagina estar sendo vítima de mais um ataque de fúria daquele sujeito truculento. Por isso, embora ciente de suas fragilidades ante a fartura física do matuto, tenta reagir com energia. Porém, logo percebe tratar-se de mero gracejo no intuito de amainar o pesado clima ali estabelecido. Por isso, aceitando o passatempo, sai desabalado na direção do pasto, onde o Briozo e o Escurim aguardam para mais um dia de trabalho.

Em desenfreado pega-e-solta, como meninos a traquinar – sem perceberem a profundidade de seus gestos –, a passos decisivos os dois caminham rumo à verdadeira amizade, ambos contribuindo para o início duma sólida e duradoura parceria.

***

As mulheres – criaturas doces por natureza! – em maioria são experts em suavizar as dificuldades com que se defrontam. Diferentes dos homens que sobrepõem a razão às emoções, quase sempre elas simplificam as questões mais espinhosas, tornando leve o peso das decisões. Aqui, logicamente, não se está falando de Alice, menos ainda de Eva, pois particularmente nesse aspecto da natureza feminina, às próprias maneiras, ambas acabam fugindo à regra.

Em se tratando de defender seus interesses, mesmo os mais desprezíveis travestidos de inocência, Eva se despe completamente das virtudes femininas para, igualando-se a qualquer homem, dobrar-se ao império da razão. E quando a falsidade exige habilidades especiais, a mãe é infinitamente superior à filha – nem ainda uma principiante na arte da simulação.

Assim, no que se refere à Bano, ainda ignorante acerca de seus próprios motivos Alice decidiu deixar-se levar pelas circunstâncias, apenas permitindo aos acontecimentos conspirarem para que o matuto permaneça por perto o maior tempo possível.

Já a mãe, desejando repetir suas próprias ações para que ele fosse admitido como empregado planeja agir diretamente sobre a vontade do sogro, levando-o a perpetuar o "vínculo empregatício" com o caboclo, mesmo aquilo não passando da mais vil imoralidade.

Desse modo, a coincidência entre as duas fica por conta da ignorância a respeito da verdade escondida atrás dos estranhos procedimentos de cada uma delas. "No fundo" – nesse particular os pensamentos de ambas coincidem –, "se esse bronco permanecer à sombra da influência de nossa família, será mais fácil a recuperação da mulher que o abandonou".

E, mesmo intimamente nenhuma delas desejando o reencontro do caboclo com a mulher, elas ignoram uma da outra as próprias vontades. E nem mesmo têm consciência das verdadeiras causas de seus particulares desejos de que marido e mulher nunca mais tornem a se unir. Como alguém que aprisione um pássaro na gaiola sem jamais permitir que ele fuja, elas apenas querem ter aquele matuto por perto o maior tempo possível.

Na estrada esburacada e estreita lentamente o carro avança sem que Chico Mineiro, zeloso pela conservação do veículo, descuide um momento sequer dos buracos que estão por toda parte. Nele embarcados, cada qual perdido em seus pensamentos, sem reclamar os ocupantes vão a suportar solavancos e poeira.

Habituados a viajar por aqueles caminhos, nenhum deles atenta à estonteante natureza. Nas alturas daqueles montes sobressaem picos repletos de árvores insistentes em vicejar entre enormes rochas basálticas a encimá-los. E, dentre tantos maciços, algumas pedras menores parecem ameaçar os transeuntes com a possibilidade de desabamento daquelas alturas onde se sustentam de forma aparentemente milagrosa.

Absortos em suas maquinações, cada qual visando a concretização do próprio interesse, nem sonham com o diálogo dos dois fabricantes de aguardente, lá na fazenda que há pouco deixaram:

– Que gente mais disonesta é esses patrão que ocê me arranjô! – Inconformado com o que ainda há pouco ouviu do coronel, Bano dispara.

– Num se apoquente não, que isso é só o cumeço! – o magricela tenta consolá-lo. – Dispôis ocê acustuma.

– Eu num vô custumá trabaiá sem ganhá nada é nunca!

– Ah, eu garanto que custuma! Óia eu: já faiz muito tempo que trabáio aqui. No cumeço, quando meu pai morreu, eu jurei que num ia fazê cumo ele, que trabaiô aqui a vida intêra ganhano só pra cumê. E inté hoje tô aqui... Ocê tamém vai se acustumá!

– Aí é que tá a diferença – Bano se desola ainda mais. – Ocê inda ganha pra cumê. Eu nem isso!

– Ocê é que pensa! O patrão já tratô de cuidá disso, e ocê vai cumê é lá em casa – o magricela considera honesta a safadeza do patrão: – Ele é um home justo!

***

Bano, apesar da ciência de Chico Mineiro o estar explorando impiedosamente, julgando não passar ele dum néscio desprovido da capacidade de raciocinar, já começa a considerar que a situação incomum de seu trabalho serve ao patrão, mas também a ele mesmo.

Evitando imaginar-se vivendo lá em seu casebre sem a companhia de Amelinha e do filho que ela espera, ele se nega a projetar o próprio futuro ausente da família. Então, mesmo na condição de "iscravo-relógio" como Dito o apelidou, estar ali é bem melhor, ainda que a trabalhar somente em troca de alimento e a amargar sua solidão e a angústia de não saber por onde andará a mulher, nem o que estará ela a fazer.

Ali aquele magricela desdentado, por seu desvairado jeito de ser, fazendo cada gesto ou palavra saída de sua boca se transformar em verdadeira comédia, já é bastante para distrai-lo. E a vida nunca será monótona e entediante!

E além do mais, sua missão ainda não terminou. Por intuição, ele sabe não ser difícil convencer Dito a ajudá-lo em suas buscas por Amelinha que certamente continuarão. Por isso é urgente atiçar no sujeitinho a vontade de agir, não permitindo o relaxamento dos ânimos – única esperança ainda a lhe restar.

– Eu tô pensano em vortá lá na Serra dos Mulato atráis da Amelinha o mais dipressa que pudé – começa a pôr o seu plano em prática.

Ouvindo-o, o magricela abandona seu jeito chacoteiro para se mostrar em raríssimo momento de lucidez. Deitando de lado o feixe de cana que levava ao carro, com os olhos espremidos em reação ao suor a lhes penetrar dificultando a visão, o sujeitinho o encara.

Aquele "dismiolado" que o destino lhe impôs deve ser mais doido do que ele pensa! Como se não bastasse o fracasso da tentativa anterior, de novo, ele quer se aventurar sabe Deus com que resultado?

– Ocê cria juízo que isso num vai dá certo! – Muito urgente é frear aquele inoportuno ímpeto, antes que aquele maluco cometa novo desvario. – Lembra da ôtra vêiz?

– Aquela vêiz num deu certo porque ocê estragô tudo...

– Mais eu só queria ajudá! – O sujeitinho se mostra ainda mais diferente, quase sisudo, sensibilizado ao descobrir que o matuto ainda não esqueceu sua lambança.

– Eu sei. Mais ocê tinha que se metê logo caquêis valentão?

– Eu num sabia que êis num ia gostá do que eu fiz!

– E o que qui ocê fêiz?

– Pedí o revórve dum dêis pra vê...

– Ocê é doido, é?

– Eu achei que êis gostava de brincadêra! – Ainda ressentido da fúria com que o caboclo tentou trucidá-lo o banguela escancara seu sorriso mais amarelo. E agora aquele doido quer repetir tudo?

Pobre de pensamento, na cabeça do sujeitinho não cabe aquela demência que parece tomar conta dos miolos do matuto. A mulher certamente o abandonou para seguir um galante forasteiro. E a leniência dele em ir atrás da leviana só se justifica pelo fato de o pobre não saber a verdade.

O caboclo só pode mesmo ter os miolos desajustados – mesmo em sua minguada inteligência o sujeitinho matuta. Apesar das improbabilidades daquilo, seus curtos pensamentos são suficientes à constatação de não haver para o caboclo outro tema de que valha a pena se ocupar.

Pelas circunstâncias desfavoráveis do momento em que sucumbiu à ousadia do bandido, que o surpreendeu em sua cama enquanto dormia, inconformado com o que permitiu acontecer agora Bano sempre encasqueta com aquilo. E nesses momentos, mais que em outros, afloram suas preocupações para com o que Amelinha ainda estará a sofrer no cativeiro.

Quando aquelas lembranças lhe vêm, ele não consegue pensar em mais nada; por isso agora não trabalha mais, enfadando o magricela com as lembranças de sua vida ao lado da esposa. Fala da harmonia entre os dois, das coisas que faziam um ao outro, dos carinhos, do filho que ela espera...

De modo que ao sujeitinho banguela, apesar de suas limitações, se torna imperioso ajudá-lo a reencontrar a leviana.

Mesmo que a sirigaita não mereça, o matuto precisa dela para voltar a ter paz. Assim pensando, mesmo pressentindo o arrependimento, o magricela resolve contar o que sabe e por considerar irrelevante não quis, até aquele momento, revelar:

– Eu acho que sei onde tá a tua muié.

A informação, em princípio, não atinge o objetivo. Preso em sua angústia, Bano não consegue, de imediato, atentar ao que ouviu:

– É, eu sei que ocê qué me ajudá. E nóis vai... ...Ocê sabe o que?! – De repente, assustado o caboclo reage, encarando o magricela em franca demonstração de euforia pelo que ouviu. Aí, apesar da solenidade exigida pela ocasião, em seu sorriso involuntário que nunca consegue evitar Dito entrega ao amigo o segredo mantido desde que obtivera a informação:

– Ela num tá lá na Serra dos Mulao, cumo ocê pensa.

– Se num tá lá, então pra onde aquele bandido carregô ela?

– O seu Casturino vortô da visita que fêiz pro fío que mora na fazenda do coroné Venâncio, contano que viu lá um preto casado cuma muié branca, que se mudô pra lá esses dia – em sua arraigada inocência o sujeitinho revela o que sabe.

Porém, vendo a reação do matuto à notícia tão alvissareira, fica receoso de que tanta alegria leve o homem ao colapso emocional, tão grande se faz a excitação do caboclo. O rosto do homem se ilumina num largo sorriso e logo escancara tudo o que se lhe vai ao íntimo. E não conseguindo conter aquela imprudente excitação, em incontrolável euforia agarra o magricela, tacando-lhe um beijo capaz de marcar a bochecha descarnada, deixando-a carimbada com a saliva no formato dos lábios, obrigando o sujeitinho a pular longe, esbravejando aos gritos e esfregando a mão na cara na tentativa de arrancar a baba.

– Ocê ficô bêsta, é? Onde já se viu me bejá desse jeito!...

– Ocê merece inté mais que um bêjo! – Com a mesma empolgação Bano insiste em avançar na direção do magricela.

– Sai pra lá... E dêxa de bestage! Onde já se viu?

– Nóis vai é buscá ela! – Empolgado a correr atrás do magricela os gritos de Bano mete ainda mais medo ao sujeitinho incapaz de evitar o que considera exagerada sem-vergonhice.

– Nóis quem?

– Eu e ocê!

– Não sinhôr. Eu num vô! – O banguela grita, fugindo para bem longe daquela descabida desfaçatez percebida no companheiro.

***

Dito nunca foi de se preocupar com o que quer que seja. Sua cabeça fina e comprida jamais foi chegada ao raciocínio, até porque ínfima é sua capacidade de pensar. Porém agora, ante as consequências de a sua língua comprida não ter conseguido calar, ele se vê em apuros.

Após revelar o que sabia sem considerar de tanta relevância, ele se vê atarantado pela necessidade de reparar o estrago que acabou causando ao juízo do matuto. Diante da possibilidade de reaver Amelinha, Bano perde o pouco que ainda mantinha de resignação, passando a manifestar todos os seus tiques de nervosismo, nem pensando mais no trabalho, e iniciando um frenético circundar ao magricela e aos bois atrelados ao carro.

– Nóis vai buscá ela; nóis vai buscá!... Vai buscá!... – Em perigosa mistura de alegria com afobação, ele repete, sem dar ouvidos às advertências do sujeitinho banguela de que eles ainda têm todo um dia de trabalho pela frente. Obstinado em obter a adesão do magricela ao seu plano de novamente resgatar a mulher, como forma de persuadi-lo logo começa a desatrelar do carro os bois, ao mesmo tempo em que insta o sujeitinho: – O que qui nóis tá isperano? Vamo logo!

– Vamo?!... Pra onde? – Sabendo-se incapaz de detê-lo, cada vez mais Dito se vê em apuros.

– Buscá a Amelinha! Vamo logo que eu num posso mais isperá.

– Eu já falei que num vô. E pode pará de disatrelá os boi.

Mas o sujeitinho, dono de bom coração e de juízo mole como poucos, não consegue ficar indiferente. Vendo o caboclo à sua frente, emoções aflorando ao rosto de mil semblantes implorando ajuda, a ele torna-se impossível evitar o próprio comprometimento. Então, deixando cair os ombros na atitude de quem entrega os pontos, só lhe resta a resignação:

– Tá bão. Vamo arrumá increnca ôtra vêiz. Mais ocê vai me prometê num ficá brabo se as coisa num dé certo. Ocê promete? – Lembrando tudo o que já passou, ele exige.

– Prometo – Confiante de que agora os acontecimentos serão favoráveis, Bano se compromete.

***

Dito, bom conhecedor de Chico Mineiro e da capacidade do coronel para exigir sacrifícios dos empregados, sabe não ser aconselhável abandonar o trabalho. Uma das razões para a longa permanência dele e dos demais trabalhadores na fazenda, além da inquestionável submissão, é a cega assiduidade com que eles se dedicam à prosperidade do patrão.

Entretanto, mesmo sabendo dos riscos da transgressão às ordens do empregador, o sujeitinho acaba se compelindo a sair em socorro do companheiro.

Apesar do sangue quente e de quase sempre estar mal humorado, o matuto tem se revelado um sujeito de bem, além de evidentes serem seus bons propósitos. Por isso o magricela procura certificar-se definitivamente do paradeiro da mulher. E uma vez daquilo convencido não lhe resta outra coisa a fazer.

Mas, apesar de suas limitações, o pequeno banguela logo percebe danosa afobação a tomar conta do matuto. Por isso logo procura um jeito de frear aquela exagerada desorientação que, numa situação feita aquela, até ele sabe ser má conselheira: – Fica carmo que essas coisa num se resorve ansim! – Aconselha.

– Nóis tem é que í logo – Ante tão alvissareira notícia Bano se torna incapaz da paciência. – Antes de ficá muito tarde!

– Eu num vô saí sem falá pra vó Bina aonde tô ino, di jeito ninhum.

– Não!... – Querendo dissimular suas intenções, Bano se mostra cioso do segredo. – Tua vó num pode sabê.

– Mais num tem jeito! Eu nunca viajo sem falá pra ela.

– E quem é que vai viajá?... Nóis só vai é buscá a Amelinha!

– E onde ocê pensa que ela tá?

– Iscondida numa fazenda – Bano não imagina tão dispendiosa a tarefa como o banguela tenta demonstrar.

– E bem longe! – O sujeitinho logo dá uma pista.

– Quar a distância?

– Umas déis légua, ô mais!

– Déis légua?! – Ante o que jamais poderia imaginar o caboclo se desespera. – Então num dá prá í a pé. Cumé que nóis vai fazê?

Dito, como regra, se reconhece em inferioridade quando comparado ao matuto. Apesar do ínfimo tempo de convivência, ele já tem perfeita ciência da superioridade do companheiro quando comparado a si mesmo.

Além de mais atirado em tudo o que faz, o matuto é bem apessoado e sempre obtém bom reconhecimento de quem com ele interage. E sendo incapaz das mesmas proezas, intimamente o sujeitinho agora se delicia ao ver o amigo naquela situação desfavorável a carecer de sua boa vontade.

Enfim, encontrou um bom jeito de se ver equiparado ao sujeito arrogante que tem se mostrado o matuto! Então, num semblante de quem controla a situação, o sujeitinho infla o peito, elevando-se na ponta dos pés na tentativa de parecer superior, inclusive fisicamente: – Se ocê tivé pacência eu vô dá um jeito de quebrá o teu gáio – diz, convencido da própria importância.

– De que jeito? – Incapaz de amenizar o semblante Bano se mostra ainda mais aflito. Ansioso como está, o pobre permite a qualquer pequeno contratempo constituir-se em intransponível obstáculo.

Já por seu lado, mesmo diante da angustiosa afobação do companheiro, o pequeno banguela se mantém em sua habitual leniência: – Tem dois camim: a estrada que passa por Chicópris, e a tria que passa pelas fazenda. Ocê é que escóe.

– Por onde é mais perto? – Bano se apressa em saber.

– Pelas fazenda. Só que o camim é ruim de andá, tem muito morro e gado alongado.

– É por esse que nóis vai – percebendo a dupla vantagem da estrada que passa pelas fazendas, Bano determina. Além de mais curta, ela evitará a cidade onde residem os patrões.

Entretanto, inexperientes em empreitadas como a que planejam realizar, desconsideram a necessidade de grandes preparativos. Até porque Bano pretende manter a viagem em sigilo.

Pensando conjuntamente acabam concluindo que o segredo atende aos interesses de ambos: considerando a insustentabilidade do fracasso passível de acontecer, Bano quer evitar que o povo da fazenda saiba de sua nova tentativa de resgatar a mulher. A ele impossível será suportar os sarcasmos de todos quantos vierem saber de seu admissível novo malogro.

E Dito está medroso da reação do patrão quando o coronel vier saber da negligência à produção de aguardente para atender à "bobage" dum empregado.

Por isso, ponderando as possíveis consequências do que estarão a fazer, o banguela acaba aquiescendo em manter a desobediência em segredo. Em vista dos contratempos passíveis de acontecer, e para evitar danos ao seu relacionamento com o patrão, daquela vez nem Sá Bina poderá saber para onde aquele estranho, recentemente instalado em sua casa, estará levando o neto – único ente com quem pode contar na velhice. Menos ainda, saberá o que os dois estão tramando.

Então imprescindível é dissimular, e para isso procuram se valer dos elementos de que dispõem: o Briozo e o Escurim são bois erados, já cansados pelos muitos anos de trabalho, e por isso constituem a artimanha perfeita para a todos ludibriar sem levantar suspeitas.

Sob a alegação de que os velhos bois já esgotaram suas forças e não realizam a contento o trabalho – carecendo de descanso – desatrelam-nos para conduzi-los ao pasto, simulando substituí-los por cavalos.

Cientes da longa distância de onde estará Amelinha, e a urgência em percorrê-la, decidem levar cavalos-reserva para quando as montarias fraquejarem. E logo uma acirrada discussão se estabelece: o magricela não abre mão de ir montado em seu burro de sete palmos de altura que atende pelo nome de Dourado.

E por seu lado, Bano sabe que os muares, embora mais resistentes quando exigidos em longas jornadas, têm o passo mais lento que os equinos e, em vista disso, não concorda com a decisão do sujeitinho. Só que Dito, ciente das momentâneas desvantagens do companheiro, resolve tripudiar sobre ele, não abrindo mão de ir montado em seu burrão.

Impossibilitado de reagir ao que considera um menoscabo à sua aflição, mesmo a contragosto, ao matuto não resta alternativa que não seja acatar a decisão do sujeitinho de cabeça dura.

"Pobrema pôco é bobage!" – além de tudo o que já tem a comprometer suas expectativas, Bano ainda se vê às voltas com a falta de arreios. As indumentárias para os cavalos da fazenda são guardadas no paiol, com a chave em poder do ferreiro empregado para, além de cuidar dos cavalos, mantê-las em perfeitas condições de uso. O homem é extremamente zeloso e ciumento daqueles apetrechos, mantendo-os todos bem organizados e impecavelmente limpos.

Então, pela necessidade de manter o ferreiro na ignorância acerca do que estarão a fazer, encilhar as montarias torna-se uma tarefa das mais custosas.

É preciso logo encontrar outra solução, pois eles não poderão elastecer a ausência do trabalho sob a pena de severa repreensão da parte de Chico Minciro – grande sovina a exigir produtividade cada vez mais abundante. Por isso não há alternativas à ruinosa tarefa de remendar às pressas os arreios utilizados em vida pelo pai e pelo avô do magricela.

Aqueles indumentos são guardados por Sá Bina como objetos de estimação, e à Dito não é nenhum segredo o ciúme doentio que a idosa nutre por eles, por tudo que a ela representam.

Nada fácil de ludibriar, a "vó" finge cair no conto do vigário armado pelos dois. Estando Dito a fazer perguntas sobre o avô, demonstrando um interesse que nunca teve, Bano apanha no quarto onde ela dorme duas daquelas indumentárias – roídas de ratos e com suas barrigueiras destruídas, além de malcheirosas.

Não tendo onde cuspir o fumo mascado, e vendo o neto muito alongar o assunto, a velha logo começa a se exasperar. Enquanto isso, pensando ela não perceber o que ele faz Bano quase a atropela com os arreios – um em cada braço.

Uma vez longe da Vó eles logo constatam a ruína daqueles aprestos. E ante a miséria em que os percebe, ao magricela tornase impossível evitar um sorriso de desânimo – menos largo que o habitual, ainda assim permitindo a Bano enxergar os detalhes de seus pedaços de dentes cobertos de cáries e saliva.

– Agora nóis já pode arriá o cavalo e o burro... – Mesmo sem convencer, o sujeitinho tenta animar o companheiro.

– De que jeito? – A Bano impossível é dissimular sua decepção. – Esses arreio tão imprestáve. Pra nóis usá, só com muito trabáio!

– Nóis dá um jeito – começando a reparar um deles o magricela tenta mostrar bom ânimo.

E vendo-o tão disposto a transpor obstáculos, mesmo não acreditando que ainda possam usá-los, o matuto também se anima a remendar o outro.

– Quem num tem cachorro... – Enquanto se esmera na tarefa nada fácil, Dito tenta contagiar o ânimo do companheiro. – Caça cum gato!

Depois de algum tempo, apesar de nem todos os defeitos corrigidos, as indumentárias já estão em condições de uso. E agora só resta encilhar o cavalo e o burro, tomar a tropa e ganhar a estrada.

Mas, atormentados pela pressa, não atentam à necessidade de levar alimento, nem agasalhos, nem armas – até porque não as têm. Nem se ocupam da necessidade primária de matar a sede com água potável, deixando para trás o cantil de que se valem enquanto trabalham.

– Pra que lado temo que í? – Já montado, Bano indaga.

– Pra lá – também montado em seu burro, tendo na cabeça o chapelão de palha que usa no trabalho em cuja aba cabe três dele embaixo, num jogo de queixo o magricela indica a direção.

O caminho nada mais é que uma trilha a subir para o cimo dum morro onde serpenteia entre árvores e colonião.

Todo empreendimento mal planejado muito remotamente se desenvolverá bem, e muitas serão suas chances de resultados indesejáveis. No caso dos dois varões caçadores de mulher roubada, atabalhoados desde o início pela urgência, eles nem chegam a ponderar as possibilidades de êxito ou fracasso da missão. Menos ainda elaboram um plano alternativo para o caso de a iniciativa malograr.

Fiéis ao hábito da desavença, logo de saída dão-se eles à primeira controvérsia da ocasião. Ao matuto difícil é engolir sua irritação com o lento trotar do burro Dourado. E o magricela, encarapitado no lombo do muar, para evitar no traseiro os impactos do trote quando o burro bate as patas no chão, procura se apoiar por inteiro nos estribos. Sabe o sujeitinho que a viagem será longa e que não tomando os devidos cuidados chegará ao destino demasiadamente estropiado e sem condições de agir quando as circunstâncias exigirem.

E as complicações a superar não se limitam às dificuldades de Dito com a montaria, porque grandes dificuldades são causadas pelos cavalos-reserva. Desacostumados a serem puxados pelo cabresto, inclinando o corpo para trás, os bichos empacam a aumentar ainda mais o peso para as montarias a arrastá-los pela chincha.

– Vamo depressa seu molengo! – Bano logo desanda a gritar, olhando atrás a figura do sujeitinho banguela, pra lá de engraçada por sinal, fazendo mil caretas já no início da viagem a acusar o desconforto provocado pelo duro trotar do burro.

Porém, determinado e ciente de não ser brincadeira o que estão a fazer, o caboclo evita as distrações, esforçando-se para não demonstrar sua irritação com o magricela a ostentar seu imenso chapéu de palha a cair diante da cara, impedindo-lhe a plena visão do caminho. O chapelão provoca desconforto ao burro a movimentar as orelhas para todos os lados, tentando adivinhar o que seria aquela coisa estranha nele montada?

– Dêxa dessa sangria disatada, que nóis só vai conseguí chegá se tivé carma – já arrependido da escolha que fez, o sujeitinho tenta contemporizar. – A pressa é inimiga da perfeição!

O burro se revela imprestável para a missão, mas, por ter questionado a decisão de usá-lo, Bano jamais saberá daquelas desventuras do magricela, porque, desconfiando o matuto daquele desconforto capaz de levá-lo ao arrependimento, não será fácil suportar a aporrinhação.

– Óia só o sór onde já tá! – Mantendo atenção ao sol já a pender para o poente o caboclo se preocupa com o avançar das horas. – Nóis tá é muito atrasado, e desse jeito vamo gastá mais de déiz dia!

– Se acarme, que divagá tamém é pressa!

Homens do campo, por excelência, são ligados ao meio ambiente donde entre outras coisas tiram o próprio sustento. Bano e

Dito, apesar da ínfima inteligência do magricela, não fogem àquela regra da harmonia para com a natureza. Hoje, porém, dada a urgência do que estão a fazer, certas regras de comportamento passam-lhes pela distração.

Em outras circunstâncias certamente eles escolheriam a sombra duma árvore frondosa dentre tantas a vicejarem no cume da montanha por onde passam, e ficariam a contemplar a bela visão dali descortinante. Mas o constante avolumamento de suas tribulações impede-os até de perceber a deslumbrante paisagem.

Do cimo da gigantesca elevação é possível contemplar as silhuetas dos montes menores, cercados das pequenas figuras geométricas formadas pelas diferentes tonalidades das pastagens e lavouras, quase sumindo na fumaça cinzenta espalhada sobre a vastidão do território. E além daqueles imponentes acidentes geográficos, ainda é possível contemplar as habitações dos roceiros construídas às margens dos caminhos; e, a descer para oeste, regatos a sinuosamente deslizar entre os montes. Tudo em miniatura, pela distância de onde são vistos.

Toda aquela exuberância, no entanto, passa-lhes despercebida.

Dito tem a imaginação curta, ou quase nenhuma imaginação. Sua arraigada debilidade o impossibilita de ater-se em mais de uma coisa por vez, muito mais naqueles momentos em que todos os seus sentidos se ocupam em diminuir seu desconforto causado pela montaria! De tal modo que, ali, a última coisa a ocupar seu debilitado juízo será a paisagem.

E por sua vez, ciente de suas próprias responsabilidades pelo que estão a fazer, Bano se mantém focado no objetivo da missão. Fixa nos possíveis acontecimentos a esperá-lo, à imaginação do matuto nada é possível que não seja especular o futuro imediato: como será o reencontro com Amelinha? Qual será a reação dela ao vê-lo chegar? Quanto será preciso lutar para resgatá-la? Ou a acusação da culpa levará o raptor à covardia? Tantas possibilidades, somadas à angústia da demora, vão lhe corroendo a paz até ao ponto de lhe impossibilitar a atenção ao caminho por onde anda.

Findado o dia, e o crepúsculo já se fazendo notar a partir do nascente, palidamente as primeiras estrelas se revelam a brilhar. Um rebanho Nelore alongado permanece a observá-los de cabeças erguidas e orelhas rigidamente levantadas, apenas aguardando qualquer movimento disforme para sair em disparada invernada afora.

Observando a noite chegar, e intrigado com aquela aparente indolência do matuto, Dito se mantém preocupado com o avançar tão acelerado das horas. Estando ciente da distância que ainda têm pela frente, aquele silêncio do caboclo incomoda o sujeitinho, pois o banguela sabe que fatalmente eles se obrigarão a pernoitar ao relento nalgum ponto daquelas invernadas. Porque a pressa com que saíram não lhes permitiu atentar a pormenores como a necessidade de agasalhos para dormir, por exemplo.

Observando a aparente calma do companheiro, lá consigo mesmo o sujeitinho resmunga: "será que esse doido pensa que os cavalo vai guentá a noite intêra sem discansá?"

Inconformado com os retardamentos causados justamente pelo burro do magricela, mal contendo sua irritação quando o cavalo-reserva estira a corda, obrigando aquele em que vai montado a um esforço extra para não rolar ribanceira abaixo, desesperadamente Bano começa a lutar com a própria impaciência.

E apenas olhando o matuto o sujeitinho banguela não consegue decifrar seu estado de espírito. Por isso se mantém pura interrogação.

Para sacudir aquele "forgazão" fora de hora – pensa o magricela – o único jeito parece ser mesmo um tratamento de choque. Então, conhecedor do gado Nelore e de suas reações a movimentos bruscos, procura tornar a viagem mais animada, e para isso resolve dar um susto no companheiro.

Passando onde está um daqueles rebanhos alongados, o malandrinho inconsequente percebe aquelas vacas e bois encasquetados com sua própria figura. Os bovinos certamente não entendem o que seria aquela coisa estranha montada num burro? Uma situação perfeita para a traquinagem imaginada pelo sujeitinho magricela!

Por isso, adivinhando o gado sentir mais medo do que ele tem de mais peculiar, em dado momento, abre de chofre os braços, escancarando sua boca murcha. E acerta na avaliação, pois subitamente os bois dão uns saltos tão rápidos quanto violentos a estabelecer o caos na invernada.

O estouro, tão repentino, faz o cavalo montado por Bano ser arrastado pela chincha de forma tão abrupta que ao caboclo só resta o capim aonde violentamente ele desmorona. E o gado, correndo em todas as direções antes de agrupar-se em disparada morro abaixo, obriga-o a sacudir violentamente braços e pernas para não ser pisoteado.

Depois de a boiada desaparecer entre os arbustos, o pobre, assustado e sem reação, permanece sentado a olhar sua montaria se debatendo para conter as quedas morro abaixo. Atados ao outro cavalo, os animais não conseguem sincronizar os movimentos, e quando um para o outro se agita, descendo cada vez mais desgovernados.

De pernas bambas em violenta tremedeira, logo o matuto descobre Dito assustado com o resultado de sua travessura, não conseguindo esconder ter sido ele o causador de todo aquele rebuliço.

O sorriso do banguela, tão vermelho noutros momentos, agora é bem mais que descorado; sua fisionomia revela tudo, e ele se denuncia em cada gesto. Vendo Bano indo furioso na sua direção, apeando do burro tenta correr. Mas o matuto é mais rápido e o alcança a não mais de três passos.

O sujeitinho não tem muito a dizer na própria defesa, mas percebendo o punho armado contra seu rosto, seus pensamentos andam mais rápidos que habitualmente, propiciando-lhe falar antes do primeiro bofetão: – Ocê prometeu num ficá brabo!...

Bano já conhece bem o camaradinha com quem está lidando, e sabe ele ser mesmo especial! O ato inconsequente por ele ali praticado não terá passado de mais uma de suas brincadeiras fora de hora. Afinal, aquela cabeça fina e comprida parece nada ter mesmo dentro!

– Só que, si ocê num tomá jeito, eu vô isquecê o que prometi. – Bano o adverte. – Onde já se viu?... Ocê quage me matô! Vê se cria juízo.

– Eu num pensei que o gado fosse fazê tudo aquilo. Só queria mexê cocê pra vê se ocê acordava – descendo a encosta à busca dos cavalos que, finalmente, conseguiram parar o magricela se explica.

"Só me fartava essa!" – vendo o banguela pulando as touceiras de capim em busca dos cavalos, lá consigo mesmo Bano fica a resmungar. A cena por ele propiciada até seria cômica, não fosse o perigo de grave acidente e o retardamento da viagem.

Depois do desastre que quase acabou provocando, receoso de que o matuto ainda esteja aborrecido com o que ele fez, o sujeitinho se aquieta. Quer sugerir uma parada para descanso, mas, não sabendo como estará o humor do companheiro, sente que não há clima para as suas manifestações.

A noite avança. O silêncio, só interrompido pelos passos dos cavalos e o cantar de aves noturnas, impera na vastidão por onde eles viajam. Os curiangos assustam as montarias, por deixarem-nas chegar muito próximo para só então voar; os quero-queros – zelosos pela segurança das ninhadas – emitem seus estridentes cantos de advertência; o frio aumenta.

Deixando atrás aquele terreno acidentado com seus elevados montes, agora eles seguem por um vale extenso e estreito, formado em ambas as margens por paredões basálticos de mais de quinze metros, cada um a umas duzentas jardas de distância.

Apesar dos contratempos, já percorreram entre três e quatro léguas, e as montarias há algum tempo vêm apresentando sinais de fadiga.

Bano sente o corpo cansado, pedindo arrego, denunciando o esforço físico e a tensão a se intensificar com o avançar das horas.

E Dito já se adaptou ao trote do burro, não mais se importando com as dores no traseiro, nem com a teimosia do companheiro em ir adiante sem parar. Sua resignação chegou ao ponto de lhe permitir cochilar em plena marcha. Quando o sono aperta demasiadamente, leva um susto ao perceber a cabeça perigosamente pendendo para frente ou para os lados. Então, numa fisgada espetacular, firma-se na montaria deixando o burro o levar por mais alguns quilômetros.

Quando os animais já não reagem às chicotadas para aumen tar o passo é hora de descansar. Sob uma frondosa gurucaia, eles apeiam e ficam a observar a exaustão dos cavalos, e até do burro, banhados em suor e, inflando exageradamente a barriga, respirando com sofrimento a se debaterem.

Sopra um vento intensamente frio, canalizado pelos paredões de pedra a dificultar o descanso – menos o de Dito. Logo ao apear o sujeitinho se enrola de bruços sobre os próprios braços, se encolhendo sob o chapelão que agora serve como cobertor e caindo em profundo sono. Não se importa com mais nada, nem com a sede que ele mesmo e os animais ainda sentem.

Não há como acender uma fogueira porque não trouxeram fósforos nem isqueiro. Mas no fim das contas aquela falha se reverteu em benefício, já que acendendo fogo com certeza de longe eles seriam descobertos.

De costas grudadas no tronco da árvore o matuto se assenta e se põe a olhar o céu extremamente limpo, estrelado como nunca ele viu. Muitas estrelas estão a brilhar bem nitidamente sobre sua cabeça, deixando a impressão de a abóboda celeste estar tão próxima a ponto de permitir tocá-las com a mão. Já outras são tão pequeninas e estão a cintilar tão distantes no firmamento, que só é possível percebê-las quando o tom de suas cores muda do vermelho para o amarelo, para o azul...

Em profundo sono o magricela ronca, e os cavalos, mais aliviados da fadiga, procuram touceiras de capim para matar a fome.

Não querendo dormir, o matuto medita nos altos e baixos da própria vida. Ainda há poucos dias suas noites eram tranquilas e reconfortantes. Ele tinha uma casa onde morar – pequena e singela é verdade –, mas era a sua casa. Tinha um roçado donde tirar o sustento; animais com que trabalhar e se alimentar. Tinha Amelinha. Hoje, além de nada ter, é explorado pela gente gananciosa a quem está a servir sem nenhuma perspectiva de futuro. E ainda se aflige com os tormentos causados pelo roubo de sua mulher a quem, agora mesmo, se obriga a resgatar.

E como se não bastasse a esposa ser-lhe subtraída por um estranho que jamais lhes informou seus motivos, as esquisitices daquele acontecimento são tais que, pela irrealidade de que o caso se reveste, ao ouvi-lo contar muitos o encaram como a um lunático.

Não querendo fraquejar, luta a não mais poder. Porém, o cansaço e o sono vão lhe minando a resistência. Os roncos de Dito o vão contagiando, até que ele já não pensa, não vê mais as estrelas, nem se importa com o vento frio ainda a açoitá-lo. E ao acordar, com os primeiros raios de sol tocando-lhe o rosto, percebe ter dormido mais de três horas e atrasado a marcha numas quatro léguas. Sacode o magricela que, ainda dormindo, esbraveja reagindo ao incômodo. Mas ao perceber o dia claro, o sujeitinho salta depressa, indo à busca dos animais a pastarem ali perto.

Revezando as montarias, reiniciam a marcha. Dito, agora montando um dos cavalos, vai à frente à procura de água. Não demora a encontrar um arroio em sentido transversal à trilha, onde bebe sem importar com a potabilidade, permitindo aos cavalos também matarem a sede. Refeitos, os animais aumentam o ritmo da marcha, chegando a galopar nalguns trechos.

A paisagem não muda e, por lhes proporcionar atravessá-las despercebidos de qualquer ser humano, as grandes extensões das fazendas se constituem em aliadas. Apenas bois e vacas vêm-nos a transitar por aqueles pastos. Nas vezes em que percebem peões a apascentá-los, ainda longes desviam o caminho, passando ao largo sem serem vistos.

A eles, mais que nunca, o segredo é a alma do sucesso!

– Que diacho de lugá mais longe é esse! – Enfadado com a demora e o cansaço a atormentá-lo, Bano começa a reclamar. Na medida do avançar das horas o sol vai ficando mais alto no céu e, exauridos pelo esforço da marcha, os cavalos vão diminuindo a velocidade. Já é muito difícil fazê-los trotar, pois, mesmo açoitados limitam-se a marchar a passos lentos.

Dito, além da fadiga pelas longas horas montado, tem a fome a incomodá-lo, fazendo-o mal humorado e arrependido de ter acompanhado aquele "doido" em suas maluquices. Sabe ele que a distância a percorrer é ainda longa, e dificilmente chegarão ao destino antes de mais um anoitecer. E a ele o desânimo torna-se a tônica que perdurará até o final da viagem. Atravessam montanhas, vales e beiram precipícios, ressentido pela fome aumentando a cada passo.

Ao contrário, e contra todas as adversidades, na medida em que se aproxima do objetivo, Bano começa a se animar, chegando à euforia quando, já no crepúsculo, o magricela lhe mostra as casas em que residem os peões da fazenda para onde eles estão indo. Procurando melhor se localizarem para ter uma visão panorâmica do lugar, sobem a um cume elevado ali perto donde, mesmo na penumbra a cair rapidamente, ainda é possível esquadrinhar toda a propriedade.

Dito esboça um sorriso de pura preocupação quando seu indicador aponta o casebre afastado umas oitocentas jardas das demais moradias. É lá onde estará cativa Amelinha.

Recentemente chegado à fazenda, por ver naquilo o meio mais eficaz de manter a mulher protegida de possíveis investidas do marido enciumado, o raptor teria aceitado morar naquele lugar afastado. Essas conjecturas perpassam o pensamento de Bano, convencido de a mulher ainda estar a sofrer nas mãos do criminoso que a raptou.

No entanto, recordando a embrulhada por eles já cometida na Serra dos Mulatos, lá consigo mesmo, pensa: "cachorro mordido de cobra tem medo inté de linguiça". Por isso, e para não permitir à oportunidade novamente lhe fugir das mãos, agora é preciso agir com toda parcimônia.

Considerando ser mais fácil surpreendê-lo enquanto estiver dormindo, decidem esperar o adiantar da noite e o meliante recolher-se para só então se aproximarem do casebre. Além de que é preciso as montarias recuperar o fôlego, porque a fuga, com certeza, será veloz e sem interrupções.

***

Vendo plena a escuridão, antes de entrarem em ação, tentando averiguar o que lá acontece os dois se aproximam do casebre. As frestas abundantes naquelas paredes de tábuas apodrecidas pelo tempo lhes permitem ver quase em detalhes os gestos de quem lá dentro se move iluminados por lamparinas a querosene.

Lá está um homem negro de média estatura, acompanhado duma mulher branca, um menino mulato duns dez a onze anos e uma menina de uns oito.

A família ultima os afazeres do dia para se recolher a dormir. Antes de deitar, porém, o homem sai ao terreiro, urina, contempla o céu estrelado, respira um pouco de ar puro para então retornar ao interior da casa, fechando a porta sem trancá-la. Vendo-o dirigir-se ao quarto, lamparina à mão iluminando o ambiente, por uma das frestas Bano descobre um rifle dependurado na parede, gravando bem na memória a sua localização.

Dito treme. A lembrança do sufoco passado a fugir dos valentões da Serra dos Mulatos inibe ainda mais sua pouca disposição para novo entrevero. No entanto, agora é tarde para fugir, pois o inimigo está ali a poucos metros de distância e, bem verdade, oferecendo certa facilidade com seu descuido em deixar a porta destrancada. Então, mais que nunca, é preciso coragem para dominar o bandoleiro, embora aquela tarefa tenha ficado a cargo de Bano que, certamente se envolverá no maior entrevero de sua vida.

Por seu lado, o matuto luta com a impaciência. Para não cair em cima do malfeitor antes de estar física e psicologicamente preparado para aquilo, a duras penas, domina a ansiedade. E, a resmungar mais na linguagem dos sinais que com a voz, pela última vez repassa ao magricela a parte do plano que ficará a cargo do sujeitinho:

– Ocê garra a Amelinha e sai correno cum ela pra mais longe que pudé – insiste. – Ela num conhece ocê, e vai lutá pra escapá. Mais ocê num sorta ela de jeito ninhum, inté eu chegá. Eu vô dá uma lição nesse mardito que ele nunca vai isquecê!

– Cumbinado! – De pernas bambas e tremeleando da cabeça aos pés o magricela concorda, exibindo um sorriso tão amarelo quanto invisível porque desprovido da brancura dos dentes que, se ele os tivesse, poderiam ser vistos mesmo na espessa penumbra em que estão.

Depois, à distância duns três passos, Bano avança a se projetar contra a janela, que não resiste ao seu peso. O resultado é sua queda justamente sobre o homem ainda a se ajeitar no leito.

Surpreendido, antes de o matuto se pôr em pé o morador pula da cama. E tentando alcançar o rifle na parede, sente o invasor a agarrá-lo na escuridão, não lhe permitindo se armar.

Já o magricela, não tendo o sangue tão quente assim, abre a porta do casebre e vai ao quarto aonde a mulher já se ajuntou aos filhos. Defendendo-os, como a galinha que abre as asas sobre os pintinhos, bem grudados em sua saia a mãe mantém os pequenos seguros. Cientes da ameaça representada por aquele estranho, aos brados as crianças reagem a afugentar o perigo. E a tarefa, que já era nada fácil, se torna quase impossível, pois, além da mulher, o banguela se obriga a arrastar também aos dois pirralhos.

A luta do sujeitinho se faz inglória, porque força física nunca foi o seu forte, propiciando ao impasse se estabelecer: mãe e filhos não se desgrudam, impossibilitando-o de realizar sua tarefa. Contudo, não pode desistir justamente agora que a batalha já começou.

"Que vontade tê todus os denti!" – o banguela lamenta, porque nem uma mordida pode dar nas mãos daquelas pestes para que elas larguem à mãe. Porém, sua banguelice não pode ser empecilho capaz de impossibilitá-lo de vencer duas criancinhas teimosas. Então, buscando no fundo das entranhas a força que não sabe possuir, ele consegue que a mulher sucumba aos puxões que lhe dá, soltando as mãos dos filhos.

Agora é preciso levá-la para o mais longe que puder daquelas pestes em forma de crianças. Mas suas dificuldades só fazem aumentar, porque, vendo os cavalos encilhados, a mulher desanda em gritaria, permitindo à voz – que até ali não conseguira emitir – sair forte, ecoando pela noite num desesperado pedido de socorro, obrigando o magricela a lhe tapar a boca.

Entretanto, sentindo a dor provocada pelos dentes a penetrar sua mão, logo o sujeitinho se obriga à imediata reação. E agora é ele quem grita sem importar que ouçam sua voz, ao mesmo tempo em que protesta: – Larga a minha mão! E si mi mordê ôtra vêiz eu vô ti batê – ameaça enquanto, numa resistência só efetivada em vista das circunstâncias, põe a mulher sobre a cela, para em seguida montar na garupa. Agarra-a com força pela cintura, enquanto espera que o matuto vença logo sua peleja e venha juntar-se à mulher que tanto deseja recuperar.

Mas como o tempo passa sem que o matuto dê o ar da graça, o singelo raptor decide cumprir o script com ele combinado antes de a batalha começar. Para facilitar a fuga posterior do companheiro, cuida de levar a tropa a galope para longe daquele lugar.

Enquanto isso Bano só consegue pensar mesmo é na sova que acabará levando do ladrão de sua mulher. O homem não é fisicamente tão vigoroso, mas, em compensação ao porte desavantajado, é muito veloz. E logo desanda a golpeá-lo numa mistura de rasteira com capoeira, mesmo na escuridão atingindo-o nos tornozelos, levando-o ao chão toda vez que se levanta.

E como se não bastasse tanta agilidade do pai, o menino, agora apartado da mãe, age como andorinha a se defender de gavião: atinge-o com os pés na canela quando ele levanta, e nas costelas quando cai.

A situação se complica ainda mais quando o filho toma um tição a queimar na taipa do fogão e o entrega ao pai, obrigando Bano a desviar com extrema rapidez toda vez que o pau, brandido no ar, tem as brasas acesas, descrevendo sinuosos riscos a rapidamente iluminar o ambiente.

Não conseguindo se livrar da estonteante agilidade do inimigo, Bano começa a perder a briga. Mas, mesmo no sufoco por que passa ainda lhe resta um mínimo de raciocínio. E o único jeito de não mais apanhar lhe parece ser a imposição de sua superioridade física. Então salta sobre o homem, cobrindo-o com o corpo a não permitir que o sujeito se mova.

E mesmo golpeado pelos chutes do pirralho, que não desiste da luta, apanhando uma corda descoberta no chão imobiliza de vez o meliante. Amarra-o pelos pulsos, puxando-os cruzados para trás sobre os ombros, dando uma volta completa com a corda e fazendo um nó sobre o peito, de modo que, bem arrochadas, as mãos do inimigo fiquem presas invertidas sobre as espáduas.

A mesma corda serve para imobilizar também os pés, de sorte que o sujeito não poderá mover nenhum dos membros. E para evitar que ele peça socorro, o amordaça prendendo-lhe fortemente a boca, impedindo que possa emitir a voz.

Do mesmo jeito se obriga a imobilizar as crianças, apesar de penalizado pela menina por vê-la estática de medo e sem reclamar, embora possa dar o alarme do que ali está acontecendo.

Antes de sair apaga o incêndio a se iniciar, provocado pelas brasas espalhadas no chão.

***

Mesmo ainda a se refazer da batalha em que há pouco se engalfinhara, Bano constata a decisão do magricela de se adiantar na fuga, levando Amelinha para longe de seu raptor. E querendo também ganhar a maior distância possível daquele bandoleiro e seu filho valente, atropela o cavalo, fazendo-o galopar na maior velocidade possível ao animal.

O cavalo enxerga bem na escuridão, embora não conheça a trilha por onde seguir. E o cavaleiro, perdido em excitação por, enfim, reaver a mulher, torna-se incapaz de raciocinar com a lógica necessária. Está extremamente feliz porque, depois de aguardar ansiosamente aquele momento, finalmente estará com Amelinha de novo em seus braços!

Então, sem a menor importância ao tropel passível de ser ouvido à grande distância, impiedosamente açoita a montaria, ainda que a todo instante se obrigue a olhar atrás na desconfiança de que o inimigo tenha conseguido se livrar das cordas e esteja no seu encalço.

Na crença de o animal ser capaz de encontrar a trilha já percorrida em sentido contrário, deixando-se levar pelo cavalo não percebe ter tomado um caminho diverso daquele em que chegara ali.

Só percebe estar perdido após quase uma hora de cavalgada sem vislumbrar o menor resquício da passagem do magricela e de Amelinha pelo mesmo caminho. Então, desorientado, freia a montaria, agora atentando ao que até ali não tinha ocupado seu pensamento: sem o menor conhecimento daquelas plagas, ele não tem a mínima ideia de onde está. Por isso, embora matutando várias formas de localizar os outros fugitivos, não vislumbra um meio de remediar seu fracasso a se revelar cada vez mais evidente.

Então lhe parece que a melhor maneira de localizar Dito e Amelinha é gritar para que o ouçam e deem o ar da graça. Sua voz, no entanto, ecoa pelos muitos vales a se multiplicarem por todos os lados, ricocheteia nos paredões, penetra em grutas, repetindo-se em vários lugares até retornar à origem. E nada de resposta!

Definitivamente ele está perdido! E o único jeito de corrigir a gafe será retornando ao mesmo lugar onde estava antes de fugir. Então, mesmo correndo o risco de encontrar o inimigo pelo caminho, não lhe restam alternativas.

E agora, ele se obriga a cavalgar a passos lentos, porque o cavalo já correu avexado por mais de duas léguas e não suportará outro galope. Por isso, respeitando o cansaço da montaria, resignado e lentamente inicia o caminho de regresso.

Por seu lado, o magricela se vê às voltas com a reação da mulher a pensar apenas em se livrar de seus apertões, obrigando-o à constante vigilância e muito esforço para mantê-la sobre o cavalo. Como carrapato o sujeitinho vai grudado na cintura da esposa do amigo, esforçando-se ao extremo para não lhe faltar com o respeito, embora, dadas às circunstâncias aquilo não seja tarefa das mais singelas.

Apesar de sua boa vontade em ajudar o matuto, o banguela ainda não engoliu a história do rapto. E, inobstante sua minguada inteligência, em sua imaginação a mulher do companheiro não passará duma rameira que abandonou o marido para enrabichar com um forasteiro que nem conhecia.

– Ocê vê si fica queta, si num quisé apanhá! – Sem descuidar dos movimentos dela a tudo fazer para fugir aos apertões de suas mãos, ininterruptamente a segurá-la o sujeitinho tortura a mulher. E como ela não lhe dá ouvidos, limitando-se a espernear na tentativa de fugir, o desmilinguido banguela decide liberar a raiva que já sente da leviana, cuspindo tudo o que mantém atravessado na garganta desde que tomou conhecimento da história:

– Ocê pensa que eu num sei que ocê num passa é duma quenga? – Sem importar com a cara de indignação da criatura a nada entender do que ele diz, prossegue seu xingamento. – É isso memo – insiste. – E agora num dianta me oiá cum cara de Madalena rependida, que eu sei muito bem o que qui ocê tá fazeno co meu amigo. Onde já se viu: fugí e dexá o pobre sem nenhuma ixpricação!

A mulher, definitivamente, pensa estar cativa dum doido varrido. Ele assaltou sua casa na companhia de outro bandoleiro, sem nada roubarem do que lhes pertence. Raptou-a e fugiu por aqueles pastos, andando sem rumo; e agora fica ali parado, sem desgrudar de sua cintura, pretextando algo impossível à sua compreensão! Sem nada entender do que está acontecendo, a pobre, ainda que não saiba o caminho a tomar em meio à escuridão, só almeja mesmo é livrar-se das garras daquele sujeitinho franzino e feio, e ir ao encontro dos filhos e do marido.

No entanto, o impasse permanece até o alvorecer: Dito não desgruda da mulher, e já se preocupa com o que possa ter acontecido ao matuto. E a prisioneira, de tanto espernear, exauriu-se, e já não faz tanta força para fugir.

Até que, ambos cansados e desconfortáveis, veem o matuto chegar com o sol ainda infante, sobre o cavalo a lentamente se arrastar, estropiado sob o peso do cavaleiro e pela longa jornada sem descanso.

Avistando o magricela grudado em Amelinha, querendo aliviar o sufoco que a amada estará passando com o abraço involuntário do companheiro, apeia e corre para onde estão os dois. Mas Dito não consegue entender sua reação diante da mulher que tanto quer, e fez loucuras para reencontrar.

Chegando junto deles, em vez de abraçá-la e chorar às pitangas, o caboclo desmorona sobre as pernas, permanecendo prostrado na grama, apenas olhando para a mulher, semblante transtornado de quem não acredita no que vê. Também ela, confirmando em Dito a desconfiança de que não gosta mesmo do marido, não se alegra com a chegada dele. Pelo contrário, se retrai ainda mais, como se tivesse aumentado a repulsa.

– Cadê a Amelinha? – Mesmo diante do que já sabe o caboclo ainda se ilude.

– Taqui ela! – Esboçando o sorriso mais sem graça de toda a sua vida, daquela vez com as gengivas descoradas pela ausência de circulação sanguínea, o magricela se apressa em responder. – Eu num larguei ela a noite interinha, pra ela num fugí!

– Mais essa num é ela! – Esmurrando o chão em incontido desespero, Bano grita com todas as forças. – Essa num é ela... Num é!

Diante do que fica sabendo o magricela nada tem a fazer para confortar o amigo e vê-lo tão animado como da última vez que tinham estado juntos. Ele nada é além dum sujeitinho dos mais simplórios, cuja mente não se desenvolveu de forma adequada. Consequentemente, embora ciente da necessidade de fazer alguma coisa, nada pode para remediar aquela eloquente frustração do matuto.

Contudo, é necessário fazer alguma coisa. Então, apenas para não ser acusado de omissão no momento de maior necessidade do companheiro, como se aquilo fosse a coisa mais natural do mundo, sugere a primeira coisa que lhe vem à cabeça: – Si fosse ocê, eu levava ela no lugá da ôtra!

– Ora, seu muleque! – Sem saber o que fazer com seu desapontamento por mais aquele retumbante fracasso, Bano se sente ainda mais injuriado. – Isso é coisa que si fala? Qué levá uns supapo?

A mulher, uma vez livre dos apertões do magricela que agora se ocupa da decepção do companheiro, apeia antes dele e fica a esperar que ele também desça da montaria. E logo que o vê no chão dá-lhe forte bofetão, deixando em sua face as marcas dos dedos, enquanto esbraveja: – Quenga é a tua vó!

E pela primeira vez Bano vê o banguela verdadeiramente sério. Passando a mão na cara para amenizar a dor, intrigado e sem qualquer reação o sujeitinho olha para a mulher. Seus parcos neurônios trabalham à mil, enquanto não consegue destrinchar a charada por ela criada. Mas não pode questioná-la, porque agora os dois têm um problema maior que aquele que tentavam resolver.

Exceto aquele xingamento a Dito a mulher não profere uma palavra, só voltando a manifestar sua indignação quando, tentando fugir, percebe Bano indo atrás para evitar que ela se perca caminhando sem rumo por aquelas invernadas.

– Moça, ocê discurpa o que nóis fizemo. Nóis pensô que ocê era a minha muié. Ela foi robada por um bandido e eu tô atráis dela...

– Num quero sabê. Eu só quero que ocêis mi dexe em paiz pra vortá pra casa. Será que eu posso í imbora?

– Nóis vai ti levá – Para desespero de um magricela pra lá de medroso do que os estará esperando na casa da mulher, Bano se apressa em afirmar.

– Num pricisa. – Ela se mostra irredutível. – Eu quero í sozinha – desabala numa direção diversa daquela que a levaria à sua casa, pois também não sabe onde está!

Tentando fazê-la aceitar a reparação do mal, em tremendo esforço para convencê-la Bano vai atrás. Mas quando a intercepta ela muda o rumo da fuga, obrigando-o a nova manobra para, como quem cerca porco sem rumo no caminho, impedi-la de se perder. "Desse jeito, iguar barata tonta no meio dessas invernada, ela num vai chegá a lugá ninhum" – cada vez mais o caboclo se desespera.

Não demora muito para o magricela se juntar a ele na tentativa de cercar a mulher. E bom tempo os dois perdem para convencê-la de que, igual a eles mesmos, também está perdida, e precisa aceitar a reparação do mal que eles fizeram.

Até que, enfim, convencida de que não sabe mesmo para onde ir, ela acaba cedendo.

***

Ao magricela sobrou a pior parte da decisão tomada por Bano. Obrigado a montar em pelo no lombo do burro, o sujeitinho sente as partes internas das coxas arderem, sapecadas pelo atrito com o dorso do muar. E como se coisa pouca fosse aquilo, ele sabe da encrenca a esperá-los na casa da mulher. Obviamente o marido e os filhos dela não estarão nada felizes com o que eles fizeram, e a reação com toda certeza será severa, e eles não sairão ilesos.

Durante o trajeto, além de lutar contra as assaduras provocadas pelo lombo do burro, tenta adivinhar o que se passará na cabeça do matuto. Mas, medroso do rumo que as coisas estão tomando, se limita a observar o companheiro cavalgando à frente, pensativo, puxando as rédeas do cavalo montado pela mulher, que também não desfranze o cenho.

O que estará tramando o companheiro? Como ele agirá para devolver a mulher ao marido? Essas preocupações ocupam a mente do pequeno banguela, até que, a mais ou menos mil jardas da residência, ainda mantendo a montaria da mulher presa pelas rédeas, Bano sobe ao cume dum morro e se põe a esmiuçar os arredores.

Por fim, convencido de ali estarem seguros, demonstrando arrependimento olha para a mulher, embora inútil seja falar de seu constrangimento pelo que fez. Ela, certamente, não entenderá o que ele disser, já que, sua atenção permanece focada no casebre em que vive, onde se veem várias pessoas aglomeradas.

Só de pensar que aquelas pessoas já terão libertado o homem, que não os perdoará, Dito sente o medo provocar arrepios. Vendo a calma com que Bano observa a mulher correndo pasto afora – ficando cada vez menor à medida que se aproxima de sua casa – o sujeitinho se impacienta.

Mas, protegido pelos arbustos, ainda mais algum tempo o caboclo espera ela estar junto dos amigos e familiares para, só então, considerar reparado o mal que fez, mesmo que o tenha praticado pensando estar fazendo coisa certa. Depois de certificar-se de que, mesmo de forma paliativa o mal está reparado, se volta para ver o magricela já distante, fugindo daquele lugar que lhe causa arrepios!

Certo de que ninguém estará a caçá-los, também inicia a cavalgada para longe daquele lugar.

***

A jornada de regresso se torna ainda mais penosa que a ida. Bano, que esperava voltar com Amelinha, não consegue pensar em nada que não seja mais aquela frustração. Percebe suas chances diminuindo, pois, aquela é a segunda tentativa malsucedida de recuperar a mulher, com a particularidade de que agora o fiasco foi ainda pior que o primeiro. Não tem ânimo para conversas, nem moral para importunar o magricela, jogando-lhe a culpa pelo fracasso, mesmo que tenha sido o sujeitinho a informar o suposto esconderijo do raptor de Amelinha. Afinal – acaba concluindo –, o pequeno banguela apenas queria ajudá-lo a vencer sua aflição.

E o sujeitinho vem montado num dos cavalos – ora na frente, ora atrás, ora num dos lados – calado a observar o amigo amargando mais uma desilusão. Mas ainda que os problemas de Bano sejam infinitamente maiores que o seu, ele está às voltas com grande enigma. Sua cabeça é pequena demais para entender certas coisas e, por isso, logo resolve se socorrer na sabedoria do amigo:

– Cumé que aquela muié me conhecia?

– Quem te falô isso?

– Ocê num viu o que ela disse?

– O que?

– Ocê num viu ela falá que quenga é a minha vó? Cumé que ela sabe que eu só tenho a vó Bina na vida?

– Ora muleque! Esse é o jeito de falá. Ocê tinha xingado ela?

– Tinha! – Apesar da incerteza de que a mulher não o conhece, sua cara desdentada agora é mais que marota.

– Pior foi eu! – Bano se penitencia. – Num percibi que aquele home num era o ladrão da Amelinha.

– Não! Pior que isso foi ocê num sabê que aquela num era a tua muié. – O magricela alfineta. – Aquilo foi duído!

– No iscuro e naquela distância num dava pra conhecê bem ela. Eu só estranhei um pôco o cabelo, porque Amelinha é mais loira.

– Mais de num sabê que o home num era o ladrão da tua muié ocê num tem curpa. Ocê nem conhece ele!...

– Como não? Si eu lutei cum ele inté dismaiá! Agora tô pensano cumo é a cabeça da gente: na afobação que eu tava, nem percibi que esse neguinho com quem briguei onte é bem pequeno, e aquele que levô Amelinha é um negão bem grande. Êis num são a mema pessoa!

– E as criança? Ocê num percebeu que êis tinha dois fío?

– Por isso eu num mi pinitencio. O ladrão da Amelinha pode já tê sido casado e tê fio!

Depois do sangue esfriado, por ter proporcionado àquele pai de família o mesmo desespero que ele mesmo sentiu ao acordar em sua casa dentro da noite e saber que Amelinha era levada por um estranho sem que soubesse por quais motivos, Bano se considera o pior dos homens. Por ironia, acabou praticando o mesmo ato, diferente apenas no detalhe de ele, percebido o engano, ter tratado de corrigi-lo, enquanto o ladrão de Amelinha ainda a mantém cativa, e não deixou ainda de merecer a correção que um dia ele mesmo aplicará ao bandido.

– Agora Inês já é morta! – Dito tenta fazê-lo cair na realidade. – Quem sabe dispôis desse fracasso ocê num sussega o facho! – Mesmo em meio a tamanha confusão, o sujeitinho se sente vitorioso. Até porque Bano não retruca, limitando-se a cavalgar no mesmo passo lento em que já vem há algumas horas.

***

A vida do caboclo que Dito e Bano tinham como o raptor de Amelinha sofreu grande revés em apenas uma noite. Nem ele, nem a mulher, puderam realizar qualquer proatividade acerca do assalto que sofreram daquela forma tão abrupta e violenta. E só depois do que considerou tamanha covardia foi que a mulher tomou conhecimento das razões da brutalidade que sofreu. Entretanto, mesmo reconhecendo como desculpáveis as razões daqueles atrevidos que a sequestraram, ela não se vê disposta a justificá-las.

Em intensa angústia por ver seus filhos maltratados e a mulher levada sem saber para onde, nem para quê, até o alvorecer o pobre homem se debateu para livrar-se das amarras. E só depois do raiar do dia um de seus colegas de trabalho o encontrou, propiciando-lhe sair em perseguição aos bandidos.

Mesmo ciente de que, pelas muitas horas de dianteira, os assaltantes levam grande vantagem, o homem não desiste. Sabe não ser difícil seguir as pegadas daquele que o agrediu, pois, na pressa com que saiu a montaria dele deve ter marcado mais profundamente a trilha que os cavalos montados pelo outro bandoleiro e sua mulher.

E a perseguição encetada pelo pai de família é das mais dispendiosas. Indo as horas já avançadas, e tendo percorrido coisa de três léguas, agora já não percebe mais as pegadas da montaria do malfeitor. Perseguiu-o até onde foi possível, mas agora a caçada tem de terminar, pois a trilha veio dar naquele penhasco cujos precipícios beiram os trinta metros.

Então, desolado, o homem obriga-se à desistência. Contudo, antes de iniciar a jornada de regresso, à distância, vislumbra algo a ocupar sua atenção. A umas seiscentas jardas de onde está, no vale a descer paralelo aos paredões em cujo cimo se encontra, acaba descobrindo uma figura singular – um grande chapéu de palha montado? Uma das coisas mais esquisitas – em sua vida jamais vista! –, acompanhada de pequena tropa e outro cavaleiro, a passos lentos avança.

Apesar de não ver a mulher, aqueles dois indivíduos só podem ser os assaltantes! Afinal, naqueles rincões isolados a coisa mais incomum é a passagem de alguma tropa. Por isso, logo o homem pensa em se aproximar para alvejá-los sem o risco de errar. Mas na encosta não existe um ponto onde possa descer com segurança.

Entretanto, como a distância a retroceder para alcançar o vale é demasiado longa e propiciará o distanciamento dos bandoleiros, não há alternativas que não seja alvejá-los dali mesmo onde se encontra.

Seu rifle não tem mira telescópica, mas é eficiente em disparos de longa distância, de modo que nada custa tentar. Por tê-lo dominado e prendido amordaçado aquele sujeito de maior estatura ainda está atravessado em sua garganta, e será o primeiro a levar chumbo. Por isso mira no cavaleiro que pensa ser o seu agressor.

É um bom tiro! Porém, o moderado vento canalizado entre os paredões granitosos, por cujo centro trafega a tropa, interfere no resultado, fazendo-o errar o alvo. E o som do disparo alerta os fugitivos que, não sabendo de onde vem o ataque, correm a procurar esconderijo nos arbustos.

Em seguida ouvem-se um segundo e um terceiro disparos. Na tentativa de vingança o homem atira feito louco. E de tanto atirar a esmo acabará atingindo um dos dois! Pensando assim, deixando atrás os cavalos a se agitarem à percepção do perigo, adiante do magricela Bano corre na direção oposta de onde vêm os disparos.

Percorrendo umas trinta jardas os caçados logo alcançam um rio a correr para o norte – mesma direção para onde eles estão indo. Em seus aproximados vinte metros de largura, e protegido por matas ciliares de ambos os lados propiciando excelente esconderijo, o rio é repleto de pedras a espalhar suas águas, tornando-o raso em sua profundidade.

Preocupado com as montarias momentaneamente relegadas ao perigo, olhando para atrás, Dito percebe o caçador iniciando a descida do penhasco. Na tentativa de se aproximar dos alvos, rolando ribanceira abaixo, o agressor se agarra em árvores e pedras rumo àqueles atrevidos bandoleiros. Então, ciente do perigo representado por aquela aproximação do atacador, desenfreado o magricela desabala a tomar a dianteira de Bano para cair dentro do rio.

Aquela repentina atitude do sujeitinho, antes de atingir a margem oposta para se proteger dos novos disparos efetuados pelo caçador, obriga o matuto a também correr na tentativa de alcançá-lo. No entanto, mais inteligente que o banguela, em vez de gastar energia movimentando água com as pernas, o caboclo se deixa levar pela correnteza. Daquele jeito fará menos esforço, e da mesma forma se distanciará do agressor.

Vendo-o deslizar rio abaixo, prancheando de barriga na superfície, Dito se apressa em imitá-lo. Porém, não sabendo nadar, deixando num redemoinho d'água o sombreiro a rodopiar, vai direto ao fundo.

O rio, de fato, não é dos mais profundos, no máximo alcançando a cintura do magricela. Então logo o sujeitinho se levanta a observar Bano se distanciando a deslizar na correnteza, sem lhe prestar a menor solidariedade.

Diante da urgência em fugir não cabe qualquer vacilo, por isso a coisa mais sensata a fazer será imitar o matuto, agindo igual a tudo o que ele fizer. Vendo o caboclo estirado na superfície, estático a ser levado pelas águas, numa coragem que ele mesmo não sabe de onde lhe vem, o banguela se joga prancheado sobre o rio.

E começa um flutuante deslizar, o que até aquele momento jamais na vida conseguira. Não, porém, sem realizar verdadeiros malabarismos para manter seu chapelão na cabeça.

O inimigo já estará bem próximo. Por isso logo os dois começam a se afligir com o lento avançar da água consequente do suave declive do terreno a partir de certa distância. Então, a única solução viável lhes parece ser a ocultação sob os arbustos protetores das margens do rio. Vez ou outra um "poço" os surpreende com o redemoinho formado pelas águas, criando dificuldades principalmente à Dito a quem muito difícil é manter o equilíbrio.

Então, querendo evitar aqueles acidentes, num raro surto de inteligência, na margem o magricela apanha uma vara seca, abarcando-a com as mãos para manter-se estirado com os pés bem atrás. Assim flutua e dirige a vara para onde quiser. Se bem que o destino só pode ser mesmo rio abaixo.

Descobrindo aquela rara engenhosidade do sujeitinho, Bano logo o imita, apanhando um tronco fino e encharcado para também se deixar levar por ele.

Cerca de meia légua abaixo, inevitável se torna o costumeiro entrevero verbal entre os dois: Bano quer sair do rio, voltar à trilha e – se possível – recuperar as montarias. Já o magricela, mais que o matuto, não abre mão de retomar os cavalos do agressor. Enquanto para Bano o único motivo é recuperar o meio de transporte, para o sujeitinho é a necessidade de restituir o burro e os cavalos da fazenda, por eles surrupiados sem que nem mesmo a Vó Bina percebesse.

– Eu num vô vortá sem os cavalo – o magricela tenta impor sua vontade.– Num quero nem pensá quando o coroné subé que nóis perdemo êis.

– E ocê acha que aquele cabôco num pegô êis antes de nóis? – Bano pondera. – Craro que ele vai levá os cavalo, pra obrigá nóis í atráis dele!

– Então vamo tomá dele os cavalo, uai!

– Não sinhor! Ele tem uma espingarda, ocê esqueceu?

– Nóis toma tamém a espingarda, ué! – Na mais improvável coragem, Dito argumenta, embora, no fundo esteja apenas tomado do medo de retornar sem a tropa.

– Cumé que ocê qué fazê isso?

– Eu num sei! Ocê é que deve sabê. Ocê num é o sabidão?

***

Por mais que o magricela insistisse não houve como recuperar as montarias. Saindo do rio os dois viram o homem conduzindo seus meios de transporte na direção de sua casa, não restando a eles, ao menos no presente, a menor chance de retomar os animais.

Agora estão a pé, e muito distantes de casa. Mas aquela dupla de aventureiros tem suas características mais que peculiares. O sujeitinho, sendo inveterado cuca fresca que raramente se aperreia, mais uma vez consegue surpreender o matuto naquela mansidão por demais descabida num momento em que no mínimo deveria estar alarmado!

Apesar dos receios pelo extravio da tropa do patrão, enquanto Bano se preocupa em como regressar à fazenda, o pequeno banguela demonstra maior tranquilidade que a habitual. Já que a cobrança certamente virá, e será bem maior do que eles poderão pagar, por que sofrer por antecipação?

Então, vendo o matuto intrigado a demonstrar irritação por não compreender sua inoportuna indolência, o sujeitinho procura arrefecer tanta afobação que a ele mesmo não tem razão de existir:

– Se acarme que o mundo num vai acabá! – Sua débil natureza nunca lhe permite abandonar a displicência, mas numa situação como aquela...

– Cumé que ocê pode ficá carmo numa situação dessa?

– E isquentá a cabeça adianta arguma coisa? – O banguela meio que sorri. – Os cavalo nóis vai tê que pagá memo. ...Mais tamém, pra quem tem um caminhão intêro pra pagá, uns cavalin a mais num vai fazê diferença!

– E pimenta no zóio dos ôtro...

– Num ardi! – O sujeitinho se apressa em completar, agora a escancarar as gengivas numa cara de pura galhofa.

– Mais cumé que nóis vai imbora?

– Óia só o rio!

– Que qui tem o rio?

– Nóis vai é por ele!

– Como?!

– Esse é o rio São Lorenço, que passa lá perto de casa. É só nóis deitá de novo nele e í rolano corredêra abaxo.

Após tensas deliberações, típicas de inveterados teimosos como são os dois, Bano acaba concordando que o melhor jeito de regressar sem maiores contratempos seria mesmo usando o rio como meio de transporte.

Então, agarrando novamente suas ferramentas de navegação os dois se deixam levar pelas águas rasas do São Lourenço. Bano abraçado ao tronco e Dito segurando a vara, a desviar das pedras mais perigosas e procurando os pontos de maior profundidade do rio por onde navegam ilesos a qualquer perigo, eles vão flutuando.

Depois de percorrerem cerca de duas léguas, se aproximam de Lajeado – pequena aglomeração urbana encravada às margens do rio. É um povoado constituído de não mais duma dúzia de moradias, além de alguns estabelecimentos comerciais – vendas e bares em maioria.

Dito logo se anima em relatar suas aventuras a alguns conhecidos lá residentes. Já o matuto, ao contrário do sujeitinho desmiolado, aporta o tronco a exigir que ele faça o mesmo. "Esse cabeça fina tá quereno é revelá o nosso segredo?!" – se espanta com a coragem do banguela. – O que qui ocê tem na cabeça? – Manifesta sua reprovação à pretensão daquele cabeça-de-vento.

– Só o chapéu, uai!

– E merda, né?

– Isso não! – O sujeitinho se apressa em negar o que ouve.

– Então por que qui fala bobage? – Bano demonstra ainda mais sua irritação. – E pode tirá o sombrêro e jogá fora.

– Não sinhor! Se eu jogá ele, quem é que vai protegê o meu côco do sór?

– Cumé que ocê qué si escondê cum'a armação dessa na cabeça?

– Eu num quero si escondê! – O sujeitinho de cabeça fraca revela sua vontade. – Quero é chegá na casa de argum amigo e filá a bóia, que já tô é varado de fome! – Escancara um chocho sorriso denunciante do seu esgotamento por dois dias intensos sem se alimentar.

– E contá pra ele o que nóis fizemo!...

– E o que qui tem isso?

– Ô seu juízo mole! Ocê num vê que aí aquele cabôco vai sabê quem nóis é e onde nóis mora?

– Ah! É memo... – O sujeitinho vê esvair sua única chance de se refazer do abatimento a evidenciar um raquitismo bem superior àquele que sempre foi uma de suas características mais marcantes. – Eu num pensei nisso.

Passar despercebidos pela povoação não é tarefa das mais singelas. Exatamente igual a todo curso d'água que atravessa uma aglomeração urbana – mesmo diminuta como aquela –, o São Lourenço serve às pessoas ali residentes como meio de lazer, subsistência para as famílias de alguns pescadores, e é o lugar onde quase todas as mulheres asseiam suas roupas. De sorte que sempre haverá alguém em suas margens ou em suas águas. Por isso, mesmo sem o imenso sombreiro na cabeça do magricela, a camuflagem é fator de dificuldade aos dois aventureiros.

No entanto, passar despercebidos é necessário! O sujeitinho choramingou à vontade, mas não houve como não se desfazer do acessório que tanto conforto tem lhe causado. Cuidadosamente, o chapelão é metido enrolado numa galhada, enquanto seu dono dele se despede, a demonstrar toda a sua mágoa por aquilo que não pôde evitar.

Em rara coincidência de ideias entre os dois à primeira vista, eles acordam esperar o rio ficar livre das pessoas presentes em suas margens – empreitada nada fácil, dado o costume da população. E Dito, mesmo concorde ao retardamento, começa a se aborrecer com a longa espera a consumir tudo o que ainda resta de suas minguadas forças.

Até que, por volta do meio-dia, hora em que muitos costumam se retirar para o almoço, lá permanecem apenas alguns pescadores com suas varas a descansar sobre as águas, esperando os peixes morderem as iscas.

Momento de arriscar! Não tendo mais tanto tempo a perder, de barriga no rio, os dois novamente prancheiam a agitar as pernas abaixo da superfície como forma de acelerar a passagem sem produzir grande ruído. Beirando a barranca oposta aos pescadores e ocultando-se atrás dos ramos dos arbustos caídos sobre as águas, conseguem a façanha de não serem descobertos.

O rio, além de servir às necessidades da comunidade, é também o esgoto onde alguns moradores mais abastados despejam os dejetos produzidos em suas residências. E os dois se obrigam a verdadeiros malabarismos para desviar dos excrementos – ainda frescos! – a flutuar entre as ondulações produzidas pelas pedras abundantes no leito do rio.

Entre os dois, Dito é quem mais padece, porque incapaz de realizar as manobras suficientes para desviá-lo a tempo daqueles troços.

Já Bano, tendo maiores habilidades físicas além de mais inteligência, sem grandes dificuldades e divertindo-se à custa do sujeitinho, consegue vencer o bombardeio.

Percorrida certa distância desde o povoado os dejetos começam a se dissiparem no grande volume d'água do São Lourenço, propiciando aos dois – menos a Dito que ao matuto – prosseguirem a jornada ilesos das imundícies dos moradores do Lajeado.

E agora a descida torna-se mais prazerosa. Logo além do povoado, mesmo o rio continuando raso, não existem tantas pedras aflorando à superfície. Por isso é-lhes permitido desfrutar a visão das enormes barrancas com árvores de galhos emborcados até a água; do gado preguiçoso subindo as escarpas repletas de colonião; dos altos montes em contraste com o céu intensamente azul salpicado de pequenas nuvens...

***

Como, ao contrário dos cavalos, a água não sente fadigas, mantendo a descida sempre num mesmo ritmo relativamente veloz, antes do fim do dia os dois caçadores de mulher sequestrada já estão no ponto onde devem sair do rio. Dali a menos de meia légua terrestre fica a sede da Santa Margarida e as casas de seus colonos.

Ressabiados, e tendo as plantas dos pés e as palmas das mãos enrugadas pela longa permanência dentro d'água, procurando dissimular iguais meninos que acabam de fazer grande travessura, os dois entram na área residencial da fazenda, buscando a todos convencer de que apenas chegam do trabalho.

E já em casa no início da noite, embora não querendo revelar a ninguém o que sente, ao matuto muito custa esconder a frustração por mais um fracasso, pois sua arraigada sinceridade sempre lhe impede a ocultação de suas decepções, ou euforias.

Dito, ao contrário dele, certo de a velha nem desconfiar de suas traquinices dos dois últimos dias, em sua habitual displicência logo se apresenta à Vó Bina. No entanto, quando desconfiada a criatura sua vó não é flor que se cheire! E a astúcia da velha logo a obriga à interpelação do magricela em busca da verdade sobre os acontecimentos por eles vivenciados desde que saíram em busca do que, desde o princípio, ela já sabia ser grande disparate.

Atrás do sujeitinho afobado como poucas vezes esteve na vida, sem nenhuma surpresa ou exaltação, e num olhar dos mais inquiridores, a velha entra no quarto de Bano:

– Cadê a muié que ocêis fôro buscá? – Incrivelmente sua voz é serena. E ante a surpresa seguida do silêncio dos dois, ela prossegue: – De mim ocêis num pricisa iscondê o que fizero. Quando ocêis vem co mío eu já tô é co fubá pronto! – Mascando um delicioso naco de fumo e cuspindo tiras de baba no balde colocado ao pé da porta exatamente para aquela finalidade, ela completa. – E que fim ocêis dero nos cavalo e nos arreio que pegaro aqui em casa? – Demonstrando saber tudo, tintim por tintim, o que os dois fizeram, serenamente ela indaga.

Enquanto o magricela, percebendo amenidade no comportamento da avó, retoma sua habitual leniência, Bano logo se põe a explicar tudo o que aconteceu. E mesmo ciente de, dada a escravidão em que vive a trabalhar, aquilo ser coisa impossível, o caboclo enfatiza a disposição de pagar todos os prejuízos, dos animais e também dos arreios.

Entretanto, acaba surpreendido pela sábia atitude da mulher, idosa e sofrida, que apesar da lucidez diminuída pela idade é capaz de grande sensatez, fruto de seus muitos anos já vividos:

– Num si procupe cos cavalo – sua fisionomia é de pura tranquilidade. – Aqui na fazenda tem tantos que ninguém vai dá pela farta duns trêis ô quatro. Eu num contei pra ninguém onde ocêis tava, nem o que tavam fazeno. E os arreio dos falecido foi inté bão que ocêis perdero. Eu tava era pensano em dá um fim nêis memo...

***

"Prepare a casa, porque no fim de semana estamos indo com convidados para um churrasco...", diz o bilhete oriundo da casa dos patrões. O dia mal amanheceu e lá já está um dos peões com sua filha incumbida de ler o recado de Eva, trazido por um portador que estivera com ela no dia anterior.

"Purquê que aquela bisca num é boazinha como a Sá Bina?" – ouvindo a leitura do bilhete Bano logo encafifa. Tendo as duas a mesma natureza feminina, enquanto, apesar da birutice, a pobre velha se comportou de forma tão compreensiva – cúmplice até – ao saber da perda dos cavalos e de dois dias de trabalho, a patroa parece não ter coração!

Certamente, quando os convidados ali estiverem prontos a serem servidos, haverá vexames para todos os empregados. E logo a paz reinante entre os moradores da Santa Margarida é substituída pelo alvoroço e a tribulação. Afinal, eles dispõem de menos de uma semana para apresentar a fazenda nos moldes requeridos pelos patrões!

Dito, receoso de que Chico Mineiro perceba a pouca produção de aguardente dos últimos dias, se desdobra no esforço para que uma quantidade desejável de pinga seja apresentada ao coronel quando, garboso na companhia de seus convidados, ele chegar. Com toda certeza, como sempre faz, exalando orgulho, ele a exibirá aos amigos como a melhor cachaça artesanal da região.

E, além do magricela, depois de dias inteiros de trabalho corrido no alambique e no canavial, Bano passa as noites quase inteiras atribulado para deixar a casa grande em condições de receber as convidadas da patroa.

Provavelmente aquelas "fidargas" não passarão "dumas madame mitida", enfeitadas de anéis, pulseiras, colares e os esmaltes nas unhas a impedirem-nas de trabalhar, ainda que só mudar de lugar um copo.

E desdobrar no trabalho não é privilégio apenas dos dois fabricantes de aguardente. A festa prometida – a primeira depois de alguns anos – mexe na rotina de todos os empregados. Enquanto mulheres e crianças, com esmero, cuidam da limpeza das casas onde moram, os homens dedicam todo o tempo disponível a roçar o mato, podar a grama e juntar o lixo resultante, metendo fogo em tudo.

Uma grande operação limpeza foi montada na preparação da fazenda para os ilustres convivas dos patrões.

***

Ainda com o aspecto de ambiente asseado às pressas, ao menos em arremedo a fazenda se tornou apresentável para o grande dia. Na expectativa das saborosas farturas dadivadas pelo coronel em ocasiões como aquela, à lembrança dos velhos e bons tempos em que o patrão dava grandes festas – onde o que menos se economizava era comida e todos se regalavam à vontade –, muitos dentre os antigos empregados se deixam levar pelo saudosismo.

Sá Bina, mesmo percebida por alguns como nada além duma velha gagá, é perspicaz o bastante para desconfiar das mudanças no jeito de ser da patroa depois da chegada de Bano. Aquela é a segunda vez em menos de quinze dias que a "bisca" irá à fazenda, o que não acontecia há mais de dois anos!

Não deve ser por acaso aquele repentino interesse pelo que ali acontece – a velha matuta –, embora não lhe seja ainda possível assimilar o porquê daquele estranho comportamento da "peste" como em pensamento, ela chama a mulher do patrãozinho.

Certos do rigor com que serão tratados na presença dos festeiros, aos empregados é impossível relaxar. Até que, logo ao amanhecer do dia marcado, lá aparece a trupe formada pelo patrão – levando Gertrudes a tiracolo –, além de Chiquinho, Eva e Alice.

Assemelhada a uma butique ambulante, a patroa se perde embaixo de tantas joias e penduricalhos, além do batom vermelho e a minissaia xadrez nas cores branca e lilás sobreposta pela blusa rosa de um decote muito além de generoso.

Já Alice, sem nenhuma maquiagem extravagante, em contraste com a mãe é pura sobriedade no vestir. Como quem estivesse pronta a se aventurar nos ambientes mais hostis usa calça de brim preto combinada com uma blusa de fina malha na cor cinza e o casaco à moda safári, bem típico do ambiente rural; e botas em couro de canos justos e longos até quase os joelhos.

Chiquinho, alheio e disperso como sempre está, é incapaz de perceber a tribulação com que todos, atormentados pela impaciência de sua mulher, ainda corrigem pequenas falhas em seus trabalhos. As únicas atitudes possíveis ao homenzinho é meter a mão no bigode aparado especialmente para a ocasião – mais fino que habitualmente é – e ajustar o penteado nos cabelos pretos emplastrados de brilhantina e alisados para trás.

Insensível à aflição dos empregados, o homenzinho arrogante vai e vem dum canto a outro da casa, limitando-se a balançar a cabeça em sinal de aprovação ao trabalho de Bano. Entretanto, nenhuma palavra pronuncia a denotar agradecimento por tanta dedicação.

Por sua vez, Chico Mineiro, desde a chegada se dirigiu ao galpão onde alguns peões já carnearam garrotes e novilhas – os melhores em peso e aparência! – especialmente preparados para agradar ao paladar dos mais exigentes comensais.

Deixando à Gertrudes a função de comando ao verdadeiro batalhão de camponesas a trabalhar na cozinha, Eva e Alice percorrem o jardim, que hoje está bem melhor apresentável que da última vez em que o viram. Ainda assim é preciso a filha repreender as atitudes da mãe a descobrir falhas no trabalho de Bano, tão atabalhoadamente realizado que o caboclo não deve ter tido tempo para maiores caprichos.

Incrivelmente célere avança o dia. Apesar de suas boas vontades os empregados se veem atropelados pela patroa a exigir tudo em ordem, segundo os seus critérios, antes da chegada dos ilustres convivas.

Até que, por volta das onze horas, começa a chegar gente de toda espécie, a maioria desconhecida dos moradores da fazenda. Meninas e moleques irrequietos, logo ao desembarcarem iniciam a importunação, indagando se na fazenda tem piscina, onde fica o rio, se podem andar a cavalo...

Logo Bano se indigna com as caturrices de meia dúzia daqueles frangotes malcriados, correndo dum lado a outro, pisoteando o jardim e destruindo flores – verdadeiros porcos escapados do chiqueiro!

– Ocêis pára de marcriação, se não eu vô contá pros pai docêis o que ocêis tão fazeno – o matuto se debate com a rebeldia dos moleques insistentes em não lhe dar ouvidos. Agindo como seres irracionais, os pirralhos continuam a destruir tudo o que veem pela frente.

Até que, não mais conseguindo conter a ira, o caboclo agarra um deles pelo braço, dando-lhe safanões capazes de frear tanta má-criação. Aí o protótipo de marginal corre para junto da mãe – entabulada a matraquear com outras convidadas –, exigindo providências contra a atitude do matuto, que considerou ultrajante.

Consequentemente, logo Eva se aproxima do matuto ainda contrariado com o que fazem aqueles pirralhos. Os finos saltos das botas da megera vão a produzir forte toc-toc no assoalho do alpendre a ecoar pela casa. E como forma de satisfação à mãe do moleque, misturando raiva e acanhamento, ela descarrega sua vergonha sobre o caboclo. Afinal, o moleque é filho do deputado Marinho, a quem, por interesses políticos, de modo especial Chico Mineiro deseja paparicar, empenhando-se a não mais poder para tê-lo ali.

–... Ponha-se no seu lugar, e não destrate mais nenhum dos convidados – retornando à roda das mulheres, intimamente contrariada, a "pirua" finaliza a repreensão. Não está em seus planos a oposição que o caboclo possa lhe fazer. Embora não sabendo as razões dos próprios pensamentos, inobstante a necessidade de esclarecer quem é que manda ali – ainda mais na presença das visitas! –, ela deseja tê-lo como alguém que a admire.

Vendo-se injustiçado e impedido de frear a má criação dos verdadeiros bandoleiros mirins que são aqueles guris, não resta ao matuto outra coisa a fazer que não seja perambular entre os festeiros.

Então, vagueando entre tantos tipos diferentes daqueles de sua cotidiana convivência, de passagem o caboclo escuta as vantagens contadas por uns e as mentiras de outros, sem, contudo, interferir naqueles assuntos. Aprecia cada um dos automóveis estacionados em todos os cantos da fazenda. Lá estão de Jipes e Rural Willys a Kombis e Fuscas, além dos Carmann-Ghias e Gordinis, Aero-Willys, Simcas, Cadilacs, F100, C14, Impalas, Toyotas Bandeirante, DKW-Vemaguets... – conforme as posses dos respectivos proprietários.

Sua parte nos trabalhos fora preparar a casa e o jardim para a festa; e como aquilo já esteja feito, não há outra tarefa a seu cargo, de modo que nada mais lhe resta a fazer. Por isso, e não tendo com quem se entreter, começa a perambular entre os diversos grupos de convidados, formados conforme suas afinidades pessoais, até chegar à barraca erigida para abrigar a festança.

Lá, detém-se a observar Alice e outras moçoilas instalando uma vitrola diferente de todas que já viu. É uma espécie de cômoda cuja porta aberta exibe grande toca-discos capaz de produzir o som mais puro e mais potente que já ouviu. O hi-fi adquirido por Eva em sua última viagem à capital é a grande novidade, ainda não vista por muitos daqueles grã-finos.

Não demora muito e a criançada se faz presente, imitando a dança da patroinha e suas amigas que, com graciosos movimentos, vão ao embalo de Celly Campello e Ronnie Cord: "Banho de Lua", "Estúpido Cupido", "Broto Legal", "Biquíni de Bolinha Amarelinha"... Aquelas músicas praticamente inéditas e por ele nunca ouvidas, tocadas naquele aparelho tão potente, conquista os ouvidos do caboclo. Entretanto, pensando não ser aconselhável permanecer entre a petizada sob a pena de ser mal interpretado, logo vai em frente, na direção do barracão onde o cheiro de carne assada é convidativo e já começaram as rodadas de tira-gosto.

Lá, em altas nuvens, o patrão flutua diante da plateia especialmente qualificada para assuntos tão palpitantes como seus devaneios futurológicos. Afinal, a ouvir seus prognósticos para o breve tempo que já bate às portas da década em que vivem, estão pessoas bem diferentes dos pobres e ignorantes empregados da fazenda. Juízes, médicos, advogados, deputados, prefeitos, professores, dentre outros intelectuais, permanecem boquiabertos ante tanta perspicácia!

Num canto – a dividir uma mesa com alguns colegas prefeitos – vendo o pai monopolizando as atenções ao demonstrar seus saberes, recém-chegado ao grupo, Chiquinho se enche de orgulho. Naqueles momentos não há fios de bigode suficientes para satisfazer plenamente os dedos a percorrê-los rapidamente e com voracidade.

O velho coronel se desincumbe com muita habilidade diante daqueles senhores, convencendo plenamente pela maneira de se expressar:

– Nessa velocidade em que o mundo evolui não demorará muito para a gente ver coisas hoje inimagináveis – sua vaidade vai ao extremo.

– Hoje, por causa das dificuldades das longas distâncias, não existem telefones em muitas cidades. Mas eu já vejo o dia em que cada pessoa terá o seu aparelho, com o qual se comunicará das ruas, das fazendas, do meio do mato, da praia...

– Isso é impossível! – Admira-se o deputado Marinho. – Se existe no telefone um meio por onde a voz é levada, esse é o fio, que não poderá estar nesses lugares. E sem ele...

– Exatamente aí é que estará a novidade! – Entusiasma-se o anfitrião. – Os fios serão substituídos por satélites que estarão a orbitar a terra, e cada aparelho telefônico será uma espécie de rádio receptor/transmissor conectado a um deles, permitindo se comunicar de qualquer lugar. E olhe que eu ainda não estou falando dos computadores eletrônicos – hoje esses enormes e desajeitados trambolhos que só existem nas grandes corporações! Mas até eles diminuirão de tamanho para tornarem-se portáteis, permitindo a qualquer pessoa, que puder comprar um, usá-lo em sua casa.

– Não fale bobagens! – Incrédulo um dos advogados presentes o adverte. – Computador eletrônico é coisa tão complicada que só os técnicos em eletrônica são capazes de lidar com eles. E olhe lá se para isso não terão que ser engenheiros eletrônicos!

– Eu sinto muito ter de contrariá-lo – com empáfia, Chico Mineiro retruca. – Mas, segundo minhas informações, os computadores adquirirão o status de objeto pessoal, e serão usados com a mesma facilidade com que hoje as donas de casa lidam com os fogões a gás, por exemplo. E quem não souber manuseá-los será considerado analfabeto, e ficará alijado da vida social, porque tudo se fará por meio deles.

– Como assim? – Retruca outro ouvinte. – Duvido que eu vá precisar desse bicho pra viver!

– Pois se você estiver vivo até lá, e não souber apertar os botões dos computadores, não poderá movimentar a conta bancária, fazer compras em pegue-pagues, abastecer o carro... – O anfitrião vai enumerando as atividades que exigirão conhecimentos de informática no futuro, reduzindo os presentes a uma plateia de boquiabertos com sua capacidade de fantasiar.

E como ele diz tudo com extremada segurança, como se o que afirma fosse a coisa mais certa de acontecer, um dos presentes se anima em fazer a pergunta lógica: – Como o senhor tem tanta certeza do que diz? Qual a sua fonte de informação?

– Ora, meu caro! Não é difícil a gente perceber os rumos que o mundo está tomando – com cara de vitorioso o velho começa a dar pistas de onde busca informações. – Eu leio jornais e revistas, e ouço rádio. E eles estão sempre atualizando as notícias da grande revolução tecnológica por que passa o mundo, que já é uma realidade sem volta!

Aí o médico fazendeiro, vizinho da Santa Margarida, se anima a avalizar a prosa do amigo:

– Não é preciso bola de cristal para saber que a Ciência avança a passos rápidos como nunca se viu! Veja o que está acontecendo na minha área de conhecimento, por exemplo. Pelo estágio avançado das pesquisas, não passarão duas décadas sem que os cientistas criem as condições para a geração de um ser humano fora do ventre da mãe.

Os filhos de provetas em breve serão realidade! E a partir daí não haverá mais freio para a audácia dos médicos. O DNA, há algumas décadas descoberto, está prestes a mudar completamente o sentido da vida!

– Isso lá é verdade – temendo o amigo lhe roubar as atenções, Chico Mineiro, que já andou lendo artigos sobre o assunto, se apressa em se manifestar. – Esse tal DNA possibilitará aos cientistas criarem uma pessoa sem a intervenção de um pai e de uma mãe. A partir de qualquer célula dum indivíduo eles fabricarão outro ser humano. E posteriormente essa técnica possibilitará a formação de verdadeiros estoques de pessoas anencéfalas destinadas a fornecer órgãos para seus pacientes, como peças de reposição nessas lojas de autopeças.

Os presentes, exceto aqueles zonzos pelas cervejas já ingeridas – a quem já nada escandaliza –, estão boquiabertos com o que ouvem. Até Bano – caboclo simples e ignorante – agachado ali perto, disfarçando desatenção, mas de pescoço esticado e orelha em pé no papo dos grã-finos, pensa lá consigo: "Tá certo que o home tomô uns goró. Mais isso já é di mais. Arguém tem que dá um jeito dele pará de contá mintira!".

***

Após a sesta do almoço, à espera do jantar, muitos festeiros se divertiram em passeios pela fazenda, alguns ciceronizados pelos peões e suas famílias. E agora, que há algum tempo a noite já avança, arfados de tanto se empanturrarem, em maioria eles se aglomeram sob o lampião de gás aceso na barraca para o baile prestes a iniciar.

Chico Mineiro é sóbrio por natureza e sempre primou pela sensatez – sua característica mais marcante nas rodas de amigos. Mas só enquanto não bebe além da conta, o que em verdade nunca acontece. Mesmo sendo um dos grandes fabricantes artesanais de aguardente, reconhecido em toda a região onde vive, jamais perdeu a linha por causa da "mardita".

Hoje, porém, percebendo todos aqueles fidalgos atentos e admirados pelas coisas que diz, ele se entusiasmou a ponto de se permitir avançar na bebedeira. E mesmo sentindo na língua o amargor da cerveja quente, por os cubos de gelo já se terem derretidos, fugindo às suas características habituais, ele exagerou na dose.

Embriagado, perdeu a compostura e já não age como anfitrião, deixando a Chiquinho os esforços das honras aos convidados mais ilustres. A zonzeira provocada pelo excesso de álcool o fez permanecer no barracão, bebendo ainda mais e a dar vazão às suas ideias acerca do futuro.

Seus interlocutores – não mais de três ou quatro –, solidários na embriaguez, ainda assim se esmeram pela atenção ao que diz:

– Hoje ainda é escassa a quantidade de televisores disponíveis, e só nas casas de poucos abastados – com voz pastosa e língua enrolada a pronunciar as palavras com deficiente dicção, insiste em falar. – Mas a tendência é que em pouco tempo eles se tornem populares. E aí sim é que vamos experimentar a verdadeira revolução social!

A comunicação eletrônica exercerá um fascínio ditatorial sobre o povo, levando as pessoas à imitação de tudo o que assistir na televisão. Costumes, moda, jeito de falar, tudo sofrerá a influência dela, a exemplo do que hoje já acontece com as fotonovelas desses magazines periódicos que arrastam tantos jovens a imitar, principalmente, as vestes dos artistas.

Sem falar nos noticiários, que mostrarão os fatos exatamente como acontecerem, numa prontidão nunca antes vista!

Seus ouvintes – enfastiados pela ingestão de carne mal passada com cerveja quente – já diminuíram a atenção, sem, contudo, deixarem de ouvi-lo.

Enquanto ali reclusos eles deixam voar a imaginação, acolá na barraca de lona se reúnem os chegados ao rala-bucho para o baile prestes a começar.

As músicas preferidas para dançar não são mais o rock-and-roll, nem as baladas românticas da vitrola, tão apreciados pela juventude, mas o zumbido criado pelo gaiteiro acompanhado de pandeiro, tambor e violão, sem qualquer preocupação com ritmo ou melodia.

Improvisados como músicos, aqueles voluntariosos nada conseguem além de produzir anarquizada zoeira a agredir os ouvidos de qualquer iniciado em música, por mais rudimentar que seja o conhecimento. Mesmo assim servem para estimular afoitezas em muitos daqueles festeiros dispostos a gingar o esqueleto, realizando verdadeiras macaquices ao acompanhar os acordes – nada harmoniosos! – das pseudovaneras, xotes, arrasta-pés e forrós. Todos alheios às imperdoáveis máculas na execução daquelas melodias!

Após duas ou três seleções, mesmo a ouvir tantas músicas mal executadas, poucos são os passivos a ali permanecerem. Um deles é justamente Bano, em pé bem junto à pista de dança improvisada a presenciar o verdadeiro desnorteio daqueles casais desengonçados a requebrar, iludidos na pretensão de estarem encantando os expectadores.

O tempo passa e o matuto continua a se divertir com os corcovos de tantos daqueles teimosos em bailar. E em tais momentos a ele torna-se possível desanuviar o espírito tão abalado por seu vultoso drama pessoal.

Algumas daquelas jovens senhoras, em grande esforço para acertar o passo na dança deselegante que levam, guardam próximas semelhanças com sua mulher. Muitas delas, nalguns aspectos como o porte físico, os cabelos aloirados ou o jeito de se comportar o fazem recordar Amelinha. Mas, estranhamente e contra a sua mania dos últimos dias, ali o abandona a obstinação de buscá-la seja aonde for.

Ele não pensa. E aquele momentâneo enlevo proporciona a seu espírito abandonar suas aflitivas lembranças, por pouco tempo garantindo-lhe algum arremedo de paz.

Sua dormência emocional daquele momento jamais poderia lhe permitir a ciência dos cuidados a si dispensados pelas patroas. Eva, em considerável esforço para dissimular, divide sua atenção entre aquele estranho comportamento dele ali absorto e algumas olhadelas de relance sobre Chiquinho.

A patroa treme só de pensar que seu marido possa desvendar seu interesse pela figura de outro homem. Atordoada em sua insistente encasquetação, e apesar da certeza de tais pensamentos desmedidamente a estarem ruborizando, ela mesma não compreende suas razões para aquilo.

No entanto, seu marido permanece alheio a ela, aos dançarinos e a tudo o que não sejam seus ilustres interlocutores, com os quais tenta manter em alta a conversa. Tudo sem deixar de alisar com prazer o bigodinho cujos pelos, a duras penas, resistem aos puxões que recebem.

"O que será que Alice vê nesse xucro?" – lembrando a descabida boa querença da filha para com o matuto, ainda mais ela encasqueta. "Tanto interesse só pode mesmo ser uma ilusão passageira, pois os dois são tão diferentes um do outro, mais até que a água e o azeite que nunca se misturam!" – acaba se consolando. Certamente aquelas suas desconfianças jamais se realizarão, pois sua filha é ainda uma criança, e ao chegar à idade, certamente escolherá um namorado dentre tantos fidalgos à sua altura.

Já Alice, às turras com suas colegas de adolescência – nada mais fazendo que caçar defeitos nos que dançam –, por todos os meios tenta alhear-se a elas. Dividida entre atentar às tagarelices daquelas alcoviteiras e a figura do matuto disperso entre os festeiros, ela quase chega ao desespero.

No íntimo nada mais busca a moçoila que não seja a coragem capaz de frear o ímpeto daquele estranho desejo, pela primeira vez manifesto em sua vida. Na condição de donzela recém-saída da puberdade é-lhe impossível compreender aqueles estranhos pensamentos a perturbá-la, acompanhados do desejo de estar o mais próximo que puder daquele capiau; ou num lugar onde a ele seja possível enxergá-la em meio a tantas mexeriqueiras indiferentes ao que se lhe passa no íntimo.

Verdade é que, mesmo em detrimento das garotas e rapazes de mesma idade que a sua – de boas famílias com as quais a sua mantém relações –, e em contradita a seus pais, ela sempre privilegiou a convivência com os empregados. Amiga do magricela desde a infância, especial afinidade tem com o sujeitinho banguela – mesmo ele nunca passando de simples idiota sempre a diverti-la com a cara única e as bobagens que diz ou pratica.

Apesar de todas as restrições do pequeno mentecapto quando o assunto é a inteligência, até depois da infância, ela continua a ter pelo sujeitinho um sentimento sincero de amizade muito além dos interesses entre patrões e empregados. Agora mesmo só consegue abstrair-se da figura do matuto para se divertir como nunca ao vê-lo corcovear feito mula nova pela vez primeira atada aos arreios.

Repassando uma a uma as filhas e as mulheres dos ariscos peões quando o assunto é a dança, o magricela não perde uma música sequer. Narinas abertas muito além de escancaradas; suor escorrendo pelas faces; cabelos castanhos grudados ao rosto fino e cavado pela ausência dos dentes; gengivas totalmente à mostra como se estivesse a provocar; e camisa ensopada de suor grudada ao corpo... O banguela, mesmo franzino, feio e desajeitado, é o grande dançarino da noite, ainda que em sua cabeça desmiolada não caiba o perfeito entendimento das músicas que dança.

Entre um e outro corcovo, seus olhos relanceiam o matuto admirado por descobrir aquele seu lado pé-de-valsa. Então, vendo-se superior ao pretensioso arrogante que é o caboclo com quem labuta no dia-a-dia, ciente de a dança ser um assunto em que o sabichão está claramente em desvantagem, decide tripudiar sobre ele.

– Vê si mi ajuda cas muié, porque eu num tô dano conta de atendê todus pidido de dança – se engrandece num dos intervalos entre as seleções.

– Ocê vê si dança direito, que eu tô é cum dó das dama, de tanto ocê pisá nos pé delas! – Bano tenta arrefecer sua inútil arrogância.

– Si num tivesse gostano, elas parava de cunvidá!

– Elas só aceita dançá cuma vara seca cumo ocê é porque num tem ôtros cavalhêro. Essa é a tua sorte!

– Ocê num vê cumo eu tô suado? – O sujeitinho se vira a mostrar o próprio costado. – Num parei nenhuma moda inté agora. E ocê, quantas dançô? – E, agarrado à china com quem mais bailou até aquele momento, novamente sai saracoteando feito louco.

Ciente de sua desvantagem na comparação com aquele desdentado quando o assunto é a dança, para não dar tanta trela ao sujeitinho Bano decide se afastar. Porém, antes se depara coma uma menina sardenta, de idade não superior a uma dezena de primaveras, chamada Virgínia e moradora na fazenda.

Os olhos da criança estão fitos nele, pedintes, denunciando o desejo de se arriscar naquela coisa que vê os adultos fazerem demonstrando muito se divertirem. Vendo-a tão solícita, impensadamente o caboclo resolve fazer o que em toda vida jamais pretendeu. Sem palavras, e querendo esconder sua própria inabilidade para o que tenta fazer, toma-a pela mão a conduzi-la para o centro da barraca. Se até aquele sujeitinho "disdentado" está se dando bem, nada custa tentar!

Enquanto sua pequena dama leva muito a sério o bailado, a ele aquela é a oportunidade de, sem nenhum drama de consciência, experimentar o que nunca praticou na vida. Embora ciente do papelão que está a desempenhar, considera-se ali apenas um brinquedo para divertir a inocente criança.

E seu desconcerto com o que faz atrai mesmo muitas atenções. Tanto que, percebendo-o tão sem jeito a vagarosamente arrastar Virgínia em meio aos demais dançarinos, Alice se vê incomodada. E matutando lá consigo mesma, logo pensa poder ajudá-lo a se livrar daquele vexame que o estará fazendo envergonhado. Afinal, certamente a ele não será fácil suportar as chacotas de todos aqueles peões que amanhã não lhe darão trégua!

Pensando em evitar maiores constrangimentos ao matuto, ela aproveita um momento de distração das caboclas a formarem fila para dançar com Dito, agarrando o magricela pela cintura para arrastá-lo ao meio da barraca.

Sem importar com a cara de assombro do sujeitinho, vai levando-o para próximo de Bano e Virginia. E para desconsolo do pequeno banguela, já convencido de ser ele mesmo um grande dançarino – já que até a patroinha quis aprender com ele! –, logo ela o inteira do que a si mesma não é mais que grande descalabro: – Vamos trocar de pares: você dança com a Virginia e eu com o Bano.

– Isso num vai dá certo! – Surpreendido, logo o sujeitinho se contraria.

– Por que não?

– Ocê num vê que ele num sabe dançá cumo eu?

– Então estamos empatados, porque ela também não dança como eu.

E, desapontando o magricela por fazê-lo perder sua melhor dama da noite, toma a iniciativa de separar o par formado por Bano e a menina.

A primeira reação do matuto é a dúvida. Certamente a patroinha já percebeu sua falta de jeito quando o assunto é bailar. Mesmo assim, ela se mostra determinada, embora não esclareça as razões de sua inesperada atitude! E tamanha disposição por ela demonstrada não deixa ao caboclo outra opção que não seja aceder à intimação.

Ela sabe bailar como poucas, pois desde criança sempre foi adestrada pelo avô que nunca perdeu as oportunidades de ensiná-la. Sendo tão eficiente bailarina, seus movimentos obrigam-no a requebrar mais amiúde, fazendo-o acanhado diante dos festeiros observadores do autêntico disparate representado pelas atitudes dos dois.

Animada com o que já conseguiu, apesar do acanhamento dele por ser conduzido ao invés de conduzir, cercando todas as tentativas de desistência, ela trata de elevar-lhe a moral: – Você dança muito bem! – Mesmo sem convencer, o elogia.

– Ocê num sabe o que tá falano – ele é puro constrangimento. – Eu nunca dancei!

– Como não! E o que você fazia ainda há pouco?

– Aquilo num vale. Eu só tava brincano ca minina!

– Mas ela estava levando a sério, você não percebeu?

Ouvindo-a Bano se volta para observar a guria agarrada à cintura do magricela, tudo fazendo para acompanhar o ritmo do sujeitinho incapaz de se conter quando o assunto é a dança. Então se alegra por ela, pois, ainda que daquela forma mais estabanada, de que só mesmo aquele banguela é capaz, a criança está a aprender melhor que se estivesse consigo mesmo.

Alice certamente o estará considerando um "banana" – assim o caboclo considera. Não se justifica um varão na sua idade não saber dançar. E se dispondo a ensiná-lo, ela certamente corre o risco do ridículo perante suas amigas adolescentes, seu pai, sua mãe... Aquilo na certa lhe custará sérios aborrecimentos, quando tiver de explicar-se, principalmente à mãe.

Mas o mal já está feito. Então nada custa fazer a coisa certa: – Ocê pudia mi ensiná dançá de verdade – apesar de seu acanhamento ante tanto voluntarismo nela evidenciado, ainda assim, ele solicita.

– Tá bom – em mal contido gesto de alegria, ela se deixa iluminar. – Eu te ensino, mas você terá que se comportar como bom aprendiz!

– Eu prometo fazê de tudo!

Vendo-o aquiescente para com suas pretensões, sem delongas, ela se achega mais, envolvendo-o com um dos braços em torno do pescoço, ao mesmo tempo em que o anima a estreitar sua cintura, exatamente como fazem os rapazes nas brincadeiras dançantes no clube de Chicópolis.

Sem importar com as línguas maldizentes – das meninas-moças alcoviteiras, das caboclas da fazenda ou das madames amigas de sua mãe –, de corpo e espírito Alice se entrega àquilo que, ao mesmo tempo em que desconfortante, é extremamente prazeroso.

Quer ensinar àquele matuto o jeito certo de tratar uma mulher, dançando ou em qualquer circunstância, porque, ante tudo o que já percebeu, diante delas, nunca soube agir corretamente. E aquela é a oportunidade, ímpar, de a ele ensinar as etiquetas capazes de agradar a qualquer uma.

Comportamento adequado, a ela, parece ser a carência mais gritante do sujeito tosco que logo ao vê-lo pela primeira vez, ela descobriu. Porque virilidade e aparência das mais agradáveis são as principais peculiaridades nele evidenciadas.

Porém, mesmo soberbamente empenhada em alcançar sua meta, bem ciente está da possibilidade de a sua pretensão tornar-se inglória. Mas, esconjurando aqueles pensamentos, não se deixa levar por eles. Porque, doravante, sua mais escarpada tarefa para com aquele capiau deverá ser a eliminação daquele sotaque dos mais amatutados que ela já ouviu, além do vocabulário impossível a qualquer criatura minimamente alfabetizada.

Aquelas palavras tão rudimentares por ele usadas, deixam a impressão de serem criadas a cada momento em que abre boca para pronunciá-las, tal o ineditismo de tantas expressões incompreensíveis com que ao manifestar seus pensamentos o caboclo sempre a surpreende. Ainda assim, levando em conta os resultados a que poderá chegar, os ânimos dela se fazem inabaláveis.

Certamente a mulher dele será uma songamonga da pior espécie e, por isso, não haveria motivos para ele melhorar seu comportamento. Mas tendo-o já em boa consideração, como até hoje a poucos teve, anseia por fazê-lo um homem parecido aos de sua convivência, mesmo que para aquilo seja necessário desconsiderar sua individualidade.

E para cumprir aquela missão a si mesma imposta é preciso com nada ali se importar, nem com o incômodo de Eva cujo rosto ela percebe ruborizado diante de suas amigas já cochichantes acerca do que veem.

Bano definitivamente não tem a menor familiaridade com a dança. Por isso, ante todo aquele empenho da patroinha em fazê-lo bailar como se deve, ele se põe cada vez mais tímido. Então, percebendo sua desconcertante falta de jeito, para libertá-lo do incômodo, ela já começa a considerar a necessidade da desistência.

Porém, apreciando as sensações causadas pelo vigor daqueles toques sem jeito, e fortemente segura pela cintura e por uma das mãos, prefere continuar abraçada a se mover vagarosamente, ignorando o ritmo da música que aos dois já para nada serve. Menos ainda se importa com os olhares maliciosos de quem quer que seja.

Eva, cada vez mais envergonhada com o que vê, pensa em interpelar os dois para que, querendo dançar, ao menos acompanhem o ritmo, equiparando-se aos demais pares. No entanto, temendo a reação do matuto, que certamente causar-lhe-á um mico ainda maior, permanece quieta e desconsolada, tentando desviar a atenção das amigas – tarefa nada fácil àquela altura dos acontecimentos.

E enquanto a mãe é puro desconforto por ver a dança de Alice com o empregado diante de todos os convidados – expondo a família a irreparável ridículo! – Chiquinho se comporta indiferente ao que entre elas está a acontecer. As horas avançam; o barulho não arrefece e os gritos da criançada se elevam na permissividade raramente a elas concedida.

Já que Chico Mineiro sucumbiu à momentânea falta de dignidade causada pela bebedeira, o homenzinho pretensioso se esforça para agradar aos ilustres convivas a brindarem sua família com suas prestimosas presenças. Mas apenas os vê bocejar desinteressados em qualquer assunto que ele venha a levantar, pois, aqueles respeitáveis senhores não estão habituados às noitadas até o amanhecer, e já entregam os pontos.

***

Enquanto na barraca, em suas mal ajambradas exibições os bailarins se deliciam, cá no galpão onde ainda é possível regalar-se com o que restou do churrasco, continua o anfitrião e seus parcos interlocutores, cada vez mais bêbados de vinho e cerveja quentes. Emborrachados como nunca estiveram na vida, fugindo às suas ordinárias práticas, aqueles ilustres cidadãos entregam-se a intermináveis controvérsias, cada qual procurando à força convencer os demais a respeito de suas ideias. Teimosos, numa situação típica de quando bêbados se encontram, nenhum deles quer perder o debate.

Suas línguas, pesadas ao extremo, se esforçam para articular as palavras. Mesmo assim as frases já não são intelectivamente elaboradas e os vocábulos quase ininteligíveis. Mas ainda é possível compreender os enunciados:

– Eu já disse que as famílias praticamente não existirão mais? – Chico Mineiro despende quase tudo do que ainda lhe sobra de inteligência para completar seu pensamento.

– Então cê quer dizer que a população vai acabar... – Inconformado com aquele quadro impossível por ele pintado para representar a sociedade do futuro, mesmo bêbado feito gambá, o advogado que lhe presta serviços o contraria. – Porque sem famílias não vai mais nascer crianças!

– Crianças vão nascer! – O anfitrião se faz ainda mais teimoso. – Elas só não terão pais e mães casados e residindo na mesma casa, como hoje. Casamentos vitalícios não mais existirão, porque marido e mulher o serão apenas no nome.

– Com isso eu não posso concordar – horrorizado com aquela visão acerca do que considera a total decadência da moral, outro deles intervém. – Você está dizendo que as moças todas não serão mais que mulheres-damas, dando-se a qualquer um sem nenhum compromisso?

– Não é isso o que eu estou falando – em desmedido esforço para pronunciar as palavras sem interrupções, o coronel tenta se explicar. – O que estou dizendo é que a televisão...

– Ah! A televisão... – Ironiza o interlocutor. – Quer dizer que a televisão vai elaborar leis em lugar dos poderes constituídos?

– Ela não fará leis – Sem perceber que ele mesmo, dado o estado de embriaguez, se comporta do mesmo jeito, já perdendo as estribeiras com tanta teimosia Chico Mineiro irrita-se ao defender o seu ponto de vista. – Mas o povo de cabeça fraca irá imitar a tudo o que ver nas telenovelas. E as novelas, a pretexto da evolução nos costumes, destruirão as famílias. Sem falar nos políticos feitos esse Nelson Carneiro e sua obsessão pelo divórcio e a igualdade de direitos entre homens e mulheres.

– São causas destinadas ao fracasso! – Seu advogado se indigna ainda mais, elevando a tensão, e por isso conseguindo pronunciar as palavras sem interrupções. – As mulheres não têm cabeça para exercer direitos iguais aos dos homens. Além disso, não podemos esquecer que um dos princípios fundamentais da vida em sociedade é o de que a cada direito corresponde um dever. E eu quero ver se elas suportarão os deveres dos homens, como sustentar a família, por exemplo...

Certo de que ganhará a discussão, embora lutando com a zonzeira ainda a lhe atravancar a sobriedade, Chico Mineiro se convence da necessidade de trocar de advogado, porque aquele ali tem o pensamento muito limitado!

– Doutor, o senhor me desculpe a arrogância, mas essas coisas não acontecerão assim num triz, da noite para o dia, mas paulatinamente. Eu não sei se você sabe, mas na Europa e na América do Norte já existem movimentos feministas lutando pela "libertação" da mulher.

Por aqui esses milicos que estão no poder, por enquanto conseguirão abafar a ânsia delas. Mas as ideias do movimento já estão entre nós, e fatalmente se estabelecerá por aqui. É só uma questão de tempo!

– Pois eu só quero ver é minha mulher mandar em mim...

– Claro que, pelo que eu sei da tua mulher, ela não mudará seu proceder de modo tão repentino, nem nenhuma das que eu conheço. Mas elas – assim como eu e você que não temos poder político, mas dispomos de representantes na política – se valerão de mulheres líderes que irão à frente, abrindo o caminho para todas.

E eu volto a insistir: a mídia eletrônica, mais especificamente a televisão, será a instigadora de tudo. Ela irá contagiando gradativamente, sem escancarar de vez suas intenções!

Cê quer saber? Quando as mulheres saírem a campo em luta pela sobrevivência, exatamente como os homens de hoje, a família como atualmente conhecemos deixará de existir. Porque filhos sem a mãe no lar é a desgraça! E a delinquência juvenil consequente do uso das drogas será o primeiro desafio a enfrentar.

Depois virão os abandonos e as expulsões de casa, porque os pais não suportarão os atrevimentos dos filhos. Sabe? Haverá um dia em que o comportamento dos filhos se equiparará ao de seus pais, desaparecendo o respeito entre eles, anulando a autoridade dos genitores sobre seus rebentos.

Será o começo da anarquia! Sem falar que os pobres seres humanos que vierem a nascer nessa época não terão mais, como hoje, uma referência masculina, se homem, ou feminina, se mulher. Será comum a existência de famílias onde as crianças serão filhos ou filhas dos ex-maridos ou ex-mulheres, vivendo precariamente sob a tutela de padrastos ou madrastas nem sempre comprometidos com suas educações. Lamentavelmente será o fim da família e o início da degradação da sociedade.

Ao terminar o discurso em que se esforçou ao extremo pela articulação das palavras, Chico Mineiro percebe que fala a si mesmo, porque seus companheiros sucumbiram ao sono, debruçados sobre a mesa a roncar. Então, deixando-os como estão, cambaleante e apoiando-se nas paredes o velho coronel vai para o interior da moradia, sem perceber que alguns dançarinos ainda teimam em bailar.

***

Logo ao despontar sobre o horizonte, mais o sol embeleza a natureza com seus raios ainda amenos a iluminar os montes cobertos da grama orvalhada, onde mansamente pasta o gado. Tendo dormido menos de duas horas, desde o primeiro clarão do amanhecer Bano está outra vez de pé a percorrer os arredores da casa dos patrões, buscando corrigir o que não estiver corretamente ordenado.

O clima de festa, ainda pairando no ar, proporciona-lhe atípica sensação de leveza, o que há algum tempo ele não experimentava. "Ocê agora deu inté pra dançá, né?" – recordando sua acessão aos desejos da patroinha naquele incomum desembaraço da noite anterior, a si mesmo, resmunga. "Inté que num foi rúim!" – pensando na cena presenciada pelos festeiros, agora se delicia. "Essa tar de Alice é memo uma doida!" – à recordação do que fizeram, ele se diverte.

Àquela hora da manhã, apesar dos recentes acontecimentos, a fazenda é puro silêncio. O marasmo ora reinante só se altera pelo cacarejar das aves domésticas, o mugir do gado e o cantar dos pássaros. Todos, desde os patrões até os empregados, passando pelos convidados que lá permaneceram, curtem a ressaca da festança resistente até quase o raiar do dia.

A única exceção é justamente Alice que, contrariando o próprio hábito, naquele domingo decidiu levantar bem cedo, se ausentando em leve movimento para não despertar as amigas com quem dividiu o quarto.

Na memória da garota ainda estão frescas as sensações de quando, abraçada ao matuto, ela se movia com todo vagar pela barraca onde os demais pares eram bem mais espalhafatosos. Ainda não sabe explicar aquelas perturbações a excitar seu espírito, coisas que antes nunca sentiu. Nem a severa repreensão recebida da mãe ao se recolher a inquieta tanto como aquelas recordações de algo tão recente que parece ainda estar vivendo.

Evidentemente, sendo um homem casado, Bano jamais saberá daqueles enlevos capazes de levá-la à presente inquietação acerca das possibilidades de novamente os dois estarem tão próximos um do outro como na noite que, em pensamento, ela ainda vive.

Além do mais, sendo totalmente descabidas, aquelas estranhezas insistentes em perturbá-la precisam ficar enterradas no mais profundo de seu inconsciente, sem nunca aflorar. Por isso, ao vê-lo perambulando pela fazenda, logo pensa em se refugiar no interior da residência, porque é preciso colocar as coisas em seus devidos lugares.

"Ele que cuide de seus afazeres e me deixe em paz" – mesmo aquele pensamento não passando de algo íntimo seu, sem qualquer ingerência da parte dele, lá consigo mesma ela resmunga.

Entretanto, contrariando o próprio querer, e sem perceber o que faz, acaba chegando à tulha onde agora está a examinar o velho motor estacionário, enterrado e coberto de poeira umedecida de lubrificante. E, graças ao que vê, pode justificar sua aproximação: "Será que ele tem o mesmo interesse que eu na recuperação desse velho motor?".

– O que você está pensando em fazer com ele? – Tentando demonstrar indiferença – como convém ao relacionamento entre patroa e empregado – ela o desperta do devaneio.

Por seu lado, descobrindo-a ali tão perto, embora intimamente extasiado com tanta formosura, procura dissimular. Em sua despretensiosa beleza, ela está simplesmente exuberante, coisa a que, naqueles tempos em que está longe de Amelinha, ele está desabituado.

A aparência dela não denuncia o menor resquício da noite passada em claro. Os cabelos, ainda não completamente secos após o banho matinal, formam belos caracóis castanho-amarelados. Usa bermuda de brim azul chegando bem baixo nas coxas, permitindo que se veja a meia-calça preta em forma de rede com malhas de um centímetro, realçando a beleza das pernas bem feitas. Nos pés, tênis floridos chegando aos tornozelos; e blusa tomara-que-caia em crochê na tonalidade vermelho-claro, deixando à mostra os delicados ombros e os contornos do busto proporcionalmente perfeito em relação ao corpo.

– Ah! Ocê já tá acordada? – Ele procura disfarçar a admiração pela arrebatadora figura que tem diante dos olhos.

– Eu não consegui dormir direito – fingindo displicência, ela explica. – Parece que todo o barulho da festa ainda está dentro da cabeça – diz, inconscientemente querendo lembrá-lo dos acontecimentos vivenciados pelos dois na noite que apenas acaba de se esvair.

– Eu tô é pensano num jeito de fazê esse motor funcioná – considerando ser aquela a melhor escapatória de possíveis desnecessárias complicações, dá prosseguimento à prosa por ela iniciada. – Será que eu posso?

– Sim, pode – apressadamente, ela responde. – Eu só não sei como você vai conseguir, porque ele está aí há tanto tempo que acho impossível voltar a funcionar.

– Si eu pudé mexê nele, eu vô tentá.

– Eu já disse que pode!

– Mais o teu vô num vai achá rúim?

– Meu avô nem sabe que ele ainda existe!

Logo em sua primeira chegada à fazenda, além do velho motor estacionário, Bano descobriu um pé-de-bode abandonado, tão velho que mais parecia um esqueleto, apodrecendo no pasto e servindo de poleiro. A partir de então, aficionado por carros que é, o caboclo encasquetou com a possibilidade de ressuscitá-lo para fazê-lo novamente andar. E agora pensa num jeito de juntar o motor com o que resta do carro, para construir um novo veículo.

Procurando fugir ao desejo de continuar se deliciando com a garbosa figura que tem à frente a atrair seu olhar feito ímã dos mais potentes, ele se apressa em transpor a cerca de arame na direção do carro abandonado.

"Ele é mesmo um sujeito mal-educado!" – seguindo-o contrariada pela falta de jeito percebida, ela se dá a pensar. – "Custava me convidar?".

As únicas peças aproveitáveis no pé-de-bode, além do chassi, são os eixos, embora faltem as rodas e os pneus. O resto está corroído pela ferrugem acumulada em mais de uma década de abandono.

Lá chegando, Alice fica a observá-lo centrado naqueles ferros apodrecidos como quem ache possível uma restauração. Ele examina pedaços da lataria para em seguida jogá-los fora, depois os restos dum pneu, parafusos de várias bitolas, pedaços dos bancos...

– O que você está pensando em fazer com esses cacos? – Ela é pura curiosidade.

– Inda num sei si vô consiguí, mais quero fazê um carro pra aposentá a junta de boi do Dito.

– Isso será impossível! – Ela adverte. – Esse carro foi abandonado aí há muito tempo, desde quando eu ainda era criança. Na primeira infância eu gostava de embarcar nele toda vez que meu avô ia à cidade; até que um dia ele comprou um jipe novo e aposentou o pobre.

A ela será uma luta inglória a tentativa de restauração por ele pretendida. E, incrédula, logo começa a enumerar os obstáculos intransponíveis para a ressuscitação do velho carro.

Entretanto, ele está determinado, e, de repente, ao se referir àquilo que por várias razões a ela causa desconforto, começa a mexer com as lembranças mais indesejáveis dela:

– O que qui ocêis fizero ca caminhoneta que ocê jogô no rio?

– Por que isso agora? – Ela não consegue disfarçar seu desconcerto.

– Purque si num tiraro ela de lá, eu posso aproveitá.

– Você está se mostrando é um belo presunçoso! Acha que meu pai abandonaria o carro de que mais gosta? Já no dia seguinte, enquanto nós íamos atrás da tua mulher, meu avô a tirou do rio e levou para a oficina. Ela ficou totalmente restaurada e agora está na garagem lá em casa.

– E aquelas roda de charreti que eu usei pra carregá ocê, tamém tiraro do rio? – Ele torna a insistir num meio de conseguir peças para o que pretende fazer com aqueles cacos do pé-de-bode.

– Não! Eu nunca mais fui atrás delas, que continuam abandonadas, penso que lá no fundo do rio onde a deixamos. – Apesar de receosa a pressentir novos embaraços, ainda assim, ela aprecia o interesse naquela engenhoca que ele mesmo construiu.

Além de muitos sofridos, aqueles incidentes contribuíram para que agora, toda vez que venha à fazenda ela se obrigue a deparar com ele a lhe causar a atípica mistura de alegria com desconforto por sua presença, ainda que daquilo ela mesma ignore as razões.

E, não conseguindo conter a curiosidade, se apressa em constatar o que já lhe parece óbvio: – Você não está pensando em tirar do fundo do rio aquela... Aquele... Aquele veículo estranho. Está?

– Uai, pur que não? Se ele fô serví pra fazê o carro...

– Você está é se revelando mais doido do que eu pensei! – Procurando disfarçar sua excitação causada por aquele assunto, ela logo reage à ideia que, apesar de extravagante lhe soa agradável. Afinal, se existe coisa de que goste na vida aquilo é inventar moda.

– Ué, si eu vô pricisá de roda e peneu, e êis tão lá, num custa í buscá!

Diante daquele assunto ao mesmo tempo estimulante e perigoso, ela titubeia. Contudo, mesmo pensando nos contratempos a que poderá se expor, não consegue ficar indiferente: – Eu só te dou aqueles eixos se você me levar junto quando for recuperá-los – blefa, mal conseguindo camuflar o gosto que a traquinice lhe proporcionaria.

– Cumo que ocê qué í, si inda hoje vai imbora?

– Eu dou um jeito de ficar por aqui. Estou de férias no colégio e posso passar uns dias aqui na fazenda.

– Intão vamo!

– Não!... – Em eufórico sorriso, ela se deixa iluminar. – Espera um pouco! Eu tenho que falar com minha mãe. E o Dito tem que ir junto!

– Ele de novo?... – Bano se contraria com a possibilidade de o sujeitinho novamente acompanhá-los. – Ele só faiz cunfusão! ...Nessas hora é bão ele num í.

– Se ele não for, tenho certeza que minha mãe também não me deixará ir – ela tenta convencê-lo.

– Tá bão! Intão fala ca tua mãe que eu vô chamá ele.

***

Ainda antes de Eva deixar o leito, Alice tanto se dá a aporrinhá-la até obter a permissão para embarcar em mais uma lambança dos dois cabeças-de-vento – como, ao ver as trapalhadas de que Dito e Bano são capazes, ela mesma costuma chamá-los.

Depois se dirige ao avô que, ainda sonolento, amarga tão persistente dor de cabeça causada pela bebedeira fora de costume. Amargando sua ressaca, e querendo logo se livrar do incômodo, o coronel acaba autorizando a utilização de sua picape como carro de reboque.

Duas horas mais tarde, acompanhada dos dois, a moleca irrequieta já está à beira do rio onde um dia, não tão distante, despencou grudada àquela geringonça construída pelo matuto que ainda não conhecia, e de lá pensou não sair viva.

E hoje, atenta aos prenúncios evidenciados pelos telhudos a quem faz companhia, ela já vislumbra os problemas que se obrigará a solucionar. Porque, cumprindo seus habituais procedimentos, os dois logo iniciam seu costumeiro bate-boca para decidir quem mergulhará a preparar a engenhoca para o içamento.

– Eu num vô si moiá nessa água fria – instado a entrar no rio, imediatamente o magricela se recusa.

– Ocê pricisa entrá, purque eu tenho que controlá a discida – Bano insiste.

– Ah é? E pur que qui eu memo num posso fazê isso?

– Purque ocê é mais fraco e num vai guentá o meu peso – esforçando para manter os ânimos serenados Bano explica.

– Isso é cunversa mole! – O magricela insiste na recusa. – Ocê tá é cum medo de si moiá e fica inventano história. Num pricisa ninguém sigurá ninguém.

– Ora seu muleque! Ocê num tá veno a correnteza? – Diante da teimosia não houve como manter a calma. – Quem entrá aí sem uma corda pa sigurá, vai rodá é muitas légua rio abaxo!

– Se os dois ficarem brigando eu é que vou entrar na água – para dar fim à discussão, começando descalçar-se Alice intervém. Diante de tamanha determinação da parte de quem menos se esperava, até a um ser tão fraco do pensamento como o magricela, não houve como permanecer indiferente.

Vendo-a tão resoluta, permitindo que vejam seu físico seco como o de um faquir, escancarando as costelas – verdadeiras ripas desprovidas de músculos –, o sujeitinho se apressa em se despir da camisa para logo se amarrar numa das pontas da corda.

– Ocê enche bem os purmão de ar pra guentá pelo menos uns trêis minuto – enquanto com uma das mãos o sujeitinho se agarra à vegetação do barranco, tapando com a outra o nariz mesmo antes de mergulhar, Bano aconselha. – Si tivé em pirigo, dá um puxão na corda que eu trago ocê pra cima.

Dito, definitivamente, é um desastrado quando dele são exigidos cuidados especiais. Além das debilidades físicas, nas necessidades de pensar e agir com prontidão sua deficiente cachola logo entra em colapso. E na mesma proporção que as dificuldades aumentam, os parcos neurônios ainda existentes em seu cérebro falem, acentuando ainda mais suas notórias incapacidades de pensar.

Tão logo a água corrente – fria por ser ainda muito cedo – lhe toca os pés, corcoveando igual cabrito novo evitando se molhar, num salto violento o magricela reage. Com isso, ele cria dificuldades a Bano, por obrigar o matuto ao descomunal esforço de evitar que seja levado pelo rio. Porque na posição em que está, ainda que seu porte físico seja diminuto, seu peso é potencializado pela tração da água corrente.

Vendo estabelecida a confusão, e recordando sua própria tragédia vivida naquele mesmo lugar, Alice entra em pânico. E a memória do acidente de que ali foi vítima inibe sua habitual impetuosidade que sempre a leva a agir antes de pensar.

Estática, ela só consegue se agarrar a uma árvore, sentindo os pés como se estivessem presos ao chão. E só reage ao estupor depois de Bano laçar com a corda um tronco de pinheiro próximo à barranca do rio, mantendo o magricela definitivamente seguro.

Depois ela vê o matuto pular na água, deixando-se levar por uns cinco metros, até onde o sujeitinho desastrado está a se debater, várias vezes submergindo e retornando à superfície, porque apesar da proximidade da margem o banguela não tem forças para sair do rio.

– Ocê é memo um pamonha! – Bano esbraveja, sem perceber inócua a sua bronca, pois o magricela já não o ouve, nem respira. Lutando contra a correnteza o sujeitinho só fez engolir enorme quantidade d'água.

Vendo seu pequeno camarada estendido no chão e abandonado à própria sorte, um choque de realidade faz Alice reagir à paralisia para correr a reanimá-lo. É preciso agir com rapidez, porque o sujeitinho manifesta todos os sintomas dum afogado prestes a morrer. E diante de sua perda da consciência, ela se obriga a fazer o que jamais pensou pôr em prática.

"Bem que ele podia ter todos os dentes!" – ela quase se deixa ouvir. E já se impõe penitência porque, mesmo numa situação como aquela, se descobre em considerações acerca da falta de zelo e de estética daquela boca murcha onde nada mais existe que parcos meios-dentes e aquelas gengivas tão horríveis como iguais, ela nunca viu.

Na boca, além das gengivas, nada mais existe que a língua mais branca que vermelha, e duas a três lascas de dentes pra lá de careadas. Contudo, a urgência em reavivar o sujeitinho a anima a superar o nojo para praticar tudo o que já ouviu a respeito dos primeiros socorros a um afogado.

Bano, matuto extremamente ignorante em muitos assuntos, nada entende daqueles procedimentos por ela realizados. E nem desconfiando que o sujeitinho esteja afogado, o caboclo fica intrigado com o beijo dos dois, pensando ser aquela uma forma carinhosa de a patroinha consolar o magricela pelo seu soçobro. Então, negando-se a presenciar o que considera tamanha desfaçatez, logo se empenha em admoestar Alice a deixar o que está fazendo:

– Já chega de tanto chamego – a intima a abandonar aquela "sem-vergonhage". – Esse tarzinho, memo num pareceno, é malandro! E é bem capáiz de gostá da brincadêra!

– Você agora quer ser responsável por uma morte? – Num dos intervalos do exercício, ela o ameaça.

– Morte?! Di quem? – O matuto se admira.

– Você não consegue perceber a gravidade do que está acontecendo? – Ignorando o banguela já reanimado a expelir água pela boca, ela fita o matuto num olhar de pura indignação por tanta insensibilidade. – Não vê que ele está afogado?

Mas a constatação do estado de consciência, ainda que parcial, do acidentado serve apenas para consolidar em Bano a desconfiança de que aquele sujeitinho e a patroinha estão mesmo é de safadeza.

Aproximando-se dos dois, o caboclo descobre o mais deselegante sorriso de que o pequeno mentecapto já foi capaz. E, desconsiderando que mesmo nas piores circunstâncias, ainda que seu sorriso seja o mais desgraçado do mundo, a reação primeira daquele banguela é escancarar aquela boca murcha e horrível, fica com sua própria versão dos fatos.

Consequentemente ao que percebeu, na cabeça do matuto se consolida a certeza de que entre o banguela e a patroinha existe de fato um namoro. E aquilo dever ser caso já antigo!

Por isso, contrariado pelo que acaba de descobrir, logo se afasta, mal conseguindo ocultar suas restrições ao que jamais imaginou acontecer desde que conheceu os dois. "Pricisava fazê isso na minha frente?" – Consigo mesmo vai resmungando. "E inda por cima dizê que o malandrin tava afogado? Ah, isso já é demais!"

– Num quero falá disso – reage com aspereza quando Alice, vislumbrando o que se lhe estará a passar na cabeça, tenta explicar o que fez. E até o regresso à fazenda permanece sisudo, contrariado por descobrir que Dito não é tão inocentemente simplório como ele pensava, e que a patroinha não é assim tão criança como a considerou desde que a conheceu.

***

Alice mal consegue perceber as reações de Bano ao contemplar os materiais de que já dispõe para a fabricação do "carro" que pretende. Chegando à fazenda, suas amigas que ainda não regressaram à cidade, vêm zombeteiras ao seu encontro, deixando-a puro embaraço ante os olhares maliciosos de quem não perde oportunidades de futricar, notadamente quando o assunto é daquela natureza.

– Onde já se viu? – A demonstrar acanhação logo ela reage àquelas insinuações acerca de seu possível interesse no matuto. – Eu só fui de motorista para os dois. E eu jamais me engraçaria com um homem casado, e, além de tudo, xucro como ele é!

***

Incapaz de conter sua curiosidade acerca das pretensões do matuto para com aqueles cacarecos imprestáveis que ele fez loucuras para tirar do rio, e apesar de ainda avariado pelo afogamento que sofreu, por algum tempo vendo o caboclo lidar com seu pretendido invento, Dito manteve todos os sentidos em alerta. Mas só ficou completamente certo das intenções do pretensioso ao vê-lo medindo os tamanhos do chassi do pé-de-bode e dos eixos de charrete que acabou resgatando do rio.

– Agora ocê deu inté pra sê mecânicu?! – Mesmo receando torta reação, certo dia se animou em provocar.

– Mecânicu não sinhor; fabricante de carro! – Ante o meio-riso acrescido da surpresa do desdentado pelo que acabava de saber, aquela cara mais indefinida de que o sujeitinho já foi capaz fez o matuto sentir-se triunfante.

E como cientista em início de pesquisa, a partir daquele dia o caboclo esmerou-se por dedicar todas as oportunidades que surgissem para levar adiante o projeto do calhambeque.

Agora, todo tempo ocioso de suas atividades no alambique, ele utiliza para analisar as peças que já tem à disposição. E o magricela, mesmo atribuindo-lhe a alcunha de sonhador, se mantém de olhos e ouvidos bem atentos a tudo que o vê fazer.

Na cabeça do sujeitinho fraco dos miolos não cabe qualquer engenhosidade do matuto capaz de levá-lo a fazer o que se propõe. Por isso o pequeno banguela só faz atormentar o pretensioso com o argumento da inutilidade da perda de tempo. Na débil imaginação do pequeno desmiolado jamais caberá o caboclo conseguindo fabricar um carro capaz de se mover ainda que só um metro.

Mas – como, grosso modo, arrotava certo perverso nazista e muitos gostam de repetir –, "a mentira tantas vezes repetida acaba virando verdade". E aquele tem sido o caso da teimosia de Bano. Seu entusiasmo é tão grande que acabou por contaminar o magricela, notadamente quando o sujeitinho viu o projeto ganhando forma nas peças alinhadas que o pretensioso já tem separadas daquelas descartáveis.

E ante tanta perspicácia do caboclo, agora o pequeno banguela também perde tempo do descanso a observar tudo o que o vê fazer. Até que, sem perceber, começa a ajudá-lo, carregando material e improvisando ferramentas, ao ponto de se tornar um auxiliar de grande valia. E sem medir esforços os dois acabaram acarreando ao barracão tudo o que é necessário à montagem do veículo pretendido: chassi, câmbio, eixos, direção...

Agora é a vez de Bano despender horas procurando um meio eficaz de juntar as peças para dar corpo ao carro. Pensa; sonda; volta a pensar; coça a cabeça. Em tudo observado pelo magricela, intrigado sobre quanto ele medita, embora desencorajado para indagar o que o impede de ir adiante.

Sem pressa o matuto abaixa a cabeça sobre o chassi, confere o alinhamento, pega parafusos e observa suas bitolas; realiza descomunal esforço para colocar os eixos no chassi e apertar as rodas... Depois desmancha tudo, voltando ao ponto zero, com isso excitando os nervos do magricela inconformado com aqueles retrocessos.

– Que qui ocê tá fazeno? – Enfim, o sujeitinho não mais se contém. – Ansim ocê nunca vai acabá!

– Fica quéto que ocê num intende nada – absorto a trabalhar Bano reage. – Num vê que eu tô pranejano o que fazê?

E, ao contrário do que quer o magricela, levará ainda alguns dias no planejamento, até porque só pode se dedicar àquele mister nas horas de folga do trabalho no alambique.

***

Se Bano tivesse notícia do pandemônio que sua invenção provocaria quando os caboclos da fazenda e suas famílias dela tomassem conhecimento, jamais se atreveria a efetivá-la.

Aquelas pessoas vivem no limite da simplicidade da vida rural, isoladas de tudo o que diga respeito a qualquer tipo de progresso, mesmo o mais rudimentar. De veículos motorizados aquelas mulheres e crianças só conhecem mesmo os carros utilizados pelos patrões em suas idas à fazenda, ou algum outro que esporadicamente por lá apareça, mesmo assim nunca em algum deles tendo embarcado.

Dentre aqueles caboclos, o único a ter alguma familiaridade com automóveis é o magricela, que já há algum tempo tem rodado com Chico Mineiro por aquelas estradas, e tendo aprendido manobrá-los conseguiu sua carteira de habilitação, ganhando por isso a confiança do patrão naquela atividade.

Aquelas foram as causas do alvoroço de quando as pobres criaturas lá habitantes ouviram os primeiros roncos do motor estacionário adaptado para tracionar o monstrengo que os fabricantes ousam chamar de carro.

Chico Mineiro está na fazenda para apartar o lote de bois que pretende vender. Alice e Eva – como vêm fazendo há algum tempo – não perderam a oportunidade de acompanhá-lo.

Fiel a seu costume, Alice logo procura se acercar dos dois inventores de moda – como sempre faz desde quando presenciou os primeiros passos do matuto na montagem do seu carro. Considerando-se parceira naquela indústria, desde que viu o veículo ganhando forma, a moleca se converteu na maior entusiasta do empreendimento. E, querendo evitar que o projeto perdesse em continuidade, esteve sempre disposta a prover os meios materiais de que os dois precisassem para ir adiante.

Hoje, vendo concluída a construção da engenhoca, ela roubou gasolina do carro do avô, e ajuntou quantidade suficiente de óleo lubrificante substituído nos carros da família e descartado na fazenda – insumos necessários ao teste do motor. Agora, enquanto Bano se desdobra no esforço de girar a manivela, ela fica a assistir o magricela na boleia tudo fazendo para o motor não morrer logo que inicie o funcionamento.

O resultado de tanto empenho são os grandes solavancos, seguidos da fumaça azul lançada pelo escapamento no toque-toque que repentinamente se inicia, ao mesmo tempo provocando euforia e medo nos três arteiros.

Os demais moradores da fazenda, sempre ocupados em seus afazeres, e dispersos de tudo que não afete diretamente suas rotinas, nunca se empenharam em descobrir o que realmente os dois "inventores" estivessem a fazer. A todos estava bem claro que lá no paiol o matuto e o magricela tentavam construir um novo carro-de-boi para ampliar a capacidade de transporte de cana do canavial ao alambique.

Consecutivamente a tanta displicência, hoje, tão logo iniciado aquele ronco pra lá de esquisito, grande alvoroço se estabeleceu entre todos aqueles desavisados de que coisa muito superior a simples meio de transporte estivesse sendo fabricada.

Surpreendidos por tão aterrorizante ribombar, desnorteados todos saem a correr, uns para perto do monstro na tentativa de contra-atacar, e a maioria para longe, não havendo cerca capaz de conter a avalanche de gente a fugir.

É bem verdade que outrora, tracionando o triturador de ração, aquele motor já funcionara ali mesmo na fazenda. Mas o tempo em que ficou silenciado fez com que, mesmo os que já o tivessem ouvido antes, tivessem-no também esquecido. Sem falar nas crianças que nem sabiam a que prestava aquela coisa incompreensível abandonada no paiol.

Verdade é que alguns daqueles caboclos ainda rapazotes, ouvindo o ronco tão assustador produzido pelo monstro, mas junto dele os três arteiros vitoriosos, logo perceberam aquilo tratar-se de algo planejado e querido por eles. Mas ainda assim outros continuam arredios, demonstrando desconfiança para com o bicho capaz de meter-lhes tanto medo.

– É o diabo! – Desconfia um dos mais medrosos.

– Não! É o inferno intêro – completa um terceiro.

– É o Saci; a Mula sem cabeça; o Caipora... – Eles vão enumerando todas as assombrações que conhecem para dar nome à coisa.

Nem Sá Bina estava completamente inteirada do que os dois faziam em suas horas de descanso do trabalho no alambique, considerando mera brincadeira aquilo em que tanto se ocupavam. Fraca pela idade avançada e de pulmões comprometidos pelos longos anos que já passou a fumar, deixando a baba do fumo que masca escorrer pelos cantos da boca até se esparramar pelo chão, afobada como nunca, ela chega atrasada ao burburinho lá estabelecido.

– Fuja daí meu fío, que esse bicho vai ti engulí! – Pensando a coisa ter pegado o neto, mesmo ofegante insta-o a se salvar. – Esse jaburu é muito pirigoso!

E vendo o neto fazendo mil caretas na tentativa de impedir a falha do motor, a pobre velha pensa-o lutando para escapar das garras do monstro. E como ninguém se move para socorrê-lo, logo avança sobre o bicho, porrete em punho, pensando estar salvando o magricela:

– Larga ele, jaburu da pesti. Si não eu ti mato!

***

Superadas as dificuldades iniciais e amainado o medo dos adolescentes da fazenda, é hora de provar definitivamente a invenção.

Indagada sobre por que chamou a geringonça de jaburu, Sá Bina explica ao neto: – Num sei não, uai! Quando vi ocê lutano caquele bicho horrive, eu pensei que ele fosse um jaburu. Meu pai mi chamava ansim toda vêiz que eu fazia arguma coisa que ele num gostava. Antão eu sempre pensei que jaburu fosse um bicho rúim e muito feio.

O veículo por Sá Bina apelidado de jaburu, apesar de nada ser além de simples chassi de pé-de-bode sobreposto a dois eixos com rodas de charrete e ornado por um caixote de madeira, exigiu dos construtores horas e horas de quebra-cabeça para colocar cada peça, por mais rudimentar que fosse, no lugar certo, onde pudesse ter funcionalidade. O resultado é aquele monstrengo de pouco mais de 1,30 metros de altura, uns quatro de comprimento por 1,80 metros de largura, e aspecto pra lá de horrível.

De modo que, de tão feio, deve mesmo parecer o jaburu imaginado por Sá Bina!

Não foi possível usar o diferencial do pé-de-bode que lhe deu origem, por aquele conjunto estar imprestável, faltando várias peças das engrenagens desaparecidas com o tempo. Então, mesmo em sua engenhosidade inteiramente rudimentar, os construtores utilizaram uma correia comum para tracionar apenas uma das rodas através duma polia adaptada. E isso fez com que o veículo ficasse capenga e arrefecido em sua força.

A melhor maneira de tracioná-lo não foi coisa fácil de resolver, e o monstrengo acabou comprometido em sua capacidade de transporte, pois, apenas uma das rodas o empurra. Assim, o carro não servirá à atividade para a qual foi imaginado, porque as grandes quantidades de cana de açúcar a transportar para o alambique são demasiado pesadas para ele. E, então, não será desta vez que Dito aposentará sua junta de bois.

A caixa de direção está bastante avariada, exigindo umas duas voltas no volante para que o veículo mude de rumo.

Mas, habituado a driblar situações indesejáveis ao longo da vida, não seriam aquelas dificuldades suficientes para desanimar o matuto. E finalmente lhe é possível realizar o sonho acalentado durante os cinco meses em que seus pensamentos estiveram totalmente ocupados com os problemas que surgiam a cada momento.

Agora, diante da plateia entusiasmada após o medo inicial, ocupando o banco de madeira separador da cabine e a caçamba, ele sobe na direção e pede aos caboclos para manivelar o motor.

Antes de o monstrengo sair vagarosamente pela invernada, querendo participar da primeira viagem do monstro Alice corre a subir no banco do passageiro. Já o magricela – como menino que, não tendo brinquedos, observa outros brincar – vai correndo atrás da geringonça a levar Bano e Alice em seu primeiro passeio. Sendo um dos sócios no projeto, o sujeitinho mal pode esperar o momento de também experimentar aquele prazer.

A engenhoca se torna o centro das atenções na Santa Margarida. De Chico Mineiro às caboclas, e dos peões até Eva – que acabou reconhecendo a boa capacidade do matuto para criar –, todos se ocupam da traquinagem. Mesmo assim, vendo a filha empenhada naquela brincadeira, em sinal de desprezo, a patroa só faz torcer o nariz.

E se jaburu realmente for uma criatura singular por sua feiura, a geringonça faz jus ao nome com que Sá Bina a batizou. Traz um motor estacionário precariamente acoplado na extremidade anterior do chassi, soltando intermitentes bolas de fumaça azul que, emanando o cheiro característico de gasolina queimada capaz de causar enjoo aos pobres moradores da fazenda, ao se ajuntarem acabam cobrindo tudo o que estiver à volta.

Num arremedo de cabine a deixar expostos ao tempo os ocupantes, uma tábua serve de banco para o chofer e um passageiro. Logo atrás, um caixote de meio metro de profundidade por um metro e oitenta centímetros de largura e dois metros e meio de comprimento faz a vez de caçamba para carga. E as rodas traseiras, dentre as quais uma possibilitou a acoplagem da polia, são menores que as dianteiras, já que os eixos arranjados por Alice para a carroça que planejava montar tinham rodados de raios diferentes.

O veículo também não possui caixa de mudanças, porque os montadores não encontraram uma solução para adaptar aquele conjunto ao motor. Em consequência, por mais que acelerem, a velocidade não ultrapassa os dez-doze quilômetros/hora. Dentre outros motivos para a lentidão está o fato de a polia do motor ser menor que a da roda, gerando o descompasso.

O volante é uma roda de madeira maciça acoplada à coluna de direção, o que, mesmo assim, não chega a representar perigo de acidentes porque a velocidade...

ӿӿӿ

Consideravelmente difícil é às pessoas da convivência de Bano conhecerem a fundo o drama por ele vivido. Porque, apesar de suas descomunais aflições a diuturnamente enredá-lo, nas aparências o caboclo tem se comportado como se sua existência estivesse normalmente transcorrendo.

Mesmo atenazado por sua involuntária apartação da mulher, tem ele a perfeita ciência de não haver melhor maneira de aliviar uma perturbação da mente, ou uma dor física quando não se dispõe de analgésicos, que não seja ignorá-las para se ocupar de coisas que sejam fartamente aprazíveis.

E bem que o pobre procurou atenuar seus aborrecimentos, dedicando-se com afinco à fabricação de aguardente, divertindo-se e dançando na festa dos grã-finos, construindo o jaburu...

Entretanto, ante a certeza das aflições a que Amelinha estará submetida, a ele se torna impossível subtraí-la do pensamento, além do filho em seu ventre, que, nos últimos dias tem estado mais presente nas preocupações do caboclo que a própria mulher. Seu recaimento moral em face da tragédia tem sido tal que mesmo nada entendendo de psicologia, neurologia, ginecologia ou obstetrícia – de medicina, enfim –, suas intuições têm-no levado à pressuposição de que, padecendo ainda antes de nascer, o bebê esteja a sofrer as mesmas tribulações da mãe.

E, além de tudo, o mais angustiante é saber que, naquele particular, ele está solitário a lidar com suas desventuras. Porque no extenuante trabalho que, de sol a sol, realiza ao lado do magricela, tem constatado a exagerada displicência do sujeitinho sem prumo.

Parece mesmo que nada é capaz de incomodar o pequeno banguela, pois, a única coisa a ele possível é a escancaração de sua horrível boca murcha em largos sorrisos estéreis sempre que algo fora do normal aconteça. Até o vento tirando-lhe da cabeça o novo chapelão, que ele encomendou ao patrão depois da frustrante caçada ao ladrão de Amelinha, é motivo para diversão!

Daquele jeito, nem passará perto da cabeça do magricela as atormentações do companheiro com quem quotidianamente convive. E mesmo que tivesse ciência das agruras por que passa o caboclo, ainda assim para nenhum consolo o desajuizado serviria.

E, como se pouca coisa fosse aquelas angústias, nos finais de semana é a vez de a patroa se esmerar por tirar do matuto o pouco de paz que, vez ou outra, ele recupera. Sempre frustrando seu descanso semanal a megera nunca desperdiça as oportunidades para de o pobre exigir trabalhos extras na casa grande.

"Pur que qui essa bisca num mi esquece e fica longe di mim?" – toda vez que a percebe incomodada por descobri-lo longe de si, ele encasqueta. Pior ainda se estiver ao lado de Alice, embarcado no jaburu divertindo a gurizada em passeios pela fazenda. Sempre que os vê juntos a patroa se mostra impaciente, logo o requerendo para qualquer trabalho, ainda que só alimentar de lenha o fogão.

Já Alice, diferente da mãe exageradamente egoísta a somente exigir satisfações a seus menores caprichos, tem se mostrado consideravelmente solidária. A patroinha já não esconde o fato de tão bem conhecê-lo e, apesar dos disparates que aos olhos do caboclo às vezes pratica, é perspicaz o suficiente para perceber sua alma em frangalhos.

A ele, que desde a separação de Amelinha nunca mais recebeu mimos de qualquer natureza, aqueles cuidados da garota têm causado boas sensações, além da certeza de uma afinidade sem precedentes entre ele e outra mulher que não seja sua esposa.

Nos dias de trabalho, ouvindo as anedotas do magricela e testemunhando aqueles horríveis sorrisos, por vezes o caboclo acaba se distraindo. Porém, hoje – domingo à tardinha –, como em todos os domingos, sua solidão bateu muito além do facilmente suportável.

Após o deleite proporcionado pelo habitual passeio no jaburu ao lado de Alice, divertindo a criançada, ela o descobre melancólico, assentado na escada da casa onde mora.

– Por que essa cara de tristeza? – A aproximação é repleta de amabilidade.

– Eu num tô triste não! – Feito saracura das mais ariscas, tenta fugir à observação. – Só tô é um pôco cansado.

– Me engana que eu gosto! Eu já te conheço o bastante para saber que você não está bem. Quer me contar?

– E vai diantá arguma coisa? – Fitando-a como quem, mesmo sem querer pede socorro, acaba entregando os pontos.

Em verdade, ela bem conhece os tormentos por ele suportados. Mas ainda assim, obstando o reencontro dos dois, indeliberadamente, conspira para que o pobre continue a sofrer com a isolação da mulher. Então, mesmo intuindo não apreciar qualquer possível resultado a que possa chegar, ela se dobra à necessidade de lhe devolver a esperança. E apesar de interiormente contrariada pelo que está prestes a fazer, resolve tocá-lo na ferida que sabe aberta, e a doer: – Você está é saudoso da tua mulher, não está? O que eu posso fazer para ajudar?

Ante a eufórica reação por ele demonstrada à sua possível proposta de socorro ela constata o acerto da atitude que tomou. O simples aceno com a possibilidade de novamente tentar o resgate de Amelinha, o entusiasma a ponto de fazê-lo levantar em excitação, iniciando um caminhar em círculos – o seu gesto característico de euforia ou contrariedade.

Entretanto, subitamente, ele interrompe o seu circundá-la para, entre alegre e hesitante, manifestar o que acha necessário dizer: – Eu acho que nada que nóis fizé vai dá certo – nela mantendo fixo o olhar, tenta descobrir seu estado de espírito ante a possibilidade de nova investida em busca de algo que ela mesma tem demonstrado ser totalmente inútil e descabido.

– Por quê? – Ela não consegue conter a curiosidade.

– Inté aqui tudo que eu fiz só fracassô! – Certo de aquele fato ser por ela totalmente desconhecido, procurando manter segredo sobre sua última tentativa na companhia do magricela, ele rodeia.

– Como da vez que você e o Dito raptaram uma mulher na fazenda do Coronel Venâncio? – Ela demonstra pleno conhecimento daquela trapalhada.

– Cumé que ocê sabe disso?!

– O Dito me contou.

– Aquele linguarudu! ...Tinha qui dá ca língua nos denti?

– Ele não tem segredos para comigo – revelando sua cumplicidade para com o sujeitinho, ela só faz aumentar no caboclo a desconfiança do romance existente entre os dois. “O que será que ela vê naqueli banguela?" – mais ainda ele encasqueta, sem, contudo, permitir à sua inquietação impedir-lhe o entusiasmo. Afinal, o assunto de que agora estão a cuidar é imensamente superior a qualquer namorico!

– Daquela vêiz a coisa foi feia! – Se põe a contar o entrevero criado por ele e o magricela. – Além de quage apanhá do cabôco que eu pensava sê o ladrão da Amelinha, eu num vi que a muié num isperava piá...

– O quê?! – Ante aquela desintencionada revelação, ela se surpreende. – Você está dizendo que a tua mulher está grávida?

– Tava duns trêis mêis. Mais agora já tá é perto de dá a lúiz... – Virando o rosto para ela não perceber que ele "chora por dentro", como costuma dizer para garantir que homem que é homem de verdade nunca deve a ninguém permitir a ciência daquela fraqueza. Mas, ainda assim, permite a ela constatar toda a sua angústia.

– Pois, então, nós vamos encontrá-la – mesmo sem saber como agir em face do que descobriu, mas querendo reanimá-lo, ela se apressa em se solidarizar. – Nem que seja preciso revirar o mundo, nós vamos encontrá-la! – Naquele momento a única ação a ela possível é demonstrar sua solidariedade.

A eficácia da tentativa de encontrar a mulher dependerá muito mais do estado de espírito do caboclo que de qualquer outra coisa. Por isso urge criar nele o mesmo entusiasmo por ela presenciado na frustrada busca já realizada na Serra dos Mulatos. Ainda mais agora com aquela novidade da gravidez! Por isso, logo ela trata de reacender nele as esperanças:

– Me aguarde que logo eu terei novidades – antes de embarcar para Chicópolis na companhia da mãe e do avô procura confortá-lo.

***

Na cachola do matuto, cada vez mais Alice se transforma num enigma de impossível decifração. Ele é um caboclo rude, fisicamente bem formado, mas intelectualmente subdesenvolvido, como todos os varões da mesma idade dele, nascidos e viventes naqueles sertões. São assim pela falta de escolaridade, já que estudar com certeza lhes propiciaria mais agudeza para entender o mundo e o comportamento humano.

Contudo, mesmo limitado como é, o caboclo bem percebe o especial jeito de ser da patroinha: severamente contrária ao que considera incorreto, mas sensível em outras situações. Apesar de seus reiterados esquentamentos, ela jamais negligencia a alguém os seus favores. E no modo de pensar do matuto torna-se tão singular que, mesmo sendo uma fidalga como é, além de bela e inteligente, se dá em namoro a alguém tão desprezível como o magricela – em tudo insignificante e, mais incompreensível ainda, seu empregado!

"Aquilo foi difíci de ingulí" – toda vez em que se vê a pensar no beijo dos dois à beira do rio, consigo mesmo o matuto resmunga. Porém – logo pensa –, o que importa não é o "discaramento" ridículo presenciado entre os dois, mas o bem que agora ela planeja fazer.

E bem lá no fundo, apesar do drama em que vive, ele se considera bem amparado. Além da patroinha, por até aquele momento nunca ter lhe faltado com a lealdade, o magricela também merece suas boas considerações. Apesar das papagaiadas que às vezes comete, desde que o conheceu o sujeitinho tem se comportado como alguém de confiança.

Nas considerações do caboclo, na essência, o magricela também é um bom sujeito!

***

Valendo-se da importância de que goza junto ao povo de Chicópolis, por seu jeito despojado e por ser filha do prefeito, em seu esmero para descobrir o verdadeiro lugar onde a mulher do matuto estaria acoutada, enquanto não obtivesse uma resposta considerada definitiva Alice não descansou. Se não estava na fazenda aonde ele e Dito a teriam procurado, mais que evidências existem de que a fujona também nunca esteve na Serra dos Mulatos, como inicialmente o marido ludibriado demonstrava acreditar. Então, lógico é imaginar o paradeiro da sirigaita como um segredo ainda não decifrado.

E para evitar mais padecimentos ao marido enganado acerca da honestidade da hipócrita, para que a nova tentativa não soçobre, ao procurá-la agora é preciso mais que cautela, pois certamente o pobre não suportará mais um fiasco daquela natureza.

Sabendo-o duvidoso ante tantas informações desencontradas que tem recebido, não será difícil convencê-lo de qualquer lugar onde ela possa estar. Entretanto, sem perder de vista a impossibilidade de o pobre suportar novos dissabores, desta vez é preciso afinar bem o faro. E para isso mais que nunca é bom alvitre agir com o máximo de acerto possível.

Pensando assim, enquanto não obtivesse uma pista segura do paradeiro da assanhada, bem mais que bisbilhoteira se comportou a arguta moleca. Toda vez que algum de seus concidadãos retornava duma viagem às pequenas cidades da região, a ele, ela logo acorria a buscar informações de uma mulher branca, jovem, vivendo na companhia de um homem negro de boa estatura.

E foi assim, escarafunchando sem sossegar, que ela acabou convencida de ter descoberto o esconderijo da dissimulada. E logo se deu a tanto atormentar a mãe até que, a pretexto de aproveitar mais tempo a descansar dos estudos, conseguiu permissão para ir à fazenda antes do dia programado.

– Eu sô é gato iscardado! – Ao ser intimado para outra perseguição ao ladrão da verdadeira "quenga" que ele considera ser a mulher do matuto, logo Dito reage. – E num vô imbarcá nôtra canoa furada.

– Pode acreditar! – Tentando convencê-lo daquilo, Alice garante. – A pessoa que me deu a informação tem minha total confiança.

– Eu só tô procupado é ca distância – eufórico com a nova perspectiva, e confiando plenamente na argúcia natural da patroinha de quem aprendeu a admirar a boa vontade, Bano negligencia os detalhes acerca do lugar onde estaria a mulher. – Si ela tivé muito longe, e nóis fô a cavalo, vai demorá muito pra chegá.

– Quanto a isso não me ocorre nenhuma solução – folgando com a ausência de curiosidade do matuto sobre o que se obrigará a enfrentar, Alice faz cara de incerteza. – Só sei que nós não poderemos usar o carro, porque não contei a ninguém de casa que estou inventando um jeito de te ajudar outra vez.

– Pára de inventá moda, que ocêis vão dá é cos burro nágua como das ôtras vêiz! – Saindo de perto dos dois para não se comprometer, o magricela esconjura a ideia. – Eu já sei muito bem aondi isso vai dá... E ocêis num esquece que já si foi imbora um caminhão, trêis cavalo e um burro da fazenda! – Adverte ao sair.

– O Dito tem razão – Alice concorda com o magricela, com isso vendo-o, a curta distância, a escancarar sua boca murcha em triunfante sorriso. – Nós temos que arranjar outro jeito que não seja usar cavalos. Além de demorar muito, eles cansam de mais a gente.

– Peraí – em franca euforia, de repente, Bano demonstra ter encontrado a solução. – Nóis pode é usá o jaburu! Ele é nosso memo, e ninguém vai si intrometê si nóis usá!

O que não esperavam era a reação do magricela à proposta do matuto. Antes mesmo de o caboclo terminar sua alocução o sujeitinho já está de volta junto aos dois, olhinhos brilhantes, mal podendo esconder sua euforia pela possibilidade de usar o monstrengo na aventura. A ele já não importa o sucesso ou o fracasso da missão, nem para onde irão, pois, do que o malandrinho gosta mesmo é estar embarcado na geringonça que ajudou construir.

***

No afã de ajudar o caboclo por quem se vê penalizada, Alice não descansou até descobrir o paradeiro da mulher que, na imaginação do pobre homem, estará a sofrer as consequências de ter sido raptada por tão inescrupuloso malvado. E tudo a moleca fez para descobrir o esconderijo da desqualificada. Mesmo contrariada com a possibilidade de se ver frente-a-frente com a tal Amelinha – a quem o matuto jamais esqueceu –, tudo ela fez para desvendar o mistério.

Mas ao se juntar numa mesma empreitada um homem obstinado a perseguir um objetivo, acolitado de uma adolescente dada a peripécias e muito influenciável, e – acima de tudo – de um sujeito fraco dos miolos, a mais plausível das probabilidades será a obtenção de resultados tão atabalhoados quanto os pensamentos que a motivaram.

Verdade é que, por razões que ela mesma ignora, o grande empecilho que a guria tem pela frente é não considerar-se apta a estar diante de quem jamais desejou conhecer. Ainda assim, senhora de incontrolável inquietação, a moleca tanto futricou até descobrir que na pequena cidade de Faxinal do Mato Dentro, distante umas dez léguas terrestre ao norte de Chicópolis, vive um cáften – homem negro de aproximados quarenta anos – cuja descrição corresponde àquela que o matuto faz do ladrão de Amelinha.

E o mesmo informante assegurou ter visto lá uma mulher grávida, idêntica à descrição feita por ela da procurada, que recentemente teria se incorporado ao plantel daquele prostíbulo.

"Só pode ser ela!" – imediatamente Alice associou as duas figuras. Certamente o rufião recrutará suas trabalhadoras entre moças que, solteiras, perderam a virgindade e foram expulsas de casa; ou entre mulheres casadas insatisfeitas com os maridos.

E pela história, inteiramente única, contada pelo matuto, é perfeitamente factível que sua mulher não seja assim tão digna como ele a descreve!

A tal Amelinha, em sua essência, não passará duma inescrupulosa que, ao mesmo tempo em que demonstrava bem querer ao marido, mesmo tendo um filho no bucho não hesitou em se prostituir numa zona de quinta categoria como deve ser aquela onde ela estará. E ainda pior: não bastando a desfaçatez de servir num bordel, tão convincentemente simulou o próprio rapto!

Por isso, pensando lá consigo mesma, Alice considera bem proveitosa a visita ao prostíbulo. Será a oportunidade de o matuto se convencer de que sua mulher não fez mais que enganá-lo durante toda a duração de seu casamento. E, tomando ciência daquela realidade, ele certamente a repelirá, pois xucro como é, ele já demonstrou não ser do tipo condescendente com qualquer imoralidade.

***

Acordando para a realidade, Dito não se conforma com o que ele mesmo está a fazer. Mas, ainda que renitente àquele respeito e sem entender por que, novamente está envolvido numa empreitada que considera destinada ao fracasso. Logo ele, cuja mente a nada serve que não seja para acumular simplicidade de pensamento, é o único desconfiado do absurdo da missão a que estão devotados!

Na caçamba do jaburu, recostado e impaciente com tanta lentidão, o sujeitinho só consegue mesmo é ver os cabelos do alto das cabeças de Bano e Alice. Sentados um ao lado do outro no banco destinado ao chofer e ao passageiro da geringonça, cada um por seus motivos particulares, em pensamentos, de si mesmos eles não conseguem esconder seus regozijos proporcionados pela viagem que estão a fazer.

Alice, além de saborear travessuras como aquela, sabe que de sobra acabará desvendando a farsa da mulher do matuto.

E, por seu lado, o caboclo especialmente está feliz pela possibilidade de, ainda hoje, reaver a mulher de quem já sente muito mais que saudade, além de estar cumprindo a obrigação de protegê-la do inimigo.

Mesmo ciente das reações da mãe e do avô, que não apreciarão o que ela está a fazer, por ser a única a ter certeza do lugar para onde vão, a moleca aventureira se considera em vantagem sobre seus companheiros. Os dois, além de não conhecerem o caminho, ignoram o destino para onde vão e as dificuldades que lá os estarão aguardando.

Garota ladina além da conta para alguém de sua idade, antes de embarcar naquela aventura, querendo deixar ao menos uma pista para possíveis resgates de que os três possam necessitar, procurou Sá Bina para à anciã segredar o que os três estariam a fazer. Assim, só ela mesma e a "vó" estão cientes da safadeza da tal Amelinha em se candidatar à prostituição na zona do meretrício de Faxinal do Mato Dentro, onde estará apenas aguardando o parto e os dias de resguardo para iniciar-se – assim lhe disse o informante que viu lá a mulher, anunciada aos frequentadores da casa como a melhor daquele cabaré.

E segundo o mesmo informante, porque muitos de seus fregueses mal podiam esperar o momento de desfrutar os serviços de tão bela dama, o rufião era pura euforia pelo acerto na aquisição de sua mais cara servidora.

Por isso, matraqueando com os próprios pensamentos, e certa do que os espera, Alice já imagina o poder de convencimento necessário à persuasão da mulher. Afinal, as prováveis perspectivas de futuro da desqualificada certamente a levarão à recusa em retornar ao convívio do marido. E para completar o quadro de dificuldades que evidentemente lá estarão a aguardá-los, o dono do bordel teria fama de durão, e empregaria vários leões-de-chácara sempre prontos a arrefecer os ânimos de algum freguês mais exaltado.

Enquanto ganha distância na estrada, ela observa o matuto a não admitir contratempos, mal conseguindo esconder a ansiedade com a demora causada pelo lento arrastar do jaburu por aquele caminho esburacado de muitas ladeiras a subir. Então se obriga ao silêncio acerca dos potencialmente trágicos acontecimentos a tão verossimilmente aguardá-los.

E, apesar da preocupação acerca das possíveis reações do matuto ao se defrontar com a verdade, nas conjecturas por ela elaboradas, certamente haverá um momento oportuno para revelar a verdade.

O motor do monstrengo até suporta bem a carga. Mas em contrapartida, a desigualdade nos tamanhos das polias faz com que, mesmo querendo, eles não consigam avançar a mais de dez, doze quilômetros/hora, obrigando-os a crer que a pé iriam bem mais velozes. Em seu compassado toque-toque, mais que andar o jaburu só faz é lançar tufos de fumaça ao ar, obscurecendo quase totalmente a visão.

Alice, garota prática por excelência e veloz em tudo o que faz, não compactua com aquela lentidão causada pelas deficiências do monstrengo. Mas nada pode fazer, pois conhecendo bem a geringonça, ela sabe que definitivamente não há como aumentar a velocidade.

Olhando para além de duas ou três colinas só se consegue mesmo é perceber a vereda cada vez menor pela distância a se revelar infinita. Mas Bano, embora impaciente por ver a estrada sumindo nos vales para mais adiante ressurgir sobre os montes, animado a dirigir a engenhoca se mantém focado no caminho.

E por seu turno, mesmo aquela velocidade de tartaruga obrigando-o a verdadeiros malabarismos para manter o equilíbrio, quando as rodas batem nalgum buraco mais profundo Dito experimenta genuínos tormentos causados pelos pinotes da caçamba.

Ao cair da noite, vendo o sol desaparecer vermelho acima dos montes a oeste e o crepúsculo consumir o que ainda resta da luz do dia, Alice começa a se arrepender da aventura. Só que agora é tarde! Não será fácil voltar atrás porque, além de já estar muito distante da fazenda, ela bem conhece o sujeito com quem anda, e sabe impossível demovê-lo da ideia de ir avante sem parar.

"Mais uma noite eu terei que passar na companhia desses dois!" – lamenta. Mas a única opção a lhe restar é a resignação ao desconforto da viagem, ao medo de sofrer acidentes, à possibilidade duma pane do jaburu no meio da noite...

***

Sem alterações nas condições da viagem a noite avança. Chegando a madrugada, ainda não tendo encontrado o ponto exato de conforto capaz de lhe possibilitar o descanso suficiente para estar pronto na hora de agir, Dito já sentou, agachou e deitou na caçamba do jaburu. Contudo, abnegado que é mesmo nas piores circunstâncias, embora sacudido para todos os lados e batendo a cabeça a todo instante, o magricela acaba dormindo em decúbito dorsal sobre o assoalho da caçamba.

Já Alice, mesmo não querendo demonstrar fraqueza, acaba sucumbindo às desconfortantes condições do meio de transporte. Os solavancos, as pedras do caminho, o desagradável odor de gasolina queimada e sua fumaça malcheirosa... Tudo aquilo, adicionado às imperícias do motorista, contribui para que também ela entregue os pontos.

Como apenas mais uma das muitas complicações, não tendo bateria, nem alternador, o jaburu não produz energia elétrica. E para iluminar aquele caminho sinuoso mergulhado em trevas, prudentemente, improvisaram dois faroletes a pilha acoplando-os no caibro utilizado como para-choque. Entretanto, as pilhas têm energia limitada, e logo um dos faroletes apaga, restando apenas o outro, que pouco ilumina, deixando o jaburu zarolho a impossibilitar a plena visão do caminho.

– Eu acho bom a gente parar – ao despertar de sua leve dormitação, medrosa, Alice sugere. – A estrada está ficando cada vez pior, o farolete já quase não ilumina...

– Mais eu inda tô veno muito bem o camin – sem a mínima importância à cara de desânimo por ela demonstrada, centrado na estrada Bano logo retruca. – Quanto mais cedo nóis chegá, mió.

– Só que se a gente sofrer um acidente...

Entretanto, antes de dar-se a advogar seus argumentos, subitamente ela é surpreendida pelo magricela. Abobado pelo sono mal dormido, como assombração o sujeitinho irrompe sobre sua cabeça, tendo à mão dois pares extras de pilhas roubadas do farolete da avó. – Um home privinido vale por dois! – escancara um sonolento sorriso, logo retornando à caçamba para continuar a dormir.

Superado o impasse da escuridão, apesar do enjoo causado pela combustão de gasolina misturada à fumaça emanada do motor, Alice logo sucumbe de vez ao cansaço e ao sono. Mais alguns quilômetros e os solavancos naquele lento avançar do jaburu a faz pender a cabeça para um e outro lado, conforme a levam os balanços. Até que, sem se dar conta, está apoiada no ombro do matuto. E o caboclo, mesmo ocupando-se da moleza do pescoço dela que já não suporta o peso da própria cabeça, mantém a geringonça firme a subir e a descer ladeiras cada vez mais íngremes.

***

Apesar de toda a lentidão, bem antes do amanhecer – quando ainda não é chegada hora terceira – os três aventureiros já estão nas cercanias da cidade para onde vão. Desligando o jaburu é possível ouvir o ladrar de alguns cães e o cantar de galos, além de outros ruídos característicos da zona urbana. As vozes dos vigias a cuidar do bem estar dos moradores enquanto eles dormem é outro sinal da proximidade da povoação.

Alice, a exemplo do magricela, durante o trajeto acabou sucumbindo ao sono. Mas o senso prático a faz despertar alerta, pronta a dar instruções aos companheiros acerca do que os espera.

Sabedora de que informação é poder, ainda mais diante daqueles dois que por vezes agem como genuínos mentecaptos, ela pensou ser melhor até o último momento reter o que sabe acerca do comportamento da fulana que estão a procurar. Preferiu que assim fosse por recear a história não obter eco em suas cabeças, na maioria das vezes, sofríveis.

– Vamos esperar aqui até o dia amanhecer – como quem sabe muito bem o que está a dizer ela determina. – Depois a gente entra na cidade e vai falar com ela.

– Pur que qui nóis tem que esperá? – Ouvindo-a, mal podendo conter a ansiedade, Bano logo reage. – Si ela tá aqui perto, vamo logo buscá ela!

– Mas agora não dá! – Temendo aquele aforçuramento por ele manifesto acabar pondo tudo a perder, para ganhar tempo, ela tenta embromar.

– Num dá pur quê?

– Por causa do lugar onde ela está – em vista do horário inapropriado, e pelo segredo até agora mantido já lhe parecer péssima ideia, ela se vê em apuros. Mesmo assim decide mantê-lo na ignorância até quando for possível.

Àquela hora no bordel ainda estarão muitos frequentadores a se divertirem com mulheres e bebidas, indispostos à condescendência para com qualquer um que lá se atreva a criar confusão.

Entretanto, já conhecendo bem a criatura com quem está lidando, ela pressente a trabalheira que será conter a sanha do caboclo, naquele momento mais que em outros, tão exageradamente acafobado.

– Mais aondi ela tá que nóis num pode chegá?

Em seus rodeios com que tenta evitar a revelação em chofre do que sabe, Alice se vê exposta aos maus pensares do caboclo, cada vez mais agoniado. Aqueles circunlóquios por ela tentados, comprometendo a ocultação por muito tempo da verdade nua e crua, acabam extirpando dele os últimos resquícios de paz.

Por isso, ela já passa a considerar a obrigação de levá-lo a se decepcionar com a mulher antes mesmo de reencontrá-la. Porque, evidentemente, ele não apreciará saber que a esposa a quem tanto demonstra amar o trocou pelos fregueses dum cabaré!

– Nós não podemos chegar lá neste momento, pelos inconvenientes do horário, mas quando o dia amanhecer não haverá problemas para isso.

– Ocê num pode exprica mió?– A impaciência do caboclo aceleradamente galopa. A ansiedade lhe aflora em gestos percebidos com nitidez mesmo na penumbra da madrugada ainda a prevalecer. – Pur que tanta lengalenga?

– Porque eu acho melhor você mesmo ver onde ela está.

Tendo ele o pavio curto como poucos, tanto suspense só serve mesmo para incitá-lo ao ponto de não poder evitar seu gesto mais peculiar em ocasiões de tensão como aquela. Então, para aliviar-se da ansiedade, em largas passadas, inicia um frenético caminhar em círculos cuja potência chega a sacudir o jaburu onde Dito ainda dorme.

Desperto pela discussão dos dois, já vislumbrando grande entrevero e incomodado com o pressentimento do que poderá acontecer, com muito esforço levantando a cabeça do assoalho do Jaburu, o magricela procura amainar os ânimos: – Ocê já cumeçô rodá iguar pirú, é? Só farta abrí o rabo, né?

– E ocê pára de amolá – tentando manter o sujeitinho fora do assunto Bano logo reage.

Alice está ciente de que se não escancarar logo o que sabe, o matuto será bem capaz duma loucura. Conhecendo-o tão bem, como já o conhece, ela está perfeitamente ciente da inutilidade de prolongar por muito tempo o suspense.

– Tá bom. Eu vou dizer onde está a tua mulher, e como devemos fazer para chegar lá. Mas, ao que parece, ela não foi raptada como você acredita...

– Ocê num fala o que num sabe! – Ele se apressa em contradizê-la. – Eu é que tava lá, e vi tudo...

– ...Deixe-me continuar! – Já que começou, ela decide prosseguir. – A tua mulher só podia estar de acordo com o sujeito que foi buscá-la, porque parece estar muito bem no lugar onde mora.

– O que qui ocê tá dizeno?! – Mais que indignado ele reage. – Cê qué dizê que a Amelinha fugiu caquele nêgo?

– Isso mesmo. Se não ela não estaria bem feliz lá onde está!

– Em quarqué lugá que ela tivé, só pode sê contra a vontadi dela!

– Pois não é o que parece! – Sem importar com o desespero que sabe estar causando ao pobre homem, Alice assevera.

Aquele jeito de conduzir o assunto machuca mais que as palavras por ela proferidas! E a falta de tato evidenciada pela entonação da voz, por senti-la apreciando o que demonstra saber, já começa a instigar no caboclo ainda mais os nervos. De tão cruéis, aquelas palavras só podem mesmo ser brincadeira de mau gosto!

– Ocê tá dizeno é que a Amelinha tava cumbinada caquele sujeito?!

– Isso mesmo.

– Si ocê num fosse muié eu ti dava uns tapa – a indignação dele vai ao limite. – Onde já si viu! Eu tava lá, e vi o disispêro dela quando foi levada.

– Então como se explica ela estar trabalhando num cabaré? – Cada vez mais acuada, ela decide escancarar de vez a verdade.

– É purque... ...O que qui ocê tá dizeno? – De repente ele faz a maior cara de surpresa de toda a sua vida. – Ela tá morano é numa zona?!

– Isso mesmo!

“Num é pussíve que ela teja gostano do que tá dizeno!” – mais que com o lugar onde estaria a mulher, ele se indigna mesmo é com a ausência de tato com que Alice conduz o assunto, capaz de levá-lo a cegar de raiva. Por isso, completamente ensandecido, esquecendo ela não passar duma menina, num desespero jamais experimentado a agarra pelos gorgomilos.

Aquele gesto impensado se faz tão contundente a ponto de instigar o magricela a, mesmo ciente de sua inferioridade física, sair em socorro da patroinha. Dada à premência do que acontece o sujeitinho gruda nos punhos do companheiro com toda a força que possui, conseguindo que o brutamonte não consuma tão grande desvario. – Ocê qué matá ela? – Tenta o reconduzir à razão.

Providencial a intromissão do magricela! Seu gesto, ainda que soasse infrutífero, serviu para que o matuto readquirisse o controle emocional, aliviando a pressão sobre a garganta de Alice que já quase agonizava pela ausência da capacidade de respirar.

Em seguida, arrefecendo de vez os nervos, o matuto retoma plenamente sua curta capacidade de raciocínio. E querendo reparar o mal que acabou de cometer, abraçando-a tão abrupta quanto apertadamente, arrependido como poucas vezes esteve na vida, não permite a ela se afastar.

Atordoada com aquelas antagônicas atitudes ali praticadas por aquele brutamonte, anulando sua tão arraigada racionalidade, não reage. E, ao contrário do que seria correto supor, a mais contundente sensação por ela experimentada é a de, em instantes, ter ido do Inferno ao Paraíso, como resultado caindo em repentino e indecifrável êxtase.

"Ele é mesmo um doido varrido!" – em meio à confusão de que foi acometida, ainda zonza ela tenta reorganizar os pensamentos. E retomando toda a coragem de que ainda se sente capaz, se recusa a amedrontar diante daquele matuto sem jeito e mal acabado, xucro e ignorante.

Apesar do que acabou de fazer, ela não quer deixar de tê-lo em boa consideração.

"Também, não é pra menos!", considerando aquele gesto truculento dele não passar do reflexo inato em sua personalidade, ela se consola. "Saber de supetão que a mulher amada não passa duma vadia é para deixar qualquer um louco, muito mais a ele"!

Sem maiores polimentos, e dotado apenas de arraigado senso de justiça, Bano não sabe demonstrar arrependimento mais do que já fez. Por isso, incapaz de sequer uma palavra, nada mais consegue fazer que não seja permanecer afastado e sem graça.

***

A considerar as informações de que Alice dispõe, além dos inconvenientes de se intrometer num bordel onde estarão muitos fregueses a usufruir o que lá é oferecido, nada há que possa ser feito em contrário ao que ela sugeriu. Então, mesmo que a aurora ainda vá levar algum tempo para se revelar, eles se obrigam a esperar o pleno raiar do dia.

Contrabalançando com os espíritos atribulados e os ânimos tão exaltados, a noite é bastante aprazível. O clima é de uma amenidade poucas vezes percebida, e as estrelas cintilam no céu, teimando em competir com a lua em fase minguante – nada além dum fino arco prateado quase desaparecendo sobre os montes ao poente. Dentre elas a Estrela D'alva sobressai no tamanho e em luminosidade, quase em assemelhação ao sol que não tardará muito a aparecer.

Apesar de seu desencanto, resultado dos percalços que acabou de lhe impor o matuto, Alice aprecia o espetáculo proporcionado pela natureza. Bom tempo ela fica a desafiar o magricela numa competição em que vencerá quem contar o maior número de estrelas. E o sujeitinho, querendo contribuir para desanuviar o pesado clima estabelecido pelo entrevero entre seus companheiros, mesmo ciente de aquela ser uma competição inglória por sua incapacidade de superar a patroinha no desafio proposto, não foge da raia, comportando-se como sabichão que nunca foi.

Daquele jeito o tempo não demora tanto a passar. E a claridade da manhã, logo ao revelar-se, cria enorme surpresa aos dois varões curiosos a respeito do que os espera.

O lugar, por todas as avaliações possíveis, é único! Em meio a enormes elevações formadas por imensas rochas ocultas em considerável camada de solo a vivificar espessa floresta, desponta um diminuto aglomerado urbano.

De onde estão pode-se constatar o insignificante tamanho da povoação assemelhando-se mais a uma aldeia que a uma cidade. Feita de pequenas edificações, bem construídas na comparação com as de outras localidades espalhadas por aqueles rincões, o aspecto da freguesia espanta pelo seu jeito ímpar de se apresentar.

A área urbanizada não mede mais que uns quinhentos metros de comprimento por quatrocentos de largura, incluindo algumas casas afastadas da maioria. Ruas retilíneas – não mais que duas dezenas – se cruzam a mais ou menos cem metros umas das outras, formando quadras geometricamente perfeitas. E nenhuma edificação tem mais que o pavimento térreo, além de muitas casas estarem ocultas por grandes árvores a vicejar em seus passeios ou quintais.

É como se a cidade formasse um só corpo com a floresta. Porém, não obstante o relevo da mata ser demasiadamente acidentado – com picos que bem ultrapassam os cem metros – o setor urbano é plano como uma mesa.

À distância o povoado parece interromper-se abruptamente em todos os seus lados, donde para além inexiste edificações ou terreno, exceção à parte sul, por onde estreita faixa de terra permite adentrar o núcleo urbano.

Aquela é a impressão de alguém que, bem próximo de seus limites – sobre a pequena elevação onde se encontram os três aventureiros –, dali se dê a contemplá-la. Contudo, um observador mais acurado logo perceberá um reforçado muro de média altura formando um quadrilátero com a possível missão de proteger a cidade, cuja existência pode denotar o medo que a população terá de chegar àqueles limites.

– Que lugá mais isquisito é esse! – Apesar de seus aperreamentos, Bano se admira. Da elevação onde se encontram é possível ver abaixo os telhados vermelhos das casas, como se a povoação se lhes estivesse aos pés.

– É Faxinal do Mato Dentro, a mais nova corrutela fundada nesses cafundós – Alice explica, achegando-se onde o matuto está acompanhado de um magricela mais medroso do que habitualmente é, mantendo-se à retaguarda do companheiro como alguém que buscasse se proteger.

– Vamo logo buscá a Amelinha – Incrédulo acerca das intenções da mulher em prostituir-se, e ainda ressentido pelo que ouviu de Alice sobre o comportamento dela, indo na direção do jaburu pronto a manivelar o motor, Bano se mostra impaciente.

– O que você está fazendo? – Alice corre a cortar caminho na tentativa de impedi-lo.

– Tô ligano o motor do carro!

– Só que, se não quisermos chamar a atenção de todo mundo, nós não podemos entrar na cidade com ele.

– O que qui tem isso? Ele é o nosso transporte!

– Você não acha que para quem quer roubar uma pessoa e fugir rapidamente e em surdina, além da lentidão nós vamos fazer muito barulho?

Ouvindo a intenção do matuto de entrar embarcado na cidade, Dito permanece tenso, tremendo interiormente só de pensar na confusão que o jaburu provocaria quando os moradores o vissem a conduzir três estranhos invasores de seus domínios. Mas, impotente, apenas olha para seus companheiros na expectativa de mais uma das costumeiras discussões que eles sempre arrumam quando têm uma pendência a resolver.

O sujeitinho só consegue desfranzir o cenho depois de o matuto, antes de se mostrar de acordo com a patroinha, embora sem pisar com tanta força o chão, dar algumas voltas em torno dos companheiros como é o seu costume: – Tá bão! Vamo dexá o jaburu aqui. Mais quarqué coisa que dé errado, nóis si junta aqui pra í imbora o mais rápido que pudé – experimentado por seus fracassos anteriores, ele determina, como se aquela geringonça, vagarosa e barulhenta, servisse a uma provável fuga.

Antes de iniciar a descida para a cidade, sob alguns ramos decidem ocultar o jaburu. E, para surpresa dos dois, tomando a valise que trouxera a tiracolo, Alice se apressa em se esconder atrás duma moita para de lá, usando um boné de brim azul suficiente para esconder sua cabeleira de médio tamanho, retornar como verdadeiro rapazinho. Camisa xadrez sobreposta por colete de brim cinza sem mangas, calças largas e botinas de couro, confiscadas do avô sem que ele soubesse, completam o traje. E para convencer que realmente é homem, um bigodinho colado à pele, bem aparado à imitação do próprio pai.

– Ocê num viu um'a moça no mei desse mato? – Exalando toda a sua inocência, Dito se dirige a ela mesma.

– Ô seu tonto, não vê que sou eu? – Surpresa, ela constata o ápice da incapacidade intelectiva do sujeitinho. Ouvindo sua voz rouca de quem se esforça para falar como um rapaz, mesmo o disfarce sendo o mais rudimentar do mundo, o pequeno mentecapto não se convenceu do que escutou.

– Pur que isso agora? – Vendo-a caracterizada Bano se intriga.

Já o magricela, convencido de estar diante dum estranho embusteiro, logo desaparece na mata a descobrir o que terá acontecido para que, de repente, a patroinha sumisse.

– Ô seu besta, num tá veno que esse rapáis é a Alice vistida de home? – Para evitar que aquele "dismiolado" se perca na floresta, o matuto se apressa em chamá-lo de volta. Contudo, o banguela de diminutos pensamentos ainda não se convence de aquele sujeito diferente ser de fato a "Lice", como costuma chamá-la. E se for ela, por que virou homem assim duma hora para outra?

– Como mulher eu jamais poderia entrar num prostíbulo – a molecota se dá a explicar. – Já pensou o que as pessoas pensariam?

– E ocê acha que arguém vai acriditá que ocê é home? – ante a figura surreal que tem à frente, improvavelmente relaxado, Bano debocha.

– E por que não? – Ela se intriga.

– Sei lá... Quarqué um vai percebê o seu jeito de andá, ansim rebolano.

– Ora essa! Vê se me respeita que eu não ando rebolando não senhor!

– Mais num é só ocê que é ansim. Todas muié anda memo diferente dos home...

– Assim, por exemplo? – Ela, ainda que muito desengonçada, pondo-se a desfilar diante dos dois, esforça-se para parecer o mais fielmente possível um sujeito masculino.

– Tá bão! Si ocê consegui andá desse jeito vai sê dífici arguém disconfiá – mesmo sem naquilo acreditar, sobre ela o matuto põe a responsabilidade de tremendo esforço físico para, enquanto caminhar, se assemelhar o mais fielmente possível aos homens.

***

Camuflado o jaburu, e estando Alice travestida de homem, tudo preparado conforme permitem as circunstâncias, enfim, os três iniciam a descida pelo caminho de chão que conduz às portas da cidade.

Faxinal do Mato Dentro foi construída sobre um platô cujas medidas são exatamente iguais às da área urbanizada. Seus limites estão estabelecidos no cimo de enormes paredões graníticos cujas depressões chegam à profundidade média de cem metros e o fundo é impossível de ser avistado. E, para evitar acidentes, construíram muros em redor da cidade, fazendo dela verdadeira fortaleza.

"Não sei por que esse nome!" – constatando nada haver por ali que lembre um faxinal Alice se vê intrigada. "Na certa o fundador da cidade foi algum gaúcho saudoso de sua terra".

Apesar de diminuta, a população do lugar mostra-se habituada à presença de forasteiros, pois, contrariando todos os prognósticos, ninguém dá tanta importância aos três intrusos a caminhar lado a lado pela avenida principal.

Sendo a mentora da tentativa de resgate, Alice não pode fraquejar. E tendo aceitado o desafio de Bano para caminhar como se de fato fosse um rapaz, ela agora não quer desapontá-lo. Prática como poucas, e querendo evitar que os moradores descubram sua farsa, apesar das dificuldades para andar daquele jeito, tudo ela faz para não rebolar. Ao mesmo tempo se esmera para engrossar artificialmente a voz.

Mal conseguindo disfarçar as dores nos dedos esfolados pela folga das botinas, sem se dar conta dos trejeitos que insistem em denunciá-la pela rua, ela vai a manquitolar.

– Onde é a zona? – Sem rodeios, ela se dirige a alguns rapazotes vestidos de calças azuis, boca-de-sino, e camisas brancas cujos trajes indicam eles estarem indo à escola.

Para não se comprometerem, a esboçar sorrisinhos maliciosos de quem já fez o que agora ela tenta, alguns daqueles jovens varões logo se afastam alguns passos. Um deles, porém, a denunciar suas próprias travessuras já praticadas lá, se esmera em explicar como chegar ao meretrício.

Exatamente igual a qualquer pequena cidade, aquela também tem o seu correio invisível. E não demora muito para todos saberem dos três forasteiros em busca de diversão na casa das "primas", como ali são apelidadas as mulheres do meretrício. Logo homens curiosos surgem do interior dos bares, mulheres na rua torcem o nariz, atrás de portas e janelas moças se escondem para espiá-los...

Na medida em que se aproxima do lugar onde jamais sonhou estar, pensamentos velozes começam atormentar o juízo de Alice, obrigando-a a rapidamente encontrar uma solução que seja a menos danosa à sua reputação de moça de família.

"No mundo tudo é possível acontecer!" – ela começa a se afligir. "E se alguém que eu conheço me ver naquele lugar, ou vier saber que eu estive lá?". A coragem vai e volta, criando grande indecisão a dificultar-lhe o raciocínio. Até que, à distância duns cinquenta metros do prostíbulo, onde já não existem outras casas, ela amua: – Eu não vou entrar lá – manifesta-se decidida.

– Ocê vai rifugá justo agora? – Logo Bano se perturba.

– É, eu não vou arriscar. Vai que alguém lá descubra que eu sou mulher, como é que eu fico?

– Mais agora já é tarde! – Demonstrando uma coragem que até agora não manifestou, Dito quebra o silêncio. – Nóis tem é que terminá logo o que cumecemo.

– Si ocê vai ô num vai, eu vô – A passos firmes Bano começa a caminhar na direção das casas de onde resgatará a mulher. – Num quero perdê a portunidadi de robá a Amelinha do ladrão.

– Por que eu insisto em te ajudar? – Abafando a voz de homem que se esforça por emitir, Alice esbraveja. – Como é difícil fazer você pensar! Vai entrar assim, de peito aberto na toca do lobo?

– E cumé que ocê qué qui eu entro?

– Sei lá... A gente tem que pensar... Combinar como agir lá dentro. Se não, mais uma vez vamos fracassar! – Às pressas, ela tenta elaborar um plano. – Vamos combinar assim: eu fico naquele bar, desviando a atenção dos curiosos. Você e o Dito entram lá como quem estão à procura de mulher para... Para... Para se divertirem. Mas não se envolvam com a primeira que aparecer!... Finjam ser exigentes, repassem todas as casas, todas as mulheres se for preciso, até encontrar a tua mulher, ou uma grávida, se for o Dito.

Boquiabertos, os dois varões fitam-na tentando entender tanta sagacidade, já que demonstra saber coisas que, mesmo sendo homens, eles jamais sonharam! Ouvindo-a até é possível imaginar que ela já esteve antes numa zona!

Depois, observando-a a caminhar na direção da birosca, se esforçando para convencer que é homem, Bano se vê abismado com tanta coragem. Aos olhos do matuto, ela se revela cada vez mais especial. E agora, por mais difícil que possa ser a circunstância, ele sabe poder contar com ela.

***

Infiltrado no lugar onde nunca imaginou estar, Bano se mantém pasmo diante do que descobre. Ao contrário do magricela, que por vezes já acompanhou o patrão na zona de Chicópolis, ele jamais esteve numa antes. E ali, contrariando sua imaginação, em vez de uma, existem várias casas uma próxima das outras a formar uma vila.

Em lugar das arruaças, bebedeiras, música brega em alto volume, mulheres dando-se em beijos e abraços, o que reina é o silêncio. E ninguém se apresenta, ainda que para manifestar incômodo com suas presenças.

Apenas uma mulata esguia, de meia idade, de longe os observa, mesmo assim sem lhes dar tanta importância, limitando-se a se entreter com o carpinteiro a ajustar a porta de sua casa recém-construída. A mulher apenas lança sobre eles um olhar indiferente, talvez os encarando como vendedores que sempre àquelas horas da manhã, quando tudo fica em silêncio, por lá aparecem a oferecer suas mercadorias.

Não sabendo como agir, os dois perambulam diante das casas, ouvindo as vozes que vêm dos interiores, transparecendo os moradores estarem a fazer coisas corriqueiras em qualquer moradia. Tomar café pode ser uma delas. E nem sinal do que Bano imaginava ser uma zona!

Enquanto isso, Alice se vê às voltas com os mexericos do dono da birosca cuja curiosidade parece não ter fim.

– Então, seus companheiros estão a fim da primeira experiência, né? – Sem atentar aos barbados que já são aquele magricela e o matuto, após investigá-la à exaustão o homem sugere. – Eu acho muito difícil eles conseguirem mulheres dispostas a ensiná-los a essa hora. Agora elas estão dormindo, passaram a noite toda trabalhando...

Ouvindo aqueles comentários Alice percebe sua primeira gafe ao elaborar o planejamento, não levando em conta os horários dos prostíbulos serem invertidos em relação aos da sociedade onde "pessoas normais" são os viventes. E só agora, alertada pelos mexericos do taberneiro, percebe sua própria burrice em se arriscar num terreno totalmente desconhecido.

– É, eles insistiram tanto que eu fui obrigada... (do!) a trazê-los agora mesmo.

– E você não quer ir até lá para ficar vigiando se a polícia aparece, né? Afinal, eles são menores de idade, assim como você...

– Isso, isso! – Apavorada com o que já considera possível acontecer, ela se limita à concordância ao que o homem diz.

– E como já tem experiência, você só quer mesmo iniciá-los, fazendo as vezes dos pais deles, né? – O mexeriqueiro insiste em obter informações. – De onde vocês são? De alguma fazenda aqui perto?

– Não, não. Nós não somos daqui. Na verdade, viemos de bem longe – caçando as palavras certas para despistar a curiosidade do homem que parece insatisfazível, os neurônios dela se agitam quase à falência. Até que, ufa! Aparece lá um freguês com quem, esquecendo-a por instantes, o taberneiro se entretém.

Brevemente aliviada, logo ela se põe a matutar: "O que será que aqueles dois estão fazendo?" – indecisa entre sair à rua e ficar exposta à curiosidade pública, ou permanecer ali à mercê dos mexericos do dono da "budega", ela se inquieta.

Todos os passantes se ocupam de sua pessoa. É por volta das nove da manhã e as ruas estão repletas de gente em seus habituais afazeres. Camponeses chegam do interior em seus cavalos ou carroças, crianças correm em brincadeiras de rua, mulheres vão às compras. Moças e rapazes passam a todo instante... E ninguém a ignora!

"O que será que eles veem em mim?" – cada vez mais ela encasqueta, ignorando não ser a sua pessoa, mas o motivo de ela estar ali – que de boca em boca já percorreu toda a povoação – a causa de tanta curiosidade. "Será que eu sou tão diferente assim? Ou não estou convencendo no disfarce?".

Já decide ir-se dali para onde está o jaburu e lá aguardar os companheiros. Entretanto, nem chega a dar um passo antes de ver os dois desabalados a fugir do meretrício, seguidos duns cinco sujeitos, furiosos a persegui-los.

Depois de vagar por todos os logradouros da minicidade que é a zona, Bano decidiu chamar à porta duma daquelas casas onde, apesar da presença de várias pessoas, reinava o silêncio.

– Eu tô procurano uma muié loira, grávida, que tá morano aqui – indagou a uma moça de não mais de dezoito anos, solícita, a meticulosamente examiná-los.

– Ali tem uma loira grávida – a jovem indicou a maior de todas as casas. E, curiosa, permaneceu atenta à estranha dupla, correspondida pelo magricela que até boa distância olhou atrás com seu belo sorriso escancarado.

Na casa indicada, antes de se anunciarem, um mulato atarracado e carrancudo, abrindo a porta logo os despediu sem que eles dissessem a que tinham ido até lá:

– A casa está fechada. E ainda é muito cedo. Vão embora e voltem mais tarde, à noite de preferência.

Diante daqueles maus modos Bano se sentiu aviltado pela atitude nada cortês do morador. Por isso, impensadamente logo reagiu ao que considerou infundado menoscabo. E antes de o homem fechar a porta, com a mão direita o agarrou pelo ombro a impedi-lo de adentrar a casa.

Agredido, com um murro direto em seu rosto o sujeito contra-atacou. Porém, teve o punho seguro pela esquerda do caboclo a enroscá-lo numa gravata sufocante a quase impedir-lhe totalmente a respiração.

Surpreendido pela inesperada defesa do opoente o homem esperneou de todas as maneiras, sem, contudo, conseguir livrar-se dos braços do matuto enfurecido. Corcoveou feito potro a ser domado, cada vez mais sufocado erguendo Bano às costas e a girar para todos os lados.

Vendo o magricela paralisado de medo junto à porta, aos berros Bano o libertou do estupor: – Vai logo chamá a Amelinha.

– Mais eu num sei aonde ela tá!

– Procura nos quarto, e inté nas ôtras casa. E anda logo que eu num tô mais guentano!

Buscando no fundo da alma a coragem que sabe não ter, o magricela começou a abrir todas as portas dum corredor que ia até os fundos da casa. Depois da segunda ou terceira, espontaneamente elas se abriam, revelando singulares figuras de mulheres seminuas, que, ao perceber a luta do patrão com o desconhecido logo as fechavam.

Trancando as portas, em grande banzé capaz de alertar as moradoras das outras casas, as mulheres desandavam em gritaria. E logo a zona inteira se juntou naquele lugar. Atordoadas pelo que viam, mulheres semidespidas – com apenas as roupas íntimas a protegê-las – se agrupavam a outras envoltas em lençóis ou cobertores, todas em desenfreada zaragata em que nada se entendia.

Naquela zona o pandemônio se estabeleceu!

Percebendo a força bruta dos vigorosos braços do rufião Bano não lhe aliviava a garganta sob a pena de ser por ele esmagado. E em meio à balbúrdia provocada pelos presentes, Dito, abestado em tamanha confusão, se limitava a gritar sem ser ouvido: "onde tá a muié du meu amigo? Onde tá a muié du meu amigo?".

Mesmo atordoado com o resultado da própria ação, e apesar da incerteza de ser aquela a casa onde estaria Amelinha, Bano resolveu indagar ao sujeito que imobilizava, falando-lhe bem próximo aos ouvidos: – Eu quero a loira grávida que ocê robô de mim. Aondi ela tá?

Ouvindo-o, tomado de grande surpresa, o homem esbugalhou ainda mais os olhos. E sufocado pela força com que era seguro pela garganta, levou o matuto até a porta dum dos quartos, aberta em vigoroso pontapé a revelar a figura duma mulher sardenta, olhos azuis e cabelos levemente alourados.

Encolhida sobre uma cama ao fundo do quarto, tremendo de pavor a mulher se limitou a esconder o rosto para não ver a luta dos dois. Estava gestante dos últimos dias, evidenciando enorme barriga a denunciar seu avançado estado de prenhez.

– É só essa muié que tá nessa zona esperano piá?

Diante da afirmativa, da cabeça aos pés, invulgar calafrio percorreu o matuto. Mais uma vez estava equivocado! E agora a situação era ainda pior e as outras, porque muito mais gente estava envolvida.

– Eu vô sortá ocê lá fora – só lhe restou blefar na tentativa de sair ileso da enrascada em que se metera. – E si num quisé levá chumbo, ocê num tenta nada contra mim e o meu amigo, hein?

Com a língua prestes a saltar fora, o homem foi o arrastando rumo à porta, seguido de perto pelo magricela a tremer, mal podendo manter-se de pé. Porém, antes de saírem, se depararam com os seguranças – ferozes brutamontes a acorrerem em socorro do patrão.

Pelo instinto de sobrevivência Bano mantinha todos os sentidos em alerta, e os reflexos aguçados como nunca. Vendo os capangas subindo em fila os degraus, antes de largar o pescoço do homem, num salto espetacular, quase estrangulando de vez o adversário, ele elevou os pés acima do próprio corpo. E com um dos calcanhares atingiu o rosto do primeiro capanga, derrubando-o sobre os demais a formar um conjunto de brutamontes esparramados pelo pátio como peças de dominó.

– Pega a cartucheira – um deles gritou. E aos dois invasores de prostíbulo só restou sair correndo, Bano em desespero a gritar para que o magricela fugisse na maior velocidade que pudesse.

Não demorou muito e cinco daqueles leões-de-chácara saíram em perseguição aos caçadores de mulher roubada. E os dois parecem ter asas nas pernas, tão veloz a corrida por eles empreendida.

Vendo-os, sem um norte nem onde se esconderem, e seguidos de perto pelos capangas naquele esbaforido fugir, com toda a urgência Alice se obriga à elaboração dum plano que seja eficiente para salvá-los do iminente aniquilamento. Entretanto, ante o inusitado, sua praticidade perde vigor, e em pânico, ela não consegue pensar em nada que funcione.

Antes de ela chegar a uma solução consistente, Bano – seguido de perto pelo magricela, que daquela vez perde a corrida – a agarra pela mão, tão veloz a quase arrancar-lhe o braço, tamanha a força empregada.

Àquela altura, alertada pelo tropel da correria, a população em peso está nas ruas. Entre tantos curiosos, ziguezagueando um atrás do outro para dificultar a vida dos perseguidores os três continuam a correr. Alice mal consegue avançar na mesma velocidade dos companheiros, pois, obrigando-a a manquitolar em plena fuga as botas do avô vão lhe arrancando a pele dos dedos.

E o sufoco só faz aumentar quando Bano, olhando atrás, percebe um dos inimigos mais à retaguarda municiando a cartucheira – tão grande e com aparência de tão potente que igual ele nunca viu!

É urgente desaparecer da vista daqueles capangas. Contudo, na afobação em que se veem eles não dispõem de tempo para raciocinar adequadamente. Então, descobrindo a umas cem jardas no rumo norte o muro protetor da cidade, só lhes resta – Bano arrastando Alice pela mão e seguidos de perto pelo magricela – correr naquela direção.

Ao sujeitinho banguela, sempre deficiente quando trata de raciocinar – muito mais em situações prementes como aquela! –, é impossível atinar o que os companheiros têm em mente. Por isso, embora com fôlego de sobra, ele vai atrás, apenas tentando adivinhar aonde os dois pretendem chegar.

– Vamo pulá a cerca – quase abatido pelo esforço de arrastar a patroinha, são as únicas palavras de que Bano é capaz.

Àquela altura Alice já perdeu o boné, escancarando sua alourada cabeleira, e por isso arrancando exclamações da plateia.

Dito, leve como pluma, não enfrenta dificuldades para subir no muro. Entretanto, vendo o abismo a ameaçá-lo, e medroso de se atirar, como galinha que abre as asas para não cair do poleiro, freia o corpo tentando manter o equilíbrio.

E Bano, apenas pensando na urgência em passar para o outro lado, ergue Alice do mesmo jeito que se faz com um saco de batatas, pondo-a sobre o muro. Mas, frustrando todo o seu esforço, ela também estaca.

Não há tempo para deliberações, porque rapidamente os inimigos se aproximam, estando já a menos de trinta metros!

Olhando atrás, e vendo o homem mirando a cartucheira na sua direção, não lhes restam alternativas. Então, Bano empurra Dito para o abismo, não se importando com os protestos do magricela evidenciados em suas palavras antes de cair: "Ocê qué mi matá?!".

E na fração de segundo de que dispõe, ainda percebe os tentames de Alice em parlamentar acerca duma saída menos perigosa. Mas não pode ouvi-la porque o disparo da cartucheira acerta em cheio o muro bem abaixo de seus pés. O tiro leva, como se farelo fosse, o concreto com que o muro foi construído, precipitando os dois no abismo de aproximados cem metros!

As rochas formadoras do platô aonde a cidade foi construída sofreram milênios de erosão a deixá-las quase inteiramente à mostra. Porém, nas alturas de seus paredões ainda se conservam porções de terra onde árvores de várias espécies e tamanhos insistem em vicejar.

Dito à frente, Bano e Alice mais atrasados, os três precipitam a enroscar naquelas árvores, amortecendo a queda dum galho a outro, passando rente ao paredão... E já no fundo do abismo, em meio à densa floresta, é-lhes possível ouvir a população do lugar lá no alto do platô, a especular sobre o que terá sobrado dos três. Com certeza ninguém acredita que algum deles possa estar ainda vivo.

***

Após a queda no abismo, Dito, Bano e Alice têm as piores aparências imagináveis. Ainda amontoados um sobre os outros seus aspectos são os de quaisquer criaturas, menos de gente. Corpos escoriados, roupas em frangalhos, caras sujas de terra... E dentre eles o magricela é o mais prejudicado de todos, obrigando-se a suportar os pesos de Alice e de Bano que, para não massacrá-los ainda mais, logo procura sair de sobre os dois.

A situação do sujeitinho banguela é pior que a dos outros porque, além da camisa, justamente nas partes mais comprometedoras sua calça está amolambada. E antes de seus companheiros se recomporem, ele já está atrás duma das moitas ali abundantes.

E Alice, zelosa pelo bem-estar dos companheiros a quem carreou àquele infortúnio, tão logo recomposta do pavor de se ver caindo no abismo, começa a se preocupar com o repentino sumiço do magricela. Porém, antes de desandar em gritaria pelo nome do sujeitinho, ela sente a mão de Bano tapando sua boca. O matuto quer evitar qualquer pequeno alvoroço capaz de denunciar àqueles valentões que alguém deles esteja ainda vivo.

– Fica queta! – Cochicha. – Nóis num pode sê discuberto. E mesmo percebendo os olhos dela já esbugalhando pelo impedimento da respiração, explica: – Se aquêis cabôco subé que arguém de nóis inda tá vivo, vem atráis ca ispingarda!

Momentaneamente em pânico pela desconfiança de que os capangas do rufião possam ainda estar a caçá-los, só depois de ela quase desmaiar pela ausência da respiração é que ele distensiona sua boca, para em seguida ouvi-la a também cochichar suas preocupações: – Eu estou é preocupada com o sumiço do Dito.

– Ele tava aqui quando nóis caiu – sussurrando o caboclo sai a procurar o magricela. Entretanto, nem precisa ir muito longe para descobrir o sujeitinho amoitado.

– Que qui ocê tá fazeno aí?

– Tô escondido da Lice.

– Ué! Eu posso sabê por quê?

– Óia só a minha situação – sisudo pela primeira vez na vida, usando as mãos para tapar as vergonhas o pequeno banguela expõe sua calça em farrapos. E logo sua cara fina e comprida se faz ruborizada pelo acanhamento de descobrir Alice atrás do matuto. Curiosa e alarmada com o seu repentino sumiço, contrariando os receios do sujeitinho, ela nem percebe o detalhe de sua calça rasgada.

– Ocê num chega perto! – Pura vergonha o magricela reage à aproximação da patroinha.

– Por que não? – Indiferente à sua aflição ela questiona.

– Ocê num tá veno a minha carça rasgada?

– Não! Mas se ela estiver rasgada, o que é que tem isso? Nós todos estamos de roupa rasgada. Você não é a exceção!

– Não sinhora! Ninguém aqui tá cos fundo de fora cumo eu.

– Tá bom, mas se o problema for só esse, faça como Adão – ela o aconselha.

– Que Adão? – O sujeitinho ignorante logo se intriga.

Diante da cara de mil interrogações querendo compreender o que ela diz, logo ela percebe a inutilidade de qualquer explicação. E além do mais o momento não é para delongas desnecessárias.

– Pega esses ramos e faça como se eles fossem as folhas da parreira de Adão – antes de se afastar colhe e ao banguela entrega alguns cipós folhentos ali encontrados.

Mesmo esquecido daquele detalhe da "lenda" ouvida na infância sobre um homem chamado Adão vivente num paraíso com Eva, sua mulher, o magricela compreende que os ramos são para ele usar como se fosse uma tanga. Então, prendendo-os à cintura, ainda muito sem jeito vai atrás dos companheiros.

Aparência das mais horríveis não é privilégio apenas do magricela. Todos eles, além das escoriações por todo o corpo, têm as roupas em farrapos, difícil de avaliar qual será a pior. Irreconhecível, a camisa usada por Alice é pura tira; e a calça frouxa, subtraída do guarda-roupa do avô especialmente para a missão, praticamente inexiste. E Bano, além de sujo e amarrotado da cabeça aos pés, está nu da cintura para cima.

Pela profundidade da queda em meio a tantos obstáculos os estragos poderiam ter sido piores, ou mesmo fatais. Mas, avaliando o estado de cada um, é possível concluir que o desastre não foi lá tão destruidor a ponto de impossibilitar a caminhada. Então é hora de fugir dali sem que ninguém da cidade perceba que estão ainda vivos.

Caminhar na mata, contudo, não é tarefa das mais agradáveis. Cipós e pequenos arbustos atrapalham os passos, a grande altura e a densidade das árvores dificultam a orientação...

E é enorme a agitação lá no platô onde se assenta a cidade. O grande burburinho de lá oriundo denuncia a população estar dividida acerca do que fazer com os corpos que estarão lá embaixo. Afinal, à luz da razão é difícil admitir que alguém deles tenha sobrevivido à queda daquelas alturas.

– Já que, com certeza, a tua mulher não está lá onde pensamos que ela estivesse só nos resta contornar a cidade para chegar onde está o jaburu e dar o fora desse maldito lugar – Alice se mostra decidida a transpor todos os obstáculos passíveis de serem encontrados.

– Si num quisé sê discuberto nóis tem é que isperá o povo lá em cima si acarmá – outra vez obrigando-se a descobrir onde se meteu o magricela, Bano adverte. Porque novamente o sujeitinho sumiu de suas vistas!

Só que daquela vez não é preciso procurá-lo. Porque, subitamente, ele irrompe no lugar onde estão seus companheiros, trazendo à retaguarda um bando de bugios, o maior deles quase o agarrando pelos ombros.

Lá se foi o silêncio pretendido! Como menino traquina procurando novas descobertas, o pequeno mentecapto adiantou-se aos companheiros, indo até uma árvore sob a qual o bando descansava após a ingestão matinal de alimentos. Vendo um filhote ainda bem pequeno tentando subir no tronco, penalizado, Dito se dispôs a ajudá-lo. Contudo, se esqueceu de avisar os parentes do macaquinho acerca de suas boas intenções. E o resultado foi mamãe-bugio saindo a socorrer o filhote, produzindo escândalo suficiente para instigar os demais membros do bando.

Logo o macho dominante, querendo proteger seus liderados para manter seu status quo, saiu a defender toda a família. Quase do mesmo tamanho do magricela o macaco veio escancarando belos pares de caninos bem afiados, pronto para o bote fatal, só hesitando ao ver Bano e Alice, reflexamente indo ao seu encontro demonstrando mais ferocidades que ele mesmo. Aí, amedrontado, o bicho liderou o bando em retirada, sumindo entre a folhagem abundante das árvores.

Mais descorado do que habitualmente é, pernas bambas e respiração ofegante, o magricela permanece atrás dos companheiros, daquela vez sem esboçar qualquer sorriso, apenas aguardando a correição que, bem merecida, não tardará a receber.

Entretanto, não há tempo nem clima para as habituais discussões entre eles. Por isso, entreolhando-se em silêncio, os três tratam de embrenhar o mais profundo que puderem na mata.

Evidentemente o estonteante rebuliço criado pelos macacos os acabou denunciando; e lá nos limites da cidade o povo já saberá que eles estão ainda vivos. Então é preciso fugir à sanha destruidora daquele gigolô e seus capangas.

***

O que aquele cáften mais deseja na vida é a reabilitação de sua imagem, maculada como a de todos que exercem a mesma profissão. Pela existência inescrupulosa que leva, ele sempre foi estigmatizado como pessoa malquista por todos na cidade onde mora. Por isso, tão logo vislumbrou a possibilidade de minimamente se reabilitar perante seus concidadãos, daquilo ele procurou extrair o máximo possível de vantagem.

Assim que se viu refeito do sufoco passado nas mãos de Bano, acorreu à polícia para exigir a prisão de seus agressores. Mas, sabendo-o "persona non grata" entre os habitantes, em princípio o delegado se mostrou arredio, ainda mais ante a impossibilidade de os fugitivos terem sobrevivido à queda.

No entanto, todos os testemunhos davam conta de aqueles intrometidos forasteiros estarem ainda vivos. Por isso não houve como fugir ao envio duma expedição a caçá-los. Afinal, todos os moradores estavam plenamente cientes da luta deles contra os bugios. Então, mesmo contrariado, o policial se obrigou à formação da patrulha formada pelos dois soldados de que dispõe, além de ele próprio, para iniciar a perseguição.

***

Além do cipoal ali abundante, arbustos de muitas variedades repletos de espinhos empecilham a caminhada. Mesmo assim, decidida, Alice vai à frente abrindo caminho na selva. E conhecendo seu temperamento, mas não tendo melhores alternativas a oferecer, embora desconfiados do destino a que ela os conduz, os dois varões se limitam a segui-la.

O medo de a população inteira de Faxinal do Mato Dentro estar a caçá-los – uma insanidade momentânea – faz com que ela não raciocine adequadamente. E mesmo a enfrentar enormes obstáculos a consumir tempo e energia, seguida de perto pelos dois, cada vez mais ela adentra a mata.

Indo a hora avançada – já ultrapassando o meio-dia – e tendo os raios do sol em zênite a impiedosamente castigá-los mesmo através das copas das árvores, dominadora fadiga os obriga a interromper a marcha. Voltando-se a mirar seus companheiros Alice permite que eles vejam seu rosto avermelhado pelo calor, assinalado por abundantes arranhões donde filetes de sangue já coagulando nalguns pontos não cessam de brotar.

É hora de repensar o que fazer. E mesmo contrariada por obrigar-se a abdicar da decisão anteriormente tomada, a insegurança obriga a guria a admitir o próprio fracasso.

Então, ciente da urgência em fugir, e percebendo-a hesitante em liderar, Bano se apressa em manifestar sua decisão: – Vamo vortá, que nóis tá é muito errado – determina, prontamente seguido pelo magricela ao iniciar o caminho de regresso. E à Alice, mesmo temendo a decisão tomada pelos dois, além dos problemas a aguardá-los no lugar de onde partiram, não resta alternativa que não seja segui-los.

No entanto, alertamente retornando, em pouco tempo já lhes é possível ouvir as vozes dos policiais que, acompanhados dos capangas do rufião, lhes vêm ao encontro. Então, parando um momento a pensar, Bano dá uma guinada de noventa graus na caminhada para avançar rumo ao lugar aonde descobriu alguns picos bem elevados capazes de facilitar a orientação.

Como felinos em plena caça, enfileirados e silenciosos, apressados lá vão os três. Evitando ruídos capazes de denunciá-los, mesmo a arrostar dificuldades quase intransponíveis eles avançam. Ouvindo atrás o roçar dos facões a produzir estragos na vegetação, cientes do caminho por eles aberto na mata estar facilitando a tarefa dos perseguidores, a necessidade da fuga os obriga à superação dos próprios limites.

Porém, a frágil compleição logo obriga Alice à prostração. Então, solidariamente amparada pelo magricela, a despeito da própria exaustão do caboclo, ela o obriga a redobrado esforço, pois, à similitude dum peso morto e sem atentar aos involuntários gemidos dele emanados, agora ela é levada nos ombros.

Cada vez mais ingloriamente a fugir, apesar do esforço pelo arrimo prestado a Alice, Bano ainda se obriga a guiar o magricela – incapaz de raciocinar adequadamente acerca da gravidade do que está a acontecer.

Porém, ante a insustentabilidade de arcar sozinho com a carga a si imposta, o matuto decide conduzir seus companheiros a um jequitibá descoberto a sobrepujar outras árvores com a beleza de sua galharia principiante a poucos centímetros do solo, diâmetro de não mais de quarenta centímetros e farta ramagem a exibir incontáveis folhas capazes de propiciar excelente esconderijo.

Amoitados em tão robustos ramos, mesmo a polícia – a pretexto de descanso e alteração dos planos de perseguição – dando-se a desfrutar da mesma sombra, encarapitados lá permanecem os três.

E tão logo os caçadores reiniciam a perseguição, obrigados a absoluto silêncio é hora de tomar a direção oposta ao caminho dos meganhas. Atentos aonde pôr os pés, os três se dão a avançar para longe do perigo mais imediato a ameaçá-los.

A mata cobre considerável extensão de terras exacerbadamente acidentadas, a se estenderem para além de três léguas, até às pastagens das fazendas cujo gado jamais ousou aventurar-se em terreno tão hostil.

Aquela fatigante ingremidez coberta de densa mata abriga considerável fauna, dentre tantos a suçuarana. E um daqueles espécimes – fêmeo de aproximados oitenta quilos e quase dois metros de comprimento –, por ali a vagar, logo os descobre desorientados a fugir.

Ainda que, em situações de normalidade, o ser humano não faça parte do cardápio da onça – que o evita como forma de defesa –, aquela deve ter se intrigado, primeiro com tanta movimentação atípica em seu habitat. Depois com três intrusos a indevidamente explorar seu território de caça.

Talvez os encarando como concorrentes à própria sobrevivência, na perspectiva do afugentamento àquela ameaça, a fera permaneceu a espreitá-los de longe. Ou pode ser ainda que apenas tenha ficado curiosa.

Estando o dia já a caminhar para o fim é hora dos insetos vorazes por sangue, dentre eles a mutuca, atacarem. Ainda mais percebendo peles tão à mostra, cujo sangue desprotegido de qualquer pelagem não resistirá a mais leve das sucções!

Querendo afugentar aqueles mosquitos o magricela desanda a debater-se na tentativa de acertá-los com as mãos, com os pés, balançando a cabeça... Além, é claro, de não descuidar da parreira a lhe conservar o pudor.

Tanto remelexo barulhento, adicionado à incerteza do lugar aonde chegar, irrita Alice. E logo ela abandona sua curta paciência para severamente repreender o sujeitinho enlouquecido em tamanha abanação. Mas, também irritado pelo massacre a que os insetos o estão a submeter, o banguela abandona sua habitual submissão à patroinha, com ela iniciando ferrenho entrevero, um acusando o outro como se alguém deles tivesse mais culpa que os demais pela situação em que se meteram.

Inobstante as admoestações de Bano acerca da necessidade de silêncio, sem atentar que na calmaria da mata sombria – cuja mudez só se interrompe pelo cantar dalguns pássaros – o som se propaga até longa distância, os dois não arrefecem a discussão.

Tanto vozerio só podia mesmo ter como consequência a descoberta deles pelos caçadores. E o delegado, vendo-os desorientados a vagar na mata, mesmo à distância dumas duzentas jardas, logo mira em Bano.

Entretanto, antes de o policial puxar o gatilho Alice descobre a onça a menos de dez passos à retaguarda do grupo. Fitando os olhos frios da fera, tão próxima e numa atitude denunciadora da preparação ao bote, em estridente e pavoroso grito, desabala na direção dos companheiros, obrigando-os à percepção do perigo que em seu pavor, ela tenta evitar.

Vendo-a fugir, instintivamente impulsionada por saltos de mais de cinco metros, a suçuarana inicia a perseguição, armando o bote fatal no momento em que Alice cai numa depressão do terreno surgida à sua frente.

E Bano, mesmo correndo todos os riscos ensejados pela situação, ante a constatação do perigo, no exato instante em que o delegado dispara seu rifle, sai em perseguição à onça.

O gesto impensado do matuto, além de distrair a fera, acaba confundindo o policial, levando-o a personificar o adágio popular de todos ali tão bem conhecido: "atirou no que viu, mas acertou a quem não viu".

Errando de forma grosseira o alvo, o delegado atinge a onça na paleta, fazendo-a tombar na frente de Bano que a atropela, passando-lhe por cima para cair sobre Alice ainda a rolar depressão abaixo. Depois, ouvindo a gritaria generalizada em que se transforma a floresta, os caçadores confundem os berros dos perseguidos com o rugir desesperado da onça agonizante, levando-os a entender que o felino esteja a fazer o trabalho por eles.

E não passando aqueles forasteiros de meros fugitivos, desconhecidos naquelas paragens, não será difícil convencer que eles sumiram na mata. Assim as autoridades não precisarão se ocupar das formalidades legais do desaparecimento.

***

Já noite escura, após tanto se afligirem, nossos aventureiros começam a reabilitar suas razões. Mesmo assim, depois de tantos percalços, ante suas incertezas acerca da própria sobrevivência Alice ainda sente arrepios.

As trevas, recrudescidas pela sombra da mata, além de impossibilitarem a visão agora revelam todos os sons noturnos da floresta. Aves e sapos, além de pequenos mamíferos de hábitos noturnos, formam uma sinfonia macabra a enchê-la de pavor. E, além de tudo aquilo, existe a possibilidade do encontro com outras feras como aquela suçuarana!

Mas, considerando-se a única dentre os três capaz de raciocinar adequadamente, a despeito de toda aquela confusão mental ainda a debilitá-la, ela toma a decisão de voltar para casa. Apesar das forças minadas pela fome de quase dois dias, da sede, do cansaço extenuante e do intenso frio, ela não pode se dar ao luxo de esbambear.

Ciente de não estarem tão distantes do núcleo urbano, ela sabe que contornando a cidade, passando bem próximos dela e se orientando pelas estrelas, acabarão chegando onde está o jaburu.

As vozes de crianças a brincar, o ladrar dos cães, além de outros ruídos característicos da presença humana consolidam nela a certeza de não estar equivocada.

– Deem-se as mãos e me sigam – ela pega a mão de Bano, insistindo para que ele também segure a do magricela.

– Por que isso agora? – O matuto protesta. Mesmo assim, não tendo outra solução, estende a mão ao magricela que, sem jeito e muito a contragosto aquiesce em segurá-la com força.

– Para mutuamente nos proteger dos perigos nós não podemos ficar longe um dos outros – Ela justifica a sua atitude.

– E pra onde nóis vai? – Bano se apressa em saber.

– Vamos pegar o jaburu.

– Mais nóis num sabe que rumo tomá! – O magricela se apressa em manifestar desconfiança.

– É verdade – Bano concorda com o sujeitinho. – Nesse iscuro nóis num vai achá o rumo é nunca!

– Eu sei bem o que estou fazendo – Alice reafirma sua decisão. – Basta a gente se orientar pelo Cruzeiro do Sul – eleva o olhar ao firmamento palidamente claro, cujas estrelas podem ser vistas a cintilar acima das copas das árvores.

– Que qui é isso? – O matuto se intriga com o que não conhece.

– Está vendo aquelas estrelas lá formando uma cruz?

– Tô! – Ele mente, porque em verdade nada distingue no céu que não sejam tantas estrelas esparramadas a brilhar, como sempre as vê. Ele nunca soube que elas formam constelações, têm nomes próprios e servem à orientação noturna.

– Então, é só a gente manter atenção nelas, sabendo que estão ao sul do planeta, e assim nos orientarmos. É preciso estabelecer a relação entre as posições da constelação, a da cidade, a nossa e a do lugar onde deixamos o jaburu. Sem perder de vista que ele está exatamente ao sul da cidade.

"Nóis vai é si perdê inda mais!" – Agarrado à mão do matuto, sem coragem nem para pensar naquela história de "cruzêro do sur" Dito pensa lá consigo mesmo. Está medroso de que outra onça os possa surpreender, pior ainda, porque agora estão no escuro.

Mas cientes de que não há outra coisa a fazer, igual criança apegada à mão da mãe, a ele e ao matuto só resta deixarem-se levar pela patroinha.

Tateando na escuridão, a exigir silêncio, ela os faz passar rente aos peraus em cujo cimo fica a cidade. E depois de algum tempo, lá no alto também tudo está escuro, porque o gerador de energia é desligado sempre às vinte e duas horas.

O lixo precipitado na mata pelos moradores próximos ao muro é mais um complicador que eles têm de superar. Mas, tropeçando em pedaços de móveis, pisando em vidros e toda espécie de imundície, marcados nas pernas pelos arranhões causados por aqueles obstáculos, eles acabam alcançando o lugar onde está o jaburu.

Já passa de meia-noite quando começam a remover os ramos com que camuflaram o monstrengo para pô-lo novamente na estrada.

Agora o desafio a superar é sair dali o mais veloz que o jaburu puder ir. O ronco do motor, potencializado pelo silêncio da noite, certamente chamará a atenção da gente da cidade. Por isso é preciso ir o mais veloz que puderem.

Logo depois da descaracterização como homem Alice oferece a Dito o que sobrou de sua roupa masculina. Mesmo em frangalhos, ela está em melhor estado que as dele, que assim terá a oportunidade de se livrar de todo aquele pudor que lhe soa exagerado.

Novamente embarcado no jaburu, pensando na urgência em se ausentar daquele funesto lugar de sua derradeira frustração, Bano passa a exigir do monstrengo bem mais do que pode dar. Porém, já sem fôlego suficiente para a demanda de velocidade, ao invés de correr o bicho só consegue mesmo é elevar enorme nuvem de fumaça, claramente perceptível mesmo na escuridão.

Antes de iniciar a descida da ladeira que deixa atrás o morro de maior altitude no lugar, desconfiado de possível perseguição o matuto se volta para olhar a cidade. Mas só vê escuridão.

Então é certo que nenhum dos moradores se animou em saber do que se trataria aquele estranho ronco de motor. E agora é só percorrer todo o caminho de volta, e chegar à fazenda, com sorte, ainda antes do amanhecer.

***

Contrariando as expectativas, a suportar por mais de duas horas o castigo da pressa capaz de fazê-lo avançar a pouco mais que os habituais dez quilômetros/hora, o jaburu resistiu bem aos atropelos consequentes do medo da possível perseguição de veículos mais velozes que ele. Tanto esforço, no entanto, teve como consequência um consumo exagerado de combustível, além de aumentar o desgaste do motor que já não era lá aquelas coisas quando o veículo foi montado.

Assoberbado como nunca, lá pelas tantas da madrugada, passando por imensas invernadas a perder de vista na amena penumbra da noite, o toque-toque do motor foi diminuindo de intensidade, até estagnar de vez.

Eles não têm mais gasolina! E enquanto Bano, manivelando feito louco, luta para reanimar o monstro, e Dito ainda mantém as esperanças, Alice amua. Ela bem conhece os sintomas dum carro sem combustível! Mas, como inveterado otimista, o matuto ainda perde bom tempo antes de se convencer da impossibilidade de ressuscitar o motor.

Parados e sem solução à vista, à própria maneira cada um começa a manifestar suas reações. Dito, descompromissado e sentindo o conforto de antes do embarque naquela aventura ter alertado seus companheiros acerca das impossibilidades de êxito da missão, só faz deitar de dorso grudado à caçamba, aguardando as resoluções daqueles grandes teimosos que são o matuto e a patroinha. Sentindo fome, sede e muito sono o sujeitinho apenas se deixa dominar pela apatia.

Por sua vez, Bano acabrunha ainda mais, e daquele jeito permanece na direção do jaburu. Pela distância percorrida na viagem de ida, o caboclo sabe estarem ainda muito distantes de casa. Por isso nem cogita enfrentar a pé aquelas ladeiras.

Já Alice, abatida física e moralmente pela fome, a sede e as peripécias vivenciadas, mesmo que debelar a inanição ali seja impossível, precisa de mais tempo para se recompor. Vendo o matuto desconsolado a amargar mais um fracasso, vai assentar ao lado dele. Reconhecendo maior que a sua própria a decepção do caboclo, e querendo confortá-lo, ela logo se achega mais a se lhe apoiar no ombro, única coisa que imagina capaz de naquele momento fazê-lo perceber sua solidariedade.

Calma e fria, a madrugada avança, e só por vezes a quietude é interrompida pelo cantar d'alguma ave noturna. E ali, cada qual remoendo as próprias frustrações, à exceção do estrondeante roncar do magricela a dormir na caçamba, por bom tempo entre os dois impera o silêncio.

Entretanto, apesar da paz sugerida pela mansidão daquelas invernadas submetidas à negritude da noite e suas constelações cintilantes, Alice não consegue permanecer por muito tempo tão pacífica como seria de esperar. Pensamentos passíveis de repudio, de repente começam a invadi-la, obrigando-a a desmedido esforço na tentativa de afastá-los para bem longe.

Porém, mesmo alheios à sua vontade, aqueles lampejos insistem em obrigá-la a coisas jamais imaginadas. E por mais que tente, a ela é impossível compreender aqueles impulsos, tão vorazes ao ponto de obrigá-la ao que nunca pensou fazer.

Debruçado de queixo sobre os braços no volante do jaburu, Bano não consegue se livrar da encasquetação acerca de seus sucessivos fracassos, acumulados a cada nova investida na busca por Amelinha. Seus pensamentos vagam a percorrer a própria vida, desde a felicidade experimentada ao lado da esposa no aconchego do lar até o desgoverno em que seu destino se transmudou quando o abateu a desventura de perdê-la daquela forma tão alucinante.

Até que procurando uma nova posição para descansar, subitamente o hálito quente expirado por Alice começa a perpassar-lhe o pescoço, obrigando-o à reação àquilo que não esperava. Então, surpreso, descobre que ela, ao contrário do que pensava, não está apenas a dormir apoiada em seu ombro.

Incapaz de conter o que considera tão malfadado impulso, ela mesma não sabe explicar o que faz, mas aquela vontade incontrolável a obriga a deslizar uma das mãos até apoiá-la levemente sobre o outro ombro dele. E, não conseguindo o autodomínio, começa acariciá-lo no rosto, agindo tão silenciosamente ao ponto de fazê-lo suspirar em reação à maciez da mão capaz de quase o extasiar ante tão inesperado afago.

Em seguida, não conseguindo frear aqueles indomáveis desejos a dominá-la, hesitante, mas fortemente encorajada, mansamente ela leva sua boca na direção da do caboclo, obrigando-o ao desvio de seus lábios para evitar o que considera grande desvario da parte dela.

A recusa, repentina e de pura reação ao inesperado, fazendo-a fortemente desconcertada, a reconduz à realidade. E, retomando a razão, a ela só resta se distanciar na extremidade do banco do jaburu, não sabendo como se comportar, nem o que dizer.

– O que qui ocê tá fazeno? – Depois de alguns instantes, ele quebra o silêncio. – Ficô lôca é?

– Me perdoe... – Ela evidencia sua dificuldade de expressão. – Eu não sei por que fiz isso; nem sei o que se passa comigo – sem ter como se esquivar começa a expor seu embaraço. – Sentimentos... Isso! Sentimentos, que eu não sei explicar, têm me atormentado. Coisas que eu nunca pensei que pudessem acontecer comigo têm me obrigado a pensar e agir de forma muito estranha, como isso que acabei de fazer.

– Ocê tá é dexano de sê criança!... – Ciente da vergonha a que a vê submetida, ele tenta, no lugar dela mesma, justificar tão comprometedora ação.

– Criança eu já não sou faz é tempo! – Subitamente contrariada, ela eleva a voz, obrigando o magricela a se remexer na caçamba, embora continue a dormir. – Só que nunca isso aconteceu comigo – continua a falar, agora cochichando para não acordar o sujeitinho.

– Isso é coisa da vida! – mesmo sendo-lhe impossível explicar o que ali está acontecendo, tenta consolá-la. Nunca foi educado para compreender certas coisas, muito menos os primeiros arroubos amorosos duma adolescente tão refinada como ele a vê. Até porque desconfia aquilo apenas representar uma atitude consequente do esgotamento causado pela fome a fazê-la bem mais debilitada que ele mesmo.

– Eu devo estar é ficando louca – ela insiste em justificar o que fez. – Se nunca beijei ninguém, nem nunca quis beijar, não seria correto fazê-lo justamente com um homem casado!

– Como que ocê nunca bejô ninguém? E o bêjo que ocê deu nele, num conta? – O matuto aponta Dito a roncar na caçamba.

– Como?! Você enlouqueceu? – Aliviada com aquele desvio no assunto por ele iniciado, mas ainda abismada com o que ouviu, ela reage ao que considera grande demência da parte dele. – Quando foi que você me viu beijá-lo?

– Aquele dia lá no rio aondi nóis foi tirá as roda pra fazê o jaburu, ocê num lembra?

– Graças a Deus! – Enfim, ela se alivia. – Como já expliquei aquilo não foi um beijo! Ele estava afogado e eu fiz respiração boca a boca para reanimá-lo. Nada além disso!

– Que história mais sem pé nem cabeça é essa! Eu vi ocê grudada nele! Inté pensei que ocêis era namorado...

– Namorado?! Onde já se viu?... Você não acha que eu mereço coisa melhor?

– Acho.

– Então não diga o que não sabe que podes me magoar.

Ouvindo aquelas explicações, ele encasqueta em dificuldades até para entender seus próprios sentimentos daquele dia. De qualquer modo, sente-se aliviado pela ratificação de que ela apenas estivera a reanimar o sujeitinho desdentado – incompetente até para flutuar nas águas dum córrego! E assim considera superadas suas inquietações de toda vez em que se dera a pensar naquilo que considerou um "discaramento" dos dois.

– Ocê sabe? Eu num posso negá que fico cheio de vaidadi sabeno que ocê mi qué ansim tão bem, inté quereno mi fazê esses chamego. Mais eu num posso si aproveitá da situação, porque sei que ocê inda num sabe direito o que qué da vida. ...E tem sido tão boa pra mim!... Além disso, os únicos bêjo que mi satisfáiz é os da Amelinha. E eu nunca que vô traí ela.

– Eu sei muito bem o que quero da minha vida! – Quase instintivamente ela reage àquela insinuação a respeito de sua pouca idade.

– Eu sei que ocê intendi o que eu quero dizê. E além docê sê muito nova, eu gosto memo é da Amelinha! – Ele a permite perceber a vibração de sua voz ao lembrar a esposa.

"Parece que você não conhece mesmo a mulher com quem se casou!" – mesmo embaraçada como se vê, exatamente pela insistência dele em reencontrar a mulher, diante do que ouve, ela quase revida a expressar com a voz o que pensa.

Ela nunca viu a mulher, nem a encontrou onde pensou que ela estivesse. Ainda assim está certa de a assanhada não o amar tanto quanto parece acreditar. Porque fugir dum homem tão dedicado como ele tem se mostrado, não é coisa de mulher que mereça tanta consideração. "Mas" – ela acaba concluindo –, "não seria justo desfazer de forma tão cruel a imagem de quem ele tanto demonstra amar, mesmo que o sofrimento possa ser bem maior quando descobrir a verdade por si mesmo".

– Você está certo – omitindo sua verdade ao desdizer o que pensa, ela decide se manifestar. – E eu só tenho a admirar o teu bom caráter.

Mas ninguém conseguirá lhe tirar da cabeça o pensamento de, naquele particular, ele não passar de um tolo dos mais acabados; e de a mulher dele não passar duma leviana, mentirosa e indolente.

– E já que você demonstra ser meu amigo, eu penso que posso fazer isso – refeita do embaraço, dá-lhe sonoro beijo na face cujo barulho quase desperta o magricela. Semiacordado, o sujeitinho tenta elevar a cabeça do assoalho, porém permanece alheio a tudo o que está se passando enquanto ele dorme. – E não conta a ninguém o que eu fiz – ela volta a cochichar ao ouvido dele. – Posso contar com isso? Se não eu vou ficar muito envergonhada – aponta o magricela, incluindo-o entre os destinatários do segredo.

***

Ouvindo o relato de Sá Bina sobre o que Alice estaria a fazer na companhia daqueles dois desajuizados, de uma só vez Chiquinho arranca um naco inteiro do bigode. Considerando a si mesmo alguém superinteligente, e distinguindo ali como um lugar muito aquém de sua própria importância, como sempre fez, o homenzinho arrogante nunca foi tão chegado à fazenda. Afinal, ali só se encontram pessoas pobres, incultas e asquerosas, com quem impossível é conviver. E até agora, ele ainda não atinou por que nos últimos tempos, como nunca, sua mulher tem desejado tanto estar entre aqueles seres tão insignificantes.

A dar mostras cabais daquela sua conduta mais que suspeita – menos ao incauto marido –, atropelando-o numa ânsia poucas vezes vista, hoje ela se superou. Então, aporrinhado como nunca esteve na vida, o inveterado jogador se obrigou a cancelar seus compromissos com os amigos com quem tinha marcado uma cacheta no clube. Afinal, a mulher querendo algo é melhor logo atendê-la sob a pena de ela não lhe conceder os direitos conjugais por várias semanas. Por isso, inobstante estar ciente da urgência em saber o que terá acontecido à Alice, se obrigou a acompanhá-la.

E no fim das contas quem acabou pagando o pato foi Sá Bina. A pobre velha bem que tentou esconder a travessura da patroinha a instigar Bano e Dito para aquela doidice. Porém, não foi capaz de suportar a pressão dos pais da moça, que em nada apreciaram o que a filha está a fazer na companhia daqueles dois, ainda mais com tais propósitos!

– Faxinal do Mato Dentro?! – Sabendo para onde foi a filha, Chiquinho coça com mais força ainda o bigode. "Justamente aquela cidade?" – Ele bem conhece a fama de lugar de bandoleiros e mulheres-damas que Faxinal desfruta em toda a região!

E diante da informação do tempo transcorrido desde que os três partiram, Eva atropela o marido para que se apresse em resgatar a filha.

– Nem pense em fugir da responsabilidade! – a mulher bem conhece a exagerada leniência do marido. Por isso, decidida logo embarca na F100, lá mantendo-se de braços cruzados em incontida aflição.

– Eu sou bem capaz é de meter um processo naqueles dois raptores de meninas indefesas – Chiquinho é pura bravata ao embarcar.

– Tá bom. Mas agora nós só temos é que ir atrás deles.

***

Ao amanhecer do novo dia, os resgatadores de mulher raptada – ou fujona, como Alice pretende que fosse – ainda não sabem como fugir da imobilidade. Falta-lhes coragem para galgar a pé a distância a separá-los da Santa Margarida. E olhando em todas as direções eles nada mais veem que invernadas a perder de vista, vazias do gado que àquela hora estará a pastar em outros pontos das imensas fazendas.

– Ocêis espera aqui que eu vô dá um jeito de arranjá gasolina – Mesmo sem saber aonde ir Bano sai a procura de alguém que possa socorrê-los.

– Espera aí – Alice se apressa em dissuadi-lo. – Não saia andando sem rumo que você só vai é se perder!

– E cumé que nóis vai imbora?

– Eu não sei, mas o mais prudente é aguardar um carro passar por aqui e pedir ajuda.

– E ocê acha que aqui passa carro? Óia o chão da istrada que, além do nosso memo, ocê só vai vê rasto de cavalo, boi e arguma carroça – já a certa distância, ele argumenta.

– Volta aqui – agora ela esbraveja. – A gente tem que ficar juntos para resolver os imprevistos que aparecerem...

Mas não houve como frear a decisão do matuto, pois, ao meter uma ideia na cabeça ele se torna um determinado de impossível dissuasão. E, conforme o seu pensamento, ficar esperando alguém passar por aquele caminho deserto não passará de mera perda de tempo. Por isso, nem a fisionomia de desespero estampada por Alice conseguiu demovê-lo da ideia de arranjar socorro junto aos peões habitantes naquelas fazendas cujas invernadas parecem não ter fim.

Vendo-o a se afastar a guria vai ao desespero. Ela conhece muito bem as grandes extensões daquelas invernadas e a quase total ausência de trabalhadores a cuidar daquelas criações extensivas de gado onde a densidade populacional de bovinos é das menores de que ela já teve conhecimento. Por isso decide se socorrer no magricela de quem – em verdade, ela está bem ciente – só pode mesmo esperar a incapacidade de demover o matuto daquela loucura.

E, confirmando sua prognose, o sujeitinho banguela só faz esboçar um chocho sorriso de quem amanheceu desmotivado para qualquer discussão. – Si ocê tivé água e cumida, é só o que eu priciso pra morrê em paiz – se esquiva, voltando a deitar na caçamba do jaburu para deixar à mostra um punhado de costelas que, depois de tanto esforço sem alimento, estão mais visíveis que nunca.

"O que eu estou fazendo na companhia desses dois palermas!" – Ainda mais, ela começa a se afligir. Um deles só faz deitar entregue a um marasmo de causar dó; e o outro, de repente e sem destino a vagar pelas enormes extensões daquelas fazendas vazias de gente, se distancia sem nenhuma garantia de encontrar o que procura!

A ela a única certeza é a inutilidade daquela procura tentada pelo matuto. Pelo que sabe, em muitas léguas não existirá mais que pasto e criações extensivas de gado quase selvagem, desabituado a ver seres humanos com frequência, e, por isso mesmo nocivo à presença de qualquer pessoa.

Então, desolada e quase em pânico, toma assento no banco do jaburu e fica a esperar. Sua vontade mais ferrenha é tomar a pé o caminho de casa, deixando atrás aqueles dois miolos moles. Mas, fisicamente debilitada e moralmente comprometida com eles, não se anima a fazer aquilo, pois além da grande distância a percorrer e de ser ermo o caminho, daquela vez foi dela a ideia de resgatar a fujona.

A manhã ensolarada avança. Abatido pela fome e a sede o magricela voltou a dormir, e o matuto não dá o ar da graça... Então, sozinha a pensar, mas sem encontrar uma solução capaz de resolver o impasse, Alice começa a se desesperar.

No entanto, antes de ela colapsar de vez o juízo, à distância uma fagulha de esperança começa a surgir. A salvação a reluzir no horizonte se manifesta num para-brisa a refletir a luz do sol. Então, agradecida pela iminente redenção a se revelar, nem se aflige com a certeza da severa repreensão a ser-lhe aplicada por algum de seus familiares, que certamente será o ocupante daquele veículo.

Nunca na vida ela pensou em tanto apreciar uma provável aproximação de seu genitor! Vendo-o muito mais centrado apenas no que particularmente lhe interesse, sempre considerou seu pai irresponsável e descompromissado quando o assunto envolvesse o pleno bem-estar da família. Mas agora, se sua intuição estiver correta, a chegada dele será providencial!

– Você perdeu o juízo? – Logo ao chegar sua mãe inicia extensa ladainha. – Onde já se viu sair por aí a procura duma quenga na companhia desses dois idiotas?

– Mãe! Olha como fala! Nós fomos atrás duma informação que parecia certa.

Mas, fazendo-se mouca à sua justificativa, Eva se estende a praguejar a leviandade dela ao se meter em assuntos que não lhe digam respeito, mais irresponsável ainda por se envolver num caso muito além de desprezível como aquele.

Para a genitora a loucura da filha é ainda mais extravagante porque ninguém até agora teve plena certeza da existência da tal fulana, ou se ela não será apenas fruto das alucinações daquele matuto de cuja demência, ele tem dado mais que provas.

E enquanto Eva estica sua ladainha de repreensões, pensando em surpreender o matuto a dormir, demonstrando indiferença para com a filha, Chiquinho vai vistoriar o jaburu. Entretanto, nada mais vê que a cara de assombro do magricela que, despertado por ele aos trancos, negando-se a escancarar as gengivas daquela vez mostra certa sisudez.

– Cadê o raptor de menores, para eu lhe dar uma lição? – Mesmo a todos ali sua bravata não passando de mera encenação, levando a mão ao bigode o homenzinho esbraveja.

– Ele foi buscar gasolina – Alice se apressa em demonstrar que, apesar das loucuras que pratica, o caboclo assume a responsabilidade por seus atos.

Procurando não demonstrar aquiescência ao procedimento do sujeito a ele mais que asqueroso, e injuriado por se ver metido naquela situação muito além de esdrúxula, o pai tenta esconder suas íntimas apreensões pelas travessuras da filha.

Na opinião do genitor, mesmo impotente para aquilo, a garota deveria arcar sozinha com as consequências do que fez. E em sua consideração o episódio da falta de combustível é uma excelente forma de educar, suficiente em não deixar margem a novos deslizes daquela magnitude. Afinal, a filha precisa entender que os atos praticados ao longo da vida trarão sempre consequências que, boas ou más, carecerão da atenção de quem os praticar, para gozá-los ou corrigi-los – muito improvavelmente responsável, lá consigo mesmo o pai raciocina.

Contudo, ainda que seu desejo seja manifestar apenas indiferença, acaba deixando escapar sua inconformidade:

– Por que você vive a se meter com esse desclassificado?

– Eu apenas quero ajudá-lo a encontrar a mulher – sem ignorar as desconfianças da mãe, nem as indagações no olhar do magricela incapaz de entender o adjetivo com que Chiquinho se referiu ao matuto, à Alice naquele momento é mais cômodo mentir.

– Eu confesso que não engulo esse teu envolvimento com aquele mocorongo – embora não sendo aquilo o que queria dizer, Eva se esforça para diminuir perante o marido a pessoa do caboclo.

– É uma questão de humanidade – da mesma forma Alice procura camuflar seu especial interesse no homem por quem há algum tempo vem dispensado seus mais elevados interesses. – Até porque ele só pode mesmo é contar com a nossa ajuda.

***

A decisão tomada pelos patrões levou ao desespero o magricela. Mas nenhuma alternativa restou ao sujeitinho que não fosse esperar Bano regressar da incursão por aqueles pastos sem fim à procura dalguma alma viva que os pudesse socorrer.

Forçado a permanecer sozinho naquela imensidão, na companhia de apenas os pássaros em rápidos voos de pura intriga com sua incômoda presença, vendo Alice com os pais regressando à fazenda o pequeno banguela amargou medo e incertezas.

E o pequeno galão de combustível deixado pelos patrões para reavivar o jaburu em seu regresso até a fazenda só fez aumentar sua desolação, pois o bicho é um notório beberrão de gasolina e, com certeza, aquela miséria não dará para chegar até lá.

Ao se aproximar do lugar onde deixou os dois, e ali não encontrando a patroinha como era de esperar, o matuto se vê um tanto alarmado com o sumiço dela.

– Que qui aconteceu ca Alice? – A fisionomia do caboclo é de preocupação por não perceber o menor vestígio da presença da garota. E, pela cara de desconsolo do magricela que amargou medo e incertezas a sós naquele lugar longe de tudo, desconfia de algo muito ruim possivelmente ocorrido em sua ausência. "Será que a doida foi atráis de mim?" – se aflige em ansiedade pela explicação para o sumiço.

Contudo, a alma infantil do pequeno banguela, a fazê-lo incapaz de manter a cólera por muito tempo, ainda que quase a morrer de fome e sede, o leva a galhofar na forma de inocente brincadeira: – Aquêis home da zona viero buscá ela pa trabaiá lá.

– Essa num é hora de brincá! – Bano logo avisa. – Cadê ela?

– Os pai dela viero atráis de nóis, e levaro ela imbora – o sujeitinho não quer perder tanto tempo. – E eu tive que ficá pra avisa ocê o que aconteceu.

– Êis truxero arguma coisa pra gente cumê?

– Num sei, porque num tive tempo de perguntá. Mais acho que num truxero nem o de bebê...

– Ora muleque! Ocê num tava cum fome nem com sede?

– Tava! Mais o gosto de vê os patrão chegano foi tanto que eu si esqueci que tinha fome...

– Ocê é memo um mocorongo! E nóis vai ficá sem cumê inté chegá em casa!

– Que se há de fazê?

***

Apesar de excessivamente atormentado por tantos reveses cujo ápice foi o fiasco da caçada em Faxinal do Mato Dentro, Bano acabou convencido da necessidade de manter os pés no chão quanto a possíveis novas investidas na busca por Amelinha. E a única certeza a lhe restar é a de que, a continuar agindo como verdadeiro tresloucado como fizera até aquele dia, seus atos fatalmente chegarão a consequências desastrosas.

Então, ainda que aborrecido pelo que se obrigará a não fazer, seu entusiasmo começa a arrefecer quase ao ponto da completa desistência da mulher e do filho que ela gestava quando eles se separaram. E mesmo aquele desejo incontrolável de conhecer o herdeiro que – contando os meses desde que soubera da gravidez –, àquela altura já terá nascido, ainda que ininterruptamente amargurado, necessário é se aquietar.

Mesmo obrigado a suportar a cruciante tortura daquela ausência, ele tem pensado, por ora é imperioso resignar-se ao sofrimento de tão cedo não poder rever a mulher, nem conhecer seu primogênito legatário que, certamente crescerá sem desfrutar o amor de pai.

Porém, mesmo naquela imperiosa necessidade de esquecê-los por agora, o pobre homem sabe ser impossível fazer de conta que a mulher e seu filho não existem. Afinal, relegar entes tão importantes ao esquecimento é coisa de seres desprovidos do senso de humanidade, o que nunca foi o seu caso.

Em seus dias atuais, o único consolo de que pode desfrutar é a proximidade do magricela, que, demonstrando tão bem já conhecê-lo, tem se esforçado por ser bem mais solidário do que poderia esperar.

Se antes, apesar de sua pequenez intelectiva, o pequeno banguela já vivia intrigado com os mistérios a envolver aquela vida por demais complicada, agora o sujeitinho tem se mostrado ainda mais encabulado. Afinal, a constante embrulhada em que vive aquele matuto é demasiado incompreensível à sua cabecinha fina e de ínfimo raciocínio.

Assim a única coisa possível à diminuta capacidade de pensar do pequeno desajuizado é sua considerável inquietação por ver o matuto sempre cabisbaixo e solitário, recolhendo-se mais cedo e remexendo até altas horas na tarimba aonde dormir ao pobre se torna cada vez mais difícil.

Os pais de Alice, receando aquele ascendente envolvimento da filha com os dois destrambelhados, depois da última travessura protagonizada pelos três, fizeram gestões para interná-la num colégio para moças na capital.

Entretanto, ante a ferrenha oposição da guria, acabaram dissuadidos da ideia, pois, a separação definitiva da família foi a menor de suas reações.

Por isso as vidas dos três imprudentes travessos, mesmo essencialmente tão heterogêneas e ausente uma das outras, acabaram solidarizando a mesma mórbida e tristonha apatia. Alice, impedida de conviver com os dois juízos-moles, nunca mais esteve na fazenda. E, por seu lado, percebendo a agonia do companheiro e não sabendo que reação encontrará, mesmo continuando àquilo praticar, o magricela decidiu rarefazer suas molecagens com as quais sempre importunou o matuto.

E, obrigado por sua dívida a ser quitada com trabalho, mesmo ansiando pela alforria o caboclo se vê de mãos e pés atados. A ele só resta amargar a decepção pelo rapto de Amelinha sem nada poder para resgatá-la, já que as condições em que foi empregado o impedem de se ausentar frequentemente da fazenda.

"Mais um dia eu hei de incontrá ela e o nosso piá, nem que ele já seje home feito" – apesar de tudo, o pobre ainda vive a ruminar, fazendo daquele pensamento a meta a ser atingida, mesmo que na velhice.

O tempo passa: semanas, meses, mais de ano.

Eva nunca perdeu as oportunidades de ir à fazenda. Cada vez que o patrão chega, lá está ela, supervisionando a casa, dando ordens às mulheres dos peões a quem manda fazer de tudo. Mas já a ninguém é segredo o seu particular interesse no matuto a quem de modo particular, ela nunca isenta de importunações.

Por seu lado, não querendo ser pego em flagrante ilicitude, a ela o caboclo só se dirige com muita parcimônia, dispensando todo o trato de que é capaz, como bem deve ser as tratativas entre patroa e empregado.

Mas ela não se dá o respeito. E, muitas vezes diminuindo as distâncias, acaba a ele se equiparando, principalmente quando não há mais ninguém por perto.

O resultado de tanta deturpação nos modos de ela o tratar é a completa falta de polimento nos diálogos entre os dois. E toda vez que se aproximam um do outro, como cão e gata eles acabam se estranhando. Muitas ordens deixam de ser obedecidas e, fazendo corar as pessoas mais pudicas, os xingamentos e palavras chulas se tornaram contumazes.

Sá Bina – mulher experimentada na vida –, apesar da caduquice e das incertezas a respeito do que acontece entre os dois, já percebeu os assanhamentos da patroa para com o seu apadrinhado a quem dedica bem-querer. E frequentemente o tem advertido sobre aqueles verdadeiros "discaramento" entre os dois:

– Ocê fica dano trela pra essa muié dismiolada que ela vai ti pô a perdê – a velha o admoesta depois de Eva, a pretexto de ordenar trabalhos na casa grande, ter ido acordá-lo bem cedo. – Ocê deve sabê o que acontece com empregado que se mete a bêsta com patrão!

– A sinhora si assossegui que eu sei muito bem lidá quessa bisca – ele tenta fugir à desconfiança da anciã.

Mas o que ele jamais poderia esperar naquele momento era a patroa bem à porta do casebre, ouvindo pelas costas o que eles dizem a seu respeito.

– Bisca?! – Ela os surpreende. – É assim que você me chama quando eu não estou perto?

Surpreendido por aquilo que não esperava Bano deixa cair a caneca de café com leite que estava a beber. Já Sá Bina, na vida experimentada em assuntos daquela natureza, demonstra incomum presença de espírito. Virando-se para a "pesti", como em pensamento, ela chama a patroa, a idosa inventa outra pessoa a quem supostamente eles se referiam:

– Ele num tava falano da sinhora não! Nóis tava falano é de ôtra muié aqui da fazenda que vive importunano ele – tenta destruir a safadeza percebida naquelas descaradas investidas da patroa contra o matuto. Se ele estiver envolvido com outra, certamente aquela "vagabunda" em forma de patroa cessará suas descabidas insinuações que só mesmo o incauto caboclo parece não perceber.

– É... Nóis tava falano era de ôtra – Aliviado pela astúcia demonstrada pela Vó, Bano procura reforçar as palavras da anciã.

Mas, ao contrário dos motivos da velha, o que ele quer mesmo é se livrar de complicações no trabalho. Aquela bisca bem poderá se vingar do xingamento, que provavelmente já sabe ter sido a ela dirigido, aumentando suas tarefas.

– Não queiram tapar o sol com a peneira que eu ouvi muito bem vocês se referindo ao trato entre patroa e empregado. Ou estou enganada?

Apesar de sua aparente ingenuidade, o caboclo sabe que em muitos casos a melhor defesa só pode mesmo ser o ataque. E com Eva, ele está convencido de aquela ser a melhor estratégia. Então, para desespero de Sá Bina, que teme ser despedido, escancara à "pirua" tudo o que até aquele momento manteve engolido sem que pudesse manifestar.

O resultado de sua sinceridade é um entrevero tão acirrado a ponto de obrigar a Vó, tremendo de medo, se manter grudada à taipa do fogão, a baba do fumo que ela masca escorrendo pelos cantos da boca até se espalhar pelo chão sem que perceba.

Características pessoais desagradáveis, jeitos de falar, apelidos pejorativos... Tudo acaba se revelando. Até que o matuto, no afã de se safar daquela desagradável intromissão da megera, acaba chamando-a de "pirua sem pena".

Aí, sem mais argumentos, um tanto confusa a patroa se afasta, mesmo assim ansiando pela primeira oportunidade de ir à forra contra aquele matuto xucro e atrevido.

***

"Como ela cresceu!" – Depois de tão longa temporada sem se encontrarem, ante o afagoso abraço de Alice no magricela, Bano se vê abismado. "Ela tá ficano uma muié bunita que só!" – contemplando o corpo ainda mais exuberante que da última vez em que estiveram juntos, lá consigo mesmo o caboclo se admira.

A silhueta é feita de curvas tão perfeitas, evidenciadas por elementos formadores dum corpo no qual tudo é tão harmoniosamente proporcional que igual, ele tem a certeza de jamais poder apreciar em nenhuma outra.

O rosto, particularmente, foi o que mais se aperfeiçoou durante o período em que estiveram ausentes. O tempo, de modo inteiramente particular, a ela parece ter servido apenas para aprimorar ainda mais sua inebriante beleza. Lindas como sempre foram, suas feições manifestam agora desconcertante jovialidade, embora já se possam definir os traços que deverão permanecer até que ela atinja a velhice.

Antagonicamente ao modo como afagou o magricela, para com o matuto ela se faz particularmente cerimoniosa. Apenas a um aperto de mãos e um deslizar da esquerda sobre o braço dele são os gestos reservados de quem o respeita, sem, contudo, permitir tanta proximidade.

Desde o último fracasso na busca por Amelinha os dois nunca mais a viram. Mais de ano se passou desde que, num castigo que ela mesma acabou achando merecido, os pais a proibiram de ir à fazenda. Afinal, nenhum dos três tem mesmo juízo, e juntos eles seriam bem capazes de maluquices ainda maiores!

Na casa dos patrões eles pernoitarão para logo ao amanhecer viajarem à capital aonde receberão instruções sobre o funcionamento dos novos equipamentos pretendidos por Chico Mineiro para ampliar sua capacidade de produzir aguardente.

– Como está a vida na fazenda? – Ela procura saber.

– Tá boa! – Num sorriso cinzento de quem a duras penas tem se conformado às novas condições em que está a viver, o magricela escancara sua boca murcha.

– Pa dizê a verdade – Bano perde o acanhamento como nunca fez –, sem ocê lá num tá nada bão!

– Ah é?! – Ela o permite descobrir sua lisonja em descobrir que sua ausência é por ele lamentada. – Eu faço tanta falta assim?

– Ocê sabe, né? Ocê sempre dexô a gente mais animado. Já eu e esse palito só faiz trabaiá, e de noite durmi cedo, pra no ôtro dia tê corage de trabaiá de novo...

– E o jaburu, ainda funciona? – Ela procura reavivar as lembranças de tudo o que os três viveram a bordo do monstrengo.

– Que nada! – Bano demonstra sua decepção àquele respeito. – Dêis do dia que vortemo daquela viaje ele tá lá num canto parado.

– Então eu tenho que ir lá para fazê-lo funcionar novamente, divertindo a criançada – a voz quase embargada deixa transparecer a mágoa ainda a aborrecê-la.

Logo ao alvorecer os dois partirão a serviço do patrão, que percebendo o obsoletismo de seu alambique a nem de longe se aproximar daqueles mais modernos que aos punhados já existem nas fazendas de seus colegas, se acha em desvantagem no enfrentamento à concorrência. Logo ele que vive a se gabar do primeiro lugar a si próprio atribuído! Mas, querendo manter sua pretensa liderança, a única coisa a fazer é investir em equipamentos maiores e de última geração.

Antes, porém, de ir à busca dos melhores equipamentos já existentes, quis obter o máximo de informações. Por isso lá estão dois de seus amigos fazendeiros, bons conhecedores daquela indústria. Com eles o velho coronel terá a oportunidade de escolher o que há de mais moderno para o aumento da produção e a manutenção da qualidade do seu produto.

No entanto, gabola e presunçoso em qualquer assunto que lhe proponham, acaba frustrando as iniciativas de seus interlocutores, decidindo, ele mesmo, qual o melhor equipamento para a sua fazenda.

E, como não poderia deixar de ser, a noite desanda em seu habitual monólogo acerca de assuntos a ele mais que fascinantes. Aproveitando o tema da prosa, que versa exatamente sobre novas tecnologias, não desperdiça a oportunidade, ímpar, de encher as cacholas de seus prestimosos amigos com suas assertivas sobre os estonteantes avanços por que passa o mundo, em verdade já afetando toda a Humanidade. Afinal, exatamente por aquele motivo está a precisar dum novo alambique!

Os dois caipiras, sendo os encarregados de fazer a nova máquina funcionar – e por isso altamente interessados naquele assunto –, têm perfeita consciência das próprias limitações ante aquele papo de tão elevada complexidade.

Então, sabendo-se incapazes da intromissão em assuntos tão complicados, abrigados numa saleta contígua própria ao recolhimento, se limitam a apenas ouvir de longe a prosa dos fazendeiros. E ali permanecem aguardando o desligar do gerador de energia da cidade para então se recolherem.

Percebendo-os ali tão sem graça, Alice procura elevar seus ânimos. Antes do habitual apagão das 22 horas, querendo mostrar cortesia e boa hospitalidade, convida-os à garagem aonde poderão ver sua nova lambreta – presente do avô – que ainda não estreou.

Mais afoito, o magricela logo se levanta a segui-la, enquanto Bano, um tanto enfadado, prefere permanecer onde está.

Um prato cheio à Eva, desejosa de importuná-lo como sempre tem feito desde que conseguiu afastá-lo do convívio da filha. Percebendo as ausências de Alice e do magricela, e o pobre ali tão desprotegido, imprudentemente corre a tirar satisfações acerca do último entrevero entre os dois:

– Perua depenada, hein? – Inesperadamente chegando do cômodo contíguo àquele onde ele está, e para não chamar a atenção dos demais presentes à casa, por detrás, ela o surpreende a cochichar.

– Vê se cunversa de frente! – Em alta voz, ele reage, por pouco não chamando a atenção de Chico Mineiro e seus convidados na sala de visitas.

– Fala baixo! – Ela novamente cochicha. E, se achegando mais, senta ao lado dele na mesma poltrona. – Eu ainda não esqueci a ofensa que você me fez.

– Ocê sempre ofendi primêro!

– Mas precisava me tratar daquele jeito? Por que você me chamou de perua sem penas?

– Purque ocê parece memo uma pirua dispenada, ué!

– E ainda tem coragem de repetir? Você me acha mesmo parecida a uma perua, e sem penas?!

– Acho.

– Por quê? – Ante a ratificação, ainda mais ela se intriga.

– Pur quê? Purque ocê si comporta iguar uma pirua; e si vesti com tão pôca ropa que é como si a pirua não tivesse pena!

– Mas bem que você aprecia os meus dotes, não? – Atentamente fitando-o para descobrir como ele reagirá à provocação, ela segue a cochichar.

– Si uma muié apareci na frente da genti mostrano tudo, é craro que a genti óia. Só que gostá é diferenti!

– Ah é? Você gosta mesmo é da outra, não?

– Que ôtra?

– Aquela que a velha Bina falou – ela revela desgosto pela possibilidade de ele já ter outra mulher que não seja a esposa. – Como é que fica a tua mulher que você tanto busca?

– Ocê num fala o que num sabe...

– Não fui eu que falei! Foram vocês dois.

– A Sá Bina anda procupada cas coisa que ocê tem feito. Ela inté acha que ocê inrabichô comigu, e qué invitá cumpricação.

– E você, o que pensa? – Ela insiste. Afinal, se não há uma concorrente, há muito tempo ele estará solitário, e então, fácil será tirar proveito de sua solidão.

E, antes da resposta, permitindo às coxas resvalarem, ela se achega mais e, suspirando bem próximo ao seu ouvido, acaricia-lhe o rosto. Mas, olhando desconfiado o patrão em animado monólogo diante de seus convidados, o caboclo se apressa em se esquivar. Mesmo assim não consegue evitar que seus lábios se unam aos dela, tão rapidamente quanto o seu levantar levando a mão para se livrar de prováveis manchas de batom deixadas em sua boca.

– Mãe! – À porta eles ouvem a admiração de Alice, aturdida com o que presencia. E o magricela, a acompanhá-la, daquela vez nem um leve sorriso esboça. Apesar de suas debilidades, admirado ante o que vê o sujeitinho se revela de grande valia para amainar a situação: na tentativa de evitar que o patrão perceba o que ali está acontecendo, mais que depressa corre a fechar a porta que dá para a sala de visitas.

Naquele momento as luzes se apagam.

Vendo Alice em grande atordoamento a correr para o pátio, Eva se apressa em segui-la. Em consequência de sua insensatez, os pensamentos da leviana se tornam ineficientes a uma explicação convincente para o que fez. Ainda assim, às pressas, tenta elaborar uma desculpa capaz de atenuar perante a filha sua tão imprudente lascívia.

– Filha, eu posso explicar o que aconteceu.

– Eu não preciso ouvir explicações daquilo que vi – A filha permite que ela descubra suas lágrimas. – Mãe!... Você perdeu o juízo?

– Não aconteceu nada daquilo que você está pensando – Em apuros, a insana procura se valer da mais clássica das desculpas.

– Não fala nada, que a senhora só vai complicar mais a situação. Como a senhora teve coragem para aquilo? E o papai, como fica?

– Filha...

– Não fala! – Alice grita, para em seguida, temerosa de que outras pessoas saibam o que aconteceu, baixar a voz. – Nem foi ele quem se insinuou, eu vi bem. Foi a senhora! Como pode?

Ante o inexplicável, acatando a determinação para se calar, em desespero e sem sucesso, Eva tenta abraçar a filha.

Em verdade, ela nunca foi plenamente feliz com o marido, cuja única qualidade é a boa vida que lhe dá. Mas percebendo os estragos que sua obsessão pelo matuto está a produzir ainda antes de ela realizar aqueles desejos, já começa a se conscientizar da necessidade de, por ora, resignar-se àquela vida conjugal tão desengraçada que tem levado. E para completar suas agora tão cruciarias desventuras, ela se vê dependente das discrições da filha e – pior para ela! – do magricela em quem ela nunca confiou.

– Ocê perdeu o juízo, é? – Antes de se reunirem aos homens ainda a conversarem na sala de visitas, agora iluminados por lampiões de gás, a admoestar o matuto o sujeitinho banguela mostra raríssima lucidez.

– Ocê viu... Num viu? – O caboclo se apressa em se defender. – Foi ela que mi atacô!

– Pior que vi! – O magricela se solidariza com o amigo. E, apenas para cumprir seu protocolo, esboça um sorriso tão sem graça quanto oculto, porque ainda estão na sala escura cuja porta ele mesmo fechou.

– Um bom exemplo de que o Brasil precisa planejar melhor o futuro é isso que acaba de acontecer – antes de seus vizinhos se despedirem, vendo a claridade de sua casa diminuída pelo apagar das luzes elétricas, Chico Mineiro demonstra sua irritação com aquilo. Ele já quase enlouqueceu os colegas com suas previsões, mas ainda tem muita munição na cartucheira!

Coisas que os simples mortais de seu tempo jamais vaticinariam, a ele, só dependem do tempo para se materializarem. E dentre tantas inovações factíveis, sem nenhum receio do ridículo, por vezes ele alucina algumas previsões exageradamente estapafúrdias.

Quando uma nova ideia lhe ocorre, sendo ela possível ou não, ele nunca sossega enquanto não a partilhar com alguém, sempre se manifestando como se tais alucinações fossem as coisas mais cristalinas a se realizarem. E hoje fica a reter seus amigos com os seus últimos e mais ousados prognósticos, martelando a mesma linha de raciocínio que já desenvolvia antes de a escuridão se estabelecer:

– Enquanto nós aqui ainda nos debatemos com esse atraso da falta de energia elétrica, no mundo civilizado são bem diferentes as aspirações. Por lá logo vai chegar o dia em que as pessoas não mais precisarão nem dos meios de transporte conhecidos hoje em dia, e nem mesmo de palavras para se comunicarem!

Na opinião de seus interlocutores, com o que acabou de dizer, ele foi ao ápice da fantasia. De olhos arregalados os homens aguardam suas explicações para tamanhos disparates: – Do jeito que as coisas vão – ele prossegue – nos países mais adiantados, logo, logo, os carros serão coisa do passado. Ninguém mais vai precisar de ruas ou estradas para ir de um lugar a outro. Em vez disso, cada um terá um pequeno propulsor acoplado às costas, de modo que para se locomover na cidade, ou viajar, bastará acionar a engenhoca.

– Como será isso? – Anima-se o mais curioso dos ouvintes.

– Depois da invenção do avião a jato, isso se tornou plenamente possível. É só diminuir o tamanho das turbinas, adequando-as ao peso de um homem, que tudo se resolverá. É claro que outras tecnologias – como a dos satélites, por exemplo – precisarão ser aprimoradas. Para evitar colisões nos ares será necessário que cada propulsor seja dotado de equipamentos de telecomunicação e cadastrado por um código nos satélites que se criará para esse fim.

Aí, para viajar, bastará apenas o camarada reservar o horário, a rota e a altitude do deslocamento, e estará livre de acidentes. E os ares ficarão repletos de gente a voar de um canto a outro do planeta! Até o combustível para as engenhocas será obtido de gases retirados da atmosfera enquanto elas estiverem em pleno voo.

Seus visitantes, boquiabertos e duvidosos entre as probabilidades e impossibilidades daquelas profecias, permanecem atentos a tudo o que ele diz.

– Mas, e a conversa das pessoas sem palavras? – Pensando ele não ter uma solução aceitável para aquela questão, desafia-o o mais astucioso dos ouvintes.

– Bem, aí já estamos falando de um futuro bem mais distante! – O anfitrião se mostra envaidecido com a curiosidade. – É sabido que o ser humano não usa nem 0,000001% das potencialidades do cérebro. Então é lícito pensar que com a evolução da espécie, fatalmente a Humanidade melhorará o desempenho dessa grande ferramenta com que o Criador nos presenteou. E chegar-se-á a emitir ondas cerebrais capazes de, a exemplo do que já acontece com o rádio, atingir os cérebros de outras pessoas, levando-as a interpretar todos os pensamentos de quem delas se aproximar.

A comunicação não se fará por gestos ou palavras como hoje, mas transmitindo pensamentos de modo que as pessoas entenderão plena e mutuamente seus sentimentos, seus desejos, etc. Isso mesmo contra a vontade do emissor, porque qualquer indivíduo tomará conhecimento do que pensará qualquer pessoa de quem estiver próximo.

Claro que estou prognosticando o futuro mais longínquo de que sou capaz. Mas já existe a possibilidade de a Ciência antecipar tudo isso para dias não tão distantes dos nossos. Bastarão os cientistas miniaturizar os transmissores de ondas eletromagnéticas de modo a caber dentro do crânio duma pessoa sem ocupar tanto espaço.

Aí eles transformarão os pensamentos em códigos eletrônicos capazes de atingir idêntico aparelho instalado no cérebro do receptor, que decodificarão a mensagem para possibilitá-lo interpretar as moções emanadas do cérebro transmissor.

Capacidade para isso o Homem já tem, eu não tenho dúvidas.

Será uma nova era no relacionamento humano, porque não haverá mais segredos. Os criminosos serão descobertos; os amantes não conseguirão ocultar seus sentimentos; os odiosos serão desmascarados. As pessoas de bons propósitos serão reconhecidas ainda antes de agir...

***

Alice chora. Um choro incontido a aflorar das entranhas, cujo impulso ela não pode conter. A visão da impudência de sua própria mãe, escancarada ante seus olhos, criou-lhe tamanha confusão capaz de levar seu cérebro a ferver em acelerados pensamentos a varrerem sua mente como violento furacão.

Ela – verdade seja dita – já intuía que o casamento dos pais não ia bem. Mas jamais pensou que a situação chegasse a tanto! Não entende ainda os mecanismos a agir no comportamento de uma mulher adulta. E em seus incompletos dezoito anos ainda lhe são incompreensíveis as necessidades libidinosas da mãe.

Vendo Eva cabisbaixa a se recolher, ela é invadida de grande pesar. Mas, ao mesmo tempo, vem-lhe à lembrança a figura do pai que, apesar de seu exagerado egocentrismo, não merece aquela traição. Como será de agora em diante? Como ela mesma encarará o pai, sabendo o que aconteceu?

E Bano, como estará? Certamente, a considerar o que há poucos momentos viu, nenhuma culpa ele teve no que ela presenciou.

A mãe, verdadeiramente, teria agido com perversidade. Por sua intuição feminina, ela já terá desvelado a boa-querença que a própria filha nutre pelo caboclo, que certamente confunde com paixão. Corrobora com aquela certeza a inquietação dela de todas as vezes em que os viu juntos em demonstrações de sua excelente amizade.

Então, despudoradamente, como verdadeira sirigaita a "descabeçada" encurtou caminho para chegar antes, agindo daquela forma vergonhosa para que a filha constatasse a sua "sem-vergonhice"!

Ainda sem saber como agir em face dos dois, decidida a ouvir o que o caboclo terá a dizer a respeito do que ela presenciou, Alice vai para dentro de casa.

Certamente ele será sincero como, apesar de sua costumeira grosseria, sempre tem sido.

– Eu num fiz nada! – Confirmando o seu prognóstico, mantendo um olho nela e o outro nos homens que se preparam para sair na companhia de Chico Mineiro, em cochicho logo ele se põe a explicar: – Ocê viu: foi ela que tentô me bejá.

– Quantas vezes isso já aconteceu? – Sem dar importância às lágrimas ainda a lhe encher os olhos, ansiosa, ela se apressa em indagar.

– Nunca. Hoje foi a primêra vêiz.

– Mentira! – Ela reage. – É por isso que ela nunca me deixou à vontade sempre que me viu perto de você. É por isso que me proibiu de ir à fazenda. Ela tem ciúmes de nós estarmos juntos porque vocês são amantes! – Sentencia com severidade.

– Eu num sei do que qui ocê tá falano – ele demonstra a sinceridade capaz de quase convencê-la. – Tua mãe é uma muié muito istranha; ela invoca comigu dum jeito que inté a Sá Bina discunfia. Mais fazê o que fêiz hoje, foi só hoje.

– Você nunca deve esquecer que quando um empregado se envolve assim com a patroa, o pior sempre sobra para ele – mais confiante de que diz a verdade, ela o aconselha. – E isso não é coisa nova. Basta ver a história de José do Egito e a mulher do ministro do Faraó.

– O que qui ocê tá falano? – Ele é pura ignorância a respeito do tema por ela levantado.

– Deixa pra lá – embora já resignada, ainda permanece em profunda tristeza capaz de comovê-lo a ponto de lhe oferecer os braços como apoio, coisa de que sempre foi incapaz.

Aconchegada, apoia a cabeça no peito que se lhe oferece e, ouvindo o leve pulsar do coração, que sem alterações continua a bater ritmado, fica com a certeza de que ele não mente.

– Aquele dia na estrada eu te pedi segredo acerca da bobagem que fiz, e você cumpriu o que prometeu. Pois agora eu te peço o mesmo em relação à minha mãe – solícita, antes de ir para o quarto, ela o encara.

E a ele só resta aquiescer num balançar positivo da cabeça.

***

Ainda que sem as mesmas chacoteadas e entreveros de antes, numa pasmaceira de fazer dó, a vida na fazenda prossegue. Lentamente o tempo transcorre sem que nada contribua para alterar a frouxa rotina de quem dela já se sinta enfadado.

Já se foram mais de cinco anos desde que Chico Mineiro optou pela mecanização total da produção de aguardente. E agora, em vista dos lucros equiparados àqueles obtidos pela pecuária, os dois fabricantes de cachaça são mais bem reconhecidos. Afinal, eles são apenas dois, contra os mais de trinta peões a lidar com o gado!

A busca por Amelinha agora não passa de mera aspiração ainda a corroer a paz do matuto – inveterado caçador. Os dias, os meses e até os anos avançam sem que, apesar de sua incontida obstinação, ele se anime a novas investidas. Ele não se arvora em novas tentativas, sobretudo por lembrar os perigos a que já expôs o magricela inocente e a patroinha – à época apenas uma criança!

No entanto, se existe no caboclo uma coisa difícil de arrefecer aquela é a esperança. Mesmo seu filho, àquela altura, já tendo ultrapassado os quatro anos de idade sem que ele o conheça, seu anseio mais angustiante é reencontrar a mulher, de quem amarga grande saudade, e acalentar o guri de quem as feições são-lhe ainda ignoradas.

Apesar de tudo, ele é um homem a gozar de boa saúde, física e mental; viril, mas cioso das limitações impostas pela sociedade em que vive. E nunca se salientou a nenhuma das moças ou mulheres de sua convivência.

Por sua discrição, sem jamais transpor os limites da decência, sempre cultivou boas relações de amizade com todas as moradoras da fazenda, quer sejam casadas ou solteiras. Sempre amigável e despojado por natureza, ganhou a confiança de todos e nenhum problema de relacionamento existe entre ele, a peonada e suas famílias.

As únicas vezes em que se chateia é quando, quase sempre na companhia do sogro e sem o marido, Eva vai à fazenda. Depois de Alice tê-la descoberto em flagrante imoralidade tentando beijá-lo, evitando encará-lo por algum tempo a "peste" esteve arredia.

Mas, vícios são coisas difíceis de erradicar, principalmente os que envolvem a libertinagem. E, não demorou muito para, acostumada à estreita convivência, ela voltar a provocá-lo de múltiplas formas: minissaias deixando as pernas – que ele tem de reconhecer bonitas e atraentes! – quase totalmente à mostra, blusas generosamente decotadas, desmedido rebolado...

A sorte dele mesmo e daquela "doida" – ele tem pensado – é a simplicidade dos moradores da fazenda, à exceção do magricela e da Vó, e a displicência ou excesso de confiança de Chiquinho. Porque o patrãozinho arrogante nada parece perceber do que acontece entre os dois.

A ladinice da "dismiolada" chegou ao ponto de apressar a ida da filha para um internato na capital, obrigando a pobre garota a pagar pela safadeza por ela mesma cometida, como se Alice fosse culpada por sua desfaçatez. "A fía dela é quem tá pagano o pato" – toda vez em que se vê a pensar na garota o matuto lamenta.

Apesar dos espevitamentos de que é capaz Alice sempre foi mais meiga que ladina, e nunca mereceu o que a bisca de sua mãe está a lhe fazer. "Mais o que qui eu memo posso fazê?" – ao caboclo só resta lamentar.

***

– Eu tô cuma dor insuportáve nas costa – antes de se recolher a dormir, com suas rugas no rosto vivido de muitos anos ainda mais salientes, Sá Bina reclama.

– Faiz um chá de fôia de avenca que miora – preocupado com as constantes reclamações da avó, o magricela se apressa em aconselhar.

Há tempos a idosa vem se queixando daquelas dores. Mulher heroína a superar todas as vicissitudes da vida, nunca se deixou abater por qualquer dorzinha que viesse a acometê-la. Hoje, no entanto, passando a noite inteira em claro, foi mais insistente na reclamação.

Ao amanhecer sua aparência é mais de defunta que de pessoa viva. Suas olheiras são profundas, o rosto está mais magro que habitualmente é, e as rugas estão mais salientes a evidenciar o mais completo abatimento de toda a sua vida.

O pior de tudo é que não há quem consiga levá-la ao médico, pois, àquilo ela sempre se negou. E além do mais, a distância até a cidade inviabiliza a marcha a cavalo, ou de charrete, por pessoa tão debilitada, pois hoje, mesmo sendo domingo, os patrões não estão na fazenda.

– Eu inda num tenho certeza, mais acho que tô caquela duença que matô a minha mãe – ela se refere ao câncer de pulmão que há tantos anos vitimou sua genitora, tão fumante inveterada quanto ela mesma.

Experimentada na vida, ela é adepta da ideia corrente entre aquele povo pobre e sem instrução de que o câncer é doença maldita impossível de os médicos darem conta. Porque, sendo enfermidade de princípio silencioso, quando os doutores a descobrem invariavelmente já está em estágio acentuadamente avançando, limitando o tratamento ao simples abrir e fechar o corpo para o doente morrer com mais dignidade em sua própria casa. Por isso não se anima com a ideia de ir ao hospital de Chicópolis.

– Ocêis dá um jeito de achá um pé de ipê roxo pra fazê um chá – ainda esperançosa a pobre revela seu conhecimento das alegadas qualidades fitoterápicas da planta a que a sabedoria popular atribui o poder de curar o câncer de pulmão.

– Pur aqui num tem ipê – Dito logo se desconsola. Ele sabe que, naquelas matas, coisa rara é encontrar uma árvore daquela espécie, ainda mais daquela variedade!

Entretanto, Bano se intromete no assunto para trazer esperança à pobre velha. Quando chegou à Santa Margarida pela primeira vez aos seus olhos salientou-se aquela grande montanha a nordeste, distante o suficiente para não permitir avaliar corretamente o seu porte. E naquela exuberante floresta o que mais lhe chamou a atenção foi uma florada roxa tão intensa que, mesmo à distância, era possível vislumbrá-la sobressaindo às demais árvores.

– Eu sei aondi tem ipê roxo – sua intromissão leva o magricela a sorrir em meio à preocupação a atormentá-lo.

– Ocê tá sonhano? Eu nunca vi pur aqui nenhuma árve daquela.

– Óia lá aondi nóis vai incontrá – para arrepios do sujeitinho com o indicador o matuto aponta a Serra da Leoa. O lugar é tão ermo e mal afamado que ninguém ousa se aventurar naquela mata. O nome tem origem na fama da leoa que muitos antigos moradores das redondezas dizem morar lá. Devoradora de animais domésticos a humanos, ela se tornou uma lenda de maldições. E ninguém que ousou desafiá-la até hoje conseguiu voltar daquele lugar.

– Lá eu num vô não! – Mal podendo olhar a serra o magricela demonstra todo o seu medo de lá se aproximar.

– Pur quê?

– Purque eu num quero morrê!

– Morrê?!

– Ocê num sabi que ninguém consegui vortá de lá com vida?

– Pur que não?

– Purque a leoa devora!

– Ora! Dêxa de bestage! Si ocê num quisé í, eu vô é sózin.

Dito se vê entre a cruz e a espada, pois, ao mesmo tempo em que arrepia de medo do que lá possa encontrar, ouve a vó tossir, se contorcendo em dores e a lançar sobre ele olhares pedintes para que corra o risco por ela.

A pobre criatura, simplória e ignorante de pai e mãe, desde a idade de dez anos só fez ininterruptamente fumar. Foi iniciada no vício pelo próprio genitor que, por sua vez, aprendeu com o avô. E, no típico fenômeno em que o vício pode ter criado a hereditariedade da moléstia, todos os seus ascendentes mais próximos morreram de câncer.

– Intão vamo – mal podendo esconder todo o medo que sente, o pequeno banguela aquiesce à intimação do matuto. – Mais quarqué coisa que acontecê ocê vai sê o curpado!

Vendo Bano calçar as botinas e sair decidido na direção da serra, o miúdo desdentado fica encabulado com a coragem do matuto. Será que o "doido" pensa em ir até lá a pé?

– Vamo pegá os cavalo – chama-o de volta.

– Num pricisa! Vamo dipressa que nóis vorta inda antes do mei-dia.

– Num fala bobage! Ocê num vê que a pé nóis leva uma semana?

Olhando a serra que parece bem próxima, Bano pensa o desdentado estar protelando a saída por puro medo.

– Será que ocê num vê que ela tá é bem pertim?

– Esse é bem um dos incantamento dela! – Saindo ao pasto com cordas e espigas de milho à mão o magricela não deixa dúvidas a respeito de sua intenção.

***

Bano só se convence da considerável distância entre a sede da Santa Margarida e a montanha ao atravessar o rio São Lourenço vendo-a ainda tão distante quanto era antes de eles partirem. Além disso, percebe que a travessia do rio só é possível porque a seca de mais de dois meses baixou consideravelmente o nível da água. Mesmo assim os cavalos têm dificuldades para suportar a forte correnteza a quase compeli-los rio abaixo.

E como se todas aquelas dificuldades já não bastassem, as pedras a emergir da água constituem mais um complicador. O ponto de travessia é onde o rio tem a maior largura. Ali se vê uns cinquenta metros de água espumosa deslizando entre pedras pontiagudas capazes de, ao menor descuido, ferir seriamente as montarias.

– Que morro mais arto e longi é aquele! – Bano se admira com a distância de aproximadamente uma légua que ainda têm a percorrer e os quase mil metros de altitude onde calcula estarem os ipês cuja florada, diminuída pela distância, apreciou desde a fazenda.

– Ocê pensô que a tarefa era fáci? – Inquieta-o o magricela, daquela vez sem esboçar seu habitual sorriso vazio. O sujeitinho é só preocupação com o que lá no alto eles poderão encontrar. – E nóis inda vai levá mais de trêis hora inté chegá no topo – faz caretas para olhar o sol já ultrapassando o alto da abóboda celeste, começando a pender para o poente.

Sá Bina, apesar de tudo indicar o contrário, não é tão caduca como parece. Tem perfeita ciência do que com ela está a acontecer, muito mais por se tratar do próprio corpo. Desde há muito, ela desconfia que "aquela duença" – como sempre se refere ao câncer – mais cedo ou mais tarde haverá de levá-la à sepultura.

Apesar da ciência de que os palheiros que fumou da infância à idade adulta, e depois as cordas de fumo que mascou incessantemente ao atingir a terceira idade acabariam destruindo seus pulmões, nunca conseguiu abandonar aquele vício. Pois o que ela haveria de fazer, se aqueles foram os únicos prazeres a que se deu durante toda a vida?

Por isso, desde os primeiros sintomas, certa de que a primeira decisão do doutor seria a proibição dos deliciosos nacos de fumo de corda que têm a virtude de lhe devolver a paz toda vez que prazerosamente os mastiga, não quis ir ao médico.

E naquele domingo, intimamente, abençoou o neto que saía à procura do remédio para aliviar-lhe as dores. Agora seu coração palpita no peito só de pensar que, quando ela se for, sendo o único parente que conhece, seu menino banguela ficará sozinho no mundo.

Dito é seu único neto, e não terá mais ninguém de parentesco consanguíneo, pois seus tios, em maioria, morreram solteiros; e os poucos casados, também já falecidos, não tiveram filhos. "Inda bem que ele tem o Bano como amigo" – consola-se a pobre. "Ele é boa pessoa, e tenho certeza que não vai abandoná o meu neto" – conclui. Mas não tem coragem de revelar aquela vontade aos dois, deixando que eles mesmos assim decidam depois de sua morte.

***

O que a Bano parecia simples tarefa, agora começa a escancarar suas dificuldades. Depois da travessia do rio, ainda encarapitados nas montarias, os dois enveredam pelas trilhas formadas pelas poucas cabeças de gado alongado viventes naquelas matas. E, a superar obstáculos cada vez difíceis, levam ainda mais de três horas para chegar ao sopé do morro, até à distância duns cento e cinquenta metros de onde iniciaram a subida – lugar em que a altitude ainda não ultrapassa os duzentos metros – e os cavalos conseguiram chegar.

No entanto, a partir daquele ponto torna-se impraticável continuarem montados: os animais começam a escorregar na terra mole espalhada entre as rochas de médio porte deixadas em vários pontos da serra pelas avalanches provocadas pelas enxurradas consequentes da severidade do declive. Refugando a todo instante os bichos já não conseguem avançar no passo desejado.

– Nóis tem é que dexá os cavalo aqui – Bano sugere.

– Eu num tô veno nenhum ipê nessa mata! – Atentando a todos os ramos e troncos de árvores que vê, procurando uma que ao menos pareça um ipê, o magricela já começa a se mostrar medroso.

– Pelo que eu vi lá de casa, êis deve tá bem mais pra cima, lá no topo da serra – Bano ainda mantém o ânimo.

– Mais num dá pra nóis chegá lá. Óia só as pedra e os cipó! Vai pricisá abrí uma picada, e vai demorá é muito. E ocê já viu o sór aondi já tá! – O magricela aponta para o sol, uma posição adiante das três da tarde.

– Já que cheguemo inté aqui, vamo em frente – Bano se mostra decidido. – Nóis já tá quage chegano.

Lembrando a fisionomia de dor da Vó, Dito logo começa a amarrar as rédeas do cavalo numa árvore. E, foice em punho, inicia a subida na direção do pico.

Pela distância que o sol ainda tem a percorrer até o horizonte, Bano calcula em apenas três horas o tempo até o anoitecer, e por isso se apressa em seguir o magricela.

Apoiando em troncos, usando cipós como meio de impulsão, avançando e retrocedendo, por mais de hora os dois lutam contra as adversidades.

A cada passo a subida se torna mais penosa. Pedras de mais de vinte metros de diâmetro os obrigam a mudar de rumo para contorná-las. E nada dos tão pretendidos ipês!

Fadigados como poucas vezes estiveram na vida, vivendo o exorbitante pesadelo da escalada, em pouco tempo se veem obrigados a uma breve parada para de descanso. Mas, apressado, após poucos instantes, Bano começa novamente a se mexer: – Eu vô é subi num'a árve dessa. E, si eu num vê nenhum ipê, a gente vorta, purque a noite já tá chegano – inicia a escalada dum angico vermelho duns vinte e tantos metros de altura, valendo-se dos inúmeros cipós a nele parasitar.

Lá do alto, não muito distante, descobre a copa dum ipê com as últimas flores roxas da temporada. E mesmo entre eles e a árvore existindo profunda depressão, animado com o que vê, ele não dá importância àquele obstáculo, nem à espessa sombra indicadora de que o dia já agoniza nos últimos raios de sol.

Passar do lugar onde se encontram ao outro lado da grota, onde está o ipê, é tarefa das mais dispendiosas; a grande vala a separá-los forma gigantesco abismo a impossibilitar o cálculo de sua profundidade, e um emaranhado de galhos e cipós desencoraja qualquer tentativa de avançar por ali.

Não havendo outro caminho, a única factibilidade será alcançar o ipê a partir do lugar onde estão. Por isso pensam em usar os cipós pendentes das árvores para se lançarem ao objetivo à moda Tarzan. Entretanto, imaginando uma queda daquelas alturas não permitir sobrevivência, resolvem desistir da ideia.

Então, mesmo sendo a última das opções, para contornar aquele obstáculo a única plausibilidade lhes parece subir ainda mais, até alcançar o pico da montanha e de lá descer pelo outro lado da grota.

Só que fazer aquele percurso tomará muito tempo, com o agravante de que a noite já começa a cair.

– Nóis tem que í embora, porque no iscuro num vai dá pra fazê nada – Dito adverte. Sente-se medroso das trevas que àquela hora – não mais de seis da tarde –, potencializadas pelas sombras das árvores, já são por demais espessas.

– Óia só a lua! – Mostrando acima do morro o clarão da Lua Cheia empalidecendo as primeiras estrelas a surgir, logo Bano se anima. E com um sorrisinho sem graça de quem sabe impossível demover o matuto daquela ideia, tacitamente o magricela concorda com ele.

Em desmedido esforço, vendo a lua em seu clarão prateado já alta a iluminar por sobre as árvores uma vasta extensão de mata, permitindo a tudo enxergar como se ainda fosse dia, finalmente chegam ao topo do monte.

Lá no cume, desorientados a fadigar pelo esforço da escalada, sem perceber o que estão a fazer, confundidos pela grande altura das árvores e as enormes pedras abundantes por todos os lados, iniciam a descida para o lado oposto de onde subiram.

Avaliando a fraca ingremidez do terreno a percorrer, sem atentar ao que fazem, consideram de fácil realização a tarefa de alcançar o ipê avistado. Afoitos com a possibilidade de cumprir logo a missão, ante a inexistência de tantos ramos e cipós a embaralhar o caminho, nem percebem as enormes estaturas das árvores capazes de dificultar a orientação geográfica.

Entusiasmados pela facilidade em descer, sem se darem conta do erro que estão a cometer, acabam caminhando por mais de duas horas.

– Ocê num acha que nóis tá errado? – Enfim, diante de enorme abismo surgido à frente – bem maior que a grota que tentavam contornar – o magricela manifesta desconfiança.

– Eu acho que tamo! – Olhando para a lua na posição de onze horas que, mesmo no frescor acentuado da noite está a iluminar seu rosto molhado do suor abundante a escorrer, Bano confirma a desconfiança.

– E agora, cumé que nóis vai fazê pra achá o camin? – Dito já se vê em apavoramento pela possibilidade de estarem irreversivelmente perdidos.

– Num sei. Do jeito que nóis errô o rumo, memo co crarão da lua num vai sê fáci incontrá o lugá de onde nóis veio.

– Mais isso ocê consegui, num consegui? – Lembrando que o sabichão é capaz de se orientar pelas estrelas, o pequeno banguela renova as esperanças.

– Cumo que eu cunsigo?! – Intrigado, Bano quer saber.

– Ocê aprendeu oiá as estrela do Cruzêro do Sur ca Lice naquela vêiz que nóis si perdeu na mata do Faxinar, num aprendeu?

– Eu num vi cruzêro ninhum! – Bano se vê abismado com a improvável capacidade de memória do pequeno mentecapto, mesmo depois de alguns anos.

– Mais eu vi ocê dizê que tava veno!

– Eu disse purque fiquei cum vergonha dela discubrí que eu num sabia oiá as estrela. Mais num vi foi nada!

– E agora? – O sujeitinho se arrepia.

– Agora nóis tá é no mato sem cachorro. E a única coisa que nóis pode fazê é ficá quéto aqui inté o dia manhecê.

– Nóis num pode ficá parado, porque tem que levá o remédio pra Vó. E eu inda num isqueci da leoa! – Dito estremece, porque naquele exato momento ouve os esturros de dois felinos fazendo sacudir a mata. Um casal de onças no cio lá está a se preparar para o acasalamento.

As feras produzem tão grande barulho capaz de despertar as aves em repouso na floresta, obrigando-as a saírem em revoada, assustadas com o que ouvem.

Como se o matuto pudesse livrá-lo do perigo, a tremer e sem voz, em busca de proteção o magricela corre para junto do companheiro. Mas, como ele mesmo, em pavor o caboclo está a tremer de medo daquilo que desconhece. Então, por não saberem do que se tratará aquele ruidoso embate dos felinos capaz de abalar até o mais corajoso dos homens, em pânico os dois permanecem no mais absoluto silêncio, economizando inclusive a respiração.

– Vamo subí numa dessas árve e ficá nos gáio mais fino – enquanto, tremendo de medo, Dito não consegue soltar a voz, o instinto de sobrevivência leva Bano a pensar numa estratégia.

Seguido pelo magricela excessivamente apavorado, para melhor se proteger do perigo o matuto corre a encarapitar nos galhos de menor espessura. – Se o bicho subí na árve, num vai consiguí abraçá esses gáio sem caí, purque ele deve sê é bem grande – satisfaz o gesto de curiosidade do sujeitinho acerca daquela decisão.

A noite se transforma em interminável vigília. A todo instante eles são tomados pelo pavor de ouvir os rugidos dos bichos, cuja causa de tanta fúria ignoram. E à medida que as horas avançam, trazido pelo vento úmido a cortar intermitentemente, o frio aumenta, fazendo-os arrepiados feitos pintos encarangados.

Antes de a lua desaparecer atrás do cume da serra e a aurora surgir em seus primeiros sinais, os felinos silenciam. Então, momentaneamente aliviados, resolvem descer da árvore e tomar o caminho de volta. Já percebendo a tarefa como causa perdida, decidem abandonar a procura dos ipês roxos com os quais aliviariam as dores da Vó.

Antes de tudo precisam é se livrarem dos perigos em que se meteram.

Entretanto, agora ainda maiores que antes, suas dificuldades de orientação persistem. Por isso, completamente desnorteados rumam para um lado diverso daquele de onde vieram. Medrosos de que a fera esteja a espreitá-los, caminham alternando as posições – ora um, ora outro à frente –, ninguém querendo ficar à retaguarda, intuindo ser por ali o ataque da leoa.

Perturbados, andam até o amanhecer, sem nem desconfiarem que, pensando em retornar, não fazem mais que iniciar frenético caminhar em círculos ao redor do cume da montanha, sem encontrar a trilha que fizeram na ida.

E ao despontar no horizonte próximo – alinhado aos morros por ali abundantes – o sol os encontra retalhados de espinhos, sufocados pelo cansaço e o medo, roupas em frangalho, olhos arregalados... Já não sabem onde estão, e em vez de aquietarem para melhor raciocinar – como o sujeito que se imobiliza no espinheiro para não se ferir ainda mais –, permanecem desorientados como se uma confusão provocada estivesse a atordoá-los.

Caminhando velozes e sem rumo certo, nem atinam ao fato de estarem se distanciando cada vez mais do caminho por onde deveriam regressar.

E o tempo se faz tão célere ao ponto de eles não perceberem o avançar das horas, só indo tomar ciência do irremediável fiasco ao findar de outro dia. Fome, sede, feridas, cansaço, nada daquilo os incomoda mais que a obsessão em encontrar o caminho de volta.

Porém, mesmo com os espíritos em alerta máximo, os corpos chegam à exaustão. E, um mais fadigado que o outro, os dois acabam sentados sobre um tronco de árvore tombada.

Com o descanso advém-lhe a calma, e então Bano consegue pôr o juízo no lugar: – Si quisé saí desse mato nóis pricisa é ficá carmo.

– Eu num falei que ninguém saía daqui? – O magricela ainda não conseguiu recuperar sua minguada capacidade de raciocínio, agora bem mais biruta que naturalmente ele é.

– Carma! Fica tranquilo que nóis vai achá um jeito de incontrá os cavalo.

– Num sei cumé que vai sê. Já tá ficano de noite ôtra vêiz! – O único raciocínio lógico do sujeitinho é a constatação de que o tempo passou tão veloz que eles nem perceberam. – No iscuro num vai sê nada fáci! – ele já não se importa com os urros das feras que agora quase não ouvem, porque durante todo o dia estiveram a se afastar delas. Também porque seus problemas de orientação já são bem superiores a qualquer "leoinha"!

Com o sangue esfriado e o juízo no lugar certo, Bano se põe a matutar num meio de se orientar mesmo à sombra da noite: – Si quando saiu de casa nóis foi na direção do nascê do sór, e si a lua nasci no memo lugá, e nóis quisé vortá, temo é que caminhá de costa pra ela – a premência o obriga a rapidamente estabelecer critérios para a orientação.

Então, observando que para o lado da lua nascente não existe nenhum morro tão alto, acaba convencido de que andaram o dia inteiro em sentido contrário.

O pico da Serra da Leoa está a mais de quatro léguas de distância no rumo oeste, de onde eles vieram. Por isso, convencido do que pensa, e seguido por um magricela pra lá de desconfiado – embora sem argumentos para contrariar sua decisão –, Bano trata de caminhar na direção do morro.

Definitivamente o matuto está certo do rumo que tomou. E com a cabeça no lugar, raciocinando logicamente, ele realiza a façanha de encontrar a solução para o problema que parecia insolúvel. Sem descuidar da lua para mantê-la à retaguarda enquanto ela não ultrapasse o ápice celeste, quando a partir de então deverá mantê-la sempre à frente, ele se mantém a mirar o pico da serra.

Daquele jeito, mesmo reprovado pela desconfiança do magricela, o caboclo não hesita em descer ao fundo dos vales, subir ao alto das elevações, tropeçar em paus e pedras, ferir-se em espinheiros, dominar o medo e o cansaço... Até chegar ao topo com a segunda aurora a despontar no horizonte. E o mais importante: sem perder a serenidade!

De cabeça arejada, apesar do cansaço, da fome e da sede, ele não enfrenta maiores dificuldades para reconduzir o magricela ao lugar aonde tinham deixado as montarias.

– Cadê os cavalo que nóis dexô aqui? – Dito se apressa em acorrer até o tronco onde tem certeza de ter atado sua montaria. Mas nada encontra além do nó da corda cuja resistência suportou os puxões que recebeu.

O cavalo que Bano montava também não está no lugar. Como lembrança de sua estada ali, ele deixou apenas sinais da corda cujo atrito causou profundas marcas no tronco.

Perto dali descobrem pedaços de vísceras misturadas ao sangue já seco manchando os ramos dos arbustos amassados no que parece uma trilha aberta na mata. Pouco mais além se deparam com uma perna que Dito logo reconhece ser do cavalo que ele montava.

Não há mais dúvidas: a leoa dona da serra cujos bramidos os perturbaram a noite inteira, ou outra fera qualquer, comeu um dos cavalos e afugentou o outro. Então, desencorajados para qualquer comentário, entreolhando-se os dois se apressam em fugir, achando com rapidez a picada aberta que ficou da cavalgada para chegar ali. É preciso sumir daquela serra o mais rápido que puderem.

***

– Ocê tem que sê forte! – Um dos peões se apresenta ao magricela.

– Ocê tem que sê forte! – Passando-lhe a mão nos ombros, a mulher do peão repete.

Excessivamente inocente das artimanhas comportamentais do ser humano que tenha algo grave a revelar, ante tão cerimoniosos afagos, ao sujeitinho o único comportamento viável é escancarar sua boca emurchecida num sorriso mais largo que o habitual, ao mesmo tempo em que, esguelhando maroto olhar ao matuto, nas entrelinhas é possível adivinhar seus pensamentos: "veja cumo êis gosta de mim!".

– Ocê tem que sê forte! – Outro lhe vem ao encontro.

Um tanto mais astuto que o sujeitinho desaprumado, Bano logo intui que algo muito estranho esteja a acontecer. E enquanto o banguela se desmancha em satisfação por tão efusivos cumprimentos, atento às pessoas circundantes ao casebre onde eles moram, o matuto se abrevia em de lá também se acercar.

– Cadê a Sá Bina? – Indaga a algumas mulheres que lá estão a limpar a casa.

– Morreu! – Pronunciada em uníssono, a resposta simples e curta lhe cai como raio a fulminar sem piedade.

– Morreu?! Cumo isso aconteceu?

– Dispôis que ocêis sairo, ela foi sintino muita dor e ficano cada vêiz mais fraca, inté morrê no dumingo de tarde.

– E aondi ela tá? – Tão descabida pergunta, àquelas camponesas tão simplórias como ele mesmo, não chega a provocar estranheza.

– No cimitério! – sem questionar a singeleza da indagação, informam.

Aquela subversiva notícia, comunicada sem nenhuma preparação, enreda o caboclo a uma aturdição maior até que aquela experimentada nos momentos em que estivera à mercê de tantos perigos naquela montanha por demais escabrosa.

Verdade é que em seus mais de sete anos de convivência, já se afeiçoara à velha avó do magricela. E por isso, a repentina ausência da idosa, a ele também será causa de padecimento. Mas o sujeitinho, sim, que dela é parente de sangue, evidentemente sofrerá muito mais!

E antes de se recompor de tão impiedosa informação, lá fora já lhe é possível ouvir os lamentos do neto a prantear a avó. Dum jeito que jamais sonhou o sujeitinho ser capaz de se manifestar, ele o vê desnorteado pelo pátio da colônia, em gestos de absoluta desorientação, a cambalear. Seus gemidos são mais que simples lamento, e sua voz alterna autênticos berros de desespero com momentos de silêncio na busca do fôlego capaz de suportar o próximo uivo.

A demonstrar cabal acometimento de perda da razão, e alheio à plateia penalizada de seu infortúnio, subitamente ele interrompe a lamentação para atentar à caminhonete estacionada junto à casa grande. Então, intencionando o alívio da dor, surpreendentemente avança para o carro, emboleiando sem nenhuma cerimônia.

Totalmente alheado do juízo, liga a picape para disparar uma série de solavancos que logo se transformam em patinação a elevar poeira e pedregulhos em todas as direções.

Vendo-o tomar o rumo da cancela principal para quem deseja sair da sede da fazenda, intuindo grande desastre, Bano logo monta um dos cavalos ali encilhados para em galope desabalar no encalço da caminhonete que já vai a aproximadas duzentas jardas de dianteira.

A generalizada fuzarca suscitada em vista do perigo a que os dois se expõem, e os sons produzidos pelo motor do veículo e as patas do cavalo, chamam a atenção de Alice, obrigando-a a acorrer à porta para se inteirar das causas de tanto alvoroço. Atenta ao rebuliço formado pela caminhonete e o cavalo – desabalados e imersos em considerável nuvem de poeira –, a ela é impossível distinguir o que seria carro ou animal.

Então, especulando as possíveis consequências daquela doidice, à guria – tão resolvida nas emergências que presencia! – torna-se premente intervir. Assim, apressa-se ela em embarcar na lambreta que trouxera visando iniciar a juventude da fazenda em seu piloteio, enfileirando atrás dos dois desmiolados a demonstrarem a disposição de se destruírem.

Dito, mesmo naquela estonteante velocidade, nenhuma importância dá ao mundo loucamente a girar, pois, agora mais que nunca, sua cabeça se nega a raciocinar.

A caminhonete, além da resistência em caminhos difíceis, é de grande potência quando dela é exigida performances acima do normal. Por isso, superando os entraves consequentes dos desníveis do terreno, o carro vai a desalojar as pedras lá encovadas para arremessá-las a grandes distâncias. Em repentina loucura o sujeitinho quer ir o mais longe que puder da casa onde não mais está a avó, nem nunca mais ela estará.

Nos lampejos que em segundos tomam seus pensamentos, mesmo a lucidez sendo das maiores exceções em sua cachola, o magricela só consegue pensar na insustentabilidade de viver sem a Vó – único parente que possuía. Por isso ainda mais ele acelera.

Percebendo a estreitura do caminho, perigosa para a velocidade em que deseja fluir, e olhando a largueza do pasto a se estender por longa distância, em sua loucura o pequeno desmiolado decide mudar de rota. Então, sem se importar com a irregularidade do terreno um tanto pior que a do caminho, rompendo arames e derrubando palanques, em arriscada guinada envereda contra a cerca.

Adentrando o pasto desenfreado a avançar, ele nem percebe o rebanho em desesperada corrida a fugir para longe daquele monstro roncador saltando às alturas.

Querendo alcançar o veículo para salvar aquele "dismiolado" do acidente que fatalmente acabará acontecendo, desesperadamente Bano açoita a montaria. E o cavalo, mesmo estropiado pela urgência, reagindo aos açoites não perde de vista o veículo.

A segui-los em sua lambreta, ante tanta capacidade para zombar da sorte, Alice se abisma com a coragem dos dois. E, quase a perder terreno, por mais que acelere, ela não consegue alcançá-los.

Naquela inalteração de posições cada vez mais aumenta a situação de perigo: a caminhonete já começa a se aproximar dum capão de mato onde o terreno é ainda mais acidentado e pedras de maior volume são abundantes. Vai seguida do cavalo cada vez mais estropiado, que por sua vez é seguido pela lambreta, seus ocupantes tentando impedir o magricela de consumar aquela irreparável loucura.

Até que, alcançando uma depressão no terreno, o magricela não consegue realizar o desvio, e num mergulho espetacular vai se chocar com as pedras lá acumuladas.

Mesmo sendo veículo resistente a impactos, a parte frontal da F100 fica totalmente destruída: para-choques, faróis, para-lamas, capô... Aquelas peças se fundem, formando nada mais que um amontoado de ferragem retorcida e imprestável. Na cabine, milagrosamente, Dito está fisicamente inteiro, mãos ainda grudadas ao volante, inconsciente e tendo a cabeça pendida para frente.

Lá chegando Bano se desespera ao pensar que o magricela – companheiro de bons e maus momentos – tenha passado dessa para a outra vida de forma tão trágica.

Atordoado, num desespero nunca experienciado, o caboclo não se encoraja a mexer no corpo. Ante tão grande desgraça, suas pernas bambas e seus pensamentos em fervura o impedem de raciocinar no que fazer.

Mas o dia parece mesmo feito sob medida para surpreendê-lo, para o mal, e para o bem.

– Como ocê chegô aqui?! – Vendo Alice apear da lambreta para correr a salvar o magricela, ele se abisma. – Ocê num tá na capitar istudano?

– Vê se me ajuda a salvar o Dito. – Ela o faz readquirir a razão. – Agora não há tempo para explicações.

– Ele num morreu?

– Claro que não! Está apenas desmaiado. Ajude-me a tirá-lo logo daqui.

***

– A Vó Bina morreu! – Diante dos caboclos e suas mulheres abismados com o que não sabiam ele ser capaz, enfim o magricela dá sinais de vida.

Contudo, a lógica singela de suas palavras deixa claro o acidente ter sido insuficiente para alterar os seus modos para melhor. E não foi ainda daquela vez que, mesmo sofrendo grande choque, as tarraxas de sua cabeça conseguiram se encaixar nos devidos lugares.

Recobrando plenamente os sentidos, na espaçosa cama da casa grande, ele descobre Bano e Alice cobrindo-o de mimos. – E eu quebrei a caminhoneta do patrãozinho! – Esboça um singelo e vazio sorriso aos empregados espalhados por todos os cômodos da residência e no terreiro, unânimes a torcer por sua breve recuperação, benquisto por todos que ali sempre foi.

– Ela agora está no céu – atentando àquele rosto oval e fino a evidenciar profunda tristeza por sua irreparável tragédia, Alice só consegue mesmo dizer palavras tão singelas, dignas da verdadeira criança que, naquele momento mais que em outros, é o pequeno banguela – seu camarada de primeira ordem desde a infância.

– Mais num si procupe não, que ocê inda tem eu! – Bano, diferente do que tem sido desde que eles se encontraram pela primeira vez, acaricia-o com a mão sobre aquela cabecinha miúda que jamais viu fazer qualquer coisa que prestasse. E a gentileza é retribuída com um risinho revelador da ciência de que agora eles só têm mesmo um ao outro para mutuamente se consolarem de suas desventuras.

O matuto, agora, é o único consolo capaz de animar o sujeitinho a continuar vivo. E é consenso entre todos que eles não poderão mais abandonar um ao outro à própria sorte.

Desde a formação da dupla inseparável que se tornaram, a vida dos dois tem andado lado a lado com a gente da fazenda, de quem desfrutam as mais sinceras amizades. De tal modo que, além de não saberem viver um longe do outro, o único lugar a eles apropriado será mesmo a fazenda. Mas, acima de tudo, naquele momento o que mais importa é o pleno restabelecimento da saúde daquele magricela abusador da sorte.

***

– Cumé que, de repenti, ocê chegô lá no lugá aondi o Dito si acidentô? – Bano mal consegue esperar o esclarecimento do milagre de Alice lá irromper como quem surgisse do nada.

– Eu fiquei sabendo do falecimento da Vó e vim confortar o Dito.

– Mais ocê num tava na capitar pa istudá?

– Sim, mas já me formei, e voltei para casa.

– E agora já é dotôra? – Não conseguindo tirar os olhos da bela mulher que tem à frente, sem importar que ela o perceba daquele jeito abestalhado, ele quase se enleva a mostrar sua admiração.

Matuto ingênuo, sobretudo quando se trate de contemplar tão extravagante beleza, diante dela, ele se mostra quase a extasiar.

Aquele atípico comportamento do sujeito sempre zeloso do tratamento a ser dispensado aos patrões que desde sempre ele foi, nela acaba criando um delicioso constrangimento, misturado àquele prazer nunca experimentado de forma tão casual e, ao mesmo tempo, tão marcante. E ainda que desconfortada por aquele atrevimento da parte dele em deitar-lhe tanta contemplação, ela se deixa enlevar em desconcertantes, mas ao mesmo tempo deliciosas sensações!

– Doutora não! Só advogada. Para ser doutora ainda falta muito. Mas eu ainda chego lá! – Propiciando-lhe continuar a esmiuçá-la às escondidas, se apressa em sair.

Na intimidade, ela se faz curiosa em conhecer os pensamentos que estarão a povoar a cabeça do único homem capaz de avivar sua ainda inocente imaginação. Por isso, a si mesma vai permitindo momentânea vaidade, imaginando-o exatamente a tecer considerações acerca da metamorfose capaz de transformar aquela adolescente de outrora, capaz de tanto atormentá-lo com seus gestos muito além de pueris, na mulher agora dona de tantos belos atributos a nele instigar o que ela mesma conjectura tão íntimos e refreados desejos.

E na imaginação do caboclo, de fato, ela se tornou um monumento da beleza, além da irreparável personalidade a fazê-la extremamente agradável. Se quando a conhecera, há aproximados sete anos, mesmo querendo ser gentil, ela se fazia tão prepotente no falar e no agir, agora, em sua quase adultidade, se revela a própria imagem do comedimento.

Como ela mesma intuiu ao se afastar, babão, ele permanece a contemplá-la às escondidas. E tão vivas reminiscências o fazem recordar os marcantes acontecimentos por eles protagonizados no efêmero, mas agitado tempo anterior ao envio dela para longe de sua convivência.

Tanta transformação só pode mesmo ser consequência das benesses do tempo, capaz de transmutá-la naquela mulher jovem com ares de adulta que agora descobriu. Uma bela surpresa ao caboclo que da vida já não esperava nenhuma ledice, menos ainda tão especial quanto aquela!

***

Chico Mineiro, incorrigível "coruja" quando o assunto envolve sua neta, não abriu mão da festa em homenagem à formatura dela – uma raridade da advocacia –, sobretudo naqueles rincões por eles habitados. Embora debilitado por tão elástica existência, mais acentuadamente atingido pelo tempo que seus amigos de mesma idade, não entrega os pontos, mormente quando se trate de paparicar sua joia preciosa.

No entanto, pela chuva fina trazendo junto um frio arrepiante, recrudescido pelo vento gelado a sibilar nas árvores e nos telhados, o dia escolhido acabou inibindo as presenças de muitos convidados.

Mas como a festança já estivesse pormenorizadamente preparada, e muitos de seus amigos dispostos a superar as intempéries, não houve como adiar.

O cardápio, típico das melhores comemorações do lugar e precedido da deglutição em pequenas doses de aguardente produzida ali mesmo na fazenda, inclui novilho assado, leitão à pururuca apetitoso como poucas vezes se viu, macaxeira cozida, salada de tomate, arroz branco da melhor aparência, além de outras iguarias especialmente eleitas para a ocasião. Tudo sem negligenciar a cerveja devidamente acondicionada em suficiente quantidade de cubos de gelo!

E além de toda aquela fartura, o gaiteiro logo se fez aposto, ansioso por iniciar seus acordes. De modo que desperdiçar tanto preparo seria um pecado dos mais imperdoáveis. Por isso, mesmo com poucos gatos pingados, contrariando o anfitrião que desejava a mesa repleta de muitos comensais, a festa se realiza.

Porém, as contrariedades consequentes do clima impróprio, por mais desagradáveis que se façam, não bastam para o embotamento do mais genuíno dos obstáculos à plena alegria do velho coronel. Porque apesar de sua condição de homem mais influente entre a população do lugar, ele se tornou impotente para evitar a autêntica catástrofe que de forma tão cruel acabou atingindo sua prestigiosa família.

Quando a comunidade escolheu elevar a povoação à condição de município, desde o princípio, ele se opôs à candidatura de Chiquinho a prefeito. Sua opinião era a de que seu filho não tinha a menor aptidão para a política, menos ainda chances de vitória.

Chiquinho, desde sempre, era percebido pela população como nada mais que um playboy descompromissado, verdadeiro bon-vivant imprestável para qualquer função pública. Por isso, na avaliação de seu pai, mesmo disputando contra votos brancos, como foi o pleito, jamais seria eleito.

Aquelas peculiaridades do filho faziam com que Chico Mineiro vislumbrasse grande vexação pública capaz de arrastar à lama o bom nome de sua família. E aquilo bem poderia ser considerada enorme ingratidão da parte do povo. Afinal, a cidade fora construída em terras por ele doadas a muitas daquelas famílias!

Mas, contrariando aquela desastrosa expectativa de seu genitor, Chiquinho venceu os votos brancos, tornando-se o primeiro prefeito da cidade que leva o seu nome. E a vitória fez com que, mais que tomar gosto pela política, nos anos de administração do filho o velho coronel se esbaldasse naquilo que mais aprecia na vida.

Naqueles dias de glória Chico Mineiro pôde devorar todos os livros, revistas e jornais que a prefeitura assinava, mesmo que, pela grande distância da capital, eles chegassem com dias de atraso.

Minucioso observador de tudo o que toma ciência, a ânsia do coronel por conhecimento, sobretudo do que ainda está por advir, sempre o levou a vislumbrar o futuro mais avançado em relação à época em que está a viver. Ao mesmo tempo sua arraigada sagacidade o tornou capaz da percepção pormenorizada até das mais veladas sutilezas de quem, ainda que escassamente, com ele venha a interagir.

Sendo tão arguto como ele só, não engoliu o desaparecimento de Chiquinho como mera fatalidade, como a versão oficial fez a opinião pública acreditar.

Nas esferas do poder, seu filho era aliado político do governador militar do estado. Mas pessoalmente o prefeitinho interiorano – como os figurões da política estadual sempre chamam todos eles – nunca teve o menor apreço pelo verdadeiro capacho dos comandantes lá do poder central, como ele sempre via o governador. Nas rodas de amigos, em quantos cegamente confiava, muitas vezes chegara ao deboche contra o lambe-botas de seus superiores que em sua opinião era o chefe do Executivo Estadual.

Sendo biônico e general do regime militar que ainda administra o país com mãos de ferro, o primeiro mandatário do estado sempre dispôs de todo o aparato de inteligência que o governo central sempre lhe deixou à disposição. E conhecendo o que considerou uma desfaçatez do apadrinhado, resolveu dedicar parte considerável de seu mandato à mais sórdida vingança.

Político inescrupuloso que sempre foi, e plenamente conhecendo a opinião do prefeito interiorano a seu respeito, o governador considerou Chiquinho uma ameaça aos seus planos de permanência no poder. Certamente o prefeitinho conheceria suas falcatruas, e se existe coisa que seus companheiros de farda do poder central não perdoam aquilo são os escândalos públicos.

Então, findado o mandato, como forma de não chamar a atenção da opinião pública para o que engendrava, o governador continuou apoiando Chiquinho. Mas, em sua descabida bajulação a quem nas entranhas do poder considerava perigoso inimigo, naqueles acintes aos demais concorrentes à prefeitura o mandatário do estado enganou a muitos, menos à perspicácia do coronel de Chicópolis.

Não é comum político importante comparecer a eventos em lugares inóspitos, muito menos em municípios de cantões tão isolados como é o caso de Chicópolis. Por isso Chico Mineiro não conseguiu engolir a estória do acidente.

Para ele, tudo foi feito para dar cabo à vida do filho e fazer que aquilo parecesse mera fatalidade. E o pior foi que o velho coronel não teve a quem reclamar, porque tudo indicava o envolvimento das mais eminentes autoridades do estado.

Num comício onde se empregou grande aparato de segurança, desnecessário diante da passividade da gente simples do lugar – pobres camponeses que jamais sonhariam com atentados de qualquer espécie –, pelas últimas vezes Chiquinho se esmerou em coçar seu bigodinho bem aparado.

Ao lado do pai, da mulher e da filha, ele esboçou seus trejeitos de forma ainda mais acintosa. Porque, sendo inconteste o apoio que tinha do governador, sua esmagadora vitória sobre seus concorrentes eram favas mais que contadas!

Entretanto, a maldade foi avassaladora. Findado o evento, o governador se esmerou em paparicos à primeira-dama municipal. E para alegria do incauto prefeito, juntamente com Alice e Chico Mineiro, Eva foi convidada a retornar no carro oficial do governador. Chiquinho mesmo acabou regressando sozinho na companhia de sua secretária na prefeitura.

Sendo tão inveterado presunçoso, o candidato à reeleição jamais sonharia com o que estava prestes a lhe acontecer. Depois de efusivos apertos de mãos nos eleitores a quem não escondeu sua confiança na vitória, ele dirigia sua F100 pela estrada esburacada, repleta de curvas e ladeada de muitos rochedos a esconderem precipícios muito além de descomunais.

Certo da vitória nas urnas, vinha manifestando à Florinda – sua secretária – a intenção de no próximo mandato esmerar-se na conservação das estradas, pois não queria repetir o vexame por que estava passando diante do governador. Mas então, subitamente descobriu que o carro não obedecia a seus comandos.

Percebeu o perigo logo ao iniciar a descida de extensa ladeira embasada por tão acentuada curva: acionando os freios sentiu-os inoperantes. Tentou a redução da velocidade acionando a caixa de mudanças, e descobriu a alavanca do câmbio solta das engrenagens. Como última tentativa, pensando aquilo resolver alguma coisa, girou a chave de ignição para a posição "desliga" e constatou que o motor não cessava o funcionamento, nem o veículo diminuía a velocidade.

Depois de todo o elenco de opções de que dispunha, ladeira abaixo o carro continuava descontrolado. Então, tentando se socorrer na secretária, descobriu-a em seu último apelo aos céus pela sobrevivência.

Nada mais havia que pudesse fazer, e só lhes restou ver as enormes pedras do lado oposto à curva crescendo diante do para-brisa. E o choque foi brutal, seguido da detonação de potentes explosivos destinados a não permitir a sobrevivência de quantos estivessem na cabine.

Grande ironia, carro e proprietário desapareciam no mesmo dia, justamente a caminhonete de estimação que Chiquinho intencionava conservar para o resto da vida, sendo exatamente aquilo a acontecer. Milagrosamente o veículo resistira à barbeiragem de Alice e à loucura de Dito de cujos acidentes saíra em condições de ser recuperado. Mas não suportou a sabotagem dos profissionais, eficientes em detoná-lo com cavalar dose de tão potentes explosivos.

A hediondez se revestiu de tamanha crueldade que os mesmos sabotadores foram os peritos incumbidos de esclarecer o "acidente", numa farsa capaz de engabelar somente os incautos habitantes daqueles grotões, menos a argúcia de Chico Mineiro.

O coronel não engoliu a lamentação farsante do governador hipócrita nas páginas de todos os jornais, em incomum esforço para apresentar suas condolências pelo desaparecimento prematuro do aliado. Mas nada pôde contra a máquina manobrada pelo carrasco do filho, sendo ela tão potente rolo compressor capaz do massacre sobre quem quer que fosse a insurgir contrariamente. Muito mais em se tratando de alguém cuja importância nunca ultrapassou as fronteiras do município onde habita.

A tragédia familiar, dentre outras coisas, serviu para acelerar a deterioração do estado de saúde do velho coronel. E seus vigores, que já não eram os mesmos de alguém em plena flor da idade, aceleradamente começaram a abandoná-lo.

Chiquinho, em verdade sempre fora causa de desgosto ao pai, nunca um exemplo de virtude. Mas foi o único de seus filhos a permanecer na casa paterna. Ele foi o único a suportar as rabugices comuns a todo velho, que vez ou outra se põe a importunar quem estiver à sua volta. Por isso, sua morte atingiu mais seriamente ao pai que a de qualquer outro filho.

E se, como agradável legado, seu filho caçula lhe deixou Alice a quem o patriarca tanto estima, também o fez obrigado a suportar os maus procederes de Eva cuja depravação desmedidamente a fez degringolar depois da viuvez, desnudando-a por agir como se o fato de não ter marido justificasse plenamente toda desfaçatez.

Chico Mineiro bem conhece o enrabichamento da nora para com Bano, embora não acredite em sua coragem para realizar tão extravagante sem-vergonhice. E querendo manter o matuto a seu serviço como mão-de-obra gratuita, mesmo quando seu filho ainda era vivo, preferiu esconder dele o que sabia.

Entretanto, agora a omissão começa a lhe custar caro. Eva bem sabe da ciência do sogro acerca de seus desvios de conduta, inclusive encarando-o como conivente. Então, sendo agora viúva, poderá ir além das furtivas quenguices dirigidas ao matuto, pois, certamente seu sogro não dará importância nem a seus vergonhosos saçaricos dirigidos a muitos dos cidadãos de Chicópolis, alguns deles pais de família.

"Coisa ruim nunca deixa de vir acompanhada de outra" – sempre está a pensar o patriarca. Bem sabe que a opção por se livrar da viúva do filho, certamente trará prejuízos a ele mesmo e aos demais herdeiros. Porque sendo dona de metade da parte de Chiquinho em seus bens, despedida, será capaz de forçar a partilha prematura, além de fatalmente levar consigo a filha.

Sendo ela mãe, é razoável imaginar que Alice, mesmo conhecendo seu caráter duvidoso, acompanhá-la-á. E mais uma perda, a essa altura da vida, será insuportável. A neta é o que o velho coronel tem de mais precioso, a ela dedicando toda a afeição de que ainda é capaz.

***

Ao coronel de Chicópolis a morte de Chiquinho pesou muito além da perda de um filho, já que na prefeitura agora manda um ferrenho adversário político de sua família. E o que mais tem magoado o velho patriarca é o completo alijamento de suas outrora incursões diárias à biblioteca municipal – anexa ao gabinete do prefeito –, agora entregue às moscas.

O novo mandatário do município, semianalfabeto, é avesso às atividades culturais, e só tem feito impedir o acesso público àquelas dependências, notadamente em se tratando dum adversário! Por isso sobre o coronel pesa em demasia o completo ostracismo a que está submetido.

Não poder acompanhar os importantes acontecimentos noticiados pelos mais eminentes jornalistas do país, a ele é como se faltasse a própria alimentação diária. Por isso sua alma sedenta o faz sonhar.

E se a simples revelação de seus prognósticos alicerçados em notícia dos jornais de onde tirava suas conclusões já lhe causava aborrecimentos pelo ceticismo de muitos de seus interlocutores, o que dizer, então, de seus atuais devaneios baseados apenas em sonhos! Invariavelmente, vendo-o divagar sobre coisas impossíveis à compreensão geral, seus interagentes mais críticos nunca hesitam em alcunhá-lo como a um velho biruta cuja idade já destruiu os miolos.

Àqueles interlocutores, seu exacerbado interesse pelas transformações por que o mundo tem passado não é mais que absurda e perigosa obsessão! Ainda assim, tal qual escritor ansioso por submeter suas ideias à opinião pública, nunca deixou de se esmerar na partilha de suas descobertas. Oportuna ou inoportunamente, jamais deixa ileso qualquer um dotado de benevolência para lhe emprestar ouvidos.

E, para tanto, não pode haver oportunidade mais favorável que a festa em homenagem à Alice. Ali, as pessoas gratificadas por desfrutar de sua hospitalidade, embora escassas, terão toda a paciência para ouvi-lo:

– Um dia desses eu tive um sonho que me deixou muito aborrecido a pensar no futuro – ao diminuto grupo a lhe fazer companhia na sala principal da casa grande, logo começa a monologar. Os presentes estão encarangados pelo intenso frio a alcançar aquele cômodo, ainda que hermeticamente fechado, onde espessas paredes em alvenaria e portas e janelas muito bem trancadas conseguem impedir as lufadas lá de fora, causadoras de mais desconforto ainda a quem ouse desafiá-las.

Logo após o jantar, a pretexto da chuva e do frio, muitos se despediram. Mas ainda permaneceram lá a privar de sua hospitalidade os representantes de algumas famílias cujas afinidades, mesmo após a decadência política de sua estirpe, não se abalaram.

Além daqueles amigos, lisonjeada pela homenagem recebida, Alice é uma das pessoas mais afoitas lá presentes. E querendo ver o ambiente realmente parecido a uma festa, para ouvir os acordes ecoando por todos os recintos da casa, mesmo que ninguém mais se arvore em bailar, ela não tarda em atiçar os ânimos do gaiteiro e seus acompanhantes. E, mesmo ciente do desconforto de Eva a deixar expressa sua contrariedade com o que vê, tanto insiste até convencer Bano a tomá-la pela mão para diante de todos os que lá estão, fazê-lo dançar.

Estreitada nos braços do caboclo, a ela nada mais importa, mesmo o intrigante monólogo de Chico Mineiro, indiferente a tudo que não sejam as mais estapafúrdias previsões calcadas nas bizarrices de seus impossíveis devaneios.

Ao velho não importa as picuinhas existentes entre Eva e Alice tendo o matuto como pivô. Para ele, àquela altura da vida, muitos são os assuntos de que já não vale a pena se ocupar. E um deles é o cuidado com o que possa acontecer à sua neta. Afinal, a seus olhos, a guria já é mulher feita, capaz de lidar sozinha com os problemas com que venha a se deparar. Por isso não se ocupa dela, vagarosamente se embalar abraçada ao caboclo, impondo aos músicos o ritmo em que deseja dançar.

Se para Eva o envolvimento tão próximo da filha com aquele peão trará consequências indesejáveis, ao patriarca, sendo Bano agora o seu braço direito na fazenda, benéfico se tornará aquele aconchego entre os dois.

Naqueles nove anos ou pouco menos, apesar da condição em que ainda o mantém a trabalhar, o velho aprendeu a ter aquele matuto em boa consideração. E se Alice estiver dele enamorada, bem vinda seria a entrada do caboclo na família.

A inclusão do matuto ao clã seria a melhor forma de resolver o drama de consciência do velho coronel. Além de reparar a verdadeira escravidão imposta ao sujeito, promovendo-o a coerdeiro de seus bens de sobra sua neta realizaria o que ao avô parece ser sua grande aspiração de desde quando ela se tornou moça feita.

– Não se preocupe com o que vão pensar – Alice tenta aliviar a tensão no matuto mais que evidente. – Eu não sou mais a menina dependente da autoridade do pai, da mãe ou do avô que você conheceu há muito tempo!

– Eu sei que ocê cresceu – ele não consegue aliviar o temor pelo que está a fazer. – Mais num é só isso que mi incomoda.

– E o que mais poderia ser então?

– Pa cumeçá, essa nossa dança vai dá o que falá!

– Por quê?

– Óia só a tua mãe cumo tá oiano.

– E o que que tem ela nos ver dançando?

– Ocê num cisma que ela num vai gostá?

– A mim pouco importa ela gostar ou não – firme em seus propósitos, Alice quase vai ao deboche. – E você também não deveria se importar, a menos que entre vocês dois exista alguma coisa que queiram esconder.

– Onde já si viu?! – Ele se apressa em desfazer qualquer desconfiança. – Eu nunca gostei dela.

– Se não tivesse constatado a tua inocência aquele dia em minha casa, eu poderia duvidar da tua palavra – ela se refere à cena presenciada há mais de sete anos.

– Aquele dia ela tava era indiabrada... Mais cumé que ocê teve certeza que eu tava inocente?

– Você se manteve calmo. Quando me abraçaste, senti inalterado o pulsar do teu coração.

"Cumé que ela sabe essas coisa?!" – incapaz de compreender tanta argúcia, lá consigo mesmo ele se intriga. Porém, preguiçoso em forçar os pensamentos, prefere não encasquetar.

Vendo o desânimo do gaiteiro por apenas eles dois estarem a dançar, Alice decide interromper o bailado. Convida-o à sala contígua que, apesar da claridade do lampião de gás no ambiente principal, está mergulhada em leve penumbra, permitindo-lhes ainda assim ficarem à vista de todos.

Ela não perde um só gesto de Eva, que já não dissimula o desconforto por vê-los em tamanha intimidade. E, pensando bem, acha providencial o que está a acontecer: aquela improvável aquiescência do matuto em permanecer ao seu lado está a contribuir para o desmantelamento das veladas picuinhas que entre as duas sempre existiram desde que ele apareceu em suas vidas.

No coração de Alice ainda persiste a mágoa de mui difícil assimilação que nem a si mesma ela aceita admitir. Bem ciente está de que, só para ter o caminho livre na busca da conquista ao seu pretendido, a mãe convenceu o pai a interná-la naquele colégio distante.

Mas agora tudo é diferente: ela está de volta à casa paterna e, se não pode mais contar com o pai que, mesmo em suas limitações, acabava a apoiando nas decisões mais importantes, ainda tem o avô para protegê-la do caráter desprezível de Eva.

Se bem que, em seu íntimo, o único sentimento para com a mãe é o de pena. Ela sabe a genitora não ter a inteligência de todo desenvolvida e, pensando ninguém conhecer seus desvios, acaba cometendo verdadeiras barbaridades.

Então, mesmo sendo sua mãe, não vê motivos para acatar as opiniões de Eva. Porque desde há muito a considera a pessoa menos capacitada para aconselhá-la, sobretudo quanto aos relacionamentos com os homens.

– Eu não acredito que seja apenas a opinião de minha mãe a te incomodar quando conversas comigo – alfineta na tentativa de penetrar os pensamentos do caboclo exageradamente desconfortável em sua presença.

– Quarqué um que oiá nóis dois vai vê que num tá certo eu ficá ti incomodano desse jeito.

– Como assim? Você não me incomoda! Pelo contrário, eu aprecio conversar com você.

– Eu nem si atrevo a perguntá por quê?

– Ora! Porque você tem um bom papo...

– Num isculacha não, que eu vô pensá que ocê tá é mangano de mim!

– Não sei por que você pensa assim.

– Ocê num mi vê? Eu num tenho nada que pode agradá uma pessoa como ocê é. Além disso, os ôtro vai pensá é que eu tô quereno ti namorá!

– E se você quisesse? O que teria de mais?

– Ocê num percebe que nóis é cumo água e vinho?

– Até que água e vinho podem dar boa bebida! Além disso, eu gosto da teoria de que os opostos se atraem.

– Num tá certo o que nóis tá fazeno – ele insiste em desencorajá-la. – Nóis num vai chegá a lugar ninhum cum isso.

– Por que você pensa assim? É só o medo da minha mãe?

– Não! A tua mãe é um'a megera que só sabe mi atormentá, e no fundo o que eu tenho memo é dó dela. Cum ela eu num quero nada, si é o que ocê tá pensano. Mais eu penso que ficano ansim tão perto de mim ocê vai acabá é teno pobrema pa resorvê.

– Se não for minha mãe, o que mais poderia ser empecilho a uma sadia amizade entre nós? – ela insiste.

– Eu acho que ocê inda num sabe direito iscoiê as amizadi.

– Será que você ainda me considera uma criança? Eu cresci, você não vê? Não sou mais a adolescente que você conheceu! Sou mulher, adulta, dona do meu nariz e sei muito bem escolher com quem me relacionar.

Vendo o assunto tornar-se cada vez mais inconveniente, ele se sente receoso de que os parentes dela possam desconfiar de possível insinuação sua para com ela. E, embora intimamente gostando do que ouve, para aliviar a tensão prestes a se estabelecer entre os dois, chama a atenção dela para Chico Mineiro.

Entretido em divagações a prender a atenção dos ouvintes, o velho não dá a mínima ao que acontece entre o matuto e sua neta. Eva, como sempre, é a única a permanecer inteiramente atenta aos gestos dos dois. Já nem ouve mais a prosa do sogro, e querendo demonstrar sua apreensão, a todo instante volta-se para aquele cômodo reservado onde eles estão.

Em prosseguimento ao seu monólogo dirigido à pequena plateia disposta a ouvi-lo falar das coisas que de forma desmedida ocupam seu inquieto espírito, os olhos do ancião brilham como em seus jubilosos dias de juventude:

– Vocês sabem que a destruição da Humanidade não virá pelas bombas atômicas do Pacto de Varsóvia, nem pelas da OTAN que hoje tanto se teme?

– Como assim? Se existe no mundo uma ameaça capaz de destruí-lo são esses arsenais nucleares! – Contra-argumenta um dos presentes, professor de História e um dos poucos políticos a permanecerem aliados ao velho coronel.

– Ora, meu caro professor! Eu estou convencido de que para a sua autodestruição o Homem não precisará de armas no sentido literal, pois, o nosso completo aniquilamento está aqui, e aqui – aponta para o próprio peito e a própria cabeça.

Como falei, certo dia desses eu tive um sonho que considero por demais revelador. Eu me via num futuro nem tão distante assim do nosso tempo, por volta do ano 2100. E lá, naquele futuro, nada me fez lembrar este mundo em que vivemos.

Eu voava em pequena aeronave, silenciosa porque movida a energia solar. Ela era conduzida por um ancião duns 130 anos que, com poucas rugas no rosto e os cabelos levemente grisalhos, ainda mantinha todo vigor da juventude.

Sobrevoávamos, a uma velocidade inimaginável, todas as regiões do planeta, da América à Ásia e da Patagônia ao Polo Norte. Em muitos territórios, ele me mostrou grandes edifícios formando imensas metrópoles ocupando mais de um quinto dos continentes. Todas ociosas!

Eram cidades com regiões inteiras despovoadas. Pequenos carros, com capacidade para transportar apenas duas pessoas, apodreciam nos estacionamentos. E os poucos que rodavam, por ruas quase desertas, eram silenciosos, movidos a gases por eles mesmos extraídos do meio ambiente enquanto se moviam. Nenhum emitia esses roncos barulhentos que hoje conhecemos.

O que mais me chamou a atenção naquele mundo foi a insignificância do número de seres vivos semelhantes a nós frente a quantidade de outros seres a evocarem animais parecidos a gatos e cachorros. Se nas ruas eu via poucas daquelas pessoas, quase todas avançadas em idade, em contrapartida era imensa a quantidade daqueles bichos domésticos, além de aves e outros semelhantes a camundongos e ratos-da-índia.

Intrigado com minha ignorância àquele respeito, meu cicerone não entendeu a minha pergunta sobre em que planeta eu estava? À minha indagação, ele passou a me considerar mais um subdesenvolvido prestes a me converter. E, percebendo-me todo interrogação, conseguiu a paciência necessária para me pôr a par daquilo a que me mostrei totalmente alheio.

Ouvindo-o atentamente eu concluí que estávamos em plena Terra num tempo consideravelmente adiantado ao nosso. E ao perceber-me certo de onde estava, talvez me imaginando um viajante do tempo, como forma de prevenir-me, ele começou a falar dos acontecimentos que sobrevirão – eu tenho certeza! – se o Homem não for capaz de discernir o que é bom ou ruim na corrida que o nosso século empreende rumo a tanta tecnologia e costumes aberrantes.

Ele continuou dizendo que tão profundas transformações terão início com a redefinição do conceito de família no final do século presente e começo do vindouro.

Por comodidade e maior conforto, as famílias serão diminuídas no tamanho, tornando-se padrão cada casal ter apenas um filho, isso quando não tiver nenhum. Famílias com dois ou mais descendentes serão estigmatizadas, primeiro nos deboches sociais, e mais tarde nas próprias políticas governamentais.

Naquele contexto muitas mulheres, para desfrutar os mesmos lazeres de seus companheiros, mas naturalmente necessitadas de afeto, optarão por criarem animais de estimação. Os mais comuns serão os cachorros de pequeno porte, levados com mimos por toda parte.

E o resultado será que, em apenas três décadas, a população canina no mundo chegará quase à igualdade com a de humanos. Uma globalização nunca antes vista eliminará as fronteiras – territoriais e comportamentais – oportunizando a padronização nos costumes capaz de proporcionar a inversão populacional em todo o planeta.

Ele nem precisou me lembrar que quando duas pessoas se unem para dar vida a apenas uma, estão contribuindo para a redução da população para a metade, porque isso eu já sei.

A preferência aos animais em vez dos filhos, além das uniões inaturais em que seres humanos do mesmo gênero constituirão famílias estéreis, serão fatores determinantes para a quase aniquilação da população humana no planeta. Como consequência, em pouco mais de um século o número de humanos cairá pela metade.

Mas a Ciência terá avançado como nunca, de modo especial a medicina. Assim a idade média da população humana aumentará consideravelmente, tornando-se comum a vida se prolongar para além dos 150 anos.

Aquela longevidade, combinada com a diminuição da natalidade fará surgir um mundo de velhos. E, mesmo que quisessem, como bem sabemos os anciãos serão incapazes de procriar naturalmente.

A mesma Ciência perceberá a catástrofe e procurará readequar a população pela manipulação do DNA, hoje apenas descoberto há algumas décadas. Para isso ela "fabricará" seres humanos a partir de quaisquer células dum indivíduo, não mais precisando dum homem e uma mulher para gerar uma nova vida.

Mas aqueles indivíduos – homem ou mulher – gerados artificialmente terão vida muito curta, envelhecendo num processo acentuadamente acelerado, além de, em maioria serem estéreis, de modo a não servirem para repovoar o planeta.

Enquanto isso, na contramão dos humanos, os animais – mais acentuadamente os cachorros – continuarão a se multiplicar de forma natural, proliferando em todos os lugares e dominando populacionalmente a Terra. Muitas tentativas de esterilização em massa dos bichos fracassarão, até pela inferioridade numérica dos humanos de quando se despertar para o problema.

Confesso, estive atordoado com tudo o que vi e com o que aquele personagem de sonho me disse. Vendo-me abobado como barata tonta diante do que me dizia, ele se convenceu de eu não ser mais que um desavisado subdesenvolvido – apelido pejorativo que se dará a pouquíssimos indivíduos, homens e mulheres que não aderirão àqueles costumes, agindo como heróis de uma resistência capaz de durar mais de um século!

Eles serão discriminados à pecha de preconceituosos conservadores, banidos da vida social e segregados em regiões inóspitas da Terra. Mas a partir da constatação dos erros na condução da Humanidade eles constituirão a única esperança de reorganização da vida humana no planeta.

O alívio só veio quando acordei e me vi na cama, ainda agitado em espírito por tudo o que vivenciei enquanto dormia. E, confesso, preciso rever meus conceitos sobre o futuro, porque tudo quanto tenho intuído das informações que já recebi, poderá não se materializar.

Hoje eu já penso diferente do que pensava há alguns meses. Considero que, a continuar as atuais manias que percebo, sobretudo na juventude, nós nos destruiremos muito antes do tão propalado futuro de glória preconizado por alguns otimistas desavisados.

***

Atenta, mas desinteressada na complexidade daquele papo tão inverossímil do velho sonhador, Alice obteve a aquiescência de Bano para se afastarem ainda mais. E já na cozinha, iluminada apenas pelos tições acesos no fogão a manter agradável a temperatura, ofuscados pela penumbra a dominar naquele ambiente reservado, ele a percebe um tanto indecisa sobre como se comportar em sua presença.

Lá fora intenso ainda é o frio recrudescido pela chuva fina que ainda não parou de cair. "Que será que ela tá quereno?" – sentindo a mão morna dela procurando a sua, lá consigo mesmo, ele matuta.

Logo em seguida, elevando as mãos de ambos para junto de seu rosto, ela o incentiva a beijar a sua, como faria um fidalgo galanteador ante uma dama. E, por mais banal e ordinário que aquilo seja a muitos refinados cavalheiros desejosos em lisonjear suas musas, ao caboclo xucro e daquilo desacostumado aquele gesto acaba criando embaraço. Porém, logo se recompõe a aproximar dos lábios a mão que lhe foi oferecida para dela saborear inebriante perfume e maciez.

A ela uma boa prova de que àquele matuto só falta mesmo quem se disponha a "domesticá-lo", pois boa capacidade de entendimento não lhe falta.

– Isso que nóis tá fazeno de ficá longi dos ôtro, memo seno muito bão, num tá certo! – Após cumprir o protocolo civilizatório por ela imposto, volta a martelar seus argumentos contrários àquilo que poderá lhe causar complicações desnecessárias.

– Por que você insiste em querer me humilhar? Ainda não percebeste que muito me agrada a tua companhia?

– Mais eu num quero si envorvê cocê mais do que já fiz! – Ouvindo as vozes do anfitrião e seus convivas no ambiente principal, persiste em seus receios.

– Não está sendo agradável a gente conversar?

– Tá!

– Então por que tanta relutância em se dar ao que nos faz bem?

– Eu sei que ocê sabe que eu sô casado!

– E daí? – Querendo libertá-lo daquele medo do que entre eles ainda possa acontecer, decide levá-lo a considerar que sua tão arraigada certeza na retidão de sua mulher pode não passar de mero desejo a ser frustrado quando se deparar com a verdade.

– Há quanto tempo você não sabe da tua mulher? Será que ela ainda está viva?

– Ocê nunca vai intendê o que eu tô dizeno, mais eu tenho aqui dentro a certeza que ela tá viva e mi isperano!

– Eu sou advogada, e sei que perante a Lei você não tem mais nenhuma obrigação para com ela. Pelo tempo transcorrido desde a separação você já pode perfeitamente considerá-la desaparecida e, se quiser, casar novamente.

– Sem sabê o que aconteceu cum ela eu num tenho corage nem de pensa nôtro casamento.

Se em Alice há uma qualidade marcante mais que nas outras mulheres, além da impulsividade, é a capacidade de perceber o que se passa no íntimo de quem com ela interaja. E bem sabe ela que o caboclo a quem dedica sincera amizade, tendo-o como um dos poucos a merecer de si aquele sentimento, está a sofrer diante da dúvida. Sabe que, nas considerações do caboclo, com o que agora faz, não passará duma enxerida a intrometer-se onde nunca lhe coube.

Mas aquela teimosia em não esquecer a mulher só a faz constatar a firmeza de caráter dele, o que em sua ainda imatura consideração, constitui a melhor qualidade de um homem.

Se estivesse certo de não mais ter a esposa, certamente optaria por reconstruir a vida. Então – ela se dá a pensar – aquele sentimento durante bom tempo por ela nutrido quando se conheceram, bem que poderia agora ressurgir para permiti-la novamente sonhar!

Porém, como fumaça levada ao vento, aquilo nunca mais voltará a incomodá-la daquele jeito que em sua adolescência ela tinha como impossível de ser debelado de seu coração ainda tão inocentemente devaneador.

Por isso, à pretensão de a ele não permitir equivocada interpretação de sua dúbia conduta daquela noite, decide esclarecer o que realmente importa para que continuem a alimentar suas particulares intenções de um para com o outro.

"Se me calar agora, nunca mais terei coragem de revelar-lhe verdadeiramente o que tem se passado comigo desde que o conheci" – antes de pronunciar as palavras mais delicadas de sua vida nos últimos tempos, por bom tempo, ela permanece a ponderar:

– Sabia que quando você chegou perto de mim pela primeira vez, lá na estrada onde eu me acidentei, alguma coisa aqui dentro mexeu comigo como nunca nada tinha mexido? – Enfim, tomando coragem, ela se põe a revelar seus mais íntimos segredos. Também para justificar porque hoje está lhe abrindo o coração como nunca foi capaz de fazer.

– Como você mesmo ainda hoje insiste em dizer, pouco mais que criança, eu era ainda uma adolescente. E pelas incertezas do que realmente seria aquilo que pela primeira vez na vida eu sentia os acontecimentos por que passei naquele dia enormemente pesaram sobre mim.

Vendo-te pela primeira vez naquela situação tão incomum, eu não sabia como agir, e minha cabeça fervia em pensamentos desencontrados. Então me debati entre a surpresa e o medo de que você fosse pessoa de má índole e se aproveitasse da situação, com isso permitindo a meus instintos de defesa me fazerem parecer superior, agindo como quem estivesse no controle da situação. Aí eu agi daquele jeito destrambelhado que você deve muito bem lembrar.

No entanto, as horas foram passando, os acontecimentos foram se sucedendo, eu meti os pés pelas mãos e acabei ocasionando todas as tragédias daquele dia. Só que aqueles meus receios não se concretizaram: você agiu como um cavalheiro, ajudando-me até me levar para casa.

Aquilo que você fez por mim eu nunca esqueci. Depois, com o passar do tempo, não sabia que sentimento era aquele que nem por um momento me deixava te esquecer, quer você estando perto ou longe.

Minha mãe logo percebeu o que se passava comigo e tudo fez para denegrir perante mim a tua imagem. De muitas coisas, ela me ameaçou se, como sempre fazia, eu continuasse te defendendo em todas as circunstâncias.

Ainda não sabia – embora já intuísse – que ela estivesse era com ciúmes de nós, mesmo que para isso nunca déssemos motivo. E acabou acontecendo o que você bem deve lembrar: ela cometeu aquele despautério com você e, não contente, me mandou para longe.

Muitas vezes, enquanto distante, eu maldisse a ela e a você. Do rancor que sentia por você, eu não encontrava motivos, já que nunca tinhas feito nada que deliberadamente me magoasse. Era apenas uma raiva por estares longe e não ter me defendido quando me mandaram para lá, como se você pudesse fazer alguma coisa! Mas dela a mágoa era consciente, porque sabia da malícia que sempre estivera em seus pensamentos.

Depois que meu pai faleceu, não consigo mais odiar o que ela fez. Pelo contrário, sinto é muita pena dela. Eu sei que ela gosta de você, e agora se sente livre para te desfrutar, como sempre foi sua vontade. Mas algo aqui dentro me faz reagir ao que considero imoral e inaceitável.

Hoje eu tenho perfeita consciência de tudo. E, mesmo que a você possa ser difícil entender, dentre as coisas que mais desejo na vida é te ser útil nas incertezas acerca do que possa ter acontecido à tua mulher. Ainda não sei exatamente porque, mas esta tua condição de nem casado, nem viúvo, muito tem me incomodado. Por isso, se você permitir quero te ajudar a vencer esta angústia que, bem lá no íntimo, eu sei que muito te perturba.

Não será por interesses pessoais da minha parte. Eu apenas penso que nenhum ser humano possa ser feliz tendo uma pendência dessa magnitude não resolvida. E, pelo tanto que já te conheço, sei que você merece dar um novo rumo ao teu destino.

Por isso estou à tua disposição, inclusive como advogada que sou.

Bano é inculto, impolido e jamais será capaz de pronunciar corretamente as palavras. Mas, ainda assim, após tudo que ouviu tornou-se impossível se calar. Então, do seu jeito grosseiro que somente ele parece ser capaz de se pronunciar, se põe a oferecer sua opinião acerca de tudo o que ouviu:

– Eu tamém tenho pensado muito na minha vida. E penso inté que num mereço isso que ocê qué fazê por mim. Mais me sinto invaidecido sabeno do teu bem querê.

Quando a genti si conheceu eu percebi que ocê me tratava diferenti das ôtras muié que eu conhecia. Mais, memo naquele tempo eu num pudia achá que ocê si sentia mixida por mim. Cumé que eu pudia pensá essas coisa, si já tinha ti contado que era casado e tava atráis de tirá a Amelinha do ladrão que tinha robado ela de mim?

E além de tudo eu nunca isqueci que ocê é a patroa eu sô o impregado.

Mais se falá que nunca pensei na tua beleza e na tua bondadi comigu eu vô tá mintino. Só que nunca pensei em mi assanhá cocê, purque ia sê safadeza, e ocê num mereci. Intão eu num quero nem pensá que ocê inda qué ficá comigu, purque além de amá a minha muié eu num ti mereço.

– E quem disse que meu interesse por você inclui esse tipo de relacionamento? – Percebendo ter mal interpretado o que disse, ela trata de dissuadi-lo de qualquer pensamento que não seja exatamente o que quis dizer.

– Ocê me discurpa, mais se num fosse cumo eu pensei ocê num dava tanta importância pra mim cumo dá.

– Não vamos cair em tentação! – Ela volta a corrigir a interpretação que ele fez. – Eu disse que, quando nos conhecemos, sentia coisas por você que nunca antes tinha sentido. Mas nunca pensei que fosse paixão. Era apenas um sentimento que não sabia o que podia ser. E só depois, ao amadurecer como mulher, foi que me dei a pensar que pudesse ser amor. Mas a verdade é que até hoje ainda estou incerta sobre o que aquilo realmente pudesse ter sido. A única coisa que sei é que quero ter você como amigo, como jamais quis ter a outros.

– Eu fico contenti em sabê disso. Purque nunca vô querê vê ocê sofreno, inda mais por mim!

– Lembra aquela vez no jaburu lá na estrada onde fomos tentar resgatar a tua mulher?

– Si lembro! Aquele dia ocê saiu foi da casinha!

– Então, isso é o que eu quero dizer quando falo que à época eu era uma adolescente sonhadora sem saber como agir em face do que sentia. Por isso agora que já estamos esclarecidos, vamos pensar daqui em diante o que fazer em relação à tua mulher.

– Tá bão. Mais o que qui ocê tá pensano em fazê? – Gratificado e confiante em suas boas intenções, a ela, ele atribui o poder de decidir o que fazer a respeito de sua própria vida.

Por seu lado, ciente de que provavelmente nunca reencontrará a mulher, ela decide revelar o íntimo pensamento que há algum tempo vem-na inquietando, e que lhe parece a melhor forma de decifrar o enigma que, além dele, agora também é seu. Afinal, quase uma década já se passou desde que a mulher o abandonou, deixando-o tão desorientado naquela angústia que em todo aquele tempo só fez aumentar:

– Depois que saíste caçando a mulher você já voltou à tua casa?

– Não!

– E por que não?

– Purque eu num tenho corage de incontrá o nosso rancho vazio, nem de incará os parente e os vizinho que vão querê sabê o que aconteceu em todus esses ano.

– Pois eu não quero que você veja como maldade o que vou propor, mas gostaria de ir lá com você para ver se, finalmente, você encontrará paz e sossego.

Estivessem em plena claridade e ela perceberia a fisionomia mais indefinida que jamais foi capaz de esboçar. Verdade é que ele aquiesceu à ajuda por ela prometida. Mas aquilo não incluía ela ir à sua antiga residência. Por isso, em princípio, mesmo sem nada manifestar, ele já considera a necessidade de dispensar o auxílio dela.

Aquela guria, cuja amizade para com ele soa como não imerecido favor, agora começa a se intrometer em assuntos que não lhe dizem respeito.

Mas, mesmo ainda lhe sendo impossível conhecer os reais motivos para o que ela se propõe a fazer, razoável seria pensar em prováveis interesses ali não revelados. Por outro lado, sem que a proposta dela – que em verdade ele considera excessiva bondade – se realize, jamais suas dúvidas serão dirimidas. E o melhor meio para resolver aquilo, não há como negar, é sondar até onde irá a coragem dela:

– Cumé que ocê qué í lá? – Curioso acerca do que realmente terá acontecido à Amelinha, ele não consegue permanecer indiferente. – O lugá é muito longi e as istrada é muito rúim!

– Antes de tudo vamos manter segredo – desejando senti-la novamente beijada daquele jeito que até hoje só ele foi capaz, ela volta a lhe estender a mão. – Depois eu digo como vamos fazer.

***

Imensas foram as transformações vivenciadas pelo magricela em apenas oito anos! Apesar de, involuntariamente, continuar esboçando seus risinhos sem graça de agora – uma condição de sua personalidade –, mesmo diante de algo muito engraçado escassas são as vezes em que ele escancara sua boca murcha em cara de galhofa ao que acontece à sua volta. Verdade é que, desde que Vó Bina morreu, ele não é mais o sujeitinho inconsequente que sempre fora.

E nos últimos anos, a dominar o seu peculiar jeito de ser, tem sobressaído um constante estado de contrariedade a tudo o que lhe dizem.

Sua vida se converteu em pura amargura. A perda da avó – seu último parente de sangue – causou-lhe grande insegurança diante de tudo o que a vida ainda possa lhe oferecer. E Bano, que mais estreitamente convive com ele, é quem mais compartilha todo o seu amargor.

Eles combinaram a alternância nas tarefas domésticas, cada um ficando por uma semana responsável por todos os afazeres – da comida ao arrumar as camas. Mas quando chega a sua vez o sujeitinho não dá conta de todas as tarefas: se cozinhar não lava a roupa; se limpar a casa não cozinha; e se lavar a roupa não limpa a casa.

E se Bano quiser vê-lo ainda mais ranzinza é só cobrar o cumprimento daquelas tarefas. Aí ele se zanga, sua cara fina e comprida, que em tão pouco tempo envelheceu, franze por completo e as discussões se tornam inevitáveis.

No trabalho do alambique, então, toda vez que surge qualquer motivo para discordância entre os dois, a coisa degringola de vez!

– Tráiz as cana já no jeito de ponhá na muenda – vendo Bano trazer um feixe atravessado em relação aos cilindros do engenho, de cara fechada e aos berros, ele adverte.

– Ocê num pode arrumá a cana na hora de impurrá na muenda?

– Não sinhor! Ocê é que tem que trazê ela no jeito – o magricela rejeita o feixe, quase o deixando cair no chão. – Disaprendeu o sirviço?

– Ora seu mulequi! Toma jeito si não eu vô ti dá é uns tapa, hein?

– Ixprementa procê vê o que aconteci! – Com suas mãos esqueléticas em punhos fechados de quem está pronto para a briga, o sujeitinho reage. – Si arguém aqui tem direito de inzigí arguma coisa, esse sô eu.

– Ah é? E purque que só ocê pode inzigí?

– Ocê inda num sabe que eu sô o responsáve pelo sirviço? Quando ocê chegô aqui já fazia muito tempo que eu trabaiava, ocê isqueceu? E o patrão sabe que sem mim o sirviço num anda.

– Dêxa de bestage e vamo fazê o trabaio rendê, si num quisé levá as conta! – Bano, ciente de que o sujeitinho passa por momentos difíceis desde que ficou órfão da avó, dissimula.

Ele muitas vezes folga com o novo jeito do banguela, sem, contudo, perder de vista que o sujeitinho está a sofrer as mesmas dores que ele mesmo. Ambos amargam a perda de alguém muito querido, diferente apenas quanto ao tipo de relacionamento que mantinham com aqueles entes. Por isso os entreveros em que habitualmente se envolvem, acima de tudo servem para desanuviar aquele clima tão pesado em que vivem os dois.

Dito, depois de enervar até quase a explosão, acaba convencido de aquele ser o melhor jeito de levar a vida. Ele mesmo depende muito mais da amizade do companheiro que ele da sua.

Nas vezes em que as discussões se fazem mais acirradas eles chegam a se estapearem; depois permanecem em silêncio até o fim do dia, os dois bicudos a trabalhar. Mas, chegando à noite, contando uma piada ou fazendo um gesto engraçado, ora um, ora outro acaba fazendo algo para desemburrar o companheiro, de modo que nunca dormem aborrecido um com o outro.

E, daquele jeito, os dois órfãos de família suplantam as mágoas das perdas. Cada dia vencido é um a menos para suportar as desilusões. Eles brigam, fazem as pazes, voltam a brigar e a novamente fazer as pazes, numa interminável rotina em que, sem perceberem, um ao outro acabam se unindo cada vez mais.

***

Eva vive agora a se debater com a obrigação de lidar com penosas desilusões. Desde que Alice se formou advogada – retornando ao seio da família – cismou estar perdendo a disputa pelo caboclo a quem sofregamente sempre desejou.

Em seu modo de pensar, Alice também estaria apaixonada pelo matuto, e aquilo a colocaria em enorme desvantagem. Afinal, a começar pela idade, sua filha seria muito mais atraente que ela mesma.

A única coincidência entre ambas é a ciência da abismal diferença entre os próprios modos de vida e os do caboclo. E enquanto a genitora vive a se debater à procura duma justificativa convincente às suas pretensões, para Alice a única motivação é o desejo de a ele proporcionar uma vida digna, isenta de todo o padecimento por seu drama familiar ainda não resolvido.

Aparentemente apenas a sutileza faz a diferença entre mãe e filha. Mas, na intimidade, as picuinhas entre elas são bem maiores do que parecem, e discrepantes as motivações. Enquanto Eva, até por ser já escolada na vida, aprecia só o que é físico, à Alice, alheada de mesquinhos interesses, importa muito mais o que ele, além da atraente figura, demonstra ser interiormente.

A meiguice, que mesmo em meio a tantos gestos rudes e deselegantes, se lhe aflora saindo por todos os poros; a compreensão e a brandura com que se refere à esposa, mesmo ela tendo-o abandonado, à guria – ainda donzela e sonhadora – são atributos irrefutáveis a elevá-lo à idêntica dignidade por ela atribuída a muitos varões de fina estampa que já conheceu, principalmente em seus anos de universidade.

O conjunto das qualidades no caboclo percebidas, à garota, o torna predileto candidato a profícua amizade para durar pelo resto da vida. Ainda ingênua e imatura em questões que envolvam a libidinagem, ela nunca se encorajou a discutir as reais pretensões de sua impudica genitora para com ele.

Para a filha, o fiel da balança será a inclinação do próprio caboclo que ela sabe estar ciente dos disparates pretendidos por sua mãe. E se, mesmo já lhe tendo manifestado repulsa pelas pretensões de Eva, acabar cedendo aos desejos dela – o que não seria assim tão impossível – que depois ele arque com as consequências!

Cada uma a experimentar as próprias incertezas acerca do futuro cada vez mais próximo, obrigadas pelas circunstâncias as duas têm feito visitas semanais à fazenda. E estando juntos, mesmo a mãe se esmerando em dissimulações, Alice tem percebido as insistentes saliências dela ao caboclo dirigidas.

Contudo, não querendo descer à baixeza, que bem sabe, seria a reação da genitora, sempre acaba anulando sua vontade de contra aquilo se insurgir.

Seu recato chegou ao ponto de ela evitar a presença nas noites em que a gente da fazenda se reúne sob o luar para jogar conversa fora, ocasiões em que, diante dele, Eva se esmera em exibicionismos.

Hoje, porém, intrigada com o que de fato estaria a acontecer entre os dois, ela decidiu abandonar o pudor de ouvir conversas alheias. Oculta à sombra dos arbustos do jardim, fica a espreitar os comportamentos de ambos.

Escondida, constata o que há muito já sabe, e ele mesmo nunca escondeu em todas as vezes que entre os dois o assunto veio à baila.

Pelo avançado da hora, com os demais empregados e suas famílias, quis se recolher. Mas, a pretexto de evitar o risco de incêndio, Eva o intimou a permanecer com ela a eliminar as brasas ainda acesas na fogueira, que já não passavam de dois a três tições esvaindo em cinzas.

– Você não acha que já é tempo da gente decidir pela assunção pública do nosso relacionamento? – A desmiolada se mostra resolvida.

– Du que qui ocê tá falano? – num rosto de mil interrogações, ele se mostra surpreso.

– Ora peão! Você e eu sabemos, e todo mundo também, que agora não existe mais empecilhos para ficarmos juntos de vez. E nós dois sabemos que você não me enjeita! – Afoita, ela avança a se aproximar mais.

– É mió ocê ficá longe, que isso num vai prestá! – Reagindo ao inesperado, ele se esquiva.

– Não se faça de difícil que eu posso interpretar mal! – Alcançando-lhe os ombros com as mãos, ela o obriga a ir ainda mais longe.

– Ocê num acha que tá se arriscano de mais? Pode tê arguém veno essa safadeza!

– Pois que vejam! Nós somos duas pessoas adultas e descompromissadas...

– Aí é que ocê si ingana. Eu sô casado e inda num isquecí a minha muié!

– Deixa de tolice! Todos sabem que a tua mulher te deixou para fugir com outro. Só você não quer ver...

A ele, a referência desrespeitosa a Amelinha é como um bofetão a provocar-lhe a ira: – Si ocê falá isso de novo eu vô isquecê que ocê é muié, e ti dô um'a lição pra nunca mais ocê isquecê – ela o percebe ensandecido diante da insinuação de que foi traído pela mulher. – Ocê num tava lá! E num pode ficá falano o que num sabe.

– Mas é o que todos pensam! – Mesmo temendo uma reação ainda mais vigorosa, insiste. – Até a Alice, em quem você tanto confia, pensa assim!

– Dêxa a Alice de fora disso! Si um dia eu quisesse arrumá ôtra muié, ela sim é que eu pudia querê.

Escrupulosa, deixando-se dominar pela vergonha de estar escondida, Alice se obriga ao esforço de não permitir ser descoberta. Condói-se pela mãe, vendo-a a se submeter daquele jeito ultrajante.

Mas, ao mesmo tempo, ouvindo o que Bano disse a seu respeito, se deixa embalar por deliciosa alegria, muito raramente experimentada em sua vida. E, por descobrir aquele pensamento por ele manifesto à sua mãe – mesmo aquilo tendo se dado em momento de considerável tensão – indescritível leveza começa a invadi-la.

– Você só vai ter a Alice se eu permitir – mesmo sabendo-se vencida pela teimosia daquele sujeito xucro e determinado a recuperar a esposa perdida, e pela grande afeição que vê em Alice toda vez que a ele a moça se refere, Eva esbraveja. – Então tira o cavalinho da chuva porque isso nunca vai acontecer.

Eva sabe a causa estar perdida, pois, o seu interesse naquele xucro nunca foi além da mera atração física, o que não lhe garante nenhuma chance de vitória. Já Alice, se quisesse, teria todas as credenciais para vencer a resistência dele, pois as ações da guria para com ele sempre refletiram nobres sentimentos.

Contudo, mesmo ainda incerta acerca das reais pretensões da filha para com aquele sujeito tão ignorante, não se vê cabalmente vencida. E sua disposição é lutar até onde for possível, mesmo a cada dia percebendo mais inglória a sua luta.

***

Para Chico Mineiro os anos têm sido muito cruéis, fazendo seu vigor físico definhar a olhos vistos, ao ponto de alguém que o veja hoje, amanhã já o ver mais envelhecido.

Acima de tudo, as frustrações que a vida vem-lhe impondo o têm levado à perda do gosto de viver. E as desventuras por que tem passado fazem dele alguém fraco, sem a mínima condição de superar o menor obstáculo com que venha a se defrontar.

Seu viver agora está limitado à observação do avançar acelerado das horas e à perda até de sua massa muscular que se percebe esvaindo a cada instante. Suas atividades estão restritas à contagem dos dias a passar tão velozes ao ponto de nem perceber as boas horas de sono em que passa recostado em sua espaçosa cadeira de balanço na varanda do casarão, donde muito lhe custa a visão do que esteja à sua frente.

Seus olhos já perderam o brilho, criando aquela opacidade capaz de embaralhar a visão, dificultando a distinção dos objetos e das pessoas que transitam, ainda que a curta distância. Aquelas debilidades visuais impossibilitam-lhe até a perfeita contemplação das magníficas montanhas que estão a pouca distância de sua varanda.

Agora, como nunca, do passado mais remoto ao futuro mais longínquo que ele ainda tenta vislumbrar, seus pensamentos vivem a percorrer a própria vida, cheia de glórias e fracassos.

Em vista de suas atuais debilidades, inevitável é o seu abatimento. Ele nada pode para alterar os perigosos caminhos que vê o mundo trilhar, embora seu coração se faça ousado ao ponto de assumir a tutoria de todos os viventes.

Sua vida, até pouco atrás, sempre fora profícua em escarafunchar o que move o Homem na busca de soluções a problemas cada vez mais complexos. E se alguma coisa fez suas delícias na vida, aquilo foi sondar o que estará no futuro à espera da Humanidade.

Sua mais ferrenha frustração, sem dúvida, é a presente fraqueza a impedi-lo de realizar tantos projetos com os quais em toda a vida ele tanto sonhou. E isso justamente no momento em que o Homem dá o grande passo de sua história, pisando na Lua pela primeira vez.

Apesar de tudo, por demonstrar que seus devaneios de toda a vida – tão combatidos por muitos – estavam corretos, aquele fato tem lhe causado grande conforto de alma. O sucesso da NASA, apesar das controvérsias criadas por alguns céticos ignorantes, deixa-o certo de que a partir do pouso histórico na superfície lunar, a corrida espacial jamais terminará, levando o ser humano a conquistar definitivamente o espaço sideral rumo ao infinito.

Mas enquanto o mundo comemora o sucesso na corrida espacial, só o que lhe resta são incertezas sobre sua própria capacidade de prolongar a vida a ponto de ver, no ano vindouro, o Brasil sagrando-se o primeiro tricampeão mundial de futebol do que ele não alimenta a menor dúvida.

Ele já não se ocupa dos negócios. Fazenda, gado, alambique e os carrões que por longos anos fizeram suas delícias de colecionador agora fazem parte dum passado já esquecido em suas memórias. E já que seus outros parentes há muito não se envolvem com nada que diga respeito à administração de seus bens, Eva e Alice, sendo as únicas da família a residir em sua casa, estão obrigadas a tomar decisões para o andamento das atividades cotidianas.

Assim, atentas ao andamento dos trabalhos, quase diariamente as duas estão na Santa Margarida, procurando suprir as necessidades de insumos, acompanhando o desenvolvimento do rebanho e decidindo sobre as atividades dos dois fabricantes de aguardente.

Entre elas, aparentemente, tudo está normal, embora nos bastidores e na intimidade elas tenham grande pendência a resolver, levando os laços familiares a um triz do rompimento definitivo. As dúvidas acerca do que o matuto decidirá para o seu futuro, mesmo sendo considerável absurdo, acabou mexendo com as duas.

Por submissão filial, Alice sempre foge de qualquer embate com a mãe, assim contribuindo para o prolongamento da agonia por transformar aquelas incertezas num problema de remota solução.

No fundo, tanto elas quanto o caboclo têm como grande empecilho a indefinição acerca do que terá acontecido à Amelinha. Reiteradas vezes, ele tem deixado claro que jamais definirá a própria vida antes da certeza do que realmente terá acontecido à sua mulher desde o dia em que tão covardemente ela lhe foi subtraída ao convívio.

Para as duas, grande diferença fará o rumo que ele vier dar à própria vida – fato que, mesmo sem nenhum sentido, a elas tem sido causa der importunação. E muitas dificuldades têm sido criadas às decisões que elas têm a tomar sobre os negócios de que agora estão obrigadas a se ocuparem.

A responsabilidade de tocar adiante a fazenda e os outros empreendimentos familiares muito lhes têm custado. Em vista daqueles misteres, ambas têm sido impedidas de realizar até os mais corriqueiros afazeres próprios das mulheres. Eva não visita mais suas amigas para as infindáveis rodadas de chá acompanhado de deliciosos quitutes. E Alice se vê impossibilitada de dedicar-se à sua profissão, pois, apesar de formada há algum tempo, ainda não se estabeleceu como advogada.

Por isso elas cogitam entregar ao caboclo a administração da fazenda. Só que as incertezas sobre o que uma possa maquinar em relação a ele impedem a outra de manifestar a vontade que é de ambas.

Já por seus lados, o matuto e o magricela alambiqueiro, em que pesem os entreveros comuns do dia-a-dia, normalmente continuam a trabalhar na produção de aguardente com o que dão suas contribuições ao sucesso da fazenda.

Ao mesmo tempo em que, pelas importunações que ela sempre traz, os dois detestam a presença de Eva, eles apreciam a companhia de Alice. E, para suas delícias, a regozijar-se com o progresso que lá chegou de forma definitiva, sempre que pode a patroinha se faz presente no canavial ou no alambique.

Em vez do burro e da velha junta de bois, hoje eles manobram o potente motor acionador das máquinas. E como esforço físico, a eles agora resta apenas deitar as canas na esteira e descarregar os tambores de combustível que as patroas trazem da cidade.

Desde a conversa noturna entre Bano e Eva que presenciou, Alice é pura curiosidade a respeito dos rumos que certamente o caboclo dará à própria vida. Mas, pudica que é, falta-lhe coragem para tocar no assunto.

Apesar de sentir-se liberada para o que bem quiser, ela se inibe em procurá-lo à sombra da noite como fez sua mãe, pois, em sua avaliação aquilo seria grande depreciação de sua donzelice. E ademais, mesmo disposta a vencer tanta teimosia de ambos, ela sabe que, agora viúva e descompromissada, sua mãe jamais abandonará sua obsessão por ele.

Mas, por razões que somente a consanguinidade pode explicar, não querendo magoá-la mais do que sabe ela já estar magoada, evita o embate escancarado com a genitora. Tudo isso sem considerar a humilhação a que a viu submetida no diálogo entre os dois que presenciou às escondidas.

Hoje, no entanto, sem que ela planejasse, surgiu ímpar oportunidade: Dito foi à casa preparar o almoço dos dois. Então, é só provocar o matuto para ver aonde a prosa chegará. Entretanto, presa aos entraves criados pelas pretensões da mãe, tomando o tempo com rodeios e prosa indefinida, de imediato, ela não sabe o que dizer, permanecendo bom tempo hesitante em ir ao cerne da questão.

Até que, tomando coragem, decide alfinetá-lo com toda a objetividade de que for capaz: – Eu ouvi o que você e minha mãe conversaram outro dia no escuro!

– Si num tava lá, cumé que ocê iscutô? – Ele se mostra surpreso.

– Eu me escondi sob um hibiscoeiro no jardim.

– Agora ocê já acha que pode ficá iscutano cunversa alêia?

– Eu sei que não agi com retidão. Mas sabia que o assunto me interessaria.

– E o que qui tanto ocê iscutô?

– Tudo o que vocês disseram. E fiquei feliz em saber que você não quer nada com ela – tenta tranquilizá-lo sobre possíveis consequências do que os dois fizeram.

– Ocê sabe? – Querendo fugir àquele desagradável assunto relacionado a Eva, subitamente ele começa a mudar o rumo da prosa. – Eu andei pensano na cunversa que eu e ocê tivemo sobre o meu casamento, e acho que ocê tem razão em querê que eu vô lá no meu rancho pra tirá a limpo a história do rôbo da Amelinha.

– A meu ver esse é o único jeito de exorcizar de vez esse fantasma que tanto te atormenta – ela se conforta com o que considera agora ser também a vontade dele.

– Mais eu tenho medo de num guentá vê o nosso rancho abandonado, com lixo por todo lado...

– Quem sabe os vizinhos não têm notícias dela? Isso você só vai saber indo lá.

– Já faiz tanto tempo que eu fui imbora de lá que acho impussíve arguém dêis mi conhecê. Sem falá nos que mudaro, ô já morrero.

– Se você aceitar, eu te acompanho – ela volta a se candidatar.

– Num pricisa ocê í – ele se inquieta com o que ouve. Não está em seus planos escancarar a humildade em que sempre viveu, não a ela que pertence a um mundo tão diferente!

– Por que você resiste tanto em te mostrares a mim por inteiro? Eu quero te conhecer melhor; e uma ótima oportunidade seria ver como era a tua vida.

– E si eu quisé ficá lá? – Como forma de dissuasão, tenta atingi-la em seus interesses econômicos: – Cumé que vai ficá o pagamento do caminhão do teu vô? – Ao mesmo tempo aquilo lhe parece uma boa forma de investigá-la sobre sua opinião a respeito do que ainda o prende à fazenda.

– Eu tenho certeza que isso não será nenhum problema. Meu avô está cada vez mais senil, e como você bem sabe, afastado dos negócios. Quem cuida de tudo agora sou eu e minha mãe. E nós estamos dispostas a te dar carta de alforria, combinando com você um salário digno.

Além disso, eu sei que você só será definitivamente um homem livre depois de perder todas as esperanças de reencontrar a mulher. Por isso acho que vale a pena todos os riscos, inclusive o de perder a tua presença para sempre.

Antes de se manifestar acerca das pretensões dela, Bano se depara com o magricela a poucos metros, chapelão caindo na cara, marmitas à mão, cenho franzido como nunca esteve, sem a menor sombra dos sorrisos forçados que ultimamente vem esboçando.

A cena do banguela desfigurado por não gostar do que ouve, tira dos dois os ânimos para levar adiante o assunto. E até o final do dia, Bano não vê mais que o semblante fechado do sujeitinho franzino, contrariado pela possibilidade, ainda que remota, de perder seu companheiro de todas as horas.

***

A estrada que leva ao povoado do Barro Preto é hoje muito pior que no dia em que Bano a percorreu em sentido contrário, angustiado, mas ainda esperançoso de alcançar o raptor de Amelinha e resgatá-la de suas garras. Valetas e pedras soltas em seu leito contrastam com o poeirão a elevar-se pela passagem dos veículos em velocidades muitos superiores às condições da via.

O jipe dirigido por Alice é a única exceção, lentamente avançando a desviar para a margem a dar preferência aos outros veículos – competidores entre si para andar à frente e fugir às nuvens de poeira. Veículo rude, inteiramente adaptado às condições dos caminhos mais difíceis, o jipe não oferece o menor conforto. Motorista e passageiros amargam o sol a pino aquecendo demasiadamente a cabine coberta de lona, fazendo seu interior assemelhar-se a um forno.

A poeira adentra por todos os lados, mistura ao suor expelido pelos ocupantes, fazendo deles nada mais que corpos cobertos de fina camada de terra a formar minúsculas porções de barro aqui e acolá por toda a pele.

Dito viaja no compartimento de trás, em sentido transversal sobre um dos para-lamas traseiros. Amargando solavancos a fazerem-no bater a cabeça no teto para depois achatar as nádegas no aço aonde vai sentado, ele sofre muito mais que seus companheiros a usufruírem dos bancos estofados da frente, destinados ao motorista e um passageiro.

Nem um terço das dez léguas terrestre que separam a Santa Margarida da antiga moradia do matuto foi ainda percorrido, e os três já estão enfadados com as condições da viagem. Atentos à estrada e ao intenso e perigoso tráfego, eles vão em silêncio, a motorista empenhada em não se envolver em acidentes.

– Vamos descansar um pouco – a certa altura ela determina, desembarcando a se dirigir à sombra de velha paineira afastada alguns passos da rodovia. Estando num dos pontos mais altos do relevo, dali é possível avistar toda a vastidão dos montes de menor altitude, a sumir de vista numa extensão de muitas léguas, cobertos de pastagens e das várias tonalidades do verde das matas antes da florada de primavera.

A única exceção a tanta beleza é a espessa camada de poeira a serpentear sobre o traçado sinuoso da estrada até desaparecer na distância.

Mesmo extasiada com o verdadeiro paraíso onde se encontra, Alice se põe a resmungar, contrariada, apesar de agradecida pela providência do lenço a lhe cobrir a cabeça. Passa nele a mão e só vê poeira a esvoaçar para todos os lados. "Imagine como estariam os meus cabelos!" – examinando o lenço tingido do marrom da estrada, a si mesma ela segreda.

– Inda tá viva na lembrança o dia que eu passei nessa istrada cumeno puêra incima dum caminhão – Bano demonstra sua frustração por, apesar de tanto empenho, estar voltando para casa sem Amelinha. Isso depois de nove anos procurando-a nos lugares onde ficou sabendo que ela pudesse estar ou loucamente pensando nela e no filho que ainda não conhece!

Dito se achega onde estão eles, acocorando-se a pequena distância a se ocupar em descobrir o que estarão tramando os dois. Mesmo que raciocinar, ao sujeitinho, custe grande esforço, sua intuição o leva a considerar que seus dias estão prestes a piorar. Tudo indica estar perdendo o amigo que, é verdade, muito o aporrinha, mas a quem, naqueles anos de convivência, ele se apegou de forma desmedida, mais até que à própria avó que o criou.

Alice se sente particularmente desestabilizada. Ao mesmo tempo em que deseja o melhor para o matuto, ainda que aquilo represente o seu afastamento pelo reencontro dele com a esposa, ela ainda mantém viva a esperança de que não encontrem o menor vestígio da mulher. Em seu pensar a tal Amelinha, que tanto demonstra amar, não passará duma adúltera capaz de criar um novo jeito de trair, fingindo-se vítima de sequestro.

Mas, apesar daquilo – ela pensa –, a única coisa certa é que enquanto não ver com os próprios olhos, ele jamais se conscientizará de quem realmente é a mulher com quem se casou. Por isso considera próximo o fim do drama que, com o passar do tempo, acabou também sendo seu.

Se a encontrarem, muito provavelmente a mulher estará casada com outro. Então é preciso estar presente para ampará-lo na provável decepção prestes a atingi-lo, embora aquelas conjecturas a façam amargar grande inquietude.

Existem coisas cuja publicidade é desaconselhável, sob a pena de vexação e escárnio, e ela bem sabe disso. E ainda não tem perfeita certeza de o magricela estar ou não inteirado do verdadeiro motivo do que estão a fazer.

Contudo, pela cara de contrariedade do pobre banguela ao descobrir o plano dos dois de fazerem a sós aquela viagem, não houve como deixá-lo de fora. A implorar para acompanhá-los o sujeitinho não arredou pé de sua pretensão. E agora, vendo-se constrangida em escancarar ao desmiolado as coisas importantes que tem a dizer ao matuto, ela se arrepende daquela concessão que acabou lhe fazendo.

No entanto, aproxima-se a hora H e, se não disser agora o que pretende, depois poderá ser demasiado tarde. Então é preciso fazer como se Dito não estivesse ali a fitá-los com a cara mais indefinida que ela já viu, deixando seu minguado cérebro ferver para desvendar os mistérios que desconfia os estar rondando.

– Falta muito para chegarmos? – Tentando dissimular sua real preocupação, começa a apresentar suas indagações.

– De carro, cumo tamo ino, vamo gastá um'as duas hora. Mais, a pé leva inda uns dois dia de viage.

– Já vi que ocê mora é nos cafundó onde o Juda perdeu as bota! – Ainda que forçando a própria natureza, Dito desanuvia o semblante a fazer pilhéria ao lugar onde estará a casa do matuto.

– Então, antes de chegarmos, eu quero te fazer algumas perguntas e depois uma proposta – Alice começa a desfazer a ansiedade.

– Lá vem ocê! – Ainda que improvável, o caboclo mostra serenidade na atitude de quem se resignará diante do que quer que venha a acontecer nas próximas horas. Só não percebe a cara de tanta curiosidade feita pelo magricela. De pescoço esticado e orelha em pé agora o sujeitinho não perde o menor gesto, do caboclo e da patroinha.

– Vamos considerar as duas prováveis hipóteses – Alice começa a elaborar sua proposta: – Se tua mulher estiver lá em tua casa, ou se ninguém souber por onde ela anda, o que você fará em cada uma dessas situações?

– Por que qui ocê agora qué mi incostá na parede?

– Porque eu imagino que você já sabe o que eu penso da tua mulher. E, te conhecendo como já conheço, eu sei que se ela estiver lá você jogará tudo para o alto e voltará para ela, sem sequer perguntar o que fez durante todos esses anos.

– Eu nunca iscondi docê, nem de ninguém, que tive todo esse tempo procurano ela, quando não nos lugá ondi ela pudia tá, no pensamento que sempre teve nela.

– E eu? E o Dito? Você nos abandonaria? – Tentando convencê-lo à mudança de pensamento, ela faz dramática apelação.

– Não! Dispôis de tudo que nóis passemo junto – ele procura tranquilizá-la – eu nunca vô abandoná ocêis. Ocê, memo seno isquentada do jeito que é, é a mió muié que eu já conheci. Eu nunca conheci arguém do teu jeito: bunita por fora, e mais ainda por dentro. E pa dizê bem a verdade, ocê foi a única pessoa que mi fêiz suportá tanto sofrimento em todos esses ano. E si eu num fosse casado, juro que si ocê mi quisesse, eu casava cocê...

– E eu? – A demonstrar sua contrariedade, e sem atentar a tudo o que o matuto acabou de dizer, o magricela não suporta o esquecimento. Olhinhos mais aguçados que nunca, cara fina cheia de interrogações, está ansioso por ouvir o que será dele próprio caso eles encontrem a mulher.

– Ocê, seu palito sem denti – Bano mostra-lhe sinceridade –, eu levo comigu pra ondi eu fô. Num vô largá ocê de jeito ninhum!

Diante daquele verdadeiro desmanche para com o magricela, por pouco Alice não se sente verdadeiramente preterida. "Ele dá mais importância a esse pequeno desmiolado que a mim?!". E, inconformada embora sem muitos argumentos, apenas para lançar dúvidas sobre tanta decisão demonstrada pelo caboclo, que a ela chega a ser espalhafatosa, logo dispara: – Como você vai levá-lo, se o dia inteiro vocês vivem brigando, como se fossem cão e gato?

– Por isso memo! – Ao revelar os motivos por que deseja o sujeitinho por perto, o matuto a surpreende ainda mais. – Si eu num levá ele comigu, com quem que eu vô brigá pra passá o tempo? – Sem perceber a cara de maior felicidade e o sorriso mais franco que o banguela deu nos últimos anos, completa.

– Está bem – Fingindo acreditar naquela lorota, quer deixar claro o que fazer a partir da descoberta do que tiver acontecido a Amelinha. – Se a tua mulher estiver viva e te esperando, você leva o Dito e fica com ela. Mas, e se ela não estiver lá, e ninguém der notícias sobre o seu paradeiro?

– Aí – por mais improvável que a ela possa ser, muito diferente do que sempre foi desde que o conheceu, e a brincar como nunca fez, o matuto a surpreende – eu vô sê obrigado a fazê a segunda coisa que mais quero na vida: ocê casa comigu?

Sendo o que acabou de ouvir uma das possibilidades que, mesmo ela tudo fazendo para exorcizar, muito tem ocupado o seu pensamento nos últimos tempos, a única coisa possível é ruborizar, levando alguns momentos para se recompor.

E embevecida pelo inusitado da situação criada pelo matuto, vendo o magricela engasgado a tossir pela surpresa, sobre ele lança um olhar de desconfiança sobre o que o sujeitinho estaria a pensar do que ouviu. A cara do pequeno banguela não é mais que uma mistura de satisfação com vergonha, não conseguindo esconder sua alegria com a possibilidade dum casamento entre os dois.

– Claro que caso! – A única forma de ela sair do embaraço por ele criado é retornando à impetuosidade de sua adolescência que sobre ele tanto fascínio exerceu. E para mais encabular o magricela sobre o que acabou de ouvir, intimamente a se divertir estende a mão ao matuto para novamente fazê-lo exercitar o único gesto de boas maneiras que até agora o viu realizar.

O beijo na mão dela, mesmo sendo corriqueiro no mundo por onde, às vezes, ela transita, não faz parte dos costumes a que o magricela é avezado. Por isso, vendo Bano realizar aquele gesto desconhecido, ao sujeitinho a única coisa possível é virar-se de lado para não ver tamanha intimidade entre seus companheiros.

***

Ao início do declinar do sol rumo ao poente, por volta de uma da tarde, o jipe levando os três aventureiros desemboca no povoado do Barro Preto. Bom conhecedor do lugar, Bano está ciente das facilidades de trafegar pelo caminho que conduz à sua antiga moradia. Dali em diante, aquele tráfego intenso com que vinham se debatendo não mais existirá, pois a pequena estrada a rumar para o seu antigo lar não passa duma vereda por onde os veículos motorizados não trafegam com a mesma intensidade das carroças e montarias.

Amargando solavancos, e visando diferentes interesses imediatos, cada um dos três alimenta seus próprios projetos. Dentre eles, mal podendo conter a ansiedade – a experienciar sentimentos que vão da esperança à desilusão – Bano é quem mais se angustia.

Por sua vez, sabendo agora que qualquer desfecho lhe será favorável, o magricela se regozija com as perspectivas para o próprio futuro. Vive o céu em meio às incertezas de seus companheiros, torcendo, contudo, para que chegando ao destino encontrem lá a mulher do matuto – situação que lhe propiciará o alívio da servidão a quem impiedosamente o explorou durante toda a vida.

E Alice, ciente de estar próxima de desvendar o mistério a envolver aquele matuto e sua vida complicada, deixando-se levar pela paralisia dos pensamentos, se recusa a raciocinar. Incerta acerca do que a aguarda na casa do caboclo, ela se nega o exercício da adivinhação, exorcizando as intuições que, instigando-a a se prevenir contra a decepção passível de acontecer, teimam em lhe proliferar arrepiantes pensamentos.

Como se já não bastasse tanta aperreação pelos acontecimentos por que provavelmente terá que passar, aquela demora em chegar é mais um complicador a ela causar angustiosa inquietação. Vendo o caminho subir e descer ladeiras sem que o matuto dê o menor sinal de estarem próximos de sua casa, ela se vê num início de arrependimento do que está a fazer.

Antes, porém, de a impaciência obrigá-la a se informar da distância que ainda têm a percorrer, ela o descobre atento a duas casinhas plantadas no vale a uns trezentos metros do espigão por onde segue o caminho em que eles trafegam.

Miúdas pela distância de onde são vistas, mas também pela pequenez com que foram construídas, aquelas habitações nem se aproximam da imponência de algumas elegantes vivendas vistas ao longo do caminho. No entanto, transmitem serenidade a quem lá de cima as contemple. Cercadas por belo gramado intensamente verde, mesmo à distância é possível distinguir aves domésticas e alguns animais de grande porte, como vacas e cavalos, a transitar de um a outro lado.

A mansidão revelada pelo silêncio a reinar naqueles campos, cujo único movimento é o resultado duma brisa leve a balouçar as folhas por onde passa, forma em Alice o sentimento de aquele ser um bom lugar para viver.

Apeando do jipe antes mesmo de estacionar, Bano se apressa em descer pelo caminho que vai dar em frente às moradias. Enfrentando com boa dose de coragem o acentuado declive, logo ele está a correr, ignorando as sinuosas curvas a ameaçar estatelá-lo, já que seus joelhos poderiam fraquejar ante o peso do próprio corpo, robustecido pela corrida ladeira abaixo.

Tão rápido como os melhores velocistas, em poucos instantes, lá do cimo do monte onde ainda estão, seus companheiros de jornada já o veem estático junto à porteira da menor das moradias.

Mal contendo a ansiedade pelo que poderá descobrir, Alice envereda a percorrer o mesmo declive, engrenando a primeira marcha do jipe para mantê-lo seguro enquanto se aproxima do fundo do vale onde estão as choupanas. Atenta às delicadas manobras que se obriga a fazer, nem percebe a cara indefinida entre a curiosidade e a alegria manifesta pelo magricela à expectativa do que os aguarda.

Alcançando o lugar aonde o matuto se deixa levar pela perplexidade ante o que vê, a única coisa a ela possível é a admiração pelo que ali acontece. Queixo caído e olhos bem atentos, o caboclo se extasia a contemplar um guri se distraindo com meia dúzia de filhotes recém-nascidos, conduzindo-os para onde mamãe-pata já adestra outros filhos da mesma ninhada, iniciando-os na vida que deverão levar – entremeando busca por alimentos com lazer nas águas mansas do pequeno lago.

Inocente, mas dado à prosa, ao perceber aqueles forasteiros feitos autênticos idiotas a admirá-lo, o piá vem ao encontro, amável e falante como se já tivessem grande intimidade.

– A mamãe tá lá dén de casa – a espontaneidade infantil da resposta provoca arrepios em Alice, por reconhecer o guri feito o matuto em miniatura, cuja semelhança dispensa manifestações acerca das possibilidades parentesca dos dois.

Intuitivamente Bano esmiúça a criança da cabeça aos pés, não deixando dúvidas de que, também a ele, é incontestável o menino ser o seu filho até agora desconhecido.

Grande desilusão para Alice que, antes mesmo de se deparar com a realidade que jamais desejou conhecer, já começa a pressentir o derruimento de suas esperanças. A situação ali configurada começa a tornar realidade seus mais íntimos temores das últimas horas para iniciar o desfazimento de seus sonhos ainda há pouco passíveis de realização.

Porém, mesmo abominando a situação em que está metida, a ela torna-se impossível se abster àquela singular figura a se revelar. Pois, por mais esforço que realize, a seus olhos, impossível se torna a abdução daquela despretensiosa magnificência evidenciada na mulher a sair do interior do casebre, toda cuidados com o filho que por instantes perdeu de vista.

Pela aparência, ao mesmo tempo singela e soberba por tanta formosura, aos olhos de Alice a mulher logo adquire contornos de uma divindade, revestida de atributos impossíveis à camponesa que ela nunca deixou de ser.

Diante dela o matuto permanece paralisado, como se, de repente, se tornasse incapaz de qualquer movimento. Os pensamentos do caboclo rodopiam e a boca seca, enquanto uma sensação esquisita invade todo o seu ser, impossibilitando-lhe qualquer reação.

Aquela momentânea incapacidade de raciocinar, por instantes o obriga a permanecer estático, apenas contemplando a mulher em desmedido esforço para retornar do estupor. Até que, num ápice de vontade jamais experimentado, recupera a capacidade de manifestação, indo aos saltos na direção dela, amedrontando-a por não tê-lo ainda reconhecido.

Naquele afobamento do inesperado reencontro tanta é a pressa do caboclo que ele nem percebe seus pés tocar o chão nos trinta e poucos passos a separá-los.

Diante daquele sujeito tresloucado tão afoito em sua direção, a mulher, que ainda não o reconheceu, num gesto de absoluta rejeição ao que vê, começa a se retrair. E só ameniza o semblante, desmontando toda a resistência, ao vê-lo de joelhos à sua frente, de braços abertos como ninguém jamais fez, a não ser seu marido sempre que quisesse abraçá-la.

– Amelinha! – A voz do matuto sai ao mesmo tempo forte e embargada. E, mesmo ouvindo-o, por algum tempo, ela ainda permanece em perplexidade, tardando a se convencer de estar diante da materialização do sonho por anos acalentado. Ainda incrédula estende a mão, ajudando-o a se erguer para só então abrir-lhe os braços e se entregar ao aconchego tão ansiosamente desejado.

– É ela! – Assistindo à cena, o magricela se apressa em se manifestar.

E Alice, amargando já a sua intuída decepção de momentos anteriores, embora feliz com toda aquela alegria do caboclo, desvenda a causa daquela ausência de paz nele percebida em todos os seus anos de convivência. E por mais paradoxal que aquilo pudesse ser, mesmo contrariando seus mais íntimos desejos, ela também se alegra com toda aquela felicidade manifesta pelo homem de quem aprendeu a admirar a determinação na busca de um objetivo.

A singularidade daquele reencontro não deixa dúvidas acerca das causas de ele nunca ter esquecido a esposa. Amelinha – agora Alice declina toda a sua anterior impertinência – é alguém cujas qualidades não permitem ela ser esquecida. É jovem, formosa, de uma beleza capaz de suplantar as elegâncias de todas quantas Alice já conheceu.

Tamanha formosura confunde ainda mais quando se pensa sua dona não passar de simples roceira. Cabelos perfeitamente loiros, olhos intensamente azuis, rosto imponente de uma beleza a evocar os anjos, corpo impecável... E uma delicadeza a toda prova!

Tudo o que ali Alice já viu, somado a uma amabilidade saltitante aos olhos, justifica plenamente a perturbadora angústia do caboclo de toda vez que à mulher ele se referiu.

Em vez do interrogatório e xingamentos, justificáveis depois de tanto tempo em que ele não deu notícias, ela o cobre de mimos. E sua atitude mais evidente é a de quem mais se alegra com o reencontro que se perde em lamentações pelos anos de solidão que se obrigou a amargar.

– Por onde ocê andava? – É a única indagação feita pela mulher. – Eu pensei que ocê tinha morrido! – Contendo a emoção, se manifesta em absoluta complacência.

E sem a menor importância aos verdadeiros intrusos que ali são Alice e o magricela, logo marido e mulher, cada um por sua vez, fazem minuciosos relatos das próprias percepções do que a eles aconteceu. Até que, ao final de suas histórias, os dois afinam sintonia na correta compreensão dos fatos.

Em palavras bem mais inteligíveis que as proferidas pelo matuto, que tanta intriga causou em Alice quando pelas primeiras vezes ela o ouviu, antes dele, a mulher se dá a relatar os acontecimentos vividos durante todos os anos de suas ausências.

– "Meu Deus!" – De repente Alice se abisma. A realidade da noite em que se iniciaram tão grandes suplícios, só pode mesmo causar avultada perplexidade, pois o relato da mulher é contundente ao desvelar as verdadeiras causas de todo o padecimento dos dois. "É difícil acreditar, mas só existe uma verdade em tudo quanto vi acontecer, e vivi ao lado dele: um intenso estado febril o fez sonhar tão sofregamente ao ponto de, mesmo depois de acordado, ele confundir sonho e realidade! E nunca existiu o tal homem forte que lhe roubou a mulher!" – agora tudo se explica.

E por tão cruel capricho do destino, somente agora – após anos de inúteis padecimentos –, marido e mulher se fazem cientes do grande equívoco capaz de torná-los distantes por tanto tempo!

Naquela fatídica noite em que se separaram, uma febre agora imaginada por Alice como consequência duma virose, ou uma gripe avassaladora, tão fortemente acometeu o caboclo ao ponto de fazê-lo delirar. Dormindo, e a se debater na intensidade do estado febril capaz de provocar o pesadelo do tal homem negro, forte e atrevido a nocauteá-lo para levar sua mulher para onde ele jamais saberia, acabou derribado da cama.

Recobrando os sentidos, ainda entorpecido, considerou realidade o que viveu a se debater sob os efeitos de seu estado febril. Então, ignorando suas debilidades provocadas pela febre, e querendo libertar a mulher do que considerou um rapto real, só lhe restou perseguir o covarde meliante, existente apenas em sua alucinada mente daquele momento!

E, por seu lado, regressando de sua incursão ao terreiro aonde fora colher ervas para controlar a febre, Amelinha não o encontrou sobre a cama, dando início a todos os desencontros só agora esclarecidos.

Ouvindo o relato de Bano acerca de sua vida nos últimos anos, mesmo confusa pelo que ali ela presencia, logo Alice se põe a rememorar as perigosas aventuras que viveu ao lado dele e do magricela, não raro os dois agindo como grandes inconsequentes nas coisas que fizeram. E aquela síntese das peripécias a muito custo superadas a faz sentir como se agora as estivesse revivendo.

Medos, incertezas, cansaços, adrenalina... Tudo ela revive. E, tem de reconhecer: aqueles acontecimentos foram tão inusitados, mas ao mesmo tempo tão motivadores, que ela já começa a sentir saudades. Todavia, está ciente das impossibilidades de novamente ter o matuto ao seu lado, ainda que para viver apenas a mais comum das trivialidades. Sua esposa se revela tão especial que – facilmente pode-se concluir –, a qualquer pretexto, ele jamais se atreveria a dela se afastar outra vez.

"Como fui preconceituosa!" – Perante a própria consciência Alice agora se penitencia. Se pudesse voltar atrás, jamais futricaria tanto como fez na tentativa de desfigurar perante o marido a quem ainda não conhecia, e por motivos que agora ela mesma reconhece mesquinhos. Está diante duma mulher que nada tem de songamonga, tampouco de ladina, como sempre a imaginou.

Antes de tudo Amelinha se mostra genuinamente sábia, capaz da serenidade necessária e suficiente para ouvir, atenta, à tagarelice do marido que, ansioso como nunca, em poucos instantes quer relatar os pormenores do que vivenciou em mais de nove longos anos. E tanta brandura em compreender tudo o que ouve só pode ser traduzida por tão nobre sentimento, capaz de suplantar toda desconfiança, para mostrar-se arraigadamente sólido.

A esposa a quem Bano, enquanto distante, nunca esqueceu se revela muito mais que parceira. A estatura moral por ela demonstrada evoca nobreza. E o amor, a se revelar como se lhe aflorasse de todos os poros, mostra-se completo, uma fusão de Ágape com Eros com os quais fará a perfeita felicidade do marido que tem de volta ao regaço.

Tanta mansidão, evidenciada num momento em que razoável seria no mínimo a aspereza, leva Alice à lembrança de algo que admira como sublime e deseja também um dia viver. Tanta abnegação, onde o normal seriam lamúria e desavença, lhe traz à memória o autêntico poema por ela apreendido, tão bem elaborado ainda na antiguidade por Paulo de Tarso ao povo de Corinto: *"O amor é paciente, o amor é bondoso. Não tem inveja. O amor não é orgulhoso. Não é arrogante. Nem escandaloso. Não busca os seus próprios interesses, não se irrita, não guarda rancor. Nao se alegra com a injustiça, mas se rejubila com a verdade. Tudo desculpa, tudo crê, tudo espera, tudo suporta"...*

A mulher que, em sua imaginação, não passaria duma leviana por tudo o que fez o pobre marido sofrer, além de tudo o que ela já descobriu, se revela portadora da mais nobre das virtudes, capaz de amar incondicionalmente!

E aos intrusos, que ali são ela mesma e o magricela, só resta o silêncio ao testemunhar aquele singular reenlace, sobretudo porque as descobertas daquele momento ainda não se completaram.

Para Alice aquela constatação da realidade é bem mais que a correção de aterradores equívocos, levando-a ao desejo de retroceder no tempo para desfazer todos os acontecimentos que vieram culminar ali naquele momento.

Contudo, já que nenhum episódio do passado pode ser passível de alteração, ela se nega a encasquetar com as impossibilidades do seu querer. "O que está feito, está feito e não tem volta" – só lhe resta lamentar.

Pensando num meio de fugir dali sem que ninguém perceba, de repente seus olhos encontram a figura do menino que, já não há dúvidas, é mesmo filho do matuto. Uma boa forma de se abster de suas frustrações a ali torturá-la lhe parece ser o envolvimento em algo diferente daquilo.

Por isso procura cativar a afeição da criança a demonstrarse incomodada com aquela movimentação atípica na comparação com o que deve ser o seu quotidiano. Ignorada dos pais do menino a aparar todas as arestas ainda pendentes entre eles, consegue a simpatia da criança a quem logo está a acariciar.

– Meu pai é uma estrelinha daquelas que mora lá no céu! – Instigada a falar, após revelar ser chamado "Fío" por ter recebido o mesmo nome do pai, em sua curtíssima idade a única coisa possível à criança é demonstrar seu confuso entendimento do que os adultos tentam evitar que ela verdadeiramente saiba, até mesmo quem poderia ser aquele estranho a demonstrar tanta afinidade com sua mãe.

***

Diante do que presencia, Alice se vê abstraída em cruel mistura de sentimentos a torná-la inapta a qualquer atitude, mesmo a menor sutileza que pudesse tentar. Seus pensamentos ali bem poderiam ser de alegria por o matuto, enfim, ter reencontrado seus motivos para ser feliz. Mas o que ali está a testemunhar só consegue mesmo levá-la à tão cruel antagonismo.

Por isso, mesmo pretendendo deixar-se também inebriar à constatação de tanta felicidade demonstrada pelo matuto, a ela só se possibilita desolar-se em tamanha confusão capaz de transformá-la noutra criatura bem diferente da mulher resoluta ao ponto do espevitamento que sempre foi a sua marca desde a infância.

Ainda há poucas horas lhe era possível vislumbrar um futuro de boa convivência com o único sujeito a despertar seus sentidos para algo diferente do que sempre foi a sua vida. E – quem sabe? – no futuro a convivência pudesse transformar amizade em paixão, e paixão em... Neste ponto seus pensamentos se recusam a avançar.

Nada de suas íntimas inclinações para com ele foi além de refinadas quimeras! Como tantas vezes ele mesmo reiterou, é um homem casado. ...Bem casado como agora ela mesma vê! E sua mulher, que não conhecia, durante anos mexeu com sua imaginação.

Quando o via naquela ânsia incontrolável por reencontrar a esposa, vez ou outra ela chegava a pensar que Amelinha de fato fosse uma mulher digna, tal como ele a descrevia. Entretanto, quando intimada a junto dele caçá-la em aventuras cujos desfechos foram sempre tão desastrosos, muitas vezes chegou a maldizer com os piores adjetivos a tal fulana a quem ele tanto idolatrava. E em sua lembrança aquela má impressão permanecia como definitiva.

Mas agora, vendo-a tão digna como jamais a ninguém conheceu, deita por terra todas as imprecações a ela dirigidas quando, impotente e sem nenhuma utilidade, a tantos perigos por ela se expusera.

A única certeza a se solidificar em seu espírito, naquele momento tão profundamente perturbado, é a de que suas pretensões, como fumaça dissipada pelo vento ali estão se desfazendo. A vida de promissoras esperanças que sonhara desfrutar ao lado do matuto a quem exageradamente se apegou, se esvai diante de seus olhos sem que ela nada possa para alterar aquela definitiva realidade.

Até os beijos que seus pudores frearam em tantos momentos em que estiveram um à mercê do outro, em breve não passarão de frustradas reminiscências. Mas – ela se regozija –, se tivesse cometido aqueles desvarios, mesmo não sabendo o que lhe reservava este dia, agora teria mais motivos para se arrepender. Então, por mais lamentoso que aquilo possa ser, ela se rejubila com a fortaleza de que foi capaz. "Ainda bem que eu não fui mais longe ao me envolver com ele! Se tivesse ido agora estaria sofrendo muito mais".

Sua frustração se faz ainda maior porque, além da ciência de estar perdendo o único homem de quem pensou ser possível se apaixonar, de resto perde também a companhia do magricela, com quem desde a infância sempre aquinhoara bons e divertidos momentos.

O sujeitinho, prestes a ter nova vida, subitamente voltou a ser o mesmo moleque inconsequente que sempre foi desde que, apesar dos anos, cismou em não se tornar adulto. Antes de abraçá-la como nunca fizera na vida, escancarou o mesmo sorriso vazio de que tanta falta ela sentiu nos últimos tempos, muito provavelmente pela última vez permitindo-lhe ver suas gengivas avermelhadas e seus cacos de dentes sobressaindo na boca murcha que, de repente, deixou de ser tão hilária como sempre a percebeu.

"A convivência nesta família, com certeza, lhe fará bem" – ela folga em saber que os dois cabeças-de-vento, que tanto a enervou com suas papagaiadas, acabam de se apresentar a um futuro promissor de muitas alegrias. Diferentes de ela mesma, a quem só resta a resignação diante das fragilidades do avô que a cada dia se mostra mais debilitado, além dos desvarios da mãe, que cada vez mais se destrambelha diante do que a vida ainda possa lhe proporcionar.

O sol, já quase agonizante atrás de belos montes ao poente, ainda ilumina toda a sua tristeza que, por mais que ela tente, é-lhe impossível debelar. Os últimos raios tocam-lhe o rosto, embaçando ainda mais os olhos que já não lhe permitem ver nitidamente.

Naquele momento em que a intimidade mais se nega a se revelar, confusos sentimentos se chocam, antagônicos, lembrando-a que, apesar da justeza da reunião familiar que ali presencia, o que a ela mesma traria a verdadeira realização seria desfrutar um gradativo envolvimento com o único sujeito capaz de levá-la a consideração de um dia se apaixonar. O futuro dos dois? Só o tempo seria capaz de elucidar!

Por isso, por mais esforço que possa realizar, lágrimas que não consegue distinguir se de tristeza ou alegria subitamente insistem em aflorar de seus olhos, permitindo-lhe apenas a visão de difusas silhuetas cada vez mais indefinidas. Mas, lembrando a distância que sozinha tem a percorrer, e sabendo que a noite não tardará a se fazer plena, logo ela pensa nos perigos que naqueles caminhos eivados de armadilhas e malfeitores poderão estar a espreitá-la antes de chegar à sua casa.

E por mais justificável que seja a sua frustração, a mais nítida realidade a se lhe revelar é a de que a vida jamais se desviará do curso a que foi predeterminada. Assim como o sol – a se despedir agigantado e vermelho pela fumaça cinzenta a encobrir as montanhas até o horizonte – retornará vigoroso no próximo amanhecer, seu destino também haverá de lhe proporcionar muitas alegrias capazes de conduzi-la à plena felicidade.

Impresso em papel polen soft,
tipologia Garamond 12/14, no verão de 2021.